石點頭

天然癡叟　著
李忠明　校注
王關仕　校閱

三民書局

國家圖書館出版品預行編目資料

石點頭／天然癡叟著;李忠明校注;王關仕校閱.——三版一刷.——臺北市：三民，2023
面；　公分——（中國古典名著）

ISBN 978-957-14-7599-8（平裝）

857.3　　111021828

中國古典名著

石點頭

著作人　天然癡叟
校注者　李忠明
校閱者　王關仕

發行人　劉振強
出版者　三民書局股份有限公司
地　址　臺北市復興北路 386 號 (復北門市)
　　　　臺北市重慶南路一段 61 號 (重南門市)
電　話　(02)25006600
網　址　三民網路書店 https://www.sanmin.com.tw

出版日期　初版一刷 1998 年 5 月
　　　　　二版二刷 2017 年 10 月
　　　　　三版一刷 2023 年 9 月
書籍編號　S854200
ISBN　978-957-14-7599-8

石點頭 總目

引言

李忠明

明代末年以降，隨著長篇章回小說的興盛，白話小說的發展出現了一個新的熱潮，短篇作品也再度勃興。「三言」、「二拍」而外，石點頭、醉醒石、西湖二集（應該還有一集）、型世言、清夜鐘、警寤鐘等作品，相繼誕生。一時間，白話小說不但吸引了眾多的下層讀者，而且引起了文人學者的注意，批點、評論小說也成為一種潮流。這種形勢，對中國古代小說地位的提高、創作的興盛、影響的擴大，曾經產生了極其重要的影響，甚至對中國文學的總體面貌與發展進程，也產生了不可忽視的作用。

在眾多的晚明白話短篇小說集中，人們一向對「三言」、「二拍」比較重視，對石點頭等其它作品的評價比較低，而且研究得也很少。但無論從思想內涵還是從藝術水平來看，這些作品中，仍有一些是比較優秀的，某些單篇故事，就是放在「三言」中，也並不顯得遜色。石點頭中的絕大多數故事，其實都可以算是比較好的作品，這可以從以下幾方面看出來。

首先值得稱道的是，晚明小說作品中，有的大量充斥著淫穢描寫，許多名著也未能免俗，而石點頭卻避免了這樣的筆墨。雖然該書卷十四潘文子契合鴛鴦塚中主要寫同性戀，但文字也還乾淨，只是以隱晦、暗喻的筆法來表現。而且主要是為了強調真情的力量，可以使人甘心為了「情」（那怕是畸形的）而放棄其它的一切（包括家庭、婚姻、功名、名聲等等）。這樣的故事要是放在當時某些作家筆下，就會變成另外一種形狀了。晚明社會，風俗不純，宣淫之作應運而生。同時，一些作家不滿於那些庸俗之作，力圖以自己的創作實施教化、移風易俗。但是，為了適應讀者的口味，這些作品常常又不自覺地沾染了那些描寫習氣，如「三言」中就是既宣傳教化又攙雜著許多淫穢描寫的，「二拍」的情況更為嚴重。其它如歡喜冤家等作品，雖然也高唱「以淫止淫」的調子，其實卻和某些長篇小說一樣，是「勸百而諷一」的。在這樣的文學氛圍和社會環境中，石點頭的作者能獨樹一幟，以嚴肅的態度創作小說，不肯媚俗，筆下乾淨，這就非常難能可貴了。

天然癡叟決不媚俗的態度，是與他嚴肅的創作目的緊密相關的。他之所以將作品命名為石點頭，正如馮夢龍在序言中所說的那樣，是為了使「頑夫伥子，積迷頓悟」，讓普通讀者在讀了他的小說作品後，能受到教育，如生公說法使頑石點頭一樣，感化世人。從作品來看，他最強調的就是「推因及果，勸人作善」。卷一郭喬行善，不但得子，而且父子雙雙高中進士；卷三王原千里尋父，孝心感動天地，子子孫孫繁榮昌盛；卷七仰鄰瞻掩埋無主屍骸，結果女鬼感恩，仰鄰瞻因此得中進士。諸如此類，舉不勝舉。作者苦口婆心，教化之意極其明顯，既以「施恩只道濟他人，報應誰知到自身」、「果報在於後世，花報即在目前。奉勸世人，早早行善」來勸誘讀者，又以「勸人休作惡，作惡必有報」之類的警誡語言來恐嚇讀者，加強教化力量。

如此嚴肅的創作意圖，使得作品的主題極其明確，那就是希望世人尊親盡孝，節欲愛身，不貪不淫。卷一中郭梓出生時父親已經離開廣東，全靠母親撫養成人。父親實際上是將他母子拋棄不管了，但他不但對父親毫無怨言，而且將責任攬在自己身上，說是由於自己不孝，所以多少年來沒能盡到孝道。卷三中的王原也是被父親拋棄的，但他長大之後不但不抱怨，相反卻思念父親一人在外，置母親和妻子於不顧，隻身天涯，尋訪父親；卷十一宗二娘為了丈夫能夠回家侍奉母親，不惜賣身被屠；卷二中盧夢仙的父親將兒媳婦賣掉，李妙惠智保貞節，破鏡重圓，各上司訪聞，要上奏朝廷，將她表彰，但盧夢仙為了不給父親抹黑，堅決不肯。這些人物，以孝道為根本，都是作者竭力頌揚的對象。他塑造這些人物的根本目的，也就是為了「好與人間做樣看」，作為讀者們學習的榜樣。為了讓讀者明白他的心意，他還常常親自出面宣揚孝道，說什麼「話說人當以孝道為根本，餘下都是小節。所以古昔聖賢，首先講個孝字」，「單說人生百行，以孝為先」；並借作品中的人物白秀才之口，闡述聖人門下講孝道的深意，長篇累牘。既有人物行動，又有理論闡述，作者於孝道，三致意矣。

除了孝道，作者比較看重的就是淫欲問題。作者雖然在一定程度上肯定男女之真情，但又要求應遵守禮教，發乎情止乎禮義，不可貪戀女色，尤其不可貪淫。他再三說「是男莫邪淫，是女莫壞身」，「奉勸世人收拾春心，莫去閒行浪走，壞他人的閨門，損自己的陰騭」。莫誰何由於強行與斯小姐結合，所以儘管他倆事先已各有愛慕之心，婚後又情投意合，恩愛非常，而且還是命中註定的前世姻緣，但作者仍讓他晚年遭受報應。值得注意的是，這最後因果報應的結尾，卻是原先故事中所沒有的，從中更反映了作者思想的腐朽性。

當然，作品中也有許多篇目寫了夫妻間的悲歡離合以及由此而反映出的真摯感情。雖然這些故事中被作者注入了相當多的一切不由人、萬事由天定的宿命論觀念，但也流露出作者對美滿婚姻的嚮往。特別是作品中描寫的夫妻大多經歷了各種各樣的分離，有的再嫁，有的失身於人，有的是苟合，但他們之間的感情卻非常深厚。卷十中的王從事夫婦，妻子給奸人拐賣後，丈夫是一直不娶，到處尋訪妻子，而且想到妻子，即心如刀絞，痛哭流淚；妻子在求死不得的情況下，忍辱再嫁，以圖報仇、重聚。由於夫妻二人情真義切，終於感動王知縣，讓這對夫妻重聚。不僅讀書知禮的夫婦如此，即使是賣餅人的妻子，做了寧王的寵妾，也時刻不忘原先的丈夫，最終得以破鏡重圓。甚至像卷四中的瞿鳳奴與孫三郎，雖然是不法夫妻，方氏又參與亂倫，但鳳姐是堅持從一而終，寧死不屈，最終自縊，孫三則不惜自宮，以表真情，最終也因此而死。作者雖然對他們的苟合表示不滿，但對他們真摯的感情卻表示了強烈的同情。諸如此類，均可看出作者雖然以封建道德觀念為評價和塑造人物的標準，但在許多地方已經打破了傳統觀念的束縛，具有一定的進步意義。

在這些涉及到愛情婚姻的作品中，作者對待女性的態度也很值得我們注意。一般說來，作者常常是以同情、尊重的態度描寫她們，即使是對方氏這樣不守婦道、與人私通乃至亂倫的女性，作者也以同情的筆墨寫她寡婦生涯的難捱，自然欲望的勃發，因為她畢竟是剛過三十的婦女，閒則生非，加上有人引誘，所以很容易失身於人。至於對宗二娘、李妙惠、申屠氏等女性，作者就完全是大加讚賞，而且有意將她們與男子們相對照，突出她們的品德高尚、聰明機智、勇敢剛烈。其他如卷一中的青姐，卷三中的張氏、段氏等等，都是安分守己，喫苦耐勞，精明能幹，體現了傳統女性的美德。總之，全書十四篇故事中，以女性為主角的就佔了一半，而且主要是作為正面形象來描寫的，對其他女性作者基本上也持肯定態度，從中也可看出作者對女性的看法。

作為封建時代的小說家，石點頭的作者在思想深處佔主導地位的還是封建道德觀念，這就使作品中充斥著大量的落後意識。最明顯的首先是作者對功名富貴極其熱望，其次便是大談因果報應，而且總是將兩者結合到一起。如卷三王孝子千里尋父，本是出自父子天性，但作者偏要讓他因此多子多孫，連綿科甲；卷十王知縣歸還王從事妻子，本是激於義氣，也是斯文一脈，且為同事。但作者又加上五十多歲的王知縣夫婦原來一直不能生育，僅此義舉，便生了兒子，而且此兒子「後日得中進士，接紹書香」；卷一郭喬救濟米老漢，本是見米老漢和青姐可憐，但卻因此而父子同榜成了進士。於是，在作者筆下，生兒子、中進士成了做善事的獎品，這就未免讓人覺得做善事本身是否具有功利性了，這在一定上也降低了作品的思想深度。

另外，作者雖然在夫妻關係等問題上顯示出一定的進步性，但在婦女貞節等事情上有時又忍不住流露出落後的意識。如卷二在入話中就曾將李妙惠與樂昌公主、黃昌妻子相比較，說後二者不如李妙惠，因為李妙惠雖然也再嫁了，但卻沒有失身，所以更加珍貴。其實樂昌公主國破家亡，被權臣楊素所掠奪，黃昌妻子為強盜所賣，不失身是不可能的事。與李妙惠相比，這三人的道德水平並不一定有高下之分，但作者卻強分優劣，對樂昌公主和黃昌妻子橫加指責，無非是因為她們沒能保住貞操，給她們的丈夫帶來損失，而這恰恰表現出作者本人觀念的落後。

從作品總體上看，由於作者主要宣揚的是封建道德，特別是當作品中的客觀描寫與封建道德相衝突時，作者總是旗幟鮮明地站在傳統道德一邊，這就削弱了作品的現實批判性。同時，作者過多地將人物的命運和事情的發生、進展歸之於天命或因果報應，有時甚至牽強附會，這就更讓人厭煩了。如卷五斯小姐與莫誰何的故事，亦見於情史卷三「莫舉人」條，原本一兩情相悅的優美的愛情故事，本書基本上沒改動故事框架，只充實了許多細節，使故事更為曲折可信，如來元的遭遇，即很好。但致命的是，作者不僅增添了斯員外拒絕相認、大罵莫誰何的部分，而且說什麼莫誰何前世是妓女、斯小姐前世是財主，有負於莫誰何，所以纔有今生姻緣。又說由於莫誰何強行壞人閨門，所以臨死前遭報應。這樣的結尾，破壞了一個優美故事的情調。作者一開始是頗為欣賞莫誰何大膽追求愛情的風流舉止的，也許後來又覺得過分，擔心給讀者造成不好的影響，所以纔添此蛇足。

另外，像宗二娘為了確保丈夫能夠回家，侍奉婆婆，不惜殺身，事跡極其慘烈感人，同時也揭露了軍閥混戰、社會動亂給人民帶來的巨大傷害，極具震撼人心的力量。但是，作者先是過於強調宗二娘是為孝而死（其實當時如果宗二娘不死，她丈夫也活不了），然後又說宗二娘死後成神。這樣的結局就大大削弱了作品的悲劇力量，對作品整體水平的提高也有一定的影響。

從藝術成就上看，石點頭也有一些獨到之處，主要體現在以下幾個方面。首先是作者反映現實的態度。由於作者以教化世人為創作目的，以普通百姓為教化對象，因此，作品所反映的現實生活不僅具有相當的廣度，而且具有一定的深度。作者深諳下層生活，對世態人情的體驗比較深入，而且是站在下層人民的立場上，因此在描摹現實生活時就不但細緻生動，而且深入骨髓，能擊中黑暗社會的要害。如卷三寫王珣到河南輝縣夢覺寺出家，廟裡的和尚卻斤斤計較他能給寺裡的眾僧人帶來什麼好處，所以王珣說：「從來人說炎涼起於僧道，果然不謬。」大和尚在法堂上講圓覺經，眾沙彌只管在廚房下，計論田產銀錢、齋襯饅頭，可不削了如來的面皮。」在本卷中，作者還有意讓和尚自己說：「佛門總是施主的錢糧，若供養你這個孝子，勝齋了若干不守戒律的僧人。」確實，佛門多不肖，在當時是普遍的情況，作者在作品中的其它地方也多次順帶譏刺了佛門弟子。這樣的筆墨，顯然能引起下層讀者的共鳴。

其次是作品的結構。石點頭雖然只有十四卷（篇）故事，但卻出現了多種多樣的結構形式，有的結構至今仍有借鑑意義。如卷九玉簫女再世玉環緣，就採用了雙線結構，一條是玉簫女與韋皐的再世姻緣，另一條是韋皐的功名之路。這兩條線索交叉展開，最後合為一體。這種結構形式，在中國古代小說中，還是比較少見的。卷二盧夢仙江上尋妻的結構也有獨特之處，本篇故事從盧夢仙寫起，但後來卻又開變成兩條線索，一條是盧夢仙進京趕考，後來回家尋妻，另一條是李妙惠在家被逼再嫁，並設法保全貞節。兩條線索在夢仙尋到李妙惠後會合，故事結束。在尋妻過程中，兩條線索各自單獨發展，人物輪流登場，互不干涉，但也有照應處，那就是李妙惠在金山寺題詩一首，以表志向，而後來盧夢仙也看到了這首詩，從而更加相信自己的妻子。這首詩的作用還不僅於此，它還是後面盧夢仙尋找妻子的道具，徐大人家的老僕人就是利用這首詩與李妙惠接上頭的。這種結構安排確實是比較巧妙的。另外像卷五莫誰何與斯小姐、蓮房結合私奔後，故事的高潮已經結束，但作者在安排好來元結局後（這兒本來是尾聲），卻又加上一段父女相認的情節，再次出現一次矛盾衝突，引起一個小高潮。卷四本來是寫孫三郎與瞿鳳奴的，但在很長一段時間內鳳奴並沒有成為主角，倒是她的母親與孫三郎的偷情成了作品的主體。這一情節表面看來與正文、主題關係不大，但它卻是小說必不可少的一部分，不僅僅是引子，也是文章的有機組成部分，對了解鳳奴性格形成的原因、襯托最後悲劇結局的感人，都有著極其重要的鋪墊作用。

石點頭藝術結構還有一明顯的特點，那就是作者總是有意地按照現實生活的本來面目去創作作品，不像有的作品那樣刻意追求情節的巧合。當然，像郭喬、郭梓父子榜前相認，玉簫後世仍為韋皐小妾，長壽女很偶然地改變了自己的命運等，這樣的情節仍有人工斧鑿之嫌，但這些故事的基本框架是早就定好了的，作者在改編過程中仍設法使之合理可信。另外有些故事，如與盧夢仙、王從事、吾愛陶、申屠氏等人相關的描寫中，雖然有的顯得離奇、怪誕，但經過作者的改編之後，都還顯得比較符合現實生活的本來面目，揭示了現實生活的若干本質，因而能得到廣大讀者的喜愛。

另外，石點頭中還成功地塑造許許多多的人物形象，從形貌描寫（如王珣、長壽女、潘文子）到心理刻畫（如王從事妻子被賣前後的心理變化，方氏在見到孫三郎前後的心理波瀾等等），都寫得極其生動傳神。作品中人物的對話（如吾愛陶與汪商人的兩次交鋒）、動作（如莫誰何的一系列無賴舉動）、神態（如玉簫女的天真活潑）也寫得非常精彩。這些都表現出作者具有較高的藝術水平。全書的語言既以通俗易懂為基本特色，又包含了多種多樣的語言風格。既包括詩詞作品，以及書啟、祭文、判詞、詔書等，也有民歌小曲如山坡羊。即使同是書信，也寫得切合人物的性格、身分，體現出不同的修養。如同樣是寫給李月坡的信，盧南村的與李妙惠的就形成了強烈的對比，讀來妙趣橫生。小說中的詩詞作品，除了少數是引用他人作品外，大多數都是作者依據人物性格、情節發展的需要，或者根據自己所要貫徹的教化意圖加以創作的。從這些詩詞作品，我們也可看出作者的文學修養和寫作水平。

總之，石點頭這部作品，無論是思想內容還是藝術特色，都有許多值得肯定的地方。由於過去人們對它比較忽視，因此它的那些價值，還有待於大家通過認真的閱讀和分析去進一步認識。

石點頭考證

李忠明

石點頭，十四卷，題「天然癡叟著，墨憨主人評」。卷首有「古吳龍子猶」所作序。書成於明代末年，為白話短篇小說集。

此書作者天然癡叟，據「古吳龍子猶」（當為吳中名士馮夢龍）在序言中說，即「浪仙氏」。胡士瑩先生話本小說概論認為應該是席浪仙，理由充足，甚為可信。但浪仙僅為其字，其人究竟為誰，則難以考定，姑且作如下推測：

第一，其人與馮夢龍交往密切，志趣相投。石點頭全書十四卷（篇）故事，基本上都是改編而成，很少個人獨立創作。這很可能是受到馮夢龍創作「三言」的影響。何況石點頭中有一半故事直接改編自馮夢龍的情史。另外，石點頭的原刻本為蘇州坊主葉敬池所刊，這也很可能與馮夢龍有關。因為馮夢龍不僅也是蘇州人，而且他的醒世恆言、新列國志等作品都是葉敬池給刊刻的。作為通俗文學的搜集、編撰大家，馮夢龍與大量刻印通俗文學作品的坊主之間應該有一定的關係。因此，石點頭由葉敬池刊刻很有可能就是出於馮夢龍的介紹。而馮夢龍不但為該書作序，鼓吹捧場，而且在為張瘦郎步雪初聲作序時又再次以讚許的口吻提及席氏，可見二人不但相識非止一日，而且交情頗深。

第二，從作品來看，席浪仙對蘇北揚州到鹽城一帶非常熟悉。小說中有四篇的內容直接以這一帶為背景，且多用其地方言，如「沒撻煞」（指某人沒意思，不值得交往）、「說淡話」（指背後搬弄是非，說閒話，多嘴）、「好耍子」（好玩，有意思）、「淘氣」（吵架）、「果是」（到底是不是，表疑問語氣）、「合該」（即活該）、「搶嘴」（不等別人說完，或者不該說的話，搶著說）等。而且在描寫揚州、江都、射陽等地的具體景物和風土人情時，作者也寫得非常得心應手，倍感親切。可見作者與這一帶也應該有著較深的淵源。

第三，作者可能是一不得志的下層文人，對科舉功名既有強烈的歆羨之意，又有更多的埋怨之言。如第二卷開篇詩第一句「科第從來誤後生」云云，即是很明顯的例子。從作品所流露的思想感情來看，作者主要也是站在下層老百姓的立場上，對他們的痛苦生活表示同情，對社會、朝政多持批判態度；盼望明君，渴求安定，反對動亂。石點頭中許多悲劇，其實都是由於時代黑暗、社會動亂引起的。如宗二娘之所以伴隨丈夫外出經商，結果流落江都、屠身救夫，就是由於兵荒馬亂、民不聊生，因為當時整個城市已充滿著人相食的慘劇，宗二娘只是其中之一而已。另外，王大郎一家七口死於非命，冤仇不能報，正直官員鐵御史為之伸冤卻被罰俸，根源就在於整個封建官場已經腐敗得不可救藥了。社會黑暗，宵小橫行，所以有王從事妻子之被搶，有申屠娘子之被迫自衛殲仇。天下太平時，頗有幾畝田地的王珣都被差役逼得離家出走，而米老漢則被賦役逼得賣兒賣女；一旦發生自然災害，甚至連舉人之妻也不免於被賣。作者關注這樣的社會現實，選擇它們作為自己反映的對象，不僅可見其立場，而且顯示出晚明時代社會黑暗動亂的實際。

此書評者墨憨主人，應該是指馮夢龍。因為既然序言作者是「古吳龍子猶」，而墨憨主人又是馮夢龍的別號之一，因此不應該是別人假託。全書評語以夾批形式出現，雖然數量不是很多，且多針對內容而發，主要是揭示作者的教化意圖，但大多比較中肯，有的見解頗有可取之處，符合馮夢龍的一貫評點風格。

此書有明代葉敬池刊本、帶月樓刊本，清代同仁堂刊本、竹春堂刊本、上海書局石印本等多種刊本，內容、文字基本一致。本次整理以帶月樓本為底本，以葉敬池本、同仁堂本為校本。明顯的錯字徑改，正俗字、異體字、諧音替代字等酌予保留。這樣做，既是為了保存原貌，也是為了兼顧閱讀與研究的需要，因此，極少數文理難通的地方也沒有妄加改動。當然，書中校勘、標點、分段、注釋仍會有一些不盡妥當之處，謹望讀者批評指正。

敘

石點頭者，生公在虎丘說法故事也。小說家推因及果，勸人作善，開清淨方便法門，能使頑夫傴子❶，積迷頓悟，此與高僧悟石何異？而或謂石者無知之物，言於晉，立於漢，移於宋，是皆有物焉馮之。生公遊戲神通，特假此一段靈異，以聳動世人信法之心，豈石真能點頭哉？噫！是不然。人有知則用其知，故聞法而疑；石無知，因生公而有知，故聞法而悟。頭不點於人而點於石，固其宜矣。且夫天生萬物，賦質雖判，受氣無別。凝則為石，融則為泉，清則為人，濁則為物。人與石，兄弟耳。盲人不知視，聾人不知聽，麤人❷不知文，是人亦無知也。月林有光明石，能炤人疾，則石而知醫；陽州北峽中有文石，人物、溪橋、山林、樓閣畢具，則石而知畫；晉平海邊有越王石，郡守清廉則見，否則隱，則石而知吏事。是石亦有知也。望夫江郎，登山而化，人未始不為石。金陵三古石，為三舉子，向吳太守仲度乞免煨燼，石亦未始不為人。丈人丈人之云，安在石之不如人乎？浪仙氏撰小說十四種，以此名編。若曰生公不可作，吾代為說法，所不點頭會意、翻然皈依清淨方便法門者，是石之不如者也。

古吳龍子猶撰

❶ 傴子：古時特指驅鬼的童子。傴，音ㄓㄣˋ，童子。

❷ 麤人：粗人。此指不識字，文化水平低的人。麤，音ㄘㄨ，同「粗」，粗鄙；粗壯。

卷目

第一卷　郭挺之榜前認子

陰陽畀賦了無私，李不成桃蘭不芝。
是虎方能生虎子，非麟安得產麟兒？
肉身縱使睽千里，氣血何曾隔一絲。
誠看根根還本本，豈容人類有差池。

從來父之生子，未有不知者。莫說夫妻交媾，有徵有驗，就是婢妾外遇，私己瞞人，然自家心裡，亦不嘗不明明白白。但恐忙中忽略，醉後糊塗，遂有已經生子，而竟茫然莫識的。昔日有一人，年過六十，自歎無子，忽遇著一個相士，相他已經生子，想是忘記了。此人大笑說道：「先生差矣！我朝夕望子，豈有已經生子，而得能忘記之理？」相士道：「我斷不差。你可家去細細一查，便自然要查出。」此人道：「我家三四個小妾，日夜陪伴，難道生了兒子，瞞得人的？叫我那裡去查。」相士道：「你不必亂查。要查只消去查你四十五歲，丙午這一年五月內，可曾與婦人交接，便自然要查著了。」此人見相士說得鑿鑿有據，只得低頭迴想。忽想起丙午這一年，過端午喫醉了，有一個丫頭伏侍他，因一時高興，遂春風了一度。恰恰被主母看見，不勝大怒，遂立逼著將這丫頭賣與人，帶到某處去了。耍說生子，除非是此婢，此外並無別人。相士道：「正是他，正是他！你相中有子不孤，快快去找尋，自然要尋著。」此人忙依言到某處去找尋，果然找尋著了，已是一十五歲，面貌與此人不差毫髮。因贖取回來，承了宗嗣。你道奇也不奇？這事雖奇，還有根有苗，想得起來就尋回來，也只平平。還有一個全然絕望，忽相逢於金榜之下，豈不更奇？待小子慢慢說來。正是：

命裡不無終是有，相中該有豈能無？
縱然迷失兼流落，到底團圓必不孤。

話說南直隸廬州府合肥縣，有一秀才，姓郭名喬，表字挺之。生得體貌豐潔，宛然一美丈夫。只可恨當眉心生了一個大黑痣，做了美玉之瑕。這郭秀才家道也還完足，又自負有才，少年就拿穩必中，不期小考利，大考不利❶。到了三十以外，還是一個秀才，心下十分焦躁。有一班同學的朋友，往往取笑他道：「郭兄不必著急，相書上說得好：龜頭有痣終須發。就到五六十上，也要中的。你愁他怎麼？」郭秀才聽了，愈加不悅，就有個要棄書不讀之意。喜得妻子武氏甚賢，再三寬慰道：「功名遲早不一，你既有才學，年還不老，再候一科，或者中去也不可知。」郭喬無奈，只得又安心誦讀，捱到下科。不期到了下科，依然不中。自不中也罷了，誰知里中一個少年，纔二十來歲，時時拿文字來請教郭秀才改削，轉高高中在榜上。郭喬這一氣，幾乎氣個小死。遂將筆硯經書盡用火焚了，恨恨道：「既命不做主，還讀他何用！」武氏再三勸他，那裏勸得他住。一連在家困了數日，連飲食都減了。武氏道：「你在家

❶ 大考不利：指鄉、會試沒考取。前文「小考」指日常考試。

中納悶，何不出門尋相知朋友，去散散心也好。」郭喬道：「我終日在朋友面前縱酒做文、高談闊論，人人拱聽。今到這樣年紀，一個舉人也弄不到手，轉被後生小子輕輕奪去，叫我還有甚麼嘴臉去見人？只好躲在家裡，悶死罷了。」

正爾無聊，忽母舅王袞，在廣東韶州府樂昌縣做知縣，有書來與他。書中說：「倘名場不利，家居寂寥，可到任上來消遣消遣。況滄湖瀧水亦古今名勝，不可不到。」郭喬得書大喜，因對武氏說道：「我在家正悶不過，恰恰母舅來接我。我何不趁此到廣東去一遊。」武氏道：「去遊一遊雖好，但恐路遠，一時未能便歸，宗師❷要歲考❸，卻叫誰去？」郭喬笑道：「賢妻差矣！我既遠遊，便如高天之鶴，任意逍遙。終不成還戀戀這頂破頭巾❹？明日宗師點不到，任他除名罷了。」武氏道：「不是這等說。你既出了門，我一個婦人家，兒子又小，倘有些門頭戶腦的事情，留著這秀才的名色搪搪，也還強似沒有。」郭喬道：「既是這等說，我明日動一個遊學的呈子❺在學中，便不妨了。」因又想道：「母舅來接我，雖是他一段好意思，但聞他做官甚是清廉，我到廣東，難道死死坐在他衙中？未免要東西覽遊，豈可盡取給於他？須自帶些盤纏去方好。」武氏道：「既要帶盤纏去，何不叫郭福率性買三五百金貨物跟你去，便伸縮自便。」郭喬聽了，大喜道：「如此更妙。」遂一面叫郭福去買貨，一面到學中去動呈子。不半

---

❷ 宗師：此處指學政。宗師本指學問精深、德高望重的人，故明清時期常稱學政、學道為宗師。

❸ 歲考：明清時期學政三年一任，三年內兩考秀才，一次為歲考，一次為科考。

❹ 頭巾：指方巾，明清時期秀才（生員）戴的帽子。

❺ 動一個遊學的呈子：寫一份申請外出訪學的請假報告。

月，呈子也准了，貨物又置了，郭喬就別了武氏，竟往廣東而去。正是：

名場失意欲銷憂，一葉扁舟事遠游。
只道五湖隨所適，誰知明月掛銀鈎。

郭喬到了廣東，先叫郭福尋一個客店，將貨物上好了發賣。然後自到縣中，來見母舅王知縣。王知縣聽見外甥到了，甚是歡喜，忙叫人接入內衙相見，各敘別來之事，就留在衙中住下。一連住了十數日，郭喬心下因要棄去秀才，故不欲重讀詩書，坐在衙中，便殊覺寂寞。又捱了兩日，悶不過，只得與母舅說道：「外甥此來，雖為問候母舅並舅母二大人之安，然亦因名場失利，借此來散散憤鬱。故今稟知母舅大人，欲暫出衙，到各處去遊覽數日，再來侍奉，何如？」王知縣道：「既是如此，你初到此，地方不熟，待我差一個衙役跟隨你去，方有次第。」郭喬道：「差人跟隨固好，但恐差人跟隨，未免招搖，有礙母舅之官箴❻，反為不妙。還是容愚甥自去，仍作客遊的，相安於無事。」王知縣道：「賢甥既欲自遊，我有道理了。」隨入內取了十兩銀子，付與外甥道：「你可帶在身邊作遊資。」郭喬不敢拂母舅之意，只得受了。遂走出衙來，要到郭福的下處去看看。不期纔走離縣前不上一箭之遠，只見兩個差人，鎖著一個老兒往縣裡來。後來又跟著一個十七八歲的女子，啼啼哭哭。郭喬定睛將那女子一看，雖是荊釵裙布，卻生得：

❻ 官箴：做官的名聲。

貌團團似一朵花，身嬝嬝如一枝柳。眉分畫出的春山，眼橫澄來的秋水。春筍般十指纖長，櫻桃樣一唇紅綻。哭聲細細鶯嬌，鬢影垂垂雲亂。他見人苦哀哀，無限心傷；人見他早已喜孜孜，一時魂斷。

郭喬見那女子生得有幾分顏色，卻跟著老兒啼哭，像有大冤苦之事，心甚生憐，因上前問差人道：「這老兒犯了甚事，你們拿他？這女子又是他甚人，為何跟著啼哭？」差人認得郭喬是老爺親眷，忙答應道：「郭相公，這老兒不是犯罪，是欠了朝廷的錢糧，沒得抵償。今日是限上該比❼，故帶他去見老爺。這女子是他的女兒，捨不得父親去受刑，情願賣身償還。卻又一時遇不著主顧，故跟了來啼哭。」郭喬道：「他欠多少銀子的錢糧？」差人道：「前日老爺當堂算總，共該一十六兩。」郭喬道：「既只十六兩，也還不多，我代他償了罷。」因在袖中將母舅與他作遊資的十兩，先付與老兒道：「這十兩你可先交在櫃上，那六兩，可跟我到店中，就取交與你。」老兒接了銀子，扒倒地下就是一個頭，說道：「相公救了我老朽一命，料無報答，只願相公生個貴子，中舉中進士，顯揚後代罷。」那女子也就跟在老兒後面磕頭。郭喬連忙扯他父女起來，道：「甚麼大事，不須如此。」差人見了，因說道：「郭相公既積陰騭憐憫他，此時老爺出堂還早，何不先到郭相公寓處領了那六兩來，一同交納，便率性完了一件公案。」郭喬道：「如此更好。」遂撤身先走。差人並老兒、女子俱隨後跟來。

郭喬到了客店，忙叫郭福取出一封十兩紋銀，也遞與老兒，道：「你可將六兩湊完了錢糧。你遭此

❼ 比：拷打。封建時代，官府差役、錢糧等任務限期完成，如違限，則每隔數日就要拷打一次。

一番，也苦了，餘下的可帶回去，父女們將養將養。」老兒接了銀子，遂同女兒跪在地下，千恩萬謝的，只是磕頭。郭喬忙忙扯他起來道：「不要如此，反使我不安。」差人道：「既郭相公周濟了你，且去完了官事，再慢慢的來謝也不遲。」遂帶了老兒去了。

郭喬因問郭福貨物賣的如何，郭福道：「托主人之福，帶來的貨物行情甚好，不多時早都賣完了。原是五百兩本銀，如今除去盤費，還淨存七百兩。實得了加四的利錢，也算好了。」郭喬聽了，歡喜道：「我初到此，王老爺留住，也還未就回去。你空守著許多銀子，坐在此也無益，莫若多寡留下些盤纏與我，其餘你可盡買了回頭貨，去賣了，再買貨來接我，亦未為遲。就報個信與主母也好。」郭福領命，遂去置貨，不題。

郭喬吩咐完了，就要出門去遊賞，因店主人苦苦要留下喫飯，只得又住下了。剛喫完酒飯，只見那老兒已納完錢糧，消了牌票，歡歡喜喜，同著女兒又來拜謝郭喬，因自陳道：「我老漢姓米，名字叫做米天祿。娶妻范氏，止生此女，叫做青姐。生他時，他母親曾得一夢，夢見一神人對他說，此女當嫁貴人，當生貴子，不得輕配下人。故今年一十八歲，尚捨不得嫁與鄉下人家。我老漢止靠著有一二十畝山田度日，不料連年荒旱，拖欠下許多錢糧，官府追比甚急，並無抵償。急急要將女兒嫁人，人家恐怕錢糧遺累，俱不敢來娶。追比起來，老漢自然是死了，女兒見事急，情願賣身救父，故跟上城來。又恨一時沒個售主。今日幸遇大恩人，發惻隱之心，慨然周濟，救了老漢一命，真是感恩無盡。再四思量，實實毫無報答。惟有小女一身，雖是村野生身，尚不十分醜陋。又聞大恩人客居於此，故送來早晚伏侍大恩人。望大恩人鑑老漢一點誠心，委曲留下。」郭喬聽了，因正色說道：「老丈這話就說差了，我郭挺之是個名教中人，決不做非禮之事。就是方纔這些小費，止不過見你年老拘攣，幼女哭泣，情甚可憐，一時不忍，故少為周急，也非大惠。怎麼就思量得人愛女？這不是行義，轉是為害了，斷乎不可。」米老兒道：「此乃老漢一點感恩報德之心，並非恩人之意，或亦無妨。還望恩人留下。」郭喬道：「此客店中，如何留得婦人女子？你可快快領去。我要出門了，不得陪你。」說罷，竟起身出門去了。正是：

施恩原不望酬恩，何料絲蘿暗結婚。
到得桃花桃子熟，方知桃葉出桃根。

米老兒見郭喬竟丟下他們去了，一發敬重他是個好人，只得帶了女兒回家。與范氏說知，大家感激不勝，遂立了一個牌位，寫了他的姓名在上，供養在佛前，朝夕禮拜。鄉下有個李家，見他錢糧完了，又思量來與他結婚。米天祿夫妻倒也肯了，青姐因辭道：「父親前日錢糧事急，要將我嫁與李家，他再三苦辭。我見事急，情願賣身救父，故父親帶我進城去賣身。幸遇了郭恩人，慨然周濟。他雖不買我，然得了他二十兩銀子，就與買我一樣。況父親又將我送到他下處，他恐涉嫌疑，有傷名義，故一時不好便受。然我既得了他的銀子，又送過與他，他受與不受，我就是郭家的人了，如何又好嫁與別人？若嫁與別人，則前番送與他，都是虛意了。我雖是一個鄉下女子，不知甚的，卻守節守義也是一般，斷沒個任人去取的道理。郭恩人若不要我，我情願跟隨父母，終身不嫁，紡績度日，決不又到別人家去。」米天祿見女兒說得有理，便不強他，也就回了李家。但心下還想著與郭喬說說，要他受了。不期進城幾次，俱尋郭喬不見，只得因循下了。

不期一日郭喬在山中遊賞，忽遇了一陣暴雨，無處躲避。忽望見山坳裡一帶茅屋，遂一徑望茅屋跑來。及跑到茅屋前，只見一家，柴門半掩。雨越下得大了，便顧不得好歹，竟推開門直跑到草堂之上。早看見一個老人坐在那裡，低著頭打草鞋，因說道：「借躲躲雨，打攪休怪。」那老人家忽擡起頭來，一看，認得是郭喬，不勝大喜，因立起身來說道：「恩人耶！我尋了恩人好幾遍，皆遇不著。今日為何直走到這裡？」郭喬再細看時，方認得這老兒正是米天祿，也自歡喜，因說道：「原來老丈住在這裡。我因信步遊賞，不期遇雨。」米天祿因向內叫道：「大恩人在此，老媽女兒快來拜見！」

叫聲未絕，范氏早同青姐跑了出來。看見果是郭喬，遂同天祿一齊拜倒在地。你說感恩，我說叩惠，拜個不了。郭喬連忙扶起。三人拜完，看見郭喬渾身雨淋的爛濕，青姐竟不避嫌疑，忙走上前替郭喬將濕巾除了下來，濕衣脫了下來。一面取兩件乾布衣與郭喬暫穿了，就一面生起些火來烘濕衣。范氏就一面去殺雞炊煮。不一時濕衣濕巾烘乾了，依舊與郭喬穿戴起來。范氏炊煮熟了，米天祿就放下一張桌子，又取一張椅子，放在上面，請郭喬坐了，自家下陪。范氏搬出餚來，青姐就執壺在傍斟酒。郭喬見他一家殷勤，甚不過意，連忙叫他放下。他那裡肯聽。米天祿又再三苦勸，只得放量而飲。飲到半酣之際，偷眼將青姐一看，今日歡顏，卻與前日的愁容大不相同。但見：

如花貌添出嬌羞，似柳腰忽多嬝娜。春山眉青青非蹙恨，秋水眼淡淡別生春。纖指捧觴飛筍玉，朱唇低勸綻櫻丹。笑色掩啼痕，更饒嫵媚；巧梳無亂影，倍顯容光。他見我已吐出熟心，我見他又安忍裝成冷面。

郭喬喫到半酣，已有些放蕩。又見青姐在面前來往，更覺動情。心下想一想，恐怕只管留連，把持不定，弄出事來。又見雨住天晴，就要作謝入城。當不得米天祿夫妻苦苦留住道：「請也請恩人不容易到此，今邀天之幸，突然而來，就少也要住十日半月，方纔放去。怎剛剛到得就想回去？這是斷斷不放。」郭喬無奈，只得住下。米天祿又請他到山前山後去遊玩，遊完歸來，過了一宿。到次日清晨，米天祿在佛前燒香，就指著供奉的牌位與郭喬看，道：「這不是恩人的牌位麼？」郭喬看了，就要毀去，道：「多少恩惠，值得如此，使我不安。」米天祿道：「怎說恩惠不多。若非有此，我老漢一死是不消說的，就是老妻小女，無依無倚，也都是一死，怎能彀團頭聚面，復居於此？今得居此者，皆恩人之再生也。」郭喬聽了，不勝感歎道：「老丈原來是個好人。過去的事，怎還如此記念。」米天祿道：「感恩積恨，乃人生鑽心切骨之事。不但老漢不敢忘恩人大德，就是小女，自拼賣身救父，今得恩人施濟，不獨救了老漢一命，又救了小女一身，他情願為婢，伏侍恩人。又自揣村女未必入恩人之眼，見恩人不受，不敢苦強，然私心以為得了恩人的厚惠，雖不蒙恩人收用，就當賣與恩人一般，如何又敢將身子許與別人？故昨日李家見老漢錢糧完了，又要來議婚，小女堅執不從，已力辭回去了。」

郭喬聽了，著驚道：「這事老丈在念，還說有因。令愛妙齡，正是桃夭之子，宜室宜家❽，怎麼守起我來？那有此理，這話我不信。」米天祿道：「我老漢從來不曉得說謊，恩人若不信，待我叫他來，恩人自問他便知。」因叫之：「青姐走來，恩人問你話。」青姐聽見父親叫，連忙走到面前。郭喬就說道：「前日這些小事，乃我見你父親一時遭難無償，我自出心贈他的。青姑娘賣身救父，自是青姑娘之

❽ 桃夭之子二句：指青姐正當青春年華，適宜結婚。典見詩經周南桃夭。

孝，卻與我贈銀兩不相干。青姑娘為何認做一事？若認做一事，豈不因此些小之事，倒誤了青姑娘終身？」青姐道：「事雖無干，人各有志。恩人雖贈銀周急，不為買妾，然賤妾既有身可賣，怎教父親白白受恩人之惠？若父親白白受恩人之惠，則恩人為仁人，為義士，而賤妾償身一番，依舊別嫁他人，豈非止博虛名而不得實為孝女了？故恩人自周急於父親，賤妾自賣身於恩人，各行各志，各成各是，原不消說得。若必欲借此求售於恩人，則賤妾何人，豈敢仰辱君子，以取罪戾？」

郭喬聽了，大喜道：「原來青姑娘不獨是個美女子，竟是一個賢女子。我郭挺之前日一見了青姑娘，非不動心。一來正在施濟，恐礙了行義之心；二來年齒相懸，恐妨了好逑之路，故承高誼送來之時，急急避去，不敢以色徒自誤。不期青姑娘到有此一片眷戀之貞心，豈非人生之大快！但有一事，也要與青姑娘說過：家有荊妻，若蒙垂愛，只合屈於二座❾。」青姐道：「賣身之婢，收備灑掃足矣，安敢爭小星之位。」郭喬聽了，愈加歡喜道：「青姑娘既有此美意，我郭挺之怎敢相輕，容歸寓再請媒行聘。」青姐道：「賤妾因已賣身於恩人，故見恩人而不避。若恩人再請媒行聘，轉屬多事，非賤妾賣身之原意了，似乎不必。」郭喬說道：「這是青姑娘說的，各行各志，不要管我。」說定，遂急急的辭了回寓。正是：

花有清香月有陰，淑人自具淑人心。
若非眼出尋常外，那得芳名留到今。

---

❾ 二座：與下文之「小星」，均指妾。

郭喬見青姐一個少年的美貌女子，情願嫁他，怎麼不喜？又想：「青姐是個知高識低的女子，他不爭禮於我，自是他的高處。我若無禮於他，便是我的短處了。」因回寓取了三十二兩銀子，竟走到縣中，將前事一五一十都與母舅說了，要他周全。王知縣因見他客邸無聊，只得依允了。將三十二兩銀子封做兩處，以十六兩做聘金，以十六兩做代禮。又替他添上一對金花，兩疋綵緞，並鵝酒菓盒之類。又叫六名鼓樂，又差一吏，兩個皂隸，押了送去。吩咐他說：「是本縣為媒，替郭相公娶米天祿的女兒為側室。」吏人領命，竟送到種玉村米家來。恐米家不知，先叫兩個皂隸去報信。

不期這兩個皂隸，恰正是前日催錢糧的差人。米老兒忽然看見，喫了一驚，道：「錢糧已交完，二位又來做甚麼？」二皂隸方笑說道：「我們這番來，不是催錢糧，是縣裡太爺，替郭相公為媒，來聘你令愛。聘禮隨後就到了，故我二人先來報喜。」米老兒聽了還不信，道：「郭相公來聘小女，為甚太爺肯替他做媒？」二皂隸道：「你原來不知，郭相公就是我縣裡太爺的外甥。」米天祿聽了，愈加歡喜，忙忙與女兒說知，叫老媽央人相幫打點，早鼓樂吹吹打打，迎入村來了。

不一時到了門前，米天祿接著。吏人將聘禮代禮、金花綵緞、鵝酒菓盒一齊送上，又將縣尊吩咐的話，一一說與他知。米老兒聽了，滿口答應不及的道是道是，忙邀吏人並皂隸入中堂坐定，然後將禮物一一收了。鼓樂在門前吹打，早驚動了一村的男男女女，都來圍看，皆羨道：「不期米家女兒前日沒人要，如今倒嫁了這等一個好女婿。」范氏忙央親鄰來相幫，殺雞宰鵝，收拾酒飯，款待來人，只鬧了半日，方得打發去了。青姐見郭喬如此鄭重，他一發死心塌地。郭喬要另租屋娶青姐過去，米天祿恐客邊不便，轉商量擇一吉日，將郭喬贅了入來。又熱鬧了一番，郭喬方與青姐成親。正是：

遊粵無非是偶然，何曾想娶鵲橋仙。
到頭桂子蘭孫長，方識姻緣看線牽。

二人成親之後，青姐感郭喬不以賣身之事輕薄他，故凡事體心貼意的奉承。郭喬見青姐成親之後，比女兒更加妍美，又一心順從，甚是愛他。故二人如魚似水，十分相得。每日相偎相倚，郭喬連遊興也都減了。過了些時，雖也記掛著家裡，卻因有此牽絆，便因因循循過了。忽一日，郭福又載了許多貨來，報知家中主母平安。郭喬一發放下了心腸。

時光易過，早不知不覺在廣東住了年半有餘。王知縣見他久不到衙，知他為此留戀，因差人接他到衙，勸戒他道：「我接你來遊粵的初念，原為你一時不曾中得，恐你抑鬱，故接你來散散。原未曾叫你在此抛棄家鄉，另做人家。今你來此已將及二載，明年又是場期，還該早早回去，溫習書史，以圖上進。若只管流落在此，一時貪新歡，誤了終身大事，豈不是我做母舅的接你來，倒害了你？」郭喬口雖答應道：「母舅大人吩咐的是，外甥只等小价⑩還有些貨物，一賣完，就起身回去了。」然心裡實未嘗打點歸計。不期又過不得幾時，忽王知縣報行取⑪了，要進京，遂立逼著要郭喬同去。

郭喬沒法推辭，只得來與青姐說知。青姐因說道：「相公故鄉原有家產，原有主母，原有功名，原該回去，是不消說得的。賤妾雖蒙相公收用，卻是傍枝，不足重輕。焉敢以相公憐惜私情，苦苦牽纏，

⑩ 小价：對別人稱自己的僕人為「小价」，表示自謙。
⑪ 行取：明代制度，地方官任滿一定年限，經上司保舉，可調任京官，稱為行取。

以妨相公之正業？但只有一事，要與相公說知，求相公留意，不可忘了。」郭喬道：「你說便說得好聽，只是恩愛許久，一旦分離，如何捨得？你且說更有何事，叫我留意。」青姐道：「賤妾蒙相公憐愛，得侍枕席，已懷五月之孕了。倘僥倖生子，賤妾可棄，此子乃相公骨血，萬不可棄。所以說望相公留意。」郭喬聽了，慘然道：「愛妻怎麼就說到一個棄字，我郭喬縱使無情，也不至此。今之欲歸，非輕捨愛妻，苦為母舅所迫耳。歸後當謀再至，決不相負。」青姐道：「相公之心，何嘗願棄，但恐道路遠，事牽絆，不得已耳。」郭喬道：「棄與不棄，在各人之心，此時也難講。愛妻既念及生子，要我留名，我就預定一名於此，以為後日之徵，何如？」青姐道：「如此更好。」郭喬道：「世稱父子為喬梓，我既名喬，你若生子，就叫做郭梓罷了。」青姐聽了，大喜道：「謹遵相公之命。」又過了兩日，王知縣擇了行期，速速著人來催。郭喬無可奈何，只得叫郭福留下二百金與米天祿，叫他置些產業，以供青姐之用。然後拜別，隨母舅而去。正是：

東齊有路接西秦，驛路山如眉黛顰。
若論人情誰願別，奈何行止不由人。

郭喬自別了青姐，隨著母舅北歸，心雖繫念青姐，卻也無可奈何。月餘到了廬州家裡，幸喜武氏平安。夫妻相見甚歡。武氏已知道娶了青姐之事，因問道：「你既娶了一妾，何不帶了來家，與我作伴也好，為何竟丟在那裡？」郭喬道：「此不過一時客邸無聊，適為湊巧，偶爾為之，當得甚麼正景，遠巴巴又帶他來。」武氏道：「妻妾家之內助，倘生子息，便要嗣續宗祖。怎說不是正景？」郭喬笑道：「在那裡也還正景，今見了娘子，如何還敢說正景。」說的夫妻笑了。

過了兩日，忽聞得又點出新宗師來科舉。郭喬也還不在心上，到是武氏再三說道：「你又不老，學中的名字又還在，何不再出去考一考？」郭喬道：「舊時終日讀書，也不能巴得一第。今棄了將近兩年，荒疏之極。便去考，料也無用。」武氏道：「縱無用，也與閒在家裡一般。」郭喬被武氏再三勸不過，只得又走到學中去銷了假，重新尋出舊本頭來，又讀起。讀到宗師來考時，喜得天資高，依舊考了一個一等。只無奈入了大場，自誇文章錦繡，仍落孫山之外。一連兩科，皆是如此。初時還惱，後來知道命中無科甲之分，連惱也不惱。此時郭喬已是四十八歲，武氏也是四十五歲，雖然不中，卻喜得家道從容，儘可度日。

郭喬自家功名無望，便一味留心教子。不期兒子長到一十八歲，正打帳⓬與他求婚，不期得了暴疾，竟自死了。夫妻二人痛哭不已，方覺人世有孤獨之苦。急急再想生子，而夫妻俱是望五之人，那裡還敢指望。雖武氏為人甚賢，買了兩個丫頭，在房中伏侍郭喬，卻如水中撈月，全然不得。初時郭福在廣東做生意，青姐處還有些消息。後來郭福不走廣東，遂連消息都無了。郭喬雖時常在花前月下念及青姐，爭奈年紀漸漸大了，那裡還能彀到得廣東。青姐之事，只當做了一場春夢，付之一歎。學中雖還掛名做個秀才，卻連科舉也不出來了，白白的混過了兩科。

這年是五十六歲，又該鄉試。郭喬照舊不出來赴考。不期這一科的宗師，姓秦名鑑，雖是西人，卻自負知文，要在科場內拔識幾個奇才。正案雖然定了，他猶恐遺下真才，卻又吊考遺才⓭，不許一名不

⓬ 打帳：打算。

到。郭喬無奈，只得也隨眾去考。心下還暗暗想道：「到考一個六等，黜退了，倒乾淨，也免得年年奔來奔去。」不期考過了，秦宗師當面發落，第一名就叫郭喬，問道：「你文字做得淵涵醇正，大有學識，此乃必售之技，為何自棄，竟不赴考？」郭喬見宗師說話打動他的心事，不覺慘然，跪稟道：「生員自十六歲進學，到今五十六歲，在學中做過四十年生員，應舉過十數次，皆不能僥倖。自知命中無分，故心成死灰，非自棄也。」秦宗師笑道：「俗語說窗下休言命，場中莫論文。我本院偏不信此說。場中乃論文之地，若不論文，卻將何為據？本院今送你入場，你如此文字，若再不中，我本院便情願棄職回去，再不閱文了。」郭喬連連叩頭道：「多蒙大宗師如此作養，真天地再生，父母再養矣！」不多時，宗師發放完，忙退了出來，與武氏說知。從新又興興頭頭，到南場去科舉。

這一番入場，也是一般做文，只覺的精神勇猛。真是貴人擡眼看，便是福星臨。三場完了，候到發榜之期，郭喬名字早高高中了第九名亞魁。忙忙去喫鹿鳴宴⓮，謝座師⓯，謝房師⓰，俱隨眾一體行事。惟到謝秦宗師，又特特大拜了四拜，說道：「門生死灰，若非恩師作養，已成溝中棄物了。」秦宗師自負賞鑑不差，也不勝之喜，遂催他早早入京靜養。

⓭ 吊考遺才：指「錄遺」。學道在科試時，錄取為一等和二等前十名的，有資格參加鄉試，即前文所說「正案」。然後再舉行一次，所有的秀才、童生都可以參加，稱為「錄遺」，以防止遺漏真才之意。

⓮ 鹿鳴宴：明代鄉試揭榜的次日，由巡撫設宴，眾考官和新舉人參加的宴會，叫鹿鳴宴。

⓯ 座師：這裡指鄉試的主考官。

⓰ 房師：明代鄉、會試，於主考之外，設同考官分閱試卷。舉子的試卷由那位考官評閱，即稱該同考官為房師。後文郭喬、郭梓父子的試卷均為李翰林評閱，並被推薦錄取，故稱都出自其門下，父子為同門。

郭喬還家，武氏見他中了舉人，賀客填門，無任歡喜。只恨兒子死了，無人承接後代，甚是不快。郭喬因奉宗師之命，擇了十月初一日便要長行。夫妻臨別，武氏再三囑咐道：「你功名既已到手，後嗣一發要緊。妾聞古人還有八十生子之事，你今還未六十，不可懈怠。家中之婢，久已無用。你到京中，若遇燕趙得意佳人，不妨多覓一兩個，以為廣育之計。」郭喬聽了，感激不盡道：「多蒙賢妻美意，只恐枯楊不能生荑⑰了。」武氏道：「功名你久已灰心，怎麼今日又死灰復燃？天下事不能預料，人事可行，還須我盡。」郭喬聽了，連連點頭道：「領教領教。」夫妻遂別了。正是：

妻賢字字是良言，豈獨擔當蘋與蘩。
倘能婦心皆若此，自然家茂子孫繁。

郭喬到了京中，赴部報過名，就在西山尋個冷寺住下，潛心讀書，不會賓客。到了次年二月，隨眾入場。三場完畢，到了春榜放時，真是時來鐵也生光，早又高高中了第三十三名進士。滿心歡喜，以為完了一場讀書之願。只可恨死了兒子，終屬空喜。忽報房刻成會試錄，送了一本來看。郭喬要細細看明，好會同年。看見自家是第三十三名郭喬，廬州府合肥縣學生，再看到第三十四名，就是一個郭梓，韶州府樂昌縣附學生。心下老大喫了一驚，暗想道：「我記得廣東米氏別我時，他曾說已有五月之孕，恐妨生子，叫我先定一名。我還記得所定之名，恰恰正是郭梓。難道這郭梓就是米氏所生之子？若說不是，為何恰恰又是韶州府樂昌縣？正是米氏出身之地。但我離廣東，屈指算來，只好二十年。若是米氏所生

⑰荑：音ㄊㄧˊ，茅草的嫩芽。通「稊」，易大傳：「枯楊生稊。」

之子，今纔二十歲，便連夜讀書，也不能就中舉中進士，如此之速。」心下狐疑不了，忙吩咐長班：「去訪這中三十四名的郭爺，多大年紀了，寓在那裡，我要去拜他。」長班去訪了來報道：「這位郭爺，聽得人說他年紀甚小，只好二十來歲。原是貧家出身，盤纏不多，不曾入城，就住在城外一個冷飯店內。聞知這郭爺也是李翰林老爺房裡中的，與老爺正是同門。明日李老爺散生日⑱，本房門生都要來拜賀。老爺到李老爺家去，自然要會著。」郭喬聽了，大喜。

到了次日，日色纔出，即具了賀禮，來與李翰林拜壽。李翰林出廳相見。拜完壽，李翰林就問道：「本院閒散誕辰，不足為賀，賢契為何今日來得獨早？」郭喬忙打一恭道：「門生今日一來奉祝，二來還有一狐疑之事，要求老師臺為門生問明。」李翰林道：「有甚狐疑之事？」郭喬遂將隨母舅之任，遊廣東並娶妾米氏，臨行米氏有孕，預定子名之事，細細說了一遍，道：「今此郭兄，姓同名同，年又相同，地方又相同，大有可疑。因係同年，不敢輕問。少頃來時，萬望老師臺細細一詢，便知是否。」李翰林應允了。

不多時，眾門生俱到。一面拜過壽，一面眾同年相見了，各敘寒溫。坐定，李翰林就開口先問郭梓道：「郭賢契，貴庚多少了？」郭梓忙打一恭道：「門生今年正交二十。」李翰林又問道：「賢契如此青年，自然具慶⑲了。但不知令尊翁，是何台諱？原習何業？」郭梓聽見問他父親的名字，不覺面色一紅。沉吟半晌，方又說道：「家父乃廬州府生員，客遊於廣，以蔭門生。門生生時，而家父已還，尚未

⑱ 散生日：人的生日中，逢十（如三十歲）的為整生日，其餘的則為散生日。
⑲ 具慶：舊時稱父母俱存為具慶。

及面，深負不孝之罪。」李翰林道：「據賢契說來，則令堂當是米氏了？」郭梓聽了，大驚道：「家母果係米氏。不知老師臺何以得知？」李翰林道：「賢契既知令尊翁是廬州府生員，自然知其名字。」郭梓道：「父名子不敢輕呼，但第三十三名的這位同年，貴姓尊名，以及郡縣，皆與家父相同，不知何故。」李翰林道：「你既知父親是廬州生員，前日舟過廬州，為何不一訪問？」郭梓道：「門生年幼，初出門不識道途，又無人指引，又因家寒資斧不裕，又恐誤了場期，故忙忙進京，未敢迂道。今蒙老師臺提拔，僥倖及第，只俟廷試一過，即當請假，至廬州訪求。」李翰林笑道：「賢契如今不消又去訪求了，本院還你一個父親罷。這三十三名的正是他。」郭梓道：「家母說家父是生員，不曾說是舉人進士。」李翰林又笑道：「生員難道就中不得舉人進士麼？」

郭喬此時已看得明明，聽得白白，知道確乎是他的兒子，滿心狂喜，忍不住走上前說道：「我兒，你不消疑惑了。你外祖父可叫做米天祿，外祖母可是范氏？你母親可是三月十五日生日？你住的地方，可叫做種玉村？這還可以盜竊，你只看你當眉心的這一點黑痣，與我眉心這一點黑痣，可是假借得來的？你心下便明白了。」郭梓忙擡頭一看，見郭喬眉心一點黑痣，果與自家的相同。認真是實，方走上前，一把扯著郭喬，拜伏於地，道：「孩兒生身二十年，尚不知木本水源，真不肖而又不孝矣！」郭喬連忙扶起他來道：「汝父在詩書中塵埋一生，今方少展。在宗祀中不曾廣育，遂致無後。今無意中得汝，又賴汝母賢能，教汝成名，以掩飾汝父之不孝，可謂有功於祖父，誠厚幸也。」隨又同郭梓拜謝李翰林道：「父子同出門牆，恩莫大矣。又蒙指點識認，德更加焉。雖效犬馬啣結，亦不能補報萬一。」李翰林道：「父子睽離，識認的多矣。若父子鄉會同科，相逢識認於金榜之下，則古今未之有也。大奇大奇，可賀可賀。」眾同年俱齊聲稱慶道：「果是希有之事。」李翰林留飯，師生歡然，直飲得盡醉方散。

郭梓遂不出城，竟隨到父親的寓所來同宿。再細細問廣中之事，郭梓方一一說道：「外祖父母，五六年前俱已相繼而亡。所有田產，為殯葬之計，已賣去許多。餘下者又無人耕種，取租有限。孩兒從師讀書之費，皆賴母親日夜紡績以供。」郭喬聽了，不覺涕淚交下道：「我郭喬真罪人也！臨別曾計重來，二十年竟無音問。家尚有餘，置之絕地，徒令汝母受苦，郭喬真罪人也！廷試一過，即當請告而歸，接汝母來同居，以酬他這一番貞守之情、教子之德。」郭梓唯唯領命。到了廷試，郭喬止殿在二甲，選了部屬；郭梓到殿了探花，職授編修⑳。父子一時榮耀。在京住不多時，因記掛著要接米氏，郭喬就告假祭祖，郭梓就告假省母。命下了，父子遂一同還鄉。座師同年，皆以為榮，俱來餞送，享極一時之盛。正是：

來時父子尚睽違，不道相逢衣錦歸。
若使人生皆到此，山中草木有光輝。

郭喬父子同到了廬州，此時已有人報知武夫人。武夫人見丈夫中了進士，已喜不了；又見說廣東妾生的兒子，又中了探花，又認了父親，一同回來，這喜也非常。忙使人報知母舅王袞。此時王袞因行取，

---

⑳ 郭梓到殿了探花二句：明清時代，科舉考試規定，會試之後，還要舉行殿試，由皇帝親自主持。錄取者分為三個等級，稱為三甲。一甲三名，稱為狀元、榜眼、探花。照規定，狀元例授修撰，榜眼、探花授編修，都是翰林，屬於清要之職。

已在京做了六年御史，告病還家。聞知此信，大喜不勝，連忙走來相會。郭喬到家，先領郭梓到家堂裡拜了祖宗，就到內庭拜見嫡母。拜完了，然後同出前廳。自先拜了母舅，就叫郭梓拜見祖母舅。拜完，郭喬因對郭梓說道：「我娶你母親時，還是祖母舅為媒，替我行的聘禮，當時為此，實實在有意無意之間。誰知生出汝來，竟接了我郭氏一脈，真天意也，真快幸也！」武氏備出酒來，大家歡飲方散。

到了次日，府縣聞知郭喬中了進士，選了部郎，又見兒子中了探花，盡來賀喜請酒。又是親朋來作賀，直鬧個不了。郭梓記掛著生母在家懸望，只得辭了父親、嫡母回去。郭喬再三囑咐道：「外祖父母既已謝世，汝母獨立無依，必須要接來同居，受享幾年，聊以報他一番苦節。」郭梓領命，晝夜兼程，趕到韶州，報知母親，說：「父親已連科中了進士，在榜上看出姓名籍貫，方纔識認了父子。遂同告假歸到廬州，拜見了嫡母。父親與嫡母因前面的兒子死了，正憂無後，忽得孩兒承繼了宗祧，父親與嫡母俱感激母親不盡，再三吩咐孩兒，叫迎請了母親去，同享富貴，以報母親往前之苦。此乃骨肉團圓大喜之事，母親須要打點速去為妙。」米氏聽見郭喬也中了進士，恰應他母親夢中神道貴人之妻、貴人之母之言，不勝大喜，因對兒子說道：「你為母的孤立於此，也是出於無奈。今既許歸宗，怎麼不去？」因將所有的田產房屋，盡付與一個至誠的鄉鄰，托他看守父母之塚，自家便輕身隨兒子歸宗。

此時府縣見郭梓中了探花，盡來奉承。聞知起身歸宗，水路送舟舡，旱路送車馬，贐儀程儀，絡繹不絕。故母子二人安安然，不兩月就到了廬州。郭喬聞報，遂親自乘轎到舟中來迎接。見了米氏，早深深拜謝道：「夫人臨別時，雖說有孕，叫我定名，我名雖定了，還不深信。誰知夫人果然生子，果然苦守二十年，教子成名，續我郭氏戔戔㉑之一脈。此恩此德，真雖殺身亦不能酬其萬一，只好日日跪拜夫人，以明感激而已。」米氏道：「賤妾一賣身之婢，得配君貴人，已榮於華袞。又受君之遺，生此貴子，其榮又為何如。至於守身教子，皆妾分內之事，又何勞何苦，而過蒙垂念？」郭喬聽了，愈加感歎道：「二夫人既能力行而又不伐，即古賢淑女，亦皆不及，何況今人。我郭喬何幸得遇夫人，真天緣也。」遂請米氏乘了大轎，同與兒子騎馬追隨。

到了門前，早有鼓樂大吹大擂，迎接入去。擡到廳前歇下，閒人就都迴避了，早有侍妾掀起轎簾，請他出轎。早看見武夫人，立在廳上接他。他走入廳來，看見武夫人，當廳就是一跪，說道：「賤妾米氏，稟拜見夫人。」武夫人見他如此小心，也忙跪將下去，扶他道：「二夫人貴人之母也，如何過謙，快快請起。」米氏道：「子雖不分嫡庶，妾卻不能無大小之分。還求大夫人台坐，容賤妾拜見。」武夫人道：「從來母以子貴，妾無子之人，焉敢稱尊？」此時郭喬、郭梓俱已走到，見他二人遜讓不已，郭梓只得跪在傍邊，扶定武夫人，讓米氏拜了兩拜。然後放開手，讓武夫人還了兩拜，方纔請起武夫人。又叫家中大小僕婢，俱來拜見二夫人。拜完，然後同入後堂，共飲骨肉團圓之酒。自此之後，彼此相敬相愛，一家和順。郭喬後來只做了一任太守，便不願出仕。郭梓直做到侍郎，先封贈了嫡母，後又封贈了生母方已。後人有詩贊之道：

施恩只道濟他人，報應誰知到自身。
秀色可餐前種玉，書香能續後生麟。

㉑ 戔戔：淺少之意。

不曾說破終疑幻，看得分明始認真。
未產命名君莫笑，此中作合豈無因。

第二卷　盧夢仙江上尋妻

科第從來誤後生，茫茫今古伴青燈。
一時名落孫山榜，六載人歸楊素❶門。
志苦自邀天地眷，身存復鼓瑟琴聲。
落花流水情兼有，莫向風塵看此君。

話說人生百年之內，卻有許多離合悲歡。這離合悲歡，非是人要如此，也非天要人如此，乃是各人命中註定，所以推不去，躲不過。隨你英雄豪傑，跳不出這個圈子。然古今來離而復合、悲後重歡的事體儘多，如今先把兩樁極著名的來略言其概。

一個是陳朝樂昌公主，下嫁太子舍人徐德言，夫妻正是一雙兩好。那知後主陳叔寶，荒淫無道，被隋朝攻入金陵。國破家亡，樂昌夫妻各自逃生。臨別之時，破鏡各執，希冀異日再合。到後天下平靜，德言於正月十五元宵之夜，賣破鏡為繇，尋訪妻子下落。這樂昌已落在越公楊素府中，深得愛寵。樂昌不忘舊日恩情，冒死稟知越公，也差人體訪德言，恰好相值。越公召入府中，與樂昌公主相會。虧楊素

❶ 楊素：隋代權臣，先後被封為越國公、楚國公。

不是重色之徒，將樂昌還與德言，重為夫婦。

還有個餘姚人黃昌，官也不小，曾為蜀郡太守。當年為書佐之時，妻子被山賊劫去，流落到四川地方，嫁個腐酒之人，已生下兒子。及黃昌到四川做太守時，其子犯事，娘兒兩人同到公堂審問。黃昌聽見這婦人口氣不像四川人，問其緣故，方知當初被山賊劫去妻子，即是此人，從此再合。

看官，這兩樁故事，人都曉得，你道為何又宣他一番？止因女子家是個玻璃盞，磕著些兒便碎；又像一疋素白練，染著皂煤便黑。這兩個女人，雖則復合，卻都是失節之人，分明是已破的玻璃盞，染皂煤的素白練。雖非點破海棠紅，卻也是風前楊柳，雨後桃花。許多婀娜臙脂，早已被人搖擺多時，冷淡了許多顏色，所以不足為奇。如今只把個已嫁別家，甘為下賤，守定這朵朝天蓮、夜舒荷，交還當日的種花人，這方是精金烈火百鍊不折，纔為希罕。正是：

貞心耿耿三秋月，勁節錚錚百鍊金。

話說成化年間，揚州江都地方，有一博雅老儒李月坡，妻室已喪，止有一女，年方九歲，生得容貌端妍，聰明無比。月坡自幼教他讀書，真個聞一知十，因此月坡命名妙惠。鄰里間多有要與月坡聯姻，月坡以女兒這個體格，要覓一個會讀書的子弟為配，不肯輕易許那尋常兒童。月坡自來無甚產業，只靠坐館膳生。從古有硯田筆耒❷之號，雖為冷淡，原是聖賢路上人。這一年，在利津門龔家開館。龔家有個女學生，年紀也方九歲。東家有個盧生，附來讀書。

❷ 硯田筆耒：以硯為田，以筆作耕，指靠教書、寫作為生。

那盧生學名夢仙，以昔日邯鄲盧生，為呂洞賓幻夢點化，登了仙籙，所以這盧生取名夢仙，字從呂。其父盧南村是個富不好禮❸之人。其母姓駱，也不甚賢明大雅，卻生得盧夢仙這個好兒子。自到龔家附學，本是聰明質地，又兼月坡教道有方，年紀纔止十歲，書倒讀了一腹。剛剛學做文字，卻就會弄筆頭，長言短句，信筆而成。因資性占了十分，未免帶些輕薄。一日，見龔家女學生將出一柄白竹扇子，畫著松竹花鳥，夢仙借來一觀，就拈筆寫著兩行大字，道：

一株松，一竿竹，一隻鳳凰獨自宿。有朝一日效于飛❹，這段姻緣真不俗。

寫罷，送還女學生。女學生年小，不知其味，不想龔家主人出來看見，大怒起來，歸怨先生教訓不嚴。月坡沒趣，罰盧夢仙跪下，將一方大石硯臺，頂在頭上。正在那裡數說他放肆，不覺肩上扇子一拍，叫道：「月坡，為甚事將學生子這樣大難為？」月坡回頭看時，卻是最相契的朋友雷鳴夏，原是揚州府學秀才。月坡即轉身作揖，龔主人也來施禮，賓主坐下。雷秀才又問道：「這學生為甚受此重罰？」月坡將題扇的事說出。雷秀才笑道：「雖則輕薄，卻有才情。我說分上，就把頂石而跪為題，一樣照前體制，若對偶精工，意思親切，便放起來。若題得不好，然後重加責罰。」盧夢仙又依前對上幾句，道：

一片石，一滴水，一個鯉魚難掉尾。今朝幸遇一聲雷，劈破紅雲飛萬里。

❸ 富不好禮：有錢卻不能知禮儀。論語學而中孔子曰：「未若貧而樂，富而好禮。」此處是反其意而用之。

❹ 于飛：指夫妻和諧。原指鳳凰相伴而飛，典出自詩經大雅卷阿。

雷秀才見了大喜，叫道：「有這等奇才，定是黃閣名臣、青雲偉器❺！我當作伐，就求龔家女生，與他配成兩姓之好。」龔主人也是回嗔作喜，說道：「果是奇才，但愧小女薄福，先已許字，不能從命。」雷秀才道：「東家不成便來西家，月坡有位令愛，想是年貌相等，何不就招他為婿？」月坡正有此意，謙遜道：「我是儒素，他是富家，只怕乃尊不肯。」雷秀才道：「或者合是天緣，也未可知。待我與貴東同去作伐，料然他不好推托。」道罷別去。

雷秀才擇個好日，約龔主人同到盧家去為媒。一則盧夢仙與李妙惠合該是夫妻；二來盧南村平昔極是算小，聽說行聘省儉，聘金又不受，正湊其趣；三則又是秀才為媒，自覺榮耀，因此一說就成。選起吉期，行了聘禮，結為姻眷。到十九歲上，盧南村與夢仙完婚，郎才女貌，的是一對。更兼妙惠從小知書達禮，待公姑十分恭敬，舉動各有禮節。又勸丈夫勤學，博取功名，顯揚父母。夢仙感其言，發憤苦功。至二十一歲，案首❻入學。以儒士科舉，中禮記經魁。那時喜倒了盧南村，樂殺了駱媽媽。人都道盧南村一字不識，卻生這個好兒子，中了舉人，因起了個渾名，叫盧從呂為盧伯騂，隱著「犁牛之子騂且角」❼的意思。

這是個背後戲話，盧家原不曉得。此時親戚慶賀雲集，門庭熱鬧，鄉里間平昔與盧南村有些交往的，

---

❺ 黃閣名臣青雲偉器：指有大成就的著名大臣。

❻ 案首：這裡指在由學道主持的考秀才的考試中獲得第一名。

❼ 犁牛之子騂且角：指不好的父親，生出了很好的兒子。犁，顏色渾雜，犁牛即雜色牛。騂，赤色。周人尚赤，故祭祀時用騂。這句話出自論語雍也，本是孔子評價仲弓的話。

加倍奉承，鬥起分金，設席請他父子。夢仙見房師去了，止有盧南村獨自赴酌。飲至酒後，眾人齊道：「盧大伯今日還是舉人相公的令尊，明年此時定是進士老爹的封君了。我們鄉里間有甚事體，全要仗你看顧。」盧南村道：「這個自然。只是我若做了封君，少不得當要去拜府縣，不知帖子上該寫甚麼生？到了迎賓館裡，不知還自朝南坐朝北坐？這些禮體，我一毫不曉。」內中一人道：「我前見張侍郎老封君拜太爺，帖子上寫治生。不知新進士封君可該也是這般寫？」盧南村道：「一般封君，豈有兩樣？定然寫治生了。你可曾見是朝南坐，朝北坐？」那人道：「這倒沒有看得。」眾人道：「大伯不消費心，但問令郎相公便明白了。」南村道：「有理有理。近處不走，卻去轉遠路。」酒罷散去。

這些話，眾人又都傳開去。有那輕薄的，便笑道：「怪道人叫他兒子是盧伯駢，果然這樣妙的。」又有個下第老儒，說道：「這樣學生子，乳花還在嘴上，曉得什麼文章。偷個舉人到手也夠了，還要想進士，真個是夢仙了。」這個話，又有人傳入盧南村耳中。那老兒平日又不說起，直到夢仙會試起身之日，親友畢集餞行，卻說道：「兒子，你須爭氣，掙了進士回來。莫要不用心，被人恥笑。」夢仙道：「中不中，自有天命，誰人笑得。」盧南村道：「你不曉得，有人在背後談議，如此如此。又叫你是甚麼盧伯駢。」夢仙本是少年心性，聽了這話，不覺面色俱變，道：「原來恁地可惡，把我輕薄也罷了，如何傷觸我父親？此恨如何消得！」眾親俱勸道：「此乃小輩妒忌之言，不要聽他。」丈人李月坡也說道：「背後之語，何足介意。你只管自己功名便了。」夢仙道：「若論文章，別個或者還抱不穩，我盧從呂不是自誇，信筆寫去，定然高高前列。眾高親在此，若盧從呂不能中進士回來，將煙煤塗我個黑臉。」眾親道：「怎這般說？此去定然高中。」為這上酒也不能盡歡，怏怏而別。只這一番說話，分明似：

打開鸞鳳東西去，拆散鴛鴦南北飛。

盧夢仙離了家鄉，一路騾轎，直至京師，下了寓所。因憤氣在心，足跡不出，終日溫習本業。候到二月初九頭場，進了貢院，打起精神，猛力的做成七篇文字。大抵鄉會試所重，只在頭場。頭場中了試官之意，二三場就不濟，也是中了；若頭場試官看不上眼，二三場總然言言經濟，字字珠璣，也不來看你的了。這盧夢仙，自道這七篇文字從肥腸滿腦中流出，一個進士穩穩拿在手裡了，好不得意。過了十二三場，到十四夜，有個同年舉人到他寓所來商議策題，說：「方今邊疆多事，錢糧虛耗。欲暫停馬市，又恐結怨夷人。欲復關屯田，又恐反擾百姓。只此疑義，恐防明日要問，如何對答？」兩人燈前商議，未免把酒留連。及至送別就寢，卻已二鼓。方纔著枕，得其一夢，夢見第三場策題，不問屯田馬市，卻問鹽場俱在揚州，鹽客多在江西，移鹽場分散江西，鹽從何出？移鹽客盡居揚州，法無所統，計將揆度兩處地宜。方欲躊躇以對，家人來報，貢院將以關門。忽然驚覺，忙忙收拾筆硯，趕到貢院前，知已無及。那知場中已看中頭場，本房擬作首卷，有了二場，卻沒有三場，只得嘆口氣，將來抽掉。正是：

只因舊日邯鄲路，夢裡盧生誤著鞭。

盧夢仙既不終場，即同下第。思量起在眾親面前說了大話，有何顏面去相見。只這眾親也還不大緊，可不被這背後譏誚我的笑話？思想了一回，道在家也是讀書，在外也是讀書，不如就此覓個僻靜所在，下帷三年，等到後科中了回去，也還遮了這羞臉。意欲寄封家信回去，又想一想父親是不耐靜的，若寫書回去，一定把與人看，可不一般笑話？索性斷絕書信，到也泯然無跡。大凡讀書人，最腐最執，毋論事之大小，若執定一念，憑你蘇秦、張儀❽，也說他不動，金銀寶貝，也買他不轉。這盧夢仙，止為出門時說了這幾句憤氣話，無顏歸去，也該寄書安慰父母妻子，知個蹤跡下落，他卻執泥一見，連書信也絕了，豈非是一團腐氣！

夢仙尋了西山一間靜室，也不通知朋友，悄地搬去住下。這西山為燕都勝地，果然好景致。怎見得？但見：

西方淨土，七寶莊嚴。蓮花中幻出僧伽，不寒不暑；懈慢國轉尋極樂，無古無今。燕子堂前，總是維摩故宅；婆羅樹下，莫非長者新宮。息舟香阜，悟得壽無量，願無量，相好光明無量；悵別寒林，還思小乘禪，大乘禪，野狐說法乘禪。盧峰慧遠扣泉飛，蓮社淵明辭酒到。廣開十笏，遍置三田。如來丈六金身，士子三年鐵硯。方知佛教通儒教，要識書堂即佛堂。

盧夢仙到了西山，在菩薩面前設下誓願，說：「若盧夢仙不得金榜題名，決不再見江東父老。」自此閉關讀書，絕不與人交往。同年中只道他先已還家，那裡曉得卻潛居於此，這也不在話下。

且說盧南村，眼巴巴望這報錄人來，及至各家報絕，竟不見到，眼見得是不曾中了。那時將巴中的念頭，轉又巴兒子還家。誰知下第的舉人盡都歸了，偏是盧夢仙信也沒有一封。南村差人到同年家去問，俱言三場後便不見在京，只道先已回了。南村心裡疑惑，差人四處訪問，並無消耗❾。有的悄摸道：「多

❽ 蘇秦張儀：兩人均是戰國時期的縱橫家，以能言善辯而著稱。

分到那處打秋風❿羈留住了，須有些采頭，然後歸哩！」因這話說得近理，盧南村將信將疑。

又過了幾月，忽地有人傳到一個凶信，說盧夢仙已死於京中了。這人原不是有意說謊，止因西安府商州⓫也有個舉人盧夢仙，會試下第，在監中歷事身死，錯認了揚州盧夢仙，以訛傳訛，直傳到盧南村家來。論起盧南村若是有見識的，將事體詳審個真偽纔是。假如兒子雖死隨去的家人尚在，自然歸報；總或不歸，少不得音信也有一封，方可據以為準。這盧南村是個不通文理的人，又正在疑惑之際，得了此信，更不訪問的確，竟信以為真。那時哭倒了李妙惠，號殺了駱媽媽。盧南村痛哭，自不消說起，連李月坡也長嘆感傷，說：「可惜少年英俊，有才無壽。」與南村商議：「女婿既登鄉榜，不可失了體面，合當招魂設祭，開喪受用。料想隨去的家人必無力扶櫬回鄉，須另差人將盤纏至京，收拾歸葬。」盧南村依其言語，先掛孝開喪，扶櫬且再從容。

盧家已是認真，安有外人反不信之理。自此都道盧夢仙已死，把南村一團高興，化做半杯雪水。情緒不好，做的事件件不如意，日漸銷耗。更兼揚州一帶地方，大水民飢，官府設法賑濟，分派各大戶出米平糶。盧南村家事已是蕭條，還列在大戶之中。若兒子在時，還好去求免，官府或者讓個情分。既說已故，便與民戶一般。盧南村無可奈何，只得變賣，完這樁公事。那知水災之後，繼以旱蝗疫癘，死者

❾ 消耗：消息；音訊。

❿ 打秋風：指利用各種關係（尤其是因科舉考試而結成的關係），到官府或有錢人家作客，以圖獲取財物。也作「抽豐」。

⓫ 西安府商州：地名，今陝西省商縣。

填街塞巷，慘不可言。自大江以北，淮河以南，地上無根青草，樹上沒一片嫩皮，飛禽走獸，盡皆餓死。各人要活性命，自己父母且不能顧，別人兒女誰肯收留。可惜這：

二十四橋明月，玉人何處吹簫。

那時盧南村家私弄完，童僕走散，莫說當大戶出米平糶，連自己也想要吃官米了。李月坡本地沒處教書，尋得個鳳陽遠館，自去暫度荒年。常言人貧智短，盧南村當時有家事時，雖則慳吝，也還要些體面。到今貧窘，漸漸做出窮相形狀，連媳婦只管嫌他吃死飯起來。且又識見淺薄，夫妻商量道：「兒子雖則舉人，死人庇護活人不得。媳婦年紀尚小，又無所出，守寡在此，終須不了。聞得古來公主也有改嫁，命婦⓬也有失節，何況舉人妻子？不如把他轉嫁，在我得些財禮，又省了一個吃死飯的；媳婦又有所歸，完了終身，強似在此孤單，獨自熬清守淡，豈非一舉兩得？且此荒歉之時，好端端夫婦，還有拆散轉嫁，各自逃命，寡婦晚嫁是正經道理，料道也沒人笑得。」駱媽媽道：「此正是救荒之計。但媳婦平昔雖則孝順，看他性子原有些執拗。這件事不知他心裡若何，如今且莫說起，悄悄教媒人尋了對頭，那時一手交錢，一手交貨，送他轉身，可不省了好些口舌？」盧南村連聲稱是，暗地與媒婆說知。那些媒婆中平昔也有曾見過李妙惠的，曉得才貌賢德兼備，即日就說一個富家來成這親事。

你道這富家是何等樣人？此人姓謝名啟，江西臨川人，祖父世代揚州中鹽⓭，家私鉅富。性子豪爽，

⓬ 命婦：誥命婦人的簡稱。明清時期，五品以上官員的妻子可得到皇帝的封贈，稱誥命婦人。

⓭ 中鹽：明代食鹽專賣，由商人承包，限量、限地區發售。這種承包行為稱為「中」。

年紀纔三十有餘，好飲喜色，四處訪覓佳麗，後房上等姬妾三四十人，美婢六七十人，其他中等之婢百有餘人。臨川住宅屋宇廣大，擬於王侯，揚州又尋一所大房作寓。鹽艘幾百餘號，不時帶領姬妾，駕著巨艦，往來二地，是一個大揮霍的巨商，會幫襯的富翁。今番聞得李妙惠又美又賢，多才多藝，願致白金百兩，彩幣十端，娶以為妾。盧南村聽說肯出許多東西，喜出望外，與駱媽媽商議了幾句言語，來對李妙惠說道：「娘子，你自到我家，多感你孝順賢惠，不曾把我夫妻怠慢。我兒子中了舉人，只指望再中個進士，大家興頭，那裡說起中又不中，連性命也不得歸來。我兩個老狗骨頭命窮，自不消說起，卻連累你小小年紀，一般受苦，心上甚不過意。因此商量，不如趁這青春年少，轉嫁一人，生男育女，成家立業。豈不強似在此熬清受淡？恰好有個鹽商，願來結婚。今與娘子說明，明日便送禮來，後日過門。房戶中有甚衣飾，你通收拾了去，我決不要你一件。」

李妙惠聽了，分明青天中打下一個霹靂，驚得魂魄俱喪，涕淚交流，說道：「媳婦自九歲結縭⑭，十八于歸⑮，成婚雖則三載，誓盟已訂百年。何期賦命不辰，中道捐棄。夫之不幸，即妾之不幸也。聞訃之日，即欲從殉，一則以公姑無人奉養，欲代夫以盡溫清；二則僕人未歸，死信終疑，故忍死以俟確音。倘果不謬，媳婦當勉盡心力，承侍公姑，百年之後亦相從於地下，是則媳婦之志也。何公姑不諒素心，一旦忽生異議，不計膝下之無人，乃強媳婦以改適？然未亡人⑯雖出寒微，幼承親訓，頗知書禮，

---

⑭ 結縭：結婚成親。縭，音ㄌㄧˊ，古代婦女出嫁時所繫的佩巾。該巾一般由女性母親所繫，母親一邊繫巾，一邊叮囑女兒到夫家的各項要求。

⑮ 于歸：女子出嫁。語出詩經周南桃夭：「之子于歸，宜其室家。」

寧甘玉碎，必不瓦全。再醮之言，請勿啟齒。如必欲媳婦失節，有死而已。」說罷，號慟不止。盧南村只知要這百金財禮，那裡聽他這些說話，乃道：「娘子，你有志氣，肯與我兒子守節，看承我兩人，豈不知是一片好意、一點孝心？但我今家事已窮，口食漸漸不周，將甚麼與你吃了，好守孤孀？況且如此荒年，那家不賣男鬻女來度命？沒奈何也想出這個短見，勸你勉強曲從，待我受這幾兩財禮，度過荒年，此便是你大孝了。」

妙惠聽了，明白公姑只貪著銀子，不顧甚麼禮義，說也徒然。想了一想，收了淚痕，說道：「公婆主意已定，怎好違逆？只得忍恥再嫁便了。但明日受聘，後日成婚，通是吉日，哭泣不祥。媳婦有兩件衣服，原是當時聘幣，如今可將去換些三牲祭禮，就今日在丈夫靈前祭奠一番，以完夫妻之情。」盧南村見他應承，只道是真，好生喜歡，說道：「祭禮我自去備辦，不消你費心。」妙惠道：「還是把衣服去換來，也表我做妻子的真念。」道罷，走向房中，取出兩件衣服，交與駱媽媽。盧南村看了，想道：「這衣服急切換東西，須要作賤。把來藏過，另將錢鈔去買辦。

此時妙惠已決意自盡，思量死路無過三條，刀上死傷了父母遺體，河裡死屍骸飄蕩，不如縊死倒得乾淨。算計已定，拈起筆來，寫下一篇祝詞。少頃祭禮完備，擺列靈前。妙惠向靈位拜了四拜，上香陳酒已畢，又拜四拜，祝道：「孝婦李妙惠，矢心守志，奈何公姑不聽，強我改適。違命則不孝，順顏則失節。無可奈何，謹陳絮酒，叩泣几筵。英靈不昧，鑑我微忱。蕪詞上祝，來格來歆。」取出祭文，讀道：

⑯ 未亡人：寡婦自稱。

惟靈蚤慧，詞壇擅名。弱冠鵲起，秋風鹿鳴。奮翮南宮，鎩羽北漠。文星晝殞，泉台夜扃。彼蒼胡毒，生我無祿。幼失恃屺，惟親育鞠。伉儷君子，琴瑟邕穆。中道永違，遺我煢獨。死生契闊，音容杳絕。罹此百憂，五內摧裂；涕泗滂沱，淚枯繼血。自矢柏舟，荼苦甘嗇。高堂不懌，強以失德。之死靡他，我心匪石。長恨無窮，銘腑刺骼。天地有終，損軀何惜？英魂對越，與君陳說：生則同衾，死則同穴。來既冰清，去亦玉潔。長辭塵世，徜徉泉闕。嗚乎哀哉，惟靈鑑徹！

讀罷祭文，又拜四拜，焚化紙錢，放聲號哭一場。哭罷，又請盧南村老夫妻坐下，也拜四拜，說道：「自今之後，公婆須自家保重，媳婦已不能奉侍了。」盧南村道：「娘子，這事我原不得已而為之。你到謝家，若念舊日情義，常來看顧我，也勝是看經念佛。」李妙惠含糊答應，且歸房去。

那駱媽媽，比老兒又乖巧幾分，心裡猜疑道：「媳婦這個舉動，不像真心肯嫁的，莫不做出甚麼把戲來。」暗自留心觀看，見房門已是閉上。悄地張時，只見將過一個杌兒，放在床前，踏將上去。解下腰間麻絰，穿在床簷上，做個圈兒套在頸上。驚得駱媽媽魂散魄飛，把房門亂打，叫道：「娘子！你怎麼上這條路，斷使不得的！」又叫：「老官快來，媳婦上吊哩！」那老兒聽見，也吃了一嚇，連奔帶跌走來。打開房門，妙惠已是踢倒杌兒，懸空掛下了。老夫妻連忙救下來，扯去麻絰。盧南村教阿媽安慰，自往外邊。李妙惠哭道：「婆婆何不方便了媳婦，卻又解放我下來。」駱媽媽也帶著哭泣勸道：「事體雖則公公不是，肯不肯還在於你，怎就這般短見。」李妙惠道：「公公念媳婦年小無倚，教我改嫁，原是好意。但媳婦自想幼年喪母，早年喪夫，又值此凶荒，孤窮之命，料想終身無好處。萬一嫁去，又變出些甚麼事故，豈不與今日一般？為此，不如尋個自盡，到得早生淨土。」駱媽媽道：「一朵花方纔放，怎說這樣盡頭話？快不如此。待我與老官兒商量，再從長計較。」李妙惠道：「多謝婆婆，媳婦曉得了。」駱媽媽勸了一回，也走出房去。

妙惠雖則一時聽勸，到底尋死是真，求活似假。南村夫婦恐怕三不知做出事來，反擔著鬼胎，晝夜防守。背地商量道：「這樁事倒弄得不好了。你我那裡防備得許多？一時間弄假成真，上了這條道路，李親家雖在鳳陽處館，少不得要把個信兒與他。倘或回來，翻轉臉皮，道是逼勒改嫁，不從而死，到官司告起狀詞，這樣窮迫之時，可是當得起的？如今還自怎樣處？」駱媽媽想了一想，說：「有個道理在此。媳婦嘗說姨娘方媽媽是個孤孀，就住在李親家間壁。媳婦女工針指⑰，俱是他所教，如嫡親母子一般。前年兒子中了，也曾接來吃酒。你可去央他來勸諭媳婦，自然聽從。」

盧南村依了媽媽，即便到方姨娘家去。相見禮畢，將教媳婦改嫁，不從尋死的話，實實告訴一番，說：「特來央求姨母，到舍勸解。」方姨娘聽罷，沉吟了一回，答道：「甥女是少年性子，但知夫婦恩深，那曉得守寡的苦楚。」南村因這句話投機，心裡喜歡，隨口道：「可是守寡是個難事，娘子只道我是歹意，生起短見。姨母若勸得他轉，自當奉謝。」方姨娘笑道：「這倒不勞親家費心。非義之物，老身自來不取的。況甥女是執性的，也未必肯聽。親家先請回，老身隨後便來。」

南村歸不多時，方姨娘已至。駱媽媽相迎，送入媳婦房裡，道：「姨母請坐，待我去點茶來。」姨娘看妙惠斬衰重服，麻絰攔腰，愁容慘戚，淚眼未乾。一見姨娘，向前萬福，愈加悲切，哽哽咽咽，那

⑰ 針指：針線活。亦作「針黹」。

裡說得出一個字兒。方姨娘攜住了手，把袖子與他拭淚，道：「賢甥，你怎哭得這個模樣？休得過傷，苦壞了身子。」妙惠道：「兒已不願生了，還顧甚麼身子。」方姨娘道：「你休執性，夫妻恩情雖重，然生死各自有命數。做姨娘的當日姨夫去世，也願以死相從。因死而無益，所以今日還在。」妙惠道：「姨娘當時無有意外之變，是以苦守清節，得至於今。甥女雖然愚昧，志願豈不亦欲如此？無奈公婆錯見，強我改嫁，苦口極言，弗能聞聽，故不得不以死為幸。」方姨娘道：「我因聞知有這些緣故，為此特來看你。但死而有益，我也不勸你了。只可惜死而無益，可不枉了一死。」妙惠道：「以身殉夫，婦人常事，有甚有益無益？」方姨娘道：「你且從容，待我慢慢與你講這道理。若說得是，你便聽了；說得不是，一憑你自家主裁，何如？」妙惠聽了這語，便止住號哭。恰好駱媽媽送進茶來，彼此各敘寒溫，說些閒話。茶罷，擺過酒肴款待，留住過夜。

到了晚間，妙惠請問死而有益無益的緣故，方姨娘道：「女子以身殉夫，固是正理，然其間亦有權變，不可執泥一見。古來多少婦人，夫死之日，隨亦自盡，這叫做烈婦。雖則視死如歸，正氣凜凜，然終比不得節婦。卻自為何？這烈婦乃一時憤激所致，怎如節婦，自少至老，閱歷多少寒暑風霜，淒涼寂寞。自始至終，冰清玉潔，全節完名，可不勝於烈婦幾倍？」妙惠道：「甥女初意原不欲死，止為公婆要我改嫁，纔興此念。」方姨娘道：「你且慢著，待我說來麼。自來婦人既失所天，喚做未亡人，言所欠唯一死耳。做節婦的，豈不知以身殉夫，反得乾淨，卻肯受這許多淒涼苦楚？其間或有公姑，別無兄弟，若夫婦俱亡，父母誰養？故不得不留此身，以代丈夫養親。或無公姑，卻有子嗣，或在襁褓，或在稚年，若還隨夫身死，孤兒誰育？又不得不留此身，為夫撫養成立，承紹宗祀。故節婦不似烈婦，止全一身，所以為貴。像你雖無子嗣，卻有公姑，理當代夫奉侍，養生送死。不幸遭此歲荒家窘，要你改嫁，為朝夕薪水之計，此或出於不得已，未可知也。你若一旦自盡，公姑不惟不得嫁資以膳餘生，反使有逼嫁不義之名。烈則烈矣，但不能為丈夫始終父母，恐在九泉亦有遺憾，此便是死而無益。」

妙惠道：「據姨娘所見，還當如何？」方姨娘道：「依我主意，不若反經從權，順從改適，以財禮為公姑養老之資。你到其家，從實告以年荒歲歉，公姑有命改嫁，實非本心。況是孝廉⑱結髮，義不受辱。仁人君子，何處無之？倘此人慷慨仗義，如馮商還妾⑲故事，完璧仍歸，也未可知。設或其人如登徒好色之流，強成伉儷，那時從容就死，下謝盧郎。如此則公姑又不失所望，在你孝義節烈之名兼得，這便是死而有益。」妙惠聽了，倒身下拜道：「姨娘高見，甥女一如所教便了。」方姨娘扶起，遂各就寢。

到次日，方姨娘與盧南村說：「舍甥女已聽老身勸諭，情願改適，親家只管受聘便了。」盧南村大喜道：「多謝姨娘費心。」方姨娘又道：「主婚改嫁，在親家自是不差。但盧家媳婦，卻是李宅女兒。舍親李月坡又是執性的人，若不通知，後來埋怨不小，還該寫書道達他纔是。趁我在此，與你覓便寄去。」南村道：「姨母說得有理。但要寫書，卻是難我了，這事又不好央人代筆，只得胡亂寫幾句與他罷。」提起筆來，真是千斤之重。糊塗墨突，寫出幾個字來，寫道：

---

⑱ 孝廉：明清時代指舉人。

⑲ 馮商還妾：宋代狀元馮京父親曾為商人，因中年無子，買一妾，後得知該女乃官宦之女，為償債而賣身救父，乃將她送回。後得生貴子。事見宋羅大經鶴林玉露，或以為此乃小說家言，並不可信。

南村拜字，月坡見字：年歲荒者，家裡窮哉，無飯吃矣。娘子苦之，轉身去也。現有方姨媽做保山，不是我與房下草毛白付。你親家年前放學歸來，可到晚女婿鹽商謝客人處，問令愛便知焉。

寫罷，交與方姨娘。姨娘看見大笑。南村道：「想必姨母肚裡通透，我書中許多學問，都解得出的。」方姨娘又笑道：「親家大才，那裡便解說得出。可將來封好。」妙惠道：「甥女少不得也要寫幾個字兒與爹爹，待我一並封罷。」遂取過筆硯，寫道：

兒妙惠百襝衽拜上父親電覽：父之許配盧生，真如郭愛延明、郄憐逸少，乘龍未幾，即赴春闈。豈期杏花馬上郎，退三舍避之，不克沉船破釜，徒作李方叔抱恨重泉。雖曰命數有定，然亦與經溝瀆者何異。訃音遠來，雖非實有所據，然寒霜再易，豈真鱗絕網羅，鴻歸矰繳？死者既已無知，生者愈多桎梏。忍將白鏹，奪我青燈。夜哭既非，朝餐猶咽。愧遠我父母兄弟，理宜主掌於他人。琵琶自抱，生死為鄰。此未可以筆墨傳，且不能以須臾決也。惟痛母骨早寒，父恩未報。此去或作鬼燐殘焰，隱躍吾父床頭。是耶非耶，見於無形，聽於無聲。或將鐵馬嘶風，作兒子夢中環珮。從此泣血，問寢永無期矣。

寫罷，將南村書共做一封，付與姨娘。方姨娘收了，即作辭歸家。妙惠送出堂前，牽衣說道：「從此一別，永無相見之期，除非索我音笑於夢中耳。」道罷，涕泗交流。方姨娘也慘然灑淚而別。盧南村就去教媒婆促謝家行禮，謝啟即日納聘，擇吉過門。依然高燈花轎，笙簫鼓樂，迎到寓所。妙惠拜見謝啟，送入房中。外邊有眾鹽商及鄉里親戚，俱來鬧新房慶喜。大吹大擂，直飲到三鼓方散。謝啟已是爛醉如泥，扶入房中，和衣臥在床上，打鼾如雷。早有丫頭報知謝啟繼母，艾氏傳話，吩咐眾婢各自去睡，止留一人在房服事。

原來謝啟父親喚做謝能博，當先在揚州中鹽，因喪了結髮，就在揚州尋親。這艾氏原是名門舊族，能博娶為繼室。是時謝啟年方三四歲，艾氏撫養猶如親生。謝啟事之亦如嫡母，極其孝順，一字也不敢違忤。這晚因是孤身，故此不出來受拜。當下眾婢答應出去，伴婆多飲了幾杯酒，也覺睡魔來到，說道：「夜深了，請新娘安置。」妙惠道：「你自穩便。」伴婆得了這話，趕著丫頭們，去尋個宿處。這服事的丫頭，也請妙惠安寢，亦教他去睡了，獨自秉燭而坐。直至天明，伴婆婢婦俱起身進房，看見妙惠端然坐著，盡皆驚訝。須臾謝啟睡醒坐起，方知夜來大醉，不曾解脫衣服，不知新人怎樣睡的。喚過丫頭問，說是坐至天明。自覺不韻，暗稱慚愧，急起身向外邊書房中梳洗。一會兒，差丫頭進來，吩咐伴婆服事新娘，到堂中拜見婆婆。

此時妙惠身不繇主，只得出去。纔步出房門，又有丫頭來說：「奶奶請新娘到房中相見罷。」遂引入房去，向艾氏行個四拜之禮，艾氏教取過杌兒，坐於旁邊。丫頭方纔進茶，只見謝啟進來作揖，禮畢也就坐下。艾氏以妙惠是同鄉，分外覺得親熱。及叙起家門，卻又與李月坡是表兄表妹，一發親上加親，歡喜不勝。妙惠暗想：「有此機會，不將真情說出，更待何時？」遂雙膝跪下，再拜道：「李妙惠有苦衷上稟，望婆婆矜憐則個。」口中纔說這兩句話，不覺已是淚流滿面。艾氏連忙扶起道：「有甚事，恁般苦楚？」妙惠含淚說道：「妙惠幼許盧門，十八出嫁。成婚三載，夫中鄉科。方以為家門慶幸，那知會試北上，竟為長往。又值連歲凶荒，家業盡傾。公姑乏食，計無所出，乃議嫁妾，以支朝夕。意欲不聽，則兩親必難保全。故忍死順命，蒙垢就婚。今已至此，又復何言？第婦人從一而終，人所皆知；豈妙惠幼承親訓，反不識此？實以救飢無策，姑就權宜。伏望仁慈，憫念素心，全我節操，則自今已往之年，皆出所賜。」艾氏聽了，說道：「原來有這些緣故。但在盧家節操可全，既歸謝門，如何全得？」妙惠見艾氏略無周全之意，不覺面色俱變，又道：「婆婆既係老父雁行，若辱猶女⑳於妾婢之類，不惟妙惠寒心，恐在婆婆亦為不雅。況妙惠以儒家弱息，鄉貢妻房，禮無再醮，義不受辱。矢志捐生，已決絕於去盧歸謝之時矣。所以不即死者，將謂昔時蘇公有焚券之舉，韓琦有還妾之事，仁人君子，何代無之？今謝郎門第素高，仁德久著，且聞後房佳麗如雲，無需妙惠一人，何不效二公種此陰功，曲全孤窮大節？倘必不見捨，即當就義。言盡於此，一惟尊裁。」妙惠此時辭色俱厲，有凜凜不可犯之狀。謝啟本為妙惠才色，故不惜厚聘，那知變出這個光景，大是駭異。因繼母在前，不敢開口。

艾氏聽了，沉吟不語，舉目看妙惠面色已如死灰。暗想：「此女若強以失身，必致喪命。彼則全名全節，反累吾子受不義之名。或有奸徒假借公道，搆釁生端，希圖攫利，在我家雖無大害，亦有小損。不如如此如此，兩相保全。」乃道：「你志氣雖則可敬，然既來我家，便是謝門人了，如何像得你意？」又對謝啟道：「新婦是我表姪女，其意尚是執迷。且暫留伴我，從容勸轉，那時送他歸房。」謝啟只得唯唯而退。正是：

⑳ 猶女：姪女；甥女。

滿腔撥雨撩雲意，反作停歌罷舞人。

謝啟已去，艾氏對妙惠道：「總之我無嫡親骨血，你無內外恩親，姑媳是虛，母子亦假。目今將收拾西行，你且暫時伴我，可保全你不破壞名節。」妙惠連忙下拜道：「若得婆婆如此施仁，妙惠生則奉侍百年永執巾櫛，死則結草酬恩。」艾氏又問道：「你既讀書識字，可曉得寫算麼？」妙惠道：「寫算從幼所習，極是諳練。」艾氏道：「如此甚好。我子出入財貨帳目，俱我掌管，故此往來是必同行。你既能書算，可代我管理。」妙惠應諾，自此朝夕不離左右，情同母子。

又過數日，謝啟起身歸家，領著諸婢妾自在一舡，艾氏與妙惠又自一舡。前後解纜開舡，離了揚州，出瓜步入江。艾氏要到金山遊玩，維舟山下，與妙惠一齊上去。遊遍了金鰲峰、蟒蛇洞、妙空岩、日照岩、裴公洞、曬經臺、留雲亭，轉看郭璞墓、善財石、磐陀石、石排山，處處遊之不迭，觀之不盡。妙惠有事關心，勉強應承而已。轉過方丈，見僧家筆墨在案，遂向壁上題詩一首。詩云：

一自當年拆鳳凰，至今消息兩茫茫。
蓋棺不作橫金婦，入地還從折桂郎。
彭澤曉煙歸宿夢，瀟湘夜雨斷愁腸。
新詩寫向金山寺，高掛雲帆過豫章。

題罷，後寫：「揚州舉人盧夢仙妻李妙惠題。」書罷，艾氏看了，點頭嗟歎。遊玩一番，仍復下舡，揚帆徑往臨江而去。

可憐節操冰霜婦，卻做離鄉背井人。

卻說盧夢仙，在西山讀書，倏忽便是三年，又當會試之期，收拾書箱行李，來到京師。禮闈一戰，春榜高登，中了成化丁未科進士。報錄的打到盧家，把盧南村夫婦驀地一驚，方知兒子尚在，連忙將靈位焚燒。又懊悔媳婦一段情緣，然已悔之無及。別人家報進士，熱鬧不可勝言，惟盧家冷落如故，不過幾時，夢仙家報也到，方曉得他向在西山讀書。

夢仙觀政三月，除授行人之職。方纔受職，憲宗皇帝駕崩，弘治爺登位，政令一新。凡新進之士，不許規避，曠廢職業。夢仙因昔年為鄉黨譏誚，急欲晝錦榮歸，以舒此氣，為此不想迎接家眷入京。那知功令森嚴，不敢給假，欲尋便差回家。候了幾月，恰好開館纂修憲廟實錄，分遣廷臣，往各省採訪事跡。夢仙討了江西差，回到家中，拜過父母，卻不見了奶奶。詢問何在，盧南村夫婦隱諱不得，從實說出許多緣故，再三招認不是。夢仙外貌佯言妻子如衣服，穿一層又一層，何足介意，心中卻想：「父母多大年紀，如何作事恁般苟且。這樁事體，倒貽笑鄉里。」又想：「妙惠妻子他平素自負讀書知禮，一旦乃至於此。可見人常時誇說忠孝節烈，總屬浮談，直至臨事，方見真假。」因父母說當年曾央方姨娘勸妙惠改嫁，即便親自往見，細問彼時情景。方姨娘將盧南村逼嫁，妙惠自縊，及央去勸諭，方始肯從的事說與，乃道：「舍甥女心如鐵石，斷不受污，但去後不知死生若何耳。」又埋怨道：「賢甥婿雖為功名，也該寄書安慰父母妻子，如何鱗鴻杳絕，致使誤聽凶信，變生意外，害了我甥女。」夢仙聽了暫死不肯失節這一段，不覺眼中流下淚來，懊悔自己不通書的不是，然心中也還半信半疑。又問丈人李月坡的蹤跡，方姨娘道：「連年久館鳳陽，從未歸家。向日甥女去時，與令尊俱有書寄去，也無回信。近聞在彼甚是安樂。」夢仙即向方姨娘討紙筆寫書一封，央他有便寄去，遂作辭回來，心中十分鬱鬱不樂。

只見雷鳴夏秀才投帖相見，分賓坐下。鳴夏先行拜賀，後聚寒溫，卻又恐觸他心事，說：「記得當年『鳳凰獨宿』、『一個鯉魚』之對，預卜奇才，今日果不失望。」夢仙道：「只因此對不祥，致李岳翁招了忘恩之婿，夢仙娶著再嫁之妻。」雷鳴夏道：「此事聞之甚熟，大非尊夫人之意。但言之既礙於兩位尊人，至若夫人蹤跡，又不便於兄長，莫如隱而不發，方為兩得。前日利津門龔家之女，望門久寡，倘兄長不棄，續此良緣，不揣特來作伐，未審尊意若何？」夢仙道：「不才止因一念之差，致使家中大變，五內如焚，何心及此。且欽限緊急，即日就行，這還不敢奉命。」鳴夏道：「既如此，且待兄長江西事竣回府，再來申議。」道罷，便要起身。夢仙留住小飯，明日又送書儀一兩。

夢仙在家月餘，起程前往江西。出了瓜洲閘口，舟過金山，吩咐舡頭泊舡，登山遊覽。山僧遠遠相迎，陪侍遍遊諸景。行過方丈，擡頭忽見壁間妙惠所題之詩，又驚又恨，卻如萬箭攢心。細玩詩中意味，知妙惠立志無他，方姨娘之言果然不謬。但已落在人手，無從問覓，怎生奈何。正是：

混濁不分鰱共鯉，水清方見兩般魚。

此時已無心玩景，急便下舡，將詩句寫出把玩，不忍釋手，直至欷歔涕泣。雖則出使官府，威儀顯赫，他心中卻似喪家之狗，無投無奔。

一舡順風相送，順水相催，不覺早到江西。擡頭望見鹽舡停泊河下，不止數百，猛然想起：「初入京師那年二月十四夜，夢答鹽場積在揚州，鹽客多在江西。今想詩中『彭澤』、『瀟湘』、『豫章』之語，我妻子多因流落在此。從中探問，或有道理。」舟至碼頭灣泊，早有館驛差役報知地方官。不多時，府、縣、司、道、撫、按俱來相拜請酒，好不熱鬧。最後一位官員來拜，乃是布政使徐某，其子卻與夢仙是同榜進士。年伯年姪，與別位官府不同，相見之時，分外另有一種親誼。徐方伯道：「老先生以劉向之才、子長㉑之筆，定使汗簡㉒有輝，石渠㉓增色。」夢仙心事不寧，無有主意，因想：「徐方伯老成歷練，必有高見，何不謀之於彼？」乃答道：「老年伯在上，實不敢瞞：年姪齊家有愧，報國未遑。」徐方伯愕然道：「老先生何出此言？」夢仙將頭一展，兩家從人會意，盡皆迴避。夢仙、方伯各把椅兒掇近，四膝相對。夢仙低低說當年會試去後，如此如此。袖中取出詩來，呈與徐方伯觀看。徐方伯接詩在手，一頭點頭，一頭計較，答道：「據著此詩，尊閫㉔保無他志，舊夢必有奇驗，但未知可在舟中。且以出使尊官，訪問嫁妻，既難於啟齒，總或尋著，聲名不雅，莫若用計取之。老夫門下有一幹事蒼頭㉕，極其巧黠。差他去探聽，定有著落。」夢仙打恭道：「全仗老年伯神力周全。」

㉑子長：司馬遷，字子長，西漢著名史學家。

㉒汗簡：著述。

㉓石渠：西漢國家的藏書閣名。

㉔尊閫：對別人妻子的敬稱。閫，音ㄎㄨㄣˇ，指婦女居住的內室。

㉕蒼頭：奴僕。

原來這蒼頭是徐方伯貼身服事的，當下隨喚過來，將就裡與他說知。蒼頭將詩細細讀了幾遍，低首想了一想，稟道：「小人有個道理在此了。」夢仙欣然問道：「有何妙策？」蒼頭道：「如今且慢說，待小人做出便見。」夢仙即喚家人，先賞他三兩銀子，蒼頭遂叩謝而出。徐方伯也作別起身。這蒼頭真個是：

古押牙㉖復出人間，崑崙奴再生塵世。

且說蒼頭讀熟了這八句詩，駕了一隻小船，船中擺著幾個酒罈，搖向鹽船邊。叫一聲賣酒，隨口就歌出這八句詩來，分明是唱山歌一般，在鹽船幫中搖來搖去。一連穿了三四日，並沒些動靜。那鹽船上人千人萬，見他日日在此叫賣酒，酒又不見，歌甚麼詩，都笑道：「常言好曲子唱了三遍，也要口臭了。」蒼頭道：「好曲子唱三遍，好詩唱三千遍，何妨？」又有一船上問道：「你賣甚麼酒？」蒼頭道：「我賣狀元紅。」船上又問：「可賣菜？」蒼頭道：「我正賣蔡狀元㉗。」船上又問道：「如何蔡狀元？」蒼頭道：「蔡狀元尋趙五娘。」船上又笑道：「滿口胡柴。」蒼頭道：「胡柴倒沒有，只有柴胡，換些紅娘子與我。」只此半真半假，似醉似痴。又轉船，搖過一鹽船邊，叫了一聲：「賣酒！」便停棹輕歌這詩。船上又有人問賣甚麼酒，蒼頭道：「賣靠壁清。」船上道：「若是渾的便不要。」蒼頭道：「也不渾。揚州新進士盧夢仙，初選行人，沒有贓私，何渾之有。」

㉖古押牙：當作「古押衙」，與下文「崑崙奴」同為唐代勇於助人的俠客。

㉗蔡狀元：指蔡伯喈，是下文趙五娘的丈夫。事見高明戲曲名作琵琶記。

這兩句話還未完，只見那邊一隻大船上，水窗開處，一個女人在艙門口將手一招。蒼頭望見，飛也似搖近船傍。這女人便是盧夢仙的妻房李妙惠。原來謝啟自前年回歸臨川，因酒色過度，得了個病症，在家中醫療，不能痊癒。後來虧一個醫家與他炙了，養火半年，方得平復。這時纔帶領婢妾，到揚州盤帳。妙惠也欲回鄉訪問父親消息，隨著艾氏，一齊同行，依舊母子各舟。路徑省城，眾鹽船大半是謝啟的，為此也暫泊於此。不想湊巧，正遇盧夢仙到此尋覓。

當下李妙惠低聲問蒼頭：「你是何人，來此講這謎話？」蒼頭說：「徐布政老爺，差我打聽盧進士妻子李妙惠消息的。」妙惠喫了一驚，說：「盧夢仙已死京師久了，何得還在？」蒼頭應道：「死的是商州盧夢仙，是舉人，不是進士。今是揚州盧夢仙，是盧南村的兒子，李月坡的女婿，是進士，不是舉人。」妙惠道：「如今盧進士在那裡？」蒼頭將手一指，道：「遠遠那隻大座船，行人司牌額便是。」妙惠道：「我便是盧夢仙原配李氏。昨日聽見你歌這首詩，只因船上耳目多，不得空隙問你。今幸商人入城，其母亦往鄰舟。事在今宵，萬勿遲誤。」將手一揮，蒼頭轉船，飛棹回報。盧夢仙又驚又喜，賞與酒飯。畢竟讀書人聰明，想起鹽船高大，蒼頭船小，上下懸絕，卻不好過船。自己座船移去相傍，必然驚動他船上人，俱是不妥。僱起一隻八槳快船，又選四個便捷水手，在船相幫。捱至夜靜更深，教蒼頭小船先行觀探，槳船隨後。蒼頭棹到船邊，妙惠已在艙口等候。兩下打個照會，槳船輕輕撁㉘近船傍，也還上下相懸。水手連忙搭上跳板，打起扶手。說時遲，那時快，妙惠一見船到，即跨出艙門，舉足登跳，搭著扶手，跑下船中。水手收起跳板、扶手，依舊輕輕盪開。到了河心中，方纔一齊著力，望著座

㉘ 撁：撥動。同划。

船飛也似撵來。那鹽船上人正當熟睡，更無一人知覺。這纔是：

拆破玉籠飛彩鳳，掣開金鎖走蛟龍。

盧夢仙在座船中，秉燭以待。水手來報，奶奶已到。夢仙大喜，即起身迎入艙中。夫妻相見，分明似夢裡一般，悲喜交集，各訴衷情，自不消說起。夢仙賞蒼頭白金十兩，作書報謝徐方伯。方伯又來慰慶，這也不在話下。只有謝啟，失了妙惠，差人訪察，纔知他原夫未死，中了甲科，出差至此，令人尋探著了，暗地取去。方明白前日賣酒歌詩詐痴不顛的老兒，正是他所差之人。謝啟將這事述與艾氏，說：「不道此婦後來還該是誥命夫人，看起來有福分的，骨氣自是不同。彼時他不以死生易念，患難喪節，到今歸去，白璧無瑕，好不與丈夫爭氣。」艾氏道：「當日我見他言詞激烈，故此曲為保全。那時若是死了，你的是非至今也還不得乾淨。」又道：「向來我托他管理這些財物帳目，臨去條分縷悉，封識宛然，絲毫不苟，此亦常人所難。」謝啟道：「李氏在此，已住三年，他自己說堅持節操，怕人還未信。兒子意欲去見盧進士，表白一番。一則顯他矢志貞烈，二則表母親保全恩義，三則也見兒子不壞他行止。再把當時服事的使女二人送與，更見母親掛念之情，也搏個仁厚之名。母親以為何如？」艾氏點頭道：「這也使得。」

謝啟隨即至盧夢仙船上來請見。從人將名帖送入艙中，夢仙看了，倒喫一驚，對妙惠道：「謝啟特來見我，是甚意思？」妙惠道：「他是富商，你是進士，恐有芥蒂於心，故來修好。然此人亦有可敬之處，我初至其家，止見兩次，自後遵奉母命，未嘗再齒及於我。且費他三年衣食，亦可稱仁孝矣。假使妙惠落於他人，安能得至今日。相見之間，莫把他怠慢。」夢仙聽了此話，即出接見，分賓主而坐。謝啟歷敘妙惠矢志不辱，並其母保全這些緣故，說：「小子實陷於不知，望老大人矜恕。」這一篇話，與妙惠自言一毫無二，愈見得精金百鍊。夢仙謝他母子厚德，謝啟又道：「其母憶念，送兩個使女表情。」夢仙堅卻不受。謝啟不好相強，遂作別起身，仍舊領回。

夢仙要去答拜，妙惠道：「當年公公曾得其百金禮幣，我既不從，受之無名；供我三年，亦宜補還，如此方見恩義分明，去來清白。」夢仙一如其言，備下禮物。妙惠又別具香帕玉花之類，寫書一封，致謝艾氏。夢仙到謝啟船上，相見禮畢，略敘寒溫，即喚從人將禮物陳上，道其所以。謝啟如何肯受？夢仙不聽，教從人連盒子放下而別。謝啟又差人來，艾氏收受復書致謝，其餘盡皆璧還。夢仙又差人送去。如此往覆幾番，謝啟推辭不過，只得收了，將來捨與鐵樹宮中修理廟宇。那時妙惠貞節之事，傳布省城。撫按三司，都來拜問，欲要題請旌表。夢仙恐彰其父逼嫁之短，再三阻止。

話休煩絮，夢仙事完，起身復命。妙惠思念父親久羈遠館，船到南京，寫書差人到鳳陽迎接歸家。此時夢仙情懷舒暢，一路從容緩行，觀玩景致。非止一日，已至揚州，泊舡河下。他是欽差官，驛館中自有執事轎夫迎接。夢仙夫妻一齊上轎，方欲起身，本府新任太守，卻是同年，驛中傳報了，即來相拜，已至船邊。夢仙吩咐家眷先回，自己復下船迎見。其時盧南村已知兒子回來，老夫妻都在門首觀望，只見隸役前呵，簇擁一乘大轎，來至門首。鄰里並過往人都攢攏觀看，皂隸喝道：「奶奶在裡邊，還不閃開！」南村聽了，不覺失驚，向著駱媽媽說：「兒子卻在江西娶親了，這事怎麼處？」原來盧南村因賣了媳婦，自覺惶愧。及雷秀才來說龔家姻事，夢仙未允。待到行後，也不管兒子肯不肯，竟自行聘，先娶來家，等兒子回來結親，以贖昔年逼嫁媳婦之罪。那龔家巴不得招個進士女婿，所以一憑南村主張。今番見說轎內是奶奶，這件事可不又做錯了？為此驚訝起來。

正沒做理會，只見轎中走出來的，不是新娶的奶奶，卻是當時賣去的媳婦，一發驚訝不已。妙惠拜見，說：「媳婦不能奉侍，朝夕在念，不知公公婆婆一向安樂麼？」南村夫婦滿面羞慚，況兼心中有事，只說得一句：「多謝你記掛，這一向也好。」更無暇問與兒子會合的事，連忙教人去尋雷秀才來商議。

不多時，夢仙、雷鳴夏俱到。南村扯雷秀才到半邊，說如此如此：「如今還是怎樣？」雷鳴夏道：「既李夫人已歸，龔家的做二夫人便了，何難之有。」隨對夢仙說知。夢仙因妙惠受了這番折挫，不忍負他，弗肯應承。雷鳴夏道：「如今縉紳，那一個不廣置姬妾？在兄長，一妾不為之過。況李夫人是大賢，決無不容之事。還有一件，龔氏若未過門，還可解得；如今尊翁已先迎娶來家，可有送婦另嫁之理？」夢仙說不過，只得應允，擇日納婚。恰好李月坡也從中都到家。原來李月坡初時見了盧南村之字，說把女兒改嫁，心中慚憤，遂誓不還鄉，以館為家。書中又說是方姨娘做媒，所以併他也怪了，絕無音信寄與。後來夢仙書去，知女婿未死，一發懊恨。今番得女兒手書，見說守節重歸，方纔大喜，即與使人同歸。

夢仙大開家宴，李、龔兩位丈人，雷秀才媒人，連方姨娘都請來赴宴。內外兩席，真個合家歡慶。席間李月坡對南村笑道：「如今小女有了五花官誥，賣不得了。」南村老大羞愧，說：「親家，我嘗聞得人說，不是一番寒徹骨，怎得梅花撲鼻香。老漢雖則當時不合強令愛改嫁，如今遠近都傳他貞節，也好算是老漢作成的，大家扯直罷。」李月坡：「是便是，迎賓館裡去坐，只該朝北。」眾人道：「卻是為何？」李月坡道：「罰他不知禮。」眾人聽了，一笑而散。看官，這李妙惠完名全節，重歸盧夢仙，比著徐德言、黃昌半殘的義夫節婦，可不勝是萬倍麼？後人有六句口號，嘲笑盧南村云：

犁牛犁牛，南村養犢。
伯騂夢仙，一雅一俗。
迎賓館中，坐當朝北。

又有人步李妙惠金山壁上元韻，以頌其操。詩云：

一自當年拆鳳凰，潯陽西畔水茫茫。
題殘魚素先將父，泣罷菱花未死郎。
異榜信傳同姓字，賣鹽人有淡心腸。
方知完璧人間少，彤管增輝第幾章。

第三卷　王本立天涯求父

浩浩如天孰與倫，生身萱草❶及靈椿❷。
當思鞠育恩無極，還記劬勞苦更辛。
跪乳羔羊知有母，反哺烏鳥不忘親。
至於犬馬皆能養，人子緣何昧本因！

話說人當以孝道為根本，餘下來都是小節。所以古昔聖賢，首先講個孝字。比如今人，讀得幾句書，識得幾個字，在人前賣弄：古人那一個行孝是好兒子，那一個敬哥是好兄弟。將日記故事上所載王祥臥冰、孟宗哭竹、姜家一條布被、田氏一樹荊花❸，長言短句，流水說出來，恰像鸚哥學念阿彌陀佛一般，好不入耳。及至輪到身上，偏生照管不來。可見能言的儘不能行，反弗如不識字的，倒明白得養育深恩，

❶ 萱草：這裡代指母親，當作萱堂。
❷ 靈椿：代指父親。椿，音ㄔㄨㄣ，樹木名，據說很長壽。
❸ 王祥臥冰四句：古代的一些孝子的故事。晉代王祥的後媽冬天想喫魚，王祥解衣臥冰求魚；三國時孟宗的母親冬天思食筍，他入林痛哭，筍為之出；諸如此類，見二十四孝圖，元代郭居敬編。

不敢把父母輕慢。總之，孝不孝皆出自天性，原不在於讀書不讀書。如今且先說一個忘根本的讀書人，權做個話頭。

本朝洪武年間，錢塘人吳敬夫，有子吳㦤，官至方面❹，遠任蜀中。父子睽違❺，又無音耗。敬夫心中縈掛，乃作詩一首，寄與兒子。其詩云：

劍閣凌雲鳥道邊，路難聞說上青天。
山川萬里身如寄，鴻雁三秋信不傳。
落葉打窗風似雨，孤燈背壁夜如年。
老懷一掬鍾情淚，幾度沾衣獨泫然。

此詩後四句，寫出老年孤獨、無人奉侍這段思念光景，何等悽切！便是土木偶人，看到此處，也當感動。誰知吳㦤貪戀祿位，全不以老親為心，竟弗想歸養。故使其父日夕懸望，鬱鬱而亡。㦤始以丁憂❻還家，且作詩矜誇其妻之賢，並不念及於父。友人瞿祐❼聞之，正言誚責，羞得他置身無地。自此遂不齒於士

❹ 方面：指一個地方的軍政要職或其長官。
❺ 睽違：分離。睽，音ㄎㄨㄟ，隔開；分離。亦作「暌」。
❻ 丁憂：封建時代，士子遭逢父、母、妻等直系親戚去世，應在家守墓三年（一般是三十個月），不得應舉，做官的也要辭職，是為「丁憂」。
❼ 瞿祐：明初著名文人，字宗吉，錢塘人，著有香臺集、剪燈新話等著作二十餘種。「祐」亦作「佑」。

林。此乃衣冠禽獸，名教罪人。奉勸為人子的，莫要學他。待在下另說一個生來不識父面的人，卻念著生身恩重，不憚萬里程途、十年辛苦，到處訪尋，直至父子重逢，室家完聚。人只道是恩緣未斷，正不知，乃：

孝心感格神天助，好與人間做樣看。

說這北直隸文安縣，有一人姓王名珣，妻子張氏。夫妻兩口，家住郭外廣化鄉中，守著祖父遺傳田地山場，總來有百十餘畝。這百畝田地，若在南方，自耕自種，也算做溫飽之家了。那北方地高土瘠，雨水又多，田中栽不得稻米，只好種些茹茹、小米、豆、麥之類；山場陸地，也不過植些梨、棗、桃、梅、桑、麻、蔬菜。此等人家，靠著天時，憑著人力，也儘好過活。怎奈文安縣地近帝京，差役煩重，戶口日漸貧耗。王珣因有這幾畝薄產，報充了里役，民間從來喚做累窮病。

何以謂之「累窮病」？假如常年管辦本甲錢糧，甲內或有板荒田地，逃亡人丁，或有絕戶，產去糧存，俱要里長賠補。這常流苦，尚可支持。若輪到見年，地方中或遇失火失盜，人命干連，開濬盤剝，做夫當夜，事件多端，不勝數計，俱要煩累，要煩累見年。然而一時風水緊急，事過即休，這也只算做零星苦，還不打緊。惟挨著經催年分，便是神仙也要皺眉。這經催，乃是催辦十甲錢糧。若十甲拖欠不完，責比經催；或存一兩甲不完，也還責比經催。其間有那奸猾鄉霸，自己經催年分，逞兇肆惡，追逼各甲依限輸納。及至別人經催，卻恃強不完，連累比限。一年不完，累比一年；一月不完，累比一月。輕則止於杖責，重則加以枷杻。若或功令森嚴，上官督責，有司參罰，那時三日一比，或鎖押，或監追，分毫不完，卻也不放還。有管糧衙官要饋常例，縣總糧書，歇家小甲，押差人等，各有舊規。催徵牌票，雪片交加，差人個個如狼似虎。莫說雞犬不留，那怕你賣男鬻女。總是有田產的人，少不得直弄到燈盡油乾，依舊做逍遙百姓。所以喚做「累窮病」。

要知里甲一役，立法之初，原要推擇老成富厚人戶充當，以為一鄉表率，替國家催辦錢糧。鄉里敬重，遵依輸納，不敢後期。官府也優目委任，並不用差役下鄉騷擾。或有事到於公庭，必降顏傾聽。即有錯誤處，亦不過正言戒諭。為此百姓不苦於里役，官府不難於催科。那知相沿到後，日久弊生，將祖宗良法美意，盡皆變壞。兼之吏胥為奸，生事科擾。一役未完，一役又興。差人疊至，索詐無窮。官府之視里役已如奴隸，動輒便加杖責。細戶也日漸頑梗，輸納不肯向前。里甲之視當役，亦如坑阱，巴不能解脫。自此富室大家盡思規避，百計脫免。那下中戶無能營為的，卻僉報充當。若一人力量不及，就令兩人朋充。至於窮鄉下里，嘗有十人朋合。願充者既少，奸徒遂得挨身就役。以致欺瞞良善，吞嚼鄉愚，串通吏胥，侵漁、隱匿、拖欠，無所不至。為此百姓日漸貧窮，錢糧日漸逋欠。良善若被報充里役，分明犯了不赦之罪。上受官府敲撲，下受差役騷擾。苦楚受累，千千萬萬也說不盡。

這王珣卻是老實頭、沒材幹的人，雖在壯年，只曉得巴巴結結，經營過活。世務一些不曉，如何當得起這個苦役？初報役時，心裡雖慌，並無門路擺脫，只得逆來順受，卻不知甚麼頭腦。且喜甲下賠糧賠丁不多，又遇連年成熟，錢糧易完，全不費力。及輪到見年，又喜得地方太平，官府省事，差役稀少。雖用了些錢鈔，卻不曾受甚棒責，也弗見得苦處。他只道經催這役，也無過如此，遂不以為意。更有一件喜處，你道是甚喜？乃是娘子張氏，新生了一個兒子。分娩之先，王珣曾夢一人手執黃紙一幅，上有

「太原」兩個大字，送人家來。想起莫非是個讖兆，何不就將來喚個乳名？但「太」字是祖父之名，為此遂名原兒。原來王珣子息宮見遲，在先招過幾個女胎，又都不育。其年已是三十八歲，張氏三十五歲，纔生得這個兒子，真個喜從天降。親鄰鬥分作賀，到大大裡費了好些歡喜錢。

一日三，三日九，這孩子頃刻便已七、八個月日。恰值十月開徵之際，這經催役事已到。大抵賦役，四方各別。假如江南蘇、松、嘉、湖等府糧重，這徭里丁銀等項便輕。其他糧少之地，徭役丁銀稍重。至於北直隸、山、陝等省糧少，又不起運，徭役丁銀等項最重。這文安縣，正是糧少役重的地方。那知王珣造化低，其年正逢年歲少收，各甲里長一來道他樸實可欺，二來藉口荒歉，不但糧米告求蠲免，連徭役丁銀等項也希圖拖賴，俱不肯上納。官府只將經催嚴比。那糧官書役，催徵差人，都認王珣是可擾之家，各色常例東道，無不勒詐雙倍。況兼王珣生來未喫刑杖，不免僱人代比。每打一板，要錢若干，皂隸行杖錢若干。徵比不多幾限，總計各項使用，已去了一大注銀錢。王珣思算：這經催不知比到何時方纔完結，怎得許多銀錢僱替？事到其間，也惜不得身命了，且自去比幾限再作區處。心中雖如此躊躇，還癡心望眾人或者良心發現，肯完也未可知。誰想都是鐵打的心腸，任你責比，毫不動念。可憐別人享了田產之利，卻害無辜人，將父娘皮肉，去捱那三寸闊、半寸厚、七八斤重的毛竹片，豈不罪過！王珣打了幾限，身中熬不得痛苦，仍舊僱人代比。

前限纔過，後限又至。囊中幾兩本錢用盡，只得典當衣飾。衣飾盡了，沒處出豁，未免變賣田產。費了若干錢財，這錢糧還完不及五分。徵比一日緊一日，別鄉里甲中，也有杻的、拶的、枷的、監禁的。這般不堪之事，看看臨到頭上，好生著忙。左思右想，猛然動了一個念頭，自嗟自嘆道：「常言有子萬事足，我雖則養得一個兒子，尚在襁褓，幹得甚事。又道是田者累之頭，我有多少田地，卻當這般差役？況又不曾為非作歹，何辜受這般刑責。不如撇卻故鄉，別尋活計。只是捨不得妻子，怎生是好？」又轉一念道：「罷，罷！拋妻棄子，也是命中註定。事已至此，也顧他不得了。但是娘子知道這個緣故，必不容我出門。也罷，只說有個糧戶逃在京師，官府差人同出捕緝，教將行李收拾停當，明早起程。」

張氏認做真話，急忙整理行囊，準備些乾糧小菜。王珣又吩咐，凡所有寒暑衣服，並鞋襪之類，盡都打疊在內。張氏道：「你打帳去幾時，卻要這般全備？」王珣道：「出路的買賣，那裡論得定日子。萬一路上風雨不測，冷煖不時，若不帶得，將甚替換？寧可備而不用。」張氏見說得有理，就依著他，取出長衣短襖，冬服春衫，連著被褥等件，把一個被囊子裝得滿滿的。

次日早起做飯，王珣飽食一餐。將存下幾兩田價，分一大半做盤纏，把一小半遞與張氏，說道：「娘子，實對你說，我也不是去尋甚麼糧戶，只因里役苦楚難當，暫避他鄉。且去幾時，待別人頂替了這役，然後回來。存剩這幾畝田地，雖則不多，苦喫苦熬，還可將就過日。」又指著孩子道：「我一生只有這點嫡血，你須著意看覷。若養得大，後來還有個指望。」張氏聽了，大驚失色道：「這是那裡說起！常言出外一里，不如家裡。你從來不曾出路，又沒甚相識可以投奔，冒冒什什的往那裡去？」王珣道：「我豈不知居家好似出外，肯捨了你，逃奔他方？一來受不過無窮官棒，二來也沒這許多銀錢使費。無可奈何，終想出這條路。」張氏道：「據你說，錢糧已催完五分，那一半也易處了。如何到生出這個短見？」王珣道：「娘子，你且想，催完這五分，打多少板子，用多少東西？前邊尚如此煩難，後面怎能夠容易。況且比限日加嚴緊，那枷拶羈禁的，那一限沒有幾個？我還僥倖，不曾輪著，然而也只在目前目後了。

為此只得背井離鄉，方纔身上輕鬆，眼前乾淨。」

張氏道：「你男子漢躲過，留下我女流之輩，拖著乳臭孩兒，反去撐立門戶、當役承差，豈不是笑話？」王珣道：「你不曉得大道理：自古家無男子漢，總有子息，未到十六歲成丁，一應差徭俱免。況從來有例，若里長逃過，即拘甲首代役。這到不消過慮。只是早晚緊防門戶，小心火燭。你平生勤苦做家，自然省喫儉用。紡織是你本等，自不消吩咐。我此去，本無著落。雖說東海裡船頭，有相會之日，畢竟是虛帳。從此夫婦之情，一筆都勾，你也不須記掛著我。或者天可憐見，保佑兒子成人，娶妻完聚，生男育女，接紹王門宗祀足矣。」又抱過兒子，遍體撫摩，說道：「我的兒，指望養大了你，幫做人家，老年有靠，那知今日孩赤無知，便與你分離。此後你的壽夭窮通，我都不能知了。就是我的死活存亡，你也無繇曉得。」說到此傷心之處，肝腸寸斷，禁不住兩行珠淚，撲簌簌亂下。

張氏見丈夫說這許多斷頭話，不覺放聲大慟，哭倒在地。王珣恐怕走漏了消息，急把原兒放下，也不顧妻子，將行李背起，望外就走。張氏掙起身，隨後趕來扯他。王珣放開腳步，搶出大門，飛奔前往。離了文安縣，取路投東，望著青、齊❽一帶而去。真個是：

夫妻本是同林鳥，大難來時各自飛。

當下張氏挽留不住丈夫，回身入內，哭得個不耐煩方止。想起：「丈夫一時恨氣出門，難道真個撇得下我子母，飄然長往？或者待經催役事完後，仍復歸來，也未可知。但只一件，若比限不到，必定差

❽ 青齊：指青州、齊州，古代地名，今河南、山東一帶。

人來拿，怎生對付他便好？」躊躕了一回，乃道：「丈夫原說里長逃避，甲首代役。差人來時，只把這話與他講說。拼得再打發個東道，攢在甲首身上便了。料想不是甚麼侵匿錢糧，要拿婦女到官。」過了兩日，果然差人來拘。張氏說起丈夫受比不過，遠避的緣故，袖中摸出個紙包遞與，說：「些小酒錢，送你當茶。有事只消去尋甲首，此後免勞下顧。這原是舊例，不是我家杜撰。你若不去，也弗干我事。」差人不見男子，女人出頭，且又會說會話，奈何他不得，只得自去回官。官府喚鄰舍來問，知道王珣果真在逃，即拿甲下人戶頂當，自此遂脫了這役。

親戚們聞得王珣遠出，都來問慰。張氏雖傷離別，卻是辛勤，日夜紡織不停。又催人及時耕種這幾畝田地，到盤運起好些錢財。更喜懷中幼子災晦少，容易長大，纔見行走，又會說話。只是掛念丈夫，終日盼望他歸。那知絕無蹤影，音信杳然。想道：「看起這個光景，果然立意不還了。你好沒志氣，好沒見識。既要避役，何不早與我商量，索性把田產盡都賣了，挈家而去，可不依舊夫妻完聚、父子團圓？卻䰾地裡單身獨往，不知飄零那處，安否若何，死生難定，教我怎生放心得下。」言念至此，心內酸辛，眼中淚落，嗚嗚而泣。原兒見了，也啼哭起來。張氏愛惜兒子，便止悲收淚，捧在懷中撫慰。又轉一念道：「幸得還生下此子，不然教我孤單獨自，到後有甚結果。」自寬自解，嗟嘆不已。有詩為證，詩云：

寒閨憔悴憶分離，惆悵風前黯自悲。
芳草天涯空極目，浮雲夫婿沒歸期。

話分兩頭，且說王珣當日驟然起這一念，棄了故鄉，奔投別地，原不曾定個處所。況避役不比逃罪，怕官府追捕，為此一路從容慢行。看不了山光水色，聽不盡漁唱樵歌，甚覺心胸開爽，目曠神怡。暗自喜悅道：「我枉度了許多年紀，終日忙忙碌碌，只在六尺地上回轉，何曾見外邊光景。今日卻因避役，反得觀玩一番，可不出於意外？」又想：「我今脫了這苦累，樂得散誕幾年，就死也做個逍遙鬼。難道不強似那苦戀妻子、混死在酒色財氣內的幾倍？」這點念頭一起，萬緣俱澹，那裡還有個故鄉之想。因此隨意穿州撞縣，問著勝境，便留連兩日。逢僧問訊，遇佛拜瞻，毫不覺有路途跋涉之苦。只有一件，興致雖高，那身畔盤纏卻是有限。喜得斷酒蔬食，還多延了幾時。看看將竭，他也略不介意。一日行至一個地方，這地方屬衛輝府，名曰輝縣。此縣帶山映水，果是奇絕：

說不迭萬井炊煙，觀不盡滿城闤闠。高陽里，那數裴王；京兆阡，不分婁郭。鼕鼕三鼓，縣堂上政簡刑清，宰官身說法無量；井井四門，牌額中盤詰固守，異鄉客投繻重來。可知尊儒重道古來同，奉佛齋僧天下有。依縣治，傍山根；訪名園，尋古跡。百千億兆，縣治下緊列著申明亭；十百阿羅，山根前高建起夢覺寺。

這夢覺古剎，乃輝縣一個大叢林❾。寺中法林上人，道行清高，僧徒學者甚眾。王珣來到此地，寓在旅店，聞知有這勝境，即便到寺隨喜❿。正值法林和尚升座講經。你道所講何經？講的是大方廣圓覺修多羅了義經，王珣雖不能深解文理，卻原有些善根。這經正講到寂靜常樂，故曰涅槃；不濁不漏，故

---

❾ 叢林：即「禪林」，佛教徒聚集的寺院。

❿ 隨喜：到寺院遊覽。

曰清淨；不妄不變，故曰真如；離過絕非，故曰佛性；護善遮惡，故曰總持；隱覆含攝，故曰如來藏；超越玄閟，故曰密嚴國；統眾德而大備，爍群昏而獨照，故曰圓覺。其實皆一心也。王珣聽到此處，心中若有所感，想道：「經中意味無窮，若道實皆一心，這句卻是顯明。我從中只簡出常樂清淨四字，便是修行之本。我出門時，原要尋個安身之處。即僱工下賤，若得安樂，便是收成結果。不道今日聽講經中之語，正合著我之初願。這是我的緣法，合當安身此地，樂此清淨無疑矣。」遂倒身拜禮三寶，參見大和尚及兩班首座。又到廚下，問管家是何人，要請來相見。又問都管是何人，庫房是何人，飯頭是何人，淨頭是何人。

眾僧看見遠方人細問眾執事，必定是要到此出家的了，俱走來問訊道：「居士遠來何意？」王珣答道：「弟子情願到此出家。」眾僧道：「居士要出家，所執何務？」王珣道：「我弟子是文安縣田庄小民，從不知佛法，不曉得所執事務。」眾僧道：「既不執務，你有多少田地，送入常住公用？」王珣道：「寒家雖有薄田幾畝，田不過縣，不能送到上剎收租。」眾僧道：「然則隨身帶得幾多銀兩，好到本寺陪堂？」王珣道：「弟子為官私差役，家業蕩盡，免勞和尚問及。」眾僧道：「既如此，只選定一日，備辦一頓素齋小食，好與眾師兄師弟會面。」王珣道：「弟子離家已久，手無半文，這也不能。」眾僧齊道：「阿喲！佛門雖則廣大，那有白白裡兩個肩頭，一雙空手，到此投師問道的理。」內中又有一個道：「只說做和尚的喫十方，看這人到是要喫廿四方的。莫要理他。」王珣本是質直的人，見話不投機，歎口氣道：「咳！從來人說炎涼起於僧道，果然不謬。大和尚在法堂上講圓覺經，眾沙彌只管在廚房下，計論田產銀錢、齋襯饅頭，可不削了如來的面皮。」眾僧被王珣搶白，大家囉唣起來，扯他出去。

王珣正與爭論間，只聽得法堂講畢，鐘鼓鐃鈸，長幡寶蓋，接法林下座。走到香積廚前，見王珣喧嚷，問知緣故。法林舉手搖一搖，說：「眾僧開口便俗，居士火性未除。饒舌的不須饒舌，皈依的且自還宗。」王珣當下自知慚愧，急便五體投地，叩首連連，說道：「弟子只因避役離家，到此求一清淨，並無他故。一時不知進退，語言唐突，望大和尚慈悲，憐憫寬恕姑容則個。」法林見他認罪悔過，將他來歷盤問一番，知是個老實庄家，乃道：「你既真心皈依，老僧怎好堅拒不納，退人道心。但你一來不識文理，二來與大眾們亂一番，若即列在師弟師兄，反不和睦。權且在寺，暫執下役，打水燒火，待異日頓悟有門，另為剃度。佛門固無貴賤，悟道卻有後先。須自努力，勿錯念頭。」王珣領了老和尚法語，叩首而起。向旅店中取了行李，安身蘭若⓫，日供樵汲，從此：

割斷世緣勤念佛，滌除俗慮學看經。

安下王珣，再說張氏。自從丈夫去後，不覺年來年往，又早四個年頭，原兒已是六歲。一日忽地問著娘道：「人家有了娘，定有爹。我家爹怎的不見？」突然說出這話，張氏大是驚異，說道：「你這小廝，喫飯尚不知飢飽，曉得甚麼爹，甚麼娘，卻來問我。這是誰教你的？」原兒道：「難道我是沒有爹的？」張氏喝道：「畜生！你沒有爹，身從何來？」原兒道：「既有爹，今在何處？」張氏道：「兒，我便說與你，你也未必省得。你爹只為差役苦楚，遠避他方，今已四年不歸矣。」口中便說，那淚珠兒早又掉下幾點。原兒又問：「娘可知爹幾時歸來？」張氏道：「我的兒，娘住在家裡，你爹在他處，何

⓫ 蘭若：寺院。

繇曉得？」原兒把頭點一點，又道：「不知爹何時纔歸。」張氏此際，又悲又喜。悲的是，丈夫流落遠方，存亡未審；喜的是，兒子小小年紀，卻有孝心，想著不識面的父親，後日必能成立。自此之後，原兒不常念著爹怎地還不見歸。張氏聽了，便動一番感傷，添幾分惆悵。

話休煩絮，原兒長成到八歲上，張氏要教他去讀書。湊巧鄰近有個白秀才，開館授徒。這白秀才原是飽學儒生，自道年踰五十，文字不時，遂告了衣巾，隱居訓蒙。張氏親送兒子到館受業。白秀才要與他取個學名，張氏道：「小犬乳名原兒，係拙夫所命。即此為名，以見不忘根本。」白秀才道：「大娘高見最當。且原即本也，以今印昔，當日取義，似有默契。」張氏道：「小兒生時，拙夫夢見『太原』兩字，因此遂以為名。」白秀才道：「太原乃王姓郡名。太者大也，原者本也。論語上說：『本立而道生。』以聖經合夢而言，賢胤⑫他日必當昌大蕃盛。合宜名原，以應夢兆，表字本立，以符經旨。名義兼美，後來必有徵驗。」張氏聽他詳解出一班道理，雖不足信，也可暫解愁腸，說道：「多謝先生指教。小犬苟能成立，便足夠了，何敢有他望。」從此倒減了幾分煩惱，只巴兒子讀書上進。假如為母的這般辛勤，這般期望，若兒子不學好，不成器，也是枉然。喜得王原資性聰明，又肯讀書，舉止安詳，言笑不苟。先生或有事他出，任你眾學生跳躍頑嬉，他只是端坐不動，自開荒田。「大學之道」念起，不上三年，把「四書」讀完，已念到詩經小雅蓼莪篇「哀哀父母，生我劬勞」了。

其年恰當紅鸞星照命，驀地有一個人，要聘他為婿。你道是何等樣人？這人姓段名子木，家住崇仁村中，就是王珣甲下人戶。王珣去後，里役是他承當。彼時原不多田地，因連歲秋成大熟，家事日長，

⑫ 賢胤：對別人子女的美稱。胤，後代。

此人雖則庄家出身，能知文理，大有材幹。為人卻又強梗，見官府說公事，件件出尖，同役的倒都懼他幾分，所以在役中還不喫虧。段子木既承了這里長，王珣本戶丁糧，少不得是他催辦。幾遍到來，看見王原年紀尚幼，卻是體貌端莊，禮度從容，不勝嘆異，想道：「不道王珣卻生得這個好兒子！我若得有這一子，此生大事畢矣。」原來段子木家雖小康，人便伶俐，卻不會做人，掙不出個芽兒，止有一女，為此這般欣羡。又向妻子誇獎，商量要贅他為婿，央白秀才做媒。問起年紀，兩下正是同年，一發喜之不盡。白秀才將段子木之意，達知張氏。張氏道：「寒家貧薄，何敢仰攀高門。既不棄嫌，有何不美。但止有此子，入贅卻是不能。若肯出嫁，無不從命。」白秀才把此言回覆段子木。本是宿世姻緣，慨然許允。張氏也不學世俗合婚問卜，竟擇吉行禮納聘，締結兩姓之好。可見：

天緣有在毋煩上，人事無愆不用疑。

且說王原，資質既美，更兼白秀才訓導有方，一面教他誦讀，一面就與他粗粗裡講些書義。此際還認做書館中功課，尚不著意。到了十三四歲，學做文字，那時便留心學問。一日，講到子游問孝、子夏問孝，乃問先生道：「子游、子夏是孔門高弟，列在四科，難道不曉得孝字的文理，卻又問於夫子？」先生道：「孝者，人生百行之本。人人曉得，卻人人行不得。何以見之？假如孝經上說：『身體髮膚，受之父母，不敢毀傷。』乃有等庸愚之輩，不以父母遺體為重，嗜酒妄為，好勇鬥狠，或至亡身喪命。這是無賴之徒，不足為孝。又有一等，貪財好色，但知顧戀妻子，反把父母落後。這也不足為孝。又有一等，日常奉養，雖則有酒有肉，只當做應答故事，心上全無一毫恭敬之意。故譬諸犬馬，皆能有養。

這也不足為孝。所以子游問這一端孝字。又有一等，飲食儘能供奉，心上也知恭敬，或小有他事關心，便露幾分不和順的顏色。這也不足為孝。子夏所以問這一端孝字。又有一等，貪戀權位，不顧父母。生不能養，死不能葬。如吳起⑬母死不奔喪之類。這也不足為孝。還有一等，早年家計貧薄，菽水藜藿，猶或不週，雖欲厚養，力不從心。及至後來，一旦富貴，食則珍饈羅列，衣則玉帛贏餘，然而父母已喪，不能得享一絲一纇。所以說樹欲靜而風不寧，子欲養而親不在。故昔皋魚有感，至於自刎。孝之一字，其道甚大，如何解說得盡。」

王原聽了先生講解孝字許多道理，心中體會一番，默然感悟，想道：「我今已一十四歲，喫飯也知飢飽，著衣也知寒煖，如何生身之父尚且不識面？而母親雖言因避役他方，也不曾說個詳細。如今久不還家，未知是死是生，沒個著落，我為子的於心何安？且我今讀書，終日講論著孝悌忠信，怎的一個父親，卻生不識其面，死不知其處，與那母死不奔喪的吳起何異？還讀甚麼書，講甚麼孝？那日記故事上載，漢時朱壽昌，棄官尋母，誓不見母不復還，卒得其母而歸。難道朱壽昌便尋得母，我王原卻尋不得父？須向母親問個明白，拼得窮遍天南地北，異域殊方，務要尋取回來，少盡我為子的一點念頭。」定了主意，也不與先生說知，急忙還家。

張氏見他踉踉蹌蹌的歸來，面帶不樂之色，忙問道：「你為何這般光景，莫非與那個學生合氣麼？」王原道：「兒子奉著母親言語，怎敢與人爭論？只為想著父親，久不還家，不知當時的實，為甚緣故出去。特回來請問母親，說個明白。」張氏道：「我的兒，向來因你年幼，不曾與你細說。你父止為有這

⑬吳起：戰國時期著名軍事家，曾任楚國令尹，協助楚悼王變法強國。

祖遺幾畝田地，報充里役，輪當經催，如此如此，這般這般，因是受苦不過，驀地孑身遠避。彼時只道但暫去便歸，那知竟成永別。」王原道：「既為田產當役，何不將來賣了，卻免受此分離之苦。」張氏道：「初然也不料這役如此煩難。況沒了田產，如何過活？」王原道：「過活還是小事，天倫乃是大節。」張氏道：「總是命合當然，如今說也無用，只索繇他罷了，你且安心去讀書。」王原道：「母親怎說這話？天下沒有無父的兒子，我又不是海上東方朔、空桑中大禹聖人⓮，如何教我不知父親死生下落？」張氏道：「這是你爹短見，全不商量，拋了我出去，卻與你無干。」王原道：「當年父親撇下母親，雖是短見，然自盤古開天，所重只得天地君親師五個字。我今蒙師長講得這孝字明白，若我為子的，不去尋親，即是不孝，豈非天地間大罪人？兒意已決，明早別了母親就行。」張氏笑道：「你到那裡去？且慢言你沒處去尋，就教當面遇見，你也認不出是生身老子。」王原道：「正要請問母親，我爹還是怎生個模樣？」張氏道：「你爹身材不長不短，紫黑面皮，微微裡有幾莖髭鬚。左顴骨上有痣大如黑豆，有一寸長毫毛兩三根。左手小指，曲折如鉤，不能伸直。這便是你爹的模樣，但今出去許多年，海闊天空，知在何處？卻要去尋，可不是做夢。」王原道：「既有此記認，便容易物色。不論天涯海角，到處尋去，必有個著落。若尋不見，誓不還家。」

張氏道：「好孝心，好志氣！只是你既曉得有爹，可曉得有娘麼？」王原道：「母親十月懷胎之苦，

⓮ 海上東方朔二句：東方朔，西漢時人，以博學多識、聰明滑稽而著稱。據洞冥記記載，東方朔的母親田氏寡居，夢太白星臨其上，因而有娠，後生東方朔。該書還記載了許多與東方朔有關的神異故事。大禹，應該是指伊尹，呂氏春秋中說伊尹是生於空桑之中。

三年乳哺之勞，以至今日。自頂及踵，無一不受之於母親，如何不曉得有娘？」張氏道：「可又來！且莫說懷胎乳哺的勞苦，只你父親出門時，你纔週歲，我一則要支持門戶，二來要照管你這冤家。雖然脫卸差役，還恐坐喫山空。為此不惜身命，日夜辛勤。那寒暑風霜、晏眠早起的苦楚，嚐了千千萬萬，纔掙得住這些薄產，與你爹爭了個體面。你道容易就這般長大麼？你生來雖沒甚大疾病，那小災晦卻不時侵纏。做娘的常常戴著個愁帽兒，請醫問卜，賽願求神，不知費了多少錢鈔，擔了多少鬼胎。巴得到學中讀書，這束脩尚是小事，又怕師長訓責驚恐，同窗學生欺負。那一刻不掛在肝腸？你且想做娘的，如此擔憂受苦，活孤孀守你到今，回頭一看，連影子只得四人，好不悽慘！你卻要棄我而去，只怕情理上，也說不過。還有一句話，父母總來一般，我現在此，你還未曾孝養一日，反想去尋不識面的父親。這些道理尚不明白，還讀甚麼書講甚麼孝。尋父兩字，且須閣起，我自有主見在此。」

王原聽娘說出許多苦楚，連忙跪下，眼中垂淚說道：「兒子不孝，母親責備得極是。但父母等於天地，有母無父，便是缺陷。若父親一日不歸，兒子心上一日不安，望母親曲允則個。」張氏道：「罷罷！龍生龍，鳳生鳳，有那不思家、乞丐天涯的父親，定然生這不顧母、流落溝渠的兒子。你且起來，好歹待我與你娶妻圓聚，一則完了我為母之事，二則我自有媳婦為伴，那時任憑你去，我也不來管你。」王原無可奈何，只得答應道：「謹依嚴命，後日別當理會。」起身走入書室中，悶坐了一回。隨手取過一本書來，面上標著漢書二字。揭開看時，卻是漢高祖殺田橫⑮，三十里挽歌，五百人蹈海的故事。大歎

⑮田橫：秦漢時人，曾與楚、漢爭雄，自立為齊王。劉邦建立漢朝後，他與五百人逃往海島。劉邦設計招降，他被逼自殺，手下五百人聞訊，皆自刎殉難。

一聲，說：「為臣的死不忘君，為子的生不尋父，卻不相反？」掩卷而起，雙膝跪倒階前，對天發誓道：「我王原若終身尋父不著，情願刎頸而死，漂沉海洋，與田橫五百人精魂，杳杳冥冥，結為知己。」設誓已畢，走起來，把墨磨濃，握筆蘸飽，向壁上題詩一首。詩云：

生來不識有靈椿，四海何方寄此身。
只道有田堪度日，誰知無父反傷神。
生憎吳起墳前草，死愛田橫海上魂。
寄與段家新婦語，齊眉舉案暫相親。

王原不過十三四歲，還是個兒童，何曾想到做親，只為張氏有完婚之後任憑出去的話，所以詩中兩句結語如此。是時天色已暮，張氏點燈進來，與他讀書。擡頭看見壁上字跡淋漓，墨痕尚濕，即舉燈照看，教兒子逐句念過，逐句解說。王原念到結尾兩句，低聲不語，滿面通紅。張氏道：「我養你的身，難道不識你的心？你只要新婦過門，與我作伴，方好去尋父。可是麼？但年紀還未，且耐心等到十六歲，出幼成丁，那時與你完親，便是出外，我也放心得下。如今且莫提起。」王原見母意如此，不敢再言，唯唯而已，心裡想：這兩年怎能得過？

雖則如此說，畢竟光陰如白駒過隙，纔看楊柳舒芽，又見梧桐落葉，倏忽間春秋兩度，王原已是十六歲。張氏果不失信，老早的央白先生到段家通達，吉期定於小春之月。段子木愛女愛婿，毫無阻難，備具粧奩嫁送。雖則田庄人家，依樣安排筵席，邀請親翁大媒，親族鄰舍，大吹大擂，花燭成婚。若是別個做新郎的，偏會篦頭沐浴，剃髮修眉，渾身上下，色色俱新，遍體薰香，打扮俏麗。見了新婦，眉花眼笑，粧出許多醜態。那王原，雖則母親一般有新衣與他穿著，一來年紀小，二來有事在心，惟求姑媳恩深，那在夫妻情重。當此喜事，只是眉頭不展，面帶憂容，酒席間全不照管，略無禮節。親戚們無不動念，都道這孩子，怎地好似木雕偶人。他時金榜掛名，尚不見得，今夜洞房花燭，恐還未必。連丈人也道女婿光景大弗如昔。須臾席終客散，王原進房寢息。張氏巴不得兒子就種個花下子，傳續後代。那知新人是黃花閨女，未便解衣；新郎又為孝心未盡，也只和衣而臥。雖然見得成雙捉對，卻還是月下籠燈，空掛虛明。

二朝廟見之後，即便收拾出門尋父。張氏打疊起行囊，將出一大包散碎銀兩，與他作盤費，說道：「兒，我本不欲放你出去，恐負了你這點孝心，勉強依從。此去以一年為期，不論尋得著尋不著，好歹回來。這盤纏也只夠你一年之用。你縱不記我十六年鞠育之苦，也須念媳婦三日夫婦之情，切莫學父親，飄零在外。」王原道：「不瞞娘說，此行兒子尚顧不得母親，豈能念到妻子。」回身吩咐段氏小娘子道：「你年紀雖則幼小，卻是王家冢婦⑯。母親單生得我，別無姑娘小叔。自此婆婆把你當作女兒，你待婆婆當作母親，兩口兒同心合意，便好過日。我今出去尋父，若尋得著，歸期有日，儻或尋不著，願死天涯，決不歸來。千斤擔子，托付與你，好生替我奉侍，莫生怠慢。只此永訣，更無他話。」這小娘子纔得三朝的媳婦，一些頭腦不知，卻做出別離的事來。比著趙五娘六十日夫妻，也還差二十來倍。說又說不出，話又話不得。既承囑咐，只得把頭點上兩點。張氏聽了這些話，便啼哭起來，說：「你爹出去時，

⑯冢婦：嫡長子的媳婦。冢，大。引申為長、首。冢子，即嫡長子。

說著許多不吉利的話，以致如此。你今番也這般胡言，分明是他前身了。料必沒甚好處，兀的不痛殺我也！」王原道：「死生自有天數，母親不必悲傷。」一頭拜別，一頭背上行囊便走。可憐張氏，牽衣悲慟，說：「你爹出去，今來一十五年，即使與我覿面相逢，猶恐不似當年面目，何況你生來不認得他面長面短？向來嘗與你說，左顴有痣，大如黑豆，上有毫毛；左手小指，曲折不伸。只有這兩樁，便是的據。不知你可記得？然而也是有影無形，何從索摸？」王原道：「此事時刻在念，豈敢有忘？母親放手，兒子去矣，保重保重。」毅然就別。若不是生成這片尋父心腸：

險化做溫嶠絕裾⑰，又安望吳起奔喪。

王原出門，行了幾步，想著白先生是個師長，如何不與他說一聲？重復轉身到館，將心事告知，求他早晚照顧家中。又央及致意丈人段子木。別過先生，徜徉上路，離了文安地方，去到涿鹿，轉望東行。真正踏地不知高低，逢人不辨生熟。假如古人有趙岐⑱，藏在孫嵩複壁之中；又有個夏馥，亡命剪鬚變形，逃入林慮山，都還有個著落。這王珣蹤跡無方，分明大海一針，何從撈摸？那王原只望東行，卻是

⑰ 溫嶠絕裾：溫嶠，東晉著名政治家，曾任中書令。他曾受劉琨委派勸司馬睿即帝位，其母崔氏拉住他，不讓去。他絕裾（扯斷衣襟）而去。

⑱ 趙岐：東漢時人。東漢桓帝時，士大夫與宦官勢不兩立，形成黨禍。趙岐（包括下文中提到的夏馥）都被列為黨人，受到宦官的迫害。趙岐逃亡，被孫嵩藏在夾牆中間，躲過災難。夏馥則剪鬚變形，為人作傭，黨禁未解，就老死鄉下。

何故？原來他平日留心，買了一本天下路程圖，把東南西北的道路，都細細看熟。又博訪了四方風土相宜，一來諒著父親是田庄出身，北去京師一路，地土苦寒，更兼近來時有虜警，決然不往；西去山西一路，道路間關，山川險阻，也未必到彼；惟東去山東一路，風氣與故鄉相彷，人情也都樸厚，多分避到這個所在。二來心裡立個意見，以為東方日出，萬象昭明，普天幽沉暗昧之地，都蒙照鑑，難道我一點思父的心跡，如昏如夢，沒有豁然的道理？所以只望東行。看官，你道這個念頭，叫不得真真孝子、實實癡人？直問到人盡天通，方得雲開日見。後話慢題。

且說王原隨地尋消問息，覓跡求蹤，不則一日，來到平原縣。正在城中訪問，忽聽得皂役吆呼，行人停步。王原也閃在傍邊觀看。只見儀仗鼓樂前導，中間擡著一座龍亭。幾位官員，都是朝衣朝冠，乘馬後隨。馬步高低，搖動那珮聲，叮叮噹噹，如鐵馬戰風。王原向人詢問此是為何，有曉得的說道：「知縣相公六年考滿，朝廷給賜誥命，封其父母。」王原道：「父母可還在麼？」其人答言：「那第一騎馬上的，不是太老爺？太夫人也在衙中。」王原聽了，嘆口氣道：「咳，孝經上說：『立身行道，揚名於後世，以顯父母，孝之終也。』這官人讀書成名，父母得受皇封，正與孝經之言相合，亦可無憾矣。像我王原，不要想有此一日，但求生見一面，也還不能，豈不痛哉！」傷感一番，又往他處。

日歷一方，時履一地，自出門來，已經兩番寒暑，毫無蹤影。轉到山東省城濟南府，這區處左太行右滄海，乃南北都會，地方廣大，人民蕃庶。王原先踏遍了城內，後往城外。行至城東，見有一所廟宇。擡頭看時，牌額上標著「閔子騫祠」四個大字。暗道：「閔子⑲乃聖門四科之首，大賢孝子。我今日尋

⑲ 閔子：即閔子騫，孔子學生。

父，正該拜求他一番。」遂步入祠中，叩了十數個頭，把胸中之事，默禱一遍，懇求父親早得相會。禱罷，出祠。思想當年閔子為父御車，乃有「母在一子寒，母去三子單」之語，著孝名於千載，我王原求為父御車而不可得，真好恨也。

一日，行至長清驛，只見驛前一簇轎馬車輛，驛中走出一個白胖老婦人來上轎。隨從人也各上馬，簇擁而去。驛子們互相說道：「這老媽媽，真好個福相！可知生下這個穿蟒腰玉的兒子，今番接去，好不受用哩！」內中一個道：「兒子拋別了三十多年，今方尋著，也不算做十分全福。」王原聽了這話，近前把手拱一拱，說道：「借問列位老爺，轎中是那一位官員的太奶奶？」驛子答道：「小哥，俺們也不知他詳細。據他跟隨的說，是司禮監李太監的母親。李太監是福建人，自幼割掉了那話兒，選入宮中。至今已有三十餘年，做到司禮監秉筆太監，十分富貴。因想著母親，特地遣人到福建，尋訪著了，迎接進京哩！」王原聽罷，便放聲號哭。眾人齊問：「你這人為甚啼哭？莫非與李太監也有甚瓜葛麼？」王原含淚答道：「小子與他並無瓜葛，只為心中有事，不覺悲痛。小子姓王名原，父親名喚王珣，母親張氏，家住順天府文安縣城外廣化鄉中。父親當年生我，才得週歲，因避役走出，一去不歸，小子特來尋訪。適來見說李太監母子隔絕三十餘年，正與王原事體相同。他的母親便尋著了，我的父親不知還在那裡。觸類感傷，未免悽慘。我父親左顴骨上有痣，大如黑豆，有毫毛兩三根，右手小指，曲折如鉤，不能伸直，只此便是色認。列位老爺中，可有知得些蹤影的麼？即或不知，乞借金口與我傳播，使吾父聞知，前來識認。若得父子相逢，生死銜感。」一頭說，還哭個不止。眾人聽了，有的便道：「好個孝子，難得難得。只是我這裡不曾見有這個人，你還往別處去尋。」有的便道：「自來流落在外的，定然沒結果。既出門，年久不歸，多分不在了。不如回去奉養母親罷。」王原聞言，愈加悲泣，眾人勸住，又往他處。

看官，你道這太監之母，是真是假？原來李監從幼被人拐騙到京師，賣與內官，便閹割了，教他讀書識字起來，直做到司禮監秉筆。身既富貴，沒個至親，想念其母，遣人到故鄉訪求。雖然尚在，卻是貧苦。使人接取入京，李監出迎，舉眼一覷，見其母容顏憔悴，面目黧黑，形如餓莩，相似貧婆，自己不勝羞慚，向左右道：「此非吾母，可另訪求。」其母將他生年月日，身上有甚疤痕，都說出來，也只是不信。為子的既不認母，手下人有甚好意，即忙扶出，撇在長安街上。可憐這老婆婆，流落異鄉，沿門求乞，不久死於道塗。李監醉後，道出真言，說：「我這般一個人，不信有恁樣個娘。」使人解意，有復到福建，卻尋這白胖老婦人，取入京去。這婦人是誰？此婦當年原是娼妓，年長色衰，擇人從良。有人願娶，他卻不就，他若願了，人又不要，再弗能偶湊。因向一個起六壬數的術士，問取終身。那術士許他年至六十，當享富貴之養。彼時老娼如何肯信。不道蹉跎歲月，到底從人不成，把昔年積趲下幾兩風流錢，慢慢的消磨將盡。其年恰好六十臨頭，遇巧李監所使，要覓個人材出眾的老婦人，假充其母，正尋著了他。老娼想起術士之言有驗，欣然願往。行至杭州，有織造太監聞知，奉承李監，向軍門討個馬牌與來使，一路驛遞，起撥夫馬相送，直至京都。李監見了便道：「這纔是我的母親。」相向慟哭，奉養隆厚，十餘年而歿。李監喪葬哀痛，極盡人子之道。後李監身死，手下人方纔傳說出來，遂做了笑話。有詩為證：

美儀假母甘供養，衰陋親娘忍棄捐。
親生兒子猶如此，何怪傍人勢利看。

按下散文，再說王原，行求到兗州曲阜縣，拜了孔陵。又尋至鄒縣，經過孟子廟前。一邊是子思⑳作中庸處，有座碑石；一邊是孟母斷機處，有個扁額，題著「三遷」兩字，與子思作中庸碑，兩相對峙。王原未免又轉個念頭，道：「孟母當年三遷㉑，教子得成大儒之名。我娘教養我成人長立，豈非一般苦心？那書上說，孟子葬母，備極衣衾棺槨之美，則其平日孝養可知。吾母喫了千萬苦辛，為子的未曾奉養一日，為著尋父遠離。父又尋不得，母又不能養，可不兩頭不著。」思想到此，又是一場煩惱。

從來孝思感動，天地可通。如古時丁公藤救父，井中老鼠得收母骨，皆歷歷有據。偏有王原，如此孝心尋父，卻終不能遇，在山東地面，盤旋轉折，經歷之處，卻也不少。怎見得？那山東，乃：

奎婁分野，虛危別區。本為薛郡，在春秋魯地之餘；既屬齊封，論土色少陽之下。滋陽曲阜，泗水夾鄒滕；鉅野東平，魚臺連汶上。固知河濟之間，山川環帶；若問青齊之境，地里廣沃。博興高苑，昌樂壽光。蒙陰沂水及臨淄，朐益安諸過日照。東道諸雄，號稱富衍。說不盡南北東西，數得來春秋冬夏。百年光景幾多時，十載風塵霎地過。

---

⑳ 子思：姓孔名伋，孔子之孫，曾子的學生。

㉑ 孟母當年三遷：孟子的母親為了尋找適宜兒子成長的好鄰居、好環境，曾三次搬家。

王原在齊魯地方，十年飄泊。井邑街衢，無不穿到；鄉村丘落，盡數搜尋。本來所帶零碎銀兩早早用完，行囊也都賣訖，單單存得身上幾件衣服。況且纔離書館，不要說農庄家鋤頭犂耙，本分生涯，全然不曉，就是醫卜星相，江湖上說真賣假，捏李藏謎，一切賺錢本事，色色皆無。到此流落在他州別縣，沒奈何，日則沿門乞食，夜則古廟棲身，或借宿人家簷下。不時對天禱告，求得見生父一面，即死填溝壑，亦所不惜。可憐這清清白白一個好後生，弄得鳥不三白不四，三分似人，七分像鬼。認得的方信是孝子下稍，不認得的，只道是卑田院的宗支，真好苦也。

時值上冬天氣，衣單食缺，夢寐不寧。朦朧合眼，恰像在家時，書房中讀書光景。取過一本書來，照舊是本漢書，揭開一看，卻依先是田橫被殺，三十里挽歌、五百人蹈海這段故事。醒來思想道：「田橫烈士，我何敢比他？難道不能像其生時富貴，只比他死時慘毒不成？且我又非謀王奪霸強求富貴的人，定不到此結局。只是田橫二字，不得不放在心上。」何期事有湊巧，一日尋訪到即墨縣，這所在乃膠東樂土，三面距海。聞得人說，東北去百里，海中有一山，名曰田橫島，離岸止有二十五六里。王原聽了這話，一喜一懼。所喜者，田橫二字已符所夢，或者於此地遇著父親，也未可知；所懼者，資費已完，進退兩難，或該命盡於此。又想起：「昔年曾設誓道，尋父不著，情願自盡，漂沉海洋，與田橫五百人精魂相結。今日來到此處，已於前誓暗合，多分是我命盡之地了。好歹渡過島去，訪求一番，做個結局。」遂下山，竟至海濱，渡到田橫島。

原來隔岸看這山，覺得山甚小。及至其地，卻見奇峰秀麓，重重間出，頗是深邃。轉了幾處徑道，不覺落日銜山，颶風大作。又抹過一個林子，顯出一所神祠。就近觀之，廟宇傾頹，松楸荒莽，也無榜額，不知是何神道。想來身子疲倦，且權就廟中棲息一宵，再作道理。步將入去，向神道拜了兩拜。但見塵埃堆積，席地難容。無可奈何，只得倒身臥在塵中，卻當不過腹內空虛，好生難忍，復掙起身，欲待往村落中求覓些飲食。遙空一望，煙火斷絕，鳥雀無聲，也不見一個男女老少影子。

方在徬徨之際，忽然現出一輪紅日正照當天，見殿庭廊下，一個頭陀炊飯將熟。私喜道：「不該命絕，天使這和尚在此煮飯。」便向前作揖，叫聲：「老師父，可憐我遠方人氏，行路飢餒，捨我一碗半碗充飢。」這和尚就把缽盂洗一洗，盛著飯遞過來，說：「這是莎米飯，味苦不堪入口，我與你澆上些肉汁調和，方好下咽。」王原接飯在手，慌忙舉筯。那和尚合掌念起咒來，高聲道：「如來如來，來得好，去得好！」忽地祠門軋的一聲響，撒然驚覺，卻是南柯一夢，天色已明。只見一個老人，頭戴鶡冠，手攜竹杖，走將進來，問道：「你是何人，卻臥在此？」王原道：「小子遠方人，尋父到此。昨因天晚，權借一宿。」老者道：「遠方還是那處，姓名喚甚，你父在外幾時了？」王原乃將姓名家鄉並訪父緣故，一一說與。老者聽了，點頭道：「好孝子，好孝子！但你父去向，沒些影響，卻從何處索摸？老漢善能詳夢，你可有甚夢兆，待我與你詳一詳，看可還尋得著。」王原道：「夜來剛得一夢，心裡正狐疑，望乞指教。」乃將所夢說出。老者道：「賀喜賀喜。日午者，南方火位。莎草根，藥名附子；調以肉汁，肉汁者，膾也，膾與會字，義分音叶，乃父子相會之兆。可急去南方山寺求之，不在此山也。」王原下拜道：「多謝指引。若果能應夢，決不忘大德。」連叩了三四個頭，擡起眼來，不見了老者，驚異道：「原來是神明可憐我王原，顯聖指迷。」復朝上叩了幾個頭。

離卻土祠，仍還舊路。此時心裡有幾分喜歡，連飢餒都忘了。但想不知是何神明，如此靈感。行至前面，詢問土人，土人答言：「此乃昔日齊王田橫，漢王得了天下，齊王奔到此島。島中百姓，深受其惠。後被漢王逼去，自盡於尸鄉。島中人因感其德，就名這島為田橫島，奉為土神，極是靈應。」王原道：「原來神明就是田橫。」暗想一發與前夢相合，此去父親必有著落。又問：「既如此靈應，怎的廟宇恁樣傾頹，地方上不為修葺？」土人道：「客官有所不知。這廟宇當初原十分整齊，香火也最盛。連年為賦役煩重，人民四散避徙，地方上存不多幾戶，又皆窮若，無力整理，所以日就敗壞。」王原聽罷，別了土人，一頭走，一頭歎道：「只道止有我爹避役遠出，不想此處亦然。若論四海之大，幅員之廣，不知可有不困於役的所在？噫！恐怕也未必。」自言自語，不顧腳步高低，奔出島口，依原渡過對岸。因認定向南方山寺求之的話，自此轉向南走，只問山巖寺院去跟尋。

晝行夜禱，不覺又經月餘。卻繇清源而上，渡過淇水，來到河南衛輝府輝縣境內，訪問得有個夢覺寺，是清淨叢林，急忙就往。時入隆冬，行到半途，大雪紛飛，呵氣成冰。王原衝寒冒雪，強捱前去，及趕至夢覺寺前，已過黃昏。其時初月停光，朔風捲地。古人有雪詩道得好：

千山鳥飛絕，萬境人蹤滅。
孤舟簑笠翁，獨釣寒江雪。

王原雖則來此，暮雪天寒，寺中晚堂功課已畢，鐘磬寂然，約有定更天氣，寺門緊閉，只得坐在門口磐陀石上，抱膝打盹。嚴寒徹骨，四肢都凍僵麻木。且莫說十餘載的風霜苦楚，只這一夜露眠冰雪，也虧他熬忍，難道不是個孝子？捱到天曉，將雙手從面上直至足下，細細揉摩一番，方得血氣融通，回生起死。

須臾，和尚開門出來，王原便起身作個揖道：「長老，有滾水相求一碗盪寒。」那和尚把他上下仔細一覷，衣服雖然襤褸，體貌卻不像乞丐，問道：「你是何人，清早到此？」王原道：「小子文安人，前來尋訪父親。昨晚遇雪，權借山門下暫棲一宿。」和尚道：「阿彌陀佛！這般寒天，身上又單薄，虧你捱這一夜。倘然凍死了，卻怎麼好？」王原道：「為著父親，便凍死也說不得。」和尚道：「好個孝子，可敬可敬！敢問老居士離家幾時了，卻來尋覓？」王原道：「老父避役出門，今經二十六年。彼時小子生纔週歲，不曾識面。到十六歲，思念親恩，方出門訪求。在山東遍處走到，蒙神人託夢指點，說在南方山寺，故爾特尋至此。」和尚聽了說道：「既有這片孝心，自然神天相助。且請入裡面，待我與住持說知，用些齋食，等待雪霽去罷。」王原道：「多謝長老，只是攪擾不當。」和尚道：「佛門總是施主的錢糧，若供養你這個孝子，勝齋了若干不守戒律的僧人。」王原道：「小子尋父不得，方竊有愧，怎敢當孝子二字。」原來法林老和尚，因王珣初來時，眾僧計論錢財，削了面皮，自此吩咐大眾，凡四方貧難人來投齋，不可拒卻。或願出家，便與披剃。開此方便法門，勝於看經念佛。為此這管門僧，便專主留王原入去。

當下引入了山門，一路直至香積廚中。飯頭僧一眼望見，便道：「米纔下鍋，討飯的花子早先到了！快走出去，住在山門口，待早齋時把你喫便了。」管門僧道：「此位客官不是求乞之人，乃尋親的孝子，莫要囉唣。」回頭對王原道：「客官且在此梳洗，待我去通知大和尚。」又叫道：「王老佛，可將一盆熱湯來，與這客官洗面。」竈前有人應聲：「曉得。」管門僧吩咐了，轉身入內。只見竈前走出一個道人，舀了一盆熱湯捧過來，說：「客官洗面。」王原舉目一覷，看那道人鬚鬢皓然，左顴骨有黑痣如豆，兩三莖毫毛豎起，正與母親所言相同。急看右手小指，卻又屈曲如鈎。心裡暗道：「這不是我父親是誰？」忙問道：「老香公可是文安人姓王麼？」老道人道：「正是。客官從不相認，如何曉得？」王原聽了，連忙跪倒抱住，放聲哭道：「爹爹，你怎地撇卻母親，出來了許多年數，竟不想還家？教我那一處不尋到，天幸今日在此相遇。」王珣倒喫一驚，道：「客官放手，我沒有甚麼兒子，你休認錯了。」雙手將他推開要走，驚動兩廊僧眾，都奔來觀看。

法林老和尚聽見管門僧報知此事，記得王珣是文安人，當年避役到此，計算年數卻又相同，多分是其兒子。正走來要教他識認，卻見兒子早已抱持父親不放，哭道：「爹爹如何便忘了，你出門時，我還在襁褓，乳名原兒。虧殺母親撫養成人。十六歲上娶了媳婦，即立誓前來尋訪爹爹。到今十二個年頭，走遍齊魯地方。天教在田橫島得莎米飯之夢，神靈顯聖，指點到此，方得父子相逢。怎說沒有兒子的話？快同歸去，重整門風，莫使張氏母親懸懸掛念。」說罷又哭。

王珣聽了，卻是夢中醒來一般，眼中淚珠直迸，撫著王原，含淚說道：「若恁地話起來，你真個是我兒子了。當年我出門時，你纔過一週，有甚知識？卻想著我為父的，不憚十餘年辛苦，直尋到此地。」口中便說，心裡卻追想：「昔時為避差役，魆地離家。既不得為好漢，撇下妻子，孤苦伶仃，撫養兒子成人，又累他東尋西覓，歷盡飢寒，方得相會。縱然妻子思量我，我何顏再見江東父老？況我世緣久斷，豈可反入熱鬧場中？不可不可！」搵住雙淚，對王原道：「你速速歸去，多多拜上母親，我實無顏相見。二來在此清淨安樂，身心寬泰，已無意於塵俗。這幾根老骨頭，願埋此輝山塊土。我在九泉之下，常祝頌你母子雙全，兒孫興旺。」道罷，攦脫王原之手便奔。王原向前扯住，高叫道：「爹爹不歸，辜負我十年尋訪。我亦無顏再見母親，並娶三朝媳婦段氏。生不如死，要性命何用！」言訖，將頭向地上亂擣，鮮血迸流。法林和尚對王珣道：「昔年之出，既非丈夫，今日不歸，尤為薄倖。你身不足惜，這孝順兒子不可辜負。天作之合，非人力也。老僧久絕筆硯，今遇此孝順之子，當口占一偈，送你急歸，勿再留也。」隨口念出偈道：

豐干豈是好饒舌，我佛如來非偶爾。
昔日曾聞呂尚之，明時罕見王君子。
借留衣鉢種前緣，但笑懶牛鞭不起。
歸家日誦法華經，苦惱眾生今有此。

王珣得了此偈，方肯回心，叩頭領命。又拈香拜禮了如來，復與大眾作別。隨著兒子，出了夢覺寺，離了輝縣，取路歸家。王原尋到此處，費了十二年工夫，今番歸時，那消一月。王珣至家，見了張氏妻子，悲喜交集。段氏媳婦，參拜已畢，整治酒筵，夫妻子媳同飲。剩照殘釭，相逢如夢㉒，二十六年光景，離合悲歡，著著是真。那時鬨動了鄰舍親戚，親家段子木、先生白秀才，齊來稱賀。王珣自夢覺寺歸文安縣，年已六十四歲，王本立二十七歲。以後王本立生男六人，這六個兒子又生十五個孫兒，其十五個孫子又生曾孫二十有二。王珣夫婦齊登上壽，孫子孫孫，每來問安，也記不真排行數目，只是一笑

㉒ 剩照殘釭二句：指重逢情景。晏幾道鷓鴣天：「今宵剩把銀釭照，猶恐相逢是夢中。」

而已。當初王珣避役，其後王本立尋父，都只道沒甚好結果，誰承望到此地位。看官，你道王家恁般蕃盛，為甚緣故？那王本立：

只緣至孝通天地，贏得螽斯㉓到子孫。

從此耕田讀書，蟬聯科甲。遠近相傳，說王孝子孝感天庭，多福多壽多男子，堯封三祝，萃在一家，好教普天下不顧父母的頑妻劣子，看個好樣。後人有詩為證：

避役王珣見識微，天生孝子作佳兒。
田橫島上分明夢，夢覺庵中邂逅時。
在昔南方為樂地，到今莎草屬庸醫。
千秋萬古文安縣，子子孫孫世所奇。

㉓螽斯：比喻子孫眾多。典出自詩經周南螽斯。

第四卷　瞿鳳奴情愆死蓋

一點靈光運百骸，經綸周慮任施裁。
休教放逐同奔馬，要使收藏似芥荄。
舉世盡函無相火，幾人能作不燃灰。
請君細玩同心結，斬斷情根莫浪猜。

話說人生血肉頑軀，自懷抱中直到蓋棺事定，總是不靈之物。惟有這點心苗，居在胞膈之內，肺為華蓋，大小腸為溝渠，兩腎藏精蓄髓，葆育元和，所以又稱命門，然皆聽憑心靈指揮。有時退藏於密，方寸間出現四海八垓，到收羅在芥子窩中，依然沒些影響。方知四肢百骸，不過借此虛殼立於天地之間。臭皮囊不多光景，有何可愛。

說到此處，人都不信，便道：「無目將何為視，無耳將何為聽，無鼻如何得聞香臭，無口如何得進飲食，養得此身，氣完神足，向人前搖擺？總然有了眼耳口鼻，若不生這兩道眉相配，光禿禿也不成模樣。所以五官中，說眉為保壽，少不得要他襯貼。何況手能舉，腳能步，如何在人身上，只看心田一片？好沒來歷。」這篇說話，卻像有理。然不知自朝官宰相，以及漁樵耕牧，那一個不具此五官手足？如何做高官的，談到文章，便曉得古今來幾人帝、幾人王、幾人聖賢愚不肖；談到武略，便曉得如何行兵、如何破敵，怎生樣可以按伏、怎生樣可以截戰？若問到漁樵耕牧以下一流人，除卻刀斧犁鋤、釣罾蓑笠，一毫通融不得。難道他是沒有眼耳口鼻的？只為這片心靈彼此不同，所以分別下小人君子。

還有一說，此心固是第一件為人根本，然辨賢愚識貴賤，卻原全仗這雙眼睛運用。若沒了這點神光，總然心靈七竅，卻便是有天無日，成何世界。但這雙眼，若論在學士佳人，讀書寫字，刺繡描鸞，百工技藝，執作經營，何等有用，何等有益。單可惜趁副了浪子蕩婦，輕挑慢引，許多風月工夫，都從茲而起。且莫說宋玉牆東女子，只這西廂月下佳期，皆因眼角留情，成就淫奔苟合勾當，做了千秋話柄。據這等人看來，反不如心眼俱蒙，到免得傷了風化。閒話休題，如今單說一個後生，為此方寸心花，流在眼皮兒上，變出一段奇奇怪怪的新聞，直教：

同心結綰就鴛鴦，死骷髏粧成夫婦。

說這嘉興府，去城三十里外，有個村鎮，喚做王江涇。這地方北通蘇、松、常、鎮，南連杭、紹、金、衢、寧、台、溫、處，西南即福建、兩廣。南北往來，無有不從此經過。近鎮村坊，都種桑養蠶，織紬為業。四方商賈，俱至此收貨。所以鎮上做買做賣的，挨擠不開，十分熱鬧。鎮南小港去處，有一人姓瞿號濱吾，原在絲紬機戶中經紀，做起千金家事。一向販紬走汴梁生理，不期得病身殂，遺下結髮妻子方氏，年近三十四五；一個女兒，小名鳳奴，纔只十二歲；又有十來歲一個使女，名喚春來。還有一房伴當，乘著喪中，偷了好些東西，逃往遠方。單單只存這三口過活，並無嫡親叔伯尊長管束。

俗言道得好：「孤孀容易做，難得四十五歲過。」方氏年不上四旬，且是生得烏頭黑鬢，粉面朱唇，曲灣灣兩道細眉，水油油一雙俏眼。身子不長不短，娉婷裊娜，體段十分妖嬈。丈夫死去，雖說倏忽三年，這被窩裡情趣，從冷淡中生出熱鬧來。擒之不著，思之有味。全賴眼無所見，耳無所聞，深閨內苑，牢籠此心。已槁之木，逢春不發，既寒之灰，點火不熱，纔是真正守寡的行徑。那知方氏所居，只有三進房屋：後一帶是廚灶臥房；中一帶是客座兩廂，堆積些米穀柴草；第一帶沿街，正中開兩扇大門，門內一帶遮堂門屏，旁屋做個雜房，堆些零星什物。方氏日逐三餐茶飯以外，不少穿，不少著，鎮日裡無聊無賴，前前後後，一日走下幾十迴。沒情沒緒，單單少一件東西。咳！少甚麼來？不好說，不好說。只可恨有限的歲月，一年又是一年，青春不再；無邊的煩惱，一種又是一種，野興頻來。

一日，時當三月，百花開放，可愛的是：

多情燕子成行，著意蜂兒作對。那燕子雖是羽毛種類，雌雄無定。只見啾啾唧唧，一上一下，兩尾相聯，偏湊著門欄春色。那蜂兒不離蟲蟻窠巢，牝牡何分。只見咿咿唔唔，若重若疊，雙腰交撲，描畫就花底風光。

方氏正倚著門屏邪視，只見一個後生，撇地經過。頭戴時興密結不長不短鬃帽，身穿秋香夾軟紗道袍，腳穿玄色淺面靴頭鞋，白綾襪上，罩著水綠縐紗夾襖，並桃紅縐紗褲子。手中拿一柄上赤真金川扇，掛著蜜蠟金扇墜。手指上，亮晃晃露著金戒指。渾身輕薄，遍體離披❶，無風搖擺，回頭掣腦的踱將過去。

❶ 離披：散亂。

這後生是誰？這後生姓孫，名謹，表字慎甫，排行第三，人都叫他為孫三郎。年紀二十以外，父母盡亡。娶妻劉氏，頭胎生子已是六歲。家住市中，專於販賣米穀為業，家貲巨萬。此人生來氣質恂恂，文雅出眾。幼年也曾讀書寫字，雖不會吟詩作賦，卻也有些小聰明，學唱兩套水磨腔曲子，絃索簫管，也曉得幾分。只因家道饒裕，遍體綺羅，上下截齊。且又襯貼些沉速生香，薰得滿身撲鼻。是一個行奸賣俏的小夥子，使錢撒漫的大老官。不想這日打從方氏門首經過，這一雙俊俏偷情眼，瞧見方氏倚著門屏而立，大有風韻，便有些著魂。所以走了過去，又復回頭觀望。

這方氏，本又是按捺不下這點春情的半老佳人，一見了孫三郎如此賣弄，正撥著他的癢處，暗想道：「天地間那得有這碗閒飯，養著這不癡不呆、不老不小、不真不假、不長不短的閒漢子。這老婆配著他，卻也是前緣有定。」心裡是這等想，歎口氣，回身折轉進去。又暗想道：「不知這人可還轉來。」纔轉這念，卻有幾個兒童叫道：「看狗起！看狗起！」卻是甚的來？時當三月，不特蟲鳥知情，六畜裡頭，惟有狗子是人養著守宅的，所以沿街倒巷，都是此種，遇著春氣發作，便要成群。古人有俚言幾句，道得好：

東家狗，西家狗，二尾交聯兩頭勾。中間線索不分明，漆練膠粘總難剖，或前或後團團拖，八腳高低做一肘。這家傾上水幾盆，那家過上灰半簍。人固要知羞，狗自不嫌醜。平空一棒打將開，垂尾低頭各亂走。

只可笑方氏既要進門，聽此一句沒正經說話，轉身出頭一看。若是街坊上有人，他也自然進去，只因是幾個小孩子，站在那裡看。方氏一點無名相火，直觸起來。不知眼從心上，又不知心從眼上，驀突驀突攛得一腔火熱，酥麻了半個身體。那孫三郎又走不多遠，也聽得孩子們叫笑，正在方氏門前，故意折轉身來，如順風落葉，急水游魚，剛剛正見方氏在那裡觀看。方氏擡眼望見孫三郎已在面前，自覺沒趣，急急掩上遮堂門扇，進內去了。孫三郎隨口笑道：「再看一看何妨，還不曾用到陳媽媽哩！」只因這一看不打緊，頓使那：

耀耀貫小成擲果潘安，
冰蘗娘半就偷香韓壽。

也是夙世冤業，孫三郎自見方氏之後，魂顛夢倒，連米行生意都不經心。又打聽得是個孤孀，家裡又無男人，大著膽，日逐在他家門首擺來擺去。那方氏心裡也有了這個後生，只是不曉得他姓張姓李。這一點沒著落的閒思想，無處發付，也不時走到門前張望，急切裡又兩不相值。

一日，方氏正在堂中，忽聽得門首鑼聲噹噹地響，許多小兒女嘈嘈雜雜。方氏喚春來同走出去覷看，原來是弄猢猻的花子❷，肩挑竹籠，手牽猢猻，打著鑼，引得這些小兒女跟著行走。花子見方氏開門來看，便歇下籠子，把鑼兒連敲幾下，口裡哩嗹囉嗹唱起來。這猢猻雖是畜類，善解人意，聽了花子曲兒，便去開籠，取臉子戴上，扮一個李三娘挑水。方氏叫春來喚出女兒同看，那些左鄰右舍並過往的人，頃刻就聚上一堆。

❷ 花子：當作「化子」，討飯之人。

大凡緣有湊巧，事有偶然，正當戲耍之際，恰好孫三郎也撞過來。這猢猻又換了一出安安送米，裝模做樣，引得眾人齊笑。孫三郎分開眾人，擠上一步，解開汗巾，拈出錢把一塊銀子，賞與花子，說：「李三娘挑水，是女娘家沒了丈夫；安安送米，是兒子不見了母親。如此苦楚，扮他怎的。不如扮個張生月下跳牆，是男女同歡，再不然，扮個採蘋扶著無雙小姐，同會王仙客，是尊卑同樂。」那花子得了采頭，憑他饒舌。方氏舉眼一覷，正是那可意人兒，此時心情飄蕩，全無話說。那鳳奴年已一十五歲，已解人事，見孫三郎花嘴花舌，說著渾話，把娘一扯，說道：「進去進去，可恨這後生在那裡調嘴，我們原不該出來觀看。」方氏一頭走，說道：「真金不怕火，憑他調嘴何妨。」口中便如此說，心裡卻捨不下這個俏麗後生，恨不得就摟抱過來，成其好事。這場猢猻扮戲，分明又做了佛殿奇逢❸。

方氏時時刻刻，記掛那人，只是徑路無媒，到底兩情相隔。朝思暮想，無可奈何。一日，忽地轉著一念道：「除非如此如此，方乃會合。」背著女兒，悄地叫過春來說道：「你到我家來，卻是幾歲？」春來道：「記得來時是七歲，今年十三歲，在娘子家已六年了。」方氏道：「你可曉得這六年間，不少你穿，不少你喫，平日又不曾打罵你，這養育之恩，卻也不小。你也該知恩報恩。」春來道：「我年紀小，不曉得怎麼恩，怎麼報，但憑娘子吩咐。」方氏笑道：「我也不好說得。」春來道：「娘不好說，教我一發理會不來。」方氏道：「你可記得，前日門首猢猻撮把戲，有一個小後生，解汗巾上銀子賞那花子麼？」春來道：「前日娘同鳳姐進來時，看撮戲的人都說，還虧了孫三官人，不然這叫化的白弄了半日。如此說，想就是這個人了。我常出去買東西，認得他住在市中大橋西塊下，沿河黑直楞門內，是

❸佛殿奇逢：指西廂記中張生在佛殿上遇見鶯鶯。

糶糴糧食小財主。」方氏道：「正是正是。今後你可坐在門首，若見孫三官來，便報我得知，切不可漏此消息與鳳姐曉得。後來我備些衣飾物件，尋一個好對頭嫁你。」這十三歲的丫頭，有甚不理會，帶著笑點點頭兒，牢記在心，日逐到門首守候。見孫三走來，即忙報與方氏。方氏便出來，半遮半掩，賣弄風情，漸漸而熟，漸漸笑臉盈腮，秋波流動，把孫三郎一點精靈，都勾攝去了。

孫三郎想著：「這女娘如此光景，像十分留意的。我拚一會四顧無人之際，撞進門去，摟抱他一番。他順從不消說起，他不順從，撒手便出。他家又沒別個男子，不怕他捉做強姦。」心上算計已定，這腳步兒愈覺勤了。一日走上門五六遭，挨到天色將暮，家家閉門掩戶。那方氏依然露出半個身軀，倚門而立。孫三郎瞻前顧後，見沒有人，陡起精神，踏上階頭，屈身一揖，連稱：「瞿大娘子，瞿大娘子！」叫聲未了，隨勢搶向前，雙手摟定。方氏便道：「孫三官，好沒正經。」口裡便說，身卻不動，忙將手去掩上大門。就在門背後，做個隔山取火，一霎時弄出許多狂蕩來：

> 一個雖則有家有室，纔過二十以外，精神倍發，全不懼風月徐娘。一個既已無婿無夫，方當四十之前，滋味重投，儘弗辭顛狂張敞。一邊忙解紅羅袴，一邊突進紫擂槌。這一個背水陳兵，那怕左衝右撞；那一個暗渡陳倉，只管直擣長驅。雖不像被底鴛鴦，半學得海中蛤蚧。

狂興一番，兩情難捨，緊緊抱住，接脣咂舌，恨不得并做一個。方氏低低叮嚀道：「我守節三年，並沒一絲半線差池。自從見你之後，不知怎地攝去了這點魂靈，時刻牽掛，今日方得遂願。切莫洩漏與人，壞我名頭。你得空時就來走走，我教丫頭在門首守候。」孫三郎道：「多蒙錯愛，怎敢漏洩。但在此地相敘，卻是不妥，必須到你房中床上，粘皮著骨，恩恩愛愛的頑耍，纔有些趣味。」方氏道：「房中有我女兒礙眼，卻成不得。中堂左廂止堆些柴草，待我收拾潔淨，堂中有一張小榻，移來安設在內，鎖著房門，匙鑰到留你處。你來時竟開鎖入去，拴著門守候，我便來相會。又省得丫頭在門首探望，啟人疑心。」孫三郎道：「如此甚妙。」方氏隨引進去，認了廂房。又到裡邊取了一把鎖，將匙鑰交與了孫三郎。然後開門，方氏先跨出階頭，左右打一望，見沒人行走，把手一招，孫三郎急便閃出，搖搖擺擺的去了。

方氏到次日，同春來把左廂房柴草搬出外面空屋內堆置，將室中打掃得塵無半點，移小榻靠壁放下，點上安息香數十根，薰得滿室香噴噴地。先把兩個銀戒指賞著春來，教他觀風做腳，防守門戶。自此孫三郎忙裡偷閒，不論早晚，踅來與方氏盡情歡會。又且做得即溜，出入並無一人知覺。更兼鳳奴生性幽靜，勤於女工，終日只在房中做些針指，外邊事一毫不管，所以方氏得遂其欲。

兩下你貪我愛，眷戀纏綿，調弄得這婆娘如醉如顛，心窩裡萬千計較，癡心妄想，思量如何做得個長久夫婦。私忖道：「他今年纔二十三歲，再十年三十三，再十年四十三，還是個精壯男子。我今年三十八，再十年四十八，再十年五十八，可不是年老婆婆？自古道，男子所愛在容貌。倘我的顏色凋殘，他的性情日變，卻不把今日恩情做了他年話柄，貽笑於人，終無結果？不若使女兒也與他勾上，方是永遠之計。我女兒今方十五，再十年二十五，再十年三十五，還不及我今年的年紀。得此二十年往來，豈不遂我心願。只是教孫郎去勾搭吾女容易，教吾女去勾搭孫郎倒難。自古道女子偷郎隔重紙，男子偷女隔重山。如今卻相反其事，怎生得個道理。」心上思之又思，沒些把柄。等孫三郎來會時，到與他商議。

孫三郎聽見情願把女兒與他勾搭，喜出意外，謝道：「多感厚情，教我怎生樣報答。」方氏道：「那個要你報答，只要一心到底便足夠了。」孫三郎就罰誓道：「孫謹後日倘有異心，天誅地滅，萬劫戴角披毛❹。」方氏道：「若有此真心，也不枉和你相交這場。但是我女兒性子執滯，急切裡挑動他不得。如何設個法兒，使他心肯。」孫三郎想了一想，說：「不難不難，今晚你可如此如此，把話兒挑撥。他須是十五歲，男女勾當，量必也知覺了。況你做娘的，肯教他覓些歡樂，萬無不願之理。」方氏道：「是便是，教我羞人答答，怎好啟齒。」孫三郎道：「自己女兒，有甚麼羞。」方氏又沉吟了一回，笑道：「事到其間，就是羞也說不得了。但我又是媒人，又是丈母，禮數上須要著實周到。」孫三郎也笑道：「若得成就好事，丈母面上自當竭力孝順。只是今日沒甚好東西奉敬大媒，先具一物，暫屈少敘何如？」兩下說說笑笑，情濃意熱，摟向榻上，戲樂一番，方纔別去。

話休煩絮，當日晚間，方氏收拾睡臥，在床上故意翻來覆去，連聲嘆氣。鳳奴被娘攪擾，也睡不著，問道：「母親為何這般愁悶？」方氏道：「我的兒，你那裡曉得做娘的心上事。自從你爹拋棄，今已三年多了，教我孤單寂寞，如何過得。」鳳奴只道他說日逐過活的話，答道：「爹爹雖則去世，幸喜還掙得這些田產，將上不足，比下有餘，將就度得日子罷了，愁悶則甚？」方氏道：「兒，若論日常過用，喫不少，穿不少，雖非十分富足，也算做清閒受用，這又何消愁悶？但日間忙碌碌混過到也罷了，惟有晚間沒有你爹相伴，覺道冷落落的，悽楚難捱，未免傷心思念。」鳳奴聽了這話，便不做聲。方氏叫道：「鳳姐莫要睡，我有話與你講。」鳳奴道：「睡罷了，有甚麼講。」方氏道：「大凡人世百般樂事，都

❹ 戴角披毛：指變成畜類。

是假的，只有夫妻相處，纔是真樂。」鳳奴道：「娘，你也許多年紀了，怎說這樣沒正經的話。」方氏道：「我的兒，不是做娘的沒正經，你且想，人生一世，草生一秋，若不圖些實在快活，可不枉投了這個人身兒？你是黃花閨女，不曉得其中趣味，若是嘗著甜頭，定然回味思量。論起這點樂境，真個要入土方休，何況我尚在中年，如何忍得過。」

那鳳奴年將二八，情竇已開，雖知男女有交感之事，卻不明白個中意趣若何，聽見做娘的說得津津有味，撥動芳心，不覺三焦火旺，直攻得遍體如燃，眼紅耳熱，胸前像十來個槌頭撞擊，方寸已亂，答道：「如今說也沒用，不如睡休。」方氏見話兒有些萌芽，慌忙坐起身來說道：「兒，我有一件事，幾遍要對你說，自家沒趣，又住了口，如今索性與你說知。兒，你莫要笑我。」鳳奴道：「娘有事，只管說，做女兒的怎敢笑你。」方氏道：「自從你爹死後，雖則思想，卻也無可奈何。不道今年春間，沒來繇走出門前，看見兩隻燒剝皮交連一處，拖來拽去。兒，這樣勾當可是我孤孀婦人看得的麼？一時間觸物感傷。剛剛又湊著一個小後生走過，卻是生得風流俊俏。自此一見，不知怎地心上再割捨他不下。何期一緣一會，復遇猢猻撮把戲，這後生卻又撞來，說起張生跳牆、採蘋無雙小姐兩件成雙捉對的風話，一發引得我心情撩亂。」鳳姐道：「可就是那穿秋香色直身掉嘴這人麼？」方氏道：「正是此人。原來他也有心於我，為此故意說這啞謎。不想春來卻認得他，喚做孫三官，開個糧食店，父母已無，家私巨富。做娘的當時拿不定主意，私下遂與他相交。且喜他做人乖巧，出入並無人知覺。但恐到後，萬一被鄰舍曉得，出乖露醜，壞了體面。我欲從長算計，孫三官今纔二十三歲，只長得你八年，不若你與他成了夫婦，我只當做個老丫頭，情願以大作小，服待你終身。拾些殘頭落腳，量不占住你正扇差徭。一舉兩得，可好麼？」

鳳奴躊躕半餉，方說道：「常言踏了爺床便是娘。這個人踏了娘床便是爺，只怕使不得。」方氏道：「如今只好混帳，那裡辨得甚麼爺，論得甚麼娘。況且我止為捨你不下，所以苦守三年，原打帳招贅女婿來家靠老。今看這孫三官，又溫柔，又俏麗，又有本錢，卻不是你終身受用？」鳳奴道：「既恁地，只憑娘做主便了。但有一件，儻然他先有妻子，我怎去做他的偏房別室？」方氏雖與孫三郎暗裡偷情，只好說些私情說話，外防鄉鄰知覺，內防女兒看破，忙忙而合，忙忙而散，實不曉得他有妻子沒妻子。一時急智，便道：「他是頭婚，並不曾有老婆。」鳳奴道：「如此卻好，須要他先行茶禮，擇個吉日，擺下花燭，拜了天地家堂。你便一來做娘，二來做媒人，這方是明媒正娶。若是偷情勾當，斷使不得。」方氏連聲應道：「這個自然，這個自然。」

隔了兩日，孫三郎來問消息，方氏將女兒要行茶禮，花燭成親的事說與。孫三歡喜不勝，即便買起兩盒茶棗，並著白銀二十兩，紅綠紬緞各一端，教人送來為聘。此外另有三兩一封，備辦花燭之費。送聘後三日，即是吉期，孫三郎從頭至足，色色俱新，大模大樣，踱來做新郎。也不用樂人吹手，也不整備筵席，媒人伴娘儐相，都是丈母一人兼做。雙雙拜堂，花燭成婚。從此：

破瓜女被翻紅浪，保山娘席卷寒霜。

看官，大抵人家女兒，全在為母的鈐束，若或動止蹊蹺，便要防閒訓誨，不使玷辱門風，才是道理。可笑這方氏自己不正氣，做下沒廉恥的勾當，自不消說起，反又教導女兒偷漢，豈不是人類中的禽獸。

還有一說，假如方氏誠恐色衰愛弛，要把女兒錮住孫三，索性挽出一個媒人，通知親族，明明白白的行聘下財，贅入家來，這一床錦被，可不將自己醜行盡皆遮蓋？那知他與孫三郎私欲昏迷，不明理法，只道送此茶棗之禮，便可掩人耳目，不怕傍人議論，以致弄得個生離活拆，有始無終。只這兩個淫婦姦夫，自不足惜，單可憐連累這幼年女子，無端骯髒了性命，豈非是前冤宿業？

後話慢題，且說孫三郎慣在花柳中行走，善會湊趣幫襯，見鳳奴幼小，枕席之間，輕憐重惜，加意溫存。這鳳奴滋味初嘗，果然渾身歡暢，情蕩魂銷。男貪女愛，十分美滿，孫三眷戀新婚，一個月不在家中宿歇，便是日間，也間或歸去走遭，把店中生意盡都廢了。那方氏左鄰右舍，見孫三郎公然出入，俱各不憤，幾遍要尋事打他。自此沸沸揚揚，傳說孫三郎姦占孤孀幼女。那瞿門雖無嫡親叔伯，也還有遠房宗族；一來道方氏敗壞家門，二來希圖要他產業，推出一個族長為頭，一張連名呈詞，將孫三、方氏母女並春來，一齊呈告嘉興府中。

那太守姓洪名造，見事關風化，即便准了，差人拘拿諸犯到官聽審。鳳奴情知事已做差，恐官府嚴究春來，必致和盤托出，心裡慌張，將若干衣飾私與春來，叮囑道：「儻或官府問及你，須說我是明媒說合，花燭成親的。若遮蓋得我太平無事，即死在黃泉，亦不忘你恩德。」春來點首領命。孫三郎央分上，到太守處關說，也說是明媒配合，不是私情勾當，要免鳳奴到官。怎奈鄰里又是一張公呈，為此洪太守遂不肯免提，將一干人盡拘來審問。那孫三、方氏、鳳奴都稱是明媒正娶，宗族鄰里堅執是母子賣姦。太守乃喚春來細問。

這丫頭年雖幼小，倒也口舌利便，說道：「主母孀居無主，憑媒說合，招贅孫謹為婿。宗族中因主母無子，欲分家私，故此造言生事。眾鄰舍也是乘機紮詐。」宗族鄰舍一齊鬨然，稟說：「通是這丫頭往來傳遞消息，成就姦情。只消夾他起來，便見真偽。」太守喝住了眾人，問春來：「既是明媒正娶，媒人是那個？」春來四顧一看，急切裡對答不來。太守把案一拍，喝道：「如今媒人在那裡？快說來，饒你一拶。」嚇得這丫頭戰兢兢答應道：「媒人就是主母。」太守不覺啞然大笑道：「好個『媒人就是主母』，真情在此了。」欲待將孫三、方氏等一齊加責，因念著分上，心上一轉道：「中年寡婦，暗約是真；閨女年青，理或可貸。」隨援筆判道：

方氏馬齒未足，孫謹雄狐方綏，固不及媒妁之言，遂訂忘年之誼，事固有之。有女乍笄，顏甲未厚，亦豈能醜母之苟合，而為之間一言乎？瞿門無子，尚有生產可分。方不能選昭穆可繼者為宗祧遠念，訟端所以不免耳。至其家事，憑族長處分，並立嗣子以續香火。方氏、孫謹離異，姑杖警之。女以年幼不問。使女春來，固無妖紅技倆，而聲問所通，亦不能無罪，並杖以息眾喙。

太守判罷，又喚孫三郎喝道：「本該重責你一頓板子，看某爺分上，姑且饒你。今後須要學做好人，如若再犯，決不輕恕。」嚇得孫三連連叩頭而出。瞿家族黨遂議立嗣子一人，承紹瞿濱吾宗祀。將家產三分均開：一股分授嗣子；一股與方氏自贍；身故之後，仍歸嗣子；一股分析宗族，各沾微惠。鳳奴擇人另配。七張八嘴，亂了數日，方纔停妥。

不想族中有一人，渾名喚做瞿百舌，住在杭城唐栖地方，與本鎮一個大富張監生相知。偶然飲酒中間，說及方氏不正氣，帶累女兒出乖露醜的事。張監生問起女兒年紀，又問面貌生得何如。那鳳奴本來有幾分顏色，瞿百舌又加添了幾分，一發形容得絕世無雙。這張監生少年心性，一時高興，就央他做媒，要娶來為妾。瞿百舌正要奉承大老官人，有何不可，滿口應承，飛忙趁船來與方氏說親。方氏要配個一夫一婦，不肯把與人做妾。瞿百舌心生一計，去尋族長商議，許其厚謝，財禮中還可抽分。那族長動了貪心，不容方氏張主，竟自主婚，許與張監生為妾。議定聘禮百金，兩人倒分了一半，擇日出嫁。

那鳳奴雖憑官府斷離，心裡已打定不改嫁的主意。及至議將家產三分均開，指望母子相依，還圖後日團圓。不道纔過得兩三月，卻又生出這個枝葉，已知勢不能留，每日閉著房門，默默的自嗟自嘆自泣。取過針線，將裡衣密密縫固。方氏誠恐他做出短見事，不時敲門窺探，他也只是不開。方氏在門外好言安慰，也不答應，一味嗚嗚哭泣。將嫁前一日，備起酒肴，教春來去邀孫三郎訣別。孫三郎害怕，初時不肯來，鳳奴大怒，再教春來去發話道：「當日成親，誓同生死，今日何背前盟？」孫三郎垂淚道：「鳳姐恩情，我安敢負？但恐耳目之地，又生事端，反為不美。」春來道：「鳳姐有言，如官人不往一見，即當自到宅上。」孫三郎聽了，嘆口氣道：「罷罷，鳳姐如此厚情，何惜一死報之。」即隨春來同往。時已抵暮，母子張筵秉燭以待。三人相見，各各悲咽。孫三郎與鳳奴並坐，方氏打橫，春來執壺在旁。鳳奴滿斟一大觥，進與孫三，含泣而言道：「蒲柳賤姿，擬託終世，不料瞿門以分產借名，致我改嫁。總係敗殘花柳，更不向東君重調顏色。今雖未能以死相從，而此衣誓非君手不解。如君不信，請開我衣。願求綵線，縫下左腋，連及腰襠，以為他日之證。君宜自愛，從此長別矣。」道罷，自己也進一大觥，放聲長號。孫三、方氏俱掩面而泣，春來亦欷歔不勝。

孫三帶淚執鳳奴之手，又回顧方氏說道：「愚庸過分，兩獲佳緣。將謂偕老可期，半子半婿，你知我知，何意驀起風波，遂至分剖。然繇命數所遭，只索付之無奈而已。幸善事唐栖張貴人，勿更念王涇孫浪子。」鳳奴聽了，勃然變色道：「君以我棄舊憐新邪？我聞婦人以貞一為德，今既事你，當守一而終，豈可冒恥包羞，如煙花下賤，朝張暮李乎？」言罷又泣。孫三見其悲哀懇切，抱置膝上，舉袖拂拭淚痕，說道：「我孫三不過是市井俗子，何德何能，乃蒙如此愛重，肯為我堅守節操，教我何以為報。但不知今生可有再見之期了。」口中便說，不覺涕泗交溢，哽咽不能出聲。鳳奴一發淚下如雨，向袖中取出白羅手帕一方，折成方勝❺；又將繡帶一條，打做同心結，繫著方勝，納於孫三袖中，含淚說道：「留此伴你，身則不能矣。三魂有靈，當相從於九泉之下可也。」

孫三聽罷，將手中酒杯一擲，奪身而起，走出房門，約有半個時辰，不見進來。方氏道：「兒，孫郎想不忍見你這般悽慘，竟自去了。」急教春來觀看，外邊門戶盡閉，卻未曾出去。母女以為奇怪，移燭到處照看。何意孫三走到廚房，取過尖刀，將這子孫椿蚌殼楦一刀割壞，半連不斷，昏仆在地，血污滿衣。嚇得母女魂魄皆喪，急扶到床上臥下，半晌方甦。鳳奴道：「你行此短見，莫非恨我麼？」孫三忍痛呻吟說道：「我實誤了你娘女兩人，安得倒有怨恨。意欲自刎以表此心，但恐死得不乾淨，反累你母子，故割絕此道，以見終身永無男女之事。況我原有妻室，已生一子，後代不絕，此心無所牽掛，惟要你母子知我此情，非薄倖男子足矣。」言罷，各相持哭。盤桓說久，不覺雞聲三唱，天色將明，孫三郎勢難再留，只得熬著疼痛作別。兩人攪做一團，直哭得個有氣無聲。正是：

---

❺ 方勝：此處指將羅帕摺成菱形。

世上萬般哀苦事，無非死別與生離。

不題孫三郎歸家養病，且說鳳奴送別之後，淚眼不乾。午牌方過，張家娶親船隻已到。一個做媒的瞿百舌，一個做婚的族長，主張管待來人，催促出門。娘女兩人，又相持大哭，各自分離。

鳳奴來到張家，那張監生溫柔俊雅，比孫三郎卻也相彷。看見鳳奴顏色，果然美麗，大是歡喜。他本是富豪子弟，女婢滿前，正室娘子又寬和賢德，所以少年納妾，全無惱意。張監生第一夜到新房中，擺下酒肴，要與鳳奴飲幾杯添興。那知鳳奴向隅而立，不肯相近。張監生走向前去扯他，鳳奴擺脫閃過那邊。張監生折轉身來，他又躲過這邊。兩下左旋右轉，分明似小孩子扎肓肓光景。服事丫頭，都格格的笑個不止。張監生跑得氣喘吁吁，扯他不著，只得坐下。他本來要取些歡樂，不道弄出這個嘴臉，好生沒趣。心裡也還道是嬌怯怕羞，教丫頭斟酒，連飲十數大杯，先向床上睡下，打發丫頭們出去，指望眾人去後，自然來同睡。鳳奴卻將燈挑得亮亮的，倚著桌兒流淚。張監生酒量不濟，到了床上，便昏昏熟睡。天明方醒，身邊不見新人，睜眼看時，卻是端然而坐。大以為怪，起身入上房，與大娘子說夜來如此，連大娘子也不信。少頃鳳奴來見禮，問其為甚如此，只是低頭垂淚。大娘子見他可憐，倒勸丈夫從容愛護，莫要性急。張監生依了這話，是晚便不進房。恰又遇著城中有事，一去十餘日方歸。

一夜乘著酒興步入房來，鳳奴一見，便要躲避。張監生橫身攔住，笑道：「你今番走向那裡去？」鳳奴轉動不得，逼到一個壁角邊，被他雙關抱住，死掙不脫，直抱到床上按倒。鳳奴將雙袖緊緊掩住面龐。張監生此時心忙意急，探手將衣服亂扯，左扯也扯不開，右扯也扯不斷。仔細一看，原來貼肉小衣，上下縫聯，所以分拆不開。氣得他一團熱火，化做半杯雪水，連叫詫異。放下手，走出堂前，教家人尋瞿百舌來，與他說：「如此如此，這是為甚緣故。他既不願從我，可還了原聘，領了去罷。」瞿百舌聽了，不慌不忙，帶著笑道：「大相公好沒撻煞，既娶來家，是你的人了，怎說領了去的話？」張監生道：「我娶妾不過要消遣作樂，像這個光景，要他何用。」瞿百舌道：「大凡美人為著撒嬌撒痴，大老官務加憐香惜玉，方為在行。若像你這猴急，放出霸王請客幫襯，原成不得。」張監生道：「他把衣服上下縫聯，難道也是我不在行？」瞿百舌道：「這正是他作嬌處。」張監生笑道：「恐這樣作嬌，也不敢勞。」瞿百舌道：「大相公，不難。今已將滿月，其母定來探望，待我與他說知。等他教導一番，包你如法。」張監生見說得有理，也就依了。

瞿百舌按住了張監生，飛風到王江涇，與方氏說這樁事。此時那嗣子已搬入來家，方氏只住得後邊兩間房子。他自從遭了那場恥辱，自覺無顏，將向日這段風騷盡都銷磨，每日只教導春來，做些針指，心裡止牽掛著女兒，不時暗淚。瞿百舌一口氣趕來，對方氏說：「你女兒這般這般，觸了主人之怒，要發還娘家，追討聘禮，一倍要還三倍。我再三勸住，你可趁滿月，快快去教女兒不要作梗。財主是牛性，一時間真個翻過臉了，你可喫得這場官司。」方氏本是傷弓之鳥，聽見官司兩字，十分害怕。心裡卻明曉得鳳奴為著孫三，決不肯從順。左難右難，等到滿月，只得買辦幾盒禮物，帶著春來去看女兒。

不想鳳奴日逐憂鬱，生起病來。本只有二三分病體，因怕張監生纏帳，故意臥床不起。張監生聽了瞿百舌的話，做出在行幫襯，請醫問卜，不時到床前看覷。鳳奴一見進來，便把被兒蒙在頭上，不來招架。恰好方氏來到，母女相見，分外悲啼。因見女兒有病，不好就說那話。向著張監生夫妻，但稱女兒年幼無知，凡事須要寬恕。那大娘子見方氏做人活動，甚是歡喜，背地博問鳳奴衣服縫聯的緣故。方氏怎敢道出實情，一味含糊應答。

一日，大娘子請方氏喫茶，留下春來相伴鳳奴。正當悄悄的問孫三郎信息，忽見門帘啟處，張監生步將入來，鳳奴即翻身向著裡面。張監生坐在床前，低聲啞氣的問：「今日身子還是如何，心裡可想甚東西？」連問兩聲，鳳奴竟不答應。春來在側，反過意不去，接口道：「今日略覺健旺，只是虛弱氣短，懶得開口。」張監生見他應對伶俐，舉目一觀，那頭髮剛剛覆眉，水汪汪一雙俏眼，鵝卵臉兒，白中映出紅來，身子又生得條苗有樣，大是可人，便問：「你叫甚名字？」那丫頭應言：「喚做春來。」張監生立起身道：「我方纔買得佛手在外，你可隨我去拿一隻與鳳姐。」春來只道是真，隨著就走，引入一個小書房中。張監生將門閉上，摟住親嘴。春來半推半就道：「相公尊重，莫要取笑。」張監生那裡聽他，擁向醉翁椅上，扯開下衣，縱身相就。那丫頭年紀雖小，已見孫三郎與方氏許多醜態，心裡也巴不得嚐嚐滋味。奈何輪他不著，今番遇這財主見愛，有何不可。只是芳心乍吐，經不得雨驟風狂，甚覺逡巡畏宿，苦樂相兼。須臾情極興闌，但見落紅滿裼。張監生取出一枝鳳頭玉簪，與他插戴，又將一隻大佛手遞與，勾著肩兒，開門送出，說道：「留你在此做個通房，可情願麼？」春來道：「多謝相公擡舉，只怕沒福，還恐我家娘不肯放我。」張監生道：「我開了口，怕他不肯？」春來點首，捧著佛手而去。

看官，大抵遇合各自有緣分，一毫勉強不得。譬如張監生費了大注財禮聘妾，反不能沾一沾身子，這春來萍水相逢，未曾損半個紙錢，倒訂下終身之約。世間事體，大率如此，所以說：

著意種花花不活，無心插柳柳成陰。

且說鳳奴一臥二十餘日，方氏細察他不是真病，再三譬喻，教他莫要如此。鳳奴被娘逼不過，只得起身梳洗，尚兀裝做半眠半坐。方氏纔將瞿百舌所言說與，苦勸勉強順從，休要累我。鳳奴忿然作色道：「娘不見我與孫郎所誓乎？言猶在耳，豈可變更！你自回去，莫要管我。我死生在此，決不相累。」方氏見話不投機，即時要歸，大娘子那裡肯放。張監生又為著春來，苦苦堅留，到另設一間房戶，安頓方氏住下，自己來陪伴鳳奴。他意中以為母子盤桓日久，自然教導妥當，必非前番光景。誰知照舊不容親近，空自混了一夜，衣服總都扯碎，到底好事難成。張監生大恨，明知為著情人，所以如此。次日，即將鳳奴鎖禁空樓，吩咐使女輩日進三餐薄粥，夜間就在樓板上睡臥。方氏心中不忍，卻又敢怒而不敢言，無顏再住，連忙作辭歸去。張監生另送白銀三十兩，要了春來，渾身做起新衣，就頂了鳳奴這間房戶，吩咐家中上下稱為新姐。這豈不是：

打牆板兒翻上下，前人世界後人收。

張監生做出這個局面，本意要教鳳奴知得，使他感動，生出悔心。奈何鳳奴一意牽繫孫三，心如鐵石，毫無轉念。

說話的，假如鳳奴既一心為著孫三，何不速尋個死路，到也留名後世，何必做這許多模樣，忍辱苟延？看官有所不知，他還是十六七歲的女子，與孫三情如膠漆，一時雖則分開，還指望風波定後，斷絃重續。不料又突出這瞿百舌，貪圖重利，強為張氏納聘。雖然勢不能違，私心尚懷痴想，希冀張生求慾不遂，必有開籠放鸚鵡之事，那時主張自繇，仍聯舊好，誰能間阻。所以方氏述瞿百舌退還母家之說，到有三分私喜，為此寧受折磨，不肯即死。有詩為證：

生死靡他已定盟，總教磨折不移情。
傍人不解其中意，只道紅顏欲市名。

話分兩頭，且說孫三郎在家，醫治傷口，怎奈日夜記掛鳳奴，朝愁暮怨，長歎短吁，精神日減，瘡口難合。捱到年餘，漸成骨立，愈加腐爛。自知不保，將家事料理，與兒子取了個名字喚做漢儒，叮嚀妻子，好生撫養。劉氏哭哭啼啼，善言寬慰。看看病勢日重，向妻子說了幾句斷話，又教邀過方氏一見。劉氏不敢逆他，即差一個老嫗，喚乘轎子去接。方氏聞說孫三病已臨危，想起當日恩情，心中悽切，也顧不得羞恥，即便乘轎而來。彼此相見，這番慘傷，自不必說。孫三郎向懷中取出同心結，交與方氏道：「我今生再不能復見鳳姐矣，煩你為我多多致意。」言訖，瞑目而逝。可憐劉氏哭得個天昏地暗，一面收拾衣衾棺木。

方氏索性送殮過了方纔歸家。思量女兒被張郎鎖禁空樓，絕無音耗，不知生死如何，須去看個下落，也放下了腸子。喚個小船，來到唐棲。張監生即教春來出來迎接。方氏舉目一看，遍體綺羅，光彩倍常，背後倒有兩個丫頭隨侍。問起女兒，卻原來依舊鎖禁樓上。方氏此時心如刀割，嗟嘆不已。見過了張郎夫婦，即至樓上。看鳳奴時，容顏憔悴，非復舊時形狀。母子抱頭而泣。方氏將同心結付還，說孫三病死之故，鳳奴不覺失聲大慟。方氏看了女兒這個景狀，分明似罪囚一般，終無了期。私地埋怨春來說：「你今既得時，也須念舊日恩情，與他解冤釋結，如何坐視他受苦？」春來道：「我怎敢忘恩負義，不從中周全？怎奈相公必要他回心轉意，鳳姐又執迷不允。每日我私自送些東西上樓，卻又不要，教我左難右難。這幾時我再三哀求，已有放歸的念頭。娘可趁此機會與相公明白講論一番。待我在後再攛聳幾句，領回家去罷。」

方氏得了這個消息，到次日，要與張監生講話。正遇本圖公正里甲，與張監生議丈量田地。方氏走到堂中，向各人前道個萬福，開言道：「列位尊官在座，我有不知進退的話，要與張相公說知，討個方便。多承張相公不棄我女鳳姐，聘來為妾。若是我女兒到了你家，有甚皂絲麻線，落在你眼裡，這便合應受打受罵受辱，便是斫頭也該。然也須捉姦捉雙，方纔心服。若未入門時，先有些風聲，你便不該娶了。或是誤與不知，娶後方曉得平昔有甚不正氣，到家卻沒甚過失，這叫做入門清洋。要留便留，若不相容，就該退還娘家。何故無端鎖禁樓中，如罪囚一般，此是何意？磨滅已久，如今奄奄有病。萬一有些山高水低，我必然也有話說。常言死人身邊自有活鬼，你莫恃自家豪富，把人命當做兒戲。」眾人聽了此話，齊道：「大娘言之有理。張相公，你若用他，便放出來，與他個偏房體面；若不用他，就交還他去，但憑改嫁，省得後邊有言。」張監生心裡已有肯放去的念頭，又見方氏伶牙俐齒，是個長舌婦人，恐怕真個弄出些事來，反為不美。遂把人情賣在眾人面上，便教開了樓門，喚出鳳奴，交還方氏領去。方氏即就來船，載歸王江涇。

過了月餘，方氏對鳳奴道：「兒，你今年紀尚小，去後日子正長。孫三郎若在，終身之事可畢；他今去世，已是絕望。我在此，尚可相依。人世無常，儻或有甚不測，瞿門宗族豈能容你？那時無投無奔，如之奈何？況春花秋月，何忍空過，趁此改圖，猶不失少年夫婦。」鳳奴聞言大怒，說道：「娘，你好沒志氣！前既是你壞我之身，止謂隨他是一馬一鞍，所以雖死無悔。今孫三郎既死，難道又改嫁他人？既要改嫁，何不即就張郎？我雖不指望豎節婦牌坊，實不願做此苟且之事，學你下半截樣子。」言罷，放聲長號，倒使方氏老大沒趣，走出房門。鳳奴遂解下結勝同心帶，自縊梁間。及至方氏進來看見解救時，已不知氣斷幾時了。痛哭一場，買棺盛殮。欲待葬在瞿濱吾墓傍，嗣子不容；欲待另尋墳地，嗣子又不容。久停在家，方氏無可奈何，只得將去火化。盡已焚過，單剩胸前一塊未消，結成三四寸長一個男子面貌，衣褶渾似孫三形像。認他是石，卻又打不碎；認他是金，卻又燒不洋。分明是：

　　楊會之捏塑神工，張僧繇畫描仙體。

那化人的火工以為希奇，悄地藏過，不使方氏得知，這也不在話下。

　　自古道不願同年同月同日同時生，但願同年同月同日同時死。可煞作怪，孫三郎先死多時，恰好也在那日燒化。他家積祖富足，豈無墳塋，也把來火化？原來孫三郎自從死後，無一日不在家中出現，嚇得孤孀子母，並及家人伴當，無一人不怕。只得去求籤問卜，都說棺木作耗，發脫了出去，自然安靜。劉氏算計要去安葬，孫三郎夜托一夢，說自己割壞人道，得罪祖宗，陰靈不容上墳，可將我火化便了。劉氏得了這夢，心中奇怪，也還半信半疑。不道連宵所夢相同，所以也將來焚化。胸前一般也有一塊燒不過的，卻是鳳奴形狀。送喪人等，無不駭異。劉氏將來收好，藏在家中。那送喪之人，三三兩兩，傳說開去。焚化鳳奴的火工聞知，袖著孫三小像到來比看。劉氏一見，大是驚詫。孫三兒子漢儒，年雖幼小，孝出本心，勸娘破費錢鈔，買了此像，做起一個龕子，並坐於中，擺列香燭供奉。但見：

孫三郎年未三十，遍體風情。手中扇點著香羅，卻是調腔度曲。但是髭鬚脫落，渾如戴餛飩帽的中官。瞿鳳奴不及兩旬，通身嬌媚。同心結繫在當胸，半成遮奶藏鬮。只見繡帶垂肩，分明欲去懸梁的妃子。

一時傳遍了城內城外。南來的是唐栖鎮上男女，北來的是平望村中老幼。填街塞巷，挨擠不開。個個稱奇，人人說怪。正當萬目昭彰之際，忽然狂風一陣，捲入門來，只見兩個形像，霎時化成血水。這方是同心結的下稍，真正萬古希罕的新聞。嘉靖初年，孫漢儒學業將就，做一小傳以記。後來有人作幾句偈語懺悔，偈云：

是男莫邪淫，是女莫壞身。
欺人猶自可，天理原分明。
不信魔登伽，能攝阿難精。
地獄久已閉，金磬敲一聲。
豁然紅日起，萬方光華生。
同心一帶結，男女牽幽魂。

一為自宮漢，一為投繯人。
輪迴總能轉，何處認前因。

第五卷　莽書生強圖鴛侶

秋月春花自古今，每逢佳景暗傷神。
牆邊聯句因何夢，葉上題詩為甚情？
帶缺唾壺原不美，有瑕圭璧總非珍。
從來色膽如天大，留得風流作罵名。

這首詩是一無名氏所題，奉勸世人收拾春心，莫去閒行浪走，壞他人的閨門，損自己的陰騭。要知人從天性中帶下個喜怒哀樂，便生出許多離合悲歡。在下如今且放下哀怒悲離之處不講，只把極快活燥脾胃的事，試說幾件。假如別人家，堆柴囤米，積玉堆金，身上穿不盡綾羅錦繡，口裡吃不了百味珍饈；偏是我愁柴愁米，半飢半飽，忍凍擔寒，這等人要尋快活，也不可得。然又有一等，有操守有志量的，虀鹽樂道，如顏子簞瓢陋巷、子夏百結鶉衣，不改其樂，便過貧窮日子，也依原快活。又假如別人家文官做朝官宰相，武官做都督總兵，一般樣前呼後擁，衣紫腰金，何等軒昂，何等尊貴；惟有我終身不得發達，落於人後，難道也生快活？然又有一等人，養得胸中才學飽滿，志大言大，雖是名不得成，志不得遂，囂囂自得，眼底無人，依然是快活行徑。所以富貴兩途，不喜好的也有。惟有女色這條道路，便如採花蜂蝶，攢緊在花心之中，不肯暫捨；又如撲燈飛蛾，浸死在燈油之內，方纔罷休。

從來不好色的，惟有個魯國男子❶，獨居一室，適當風雨之夕，鄰家屋壞，有寡婦奔來相就。這魯男子，卻閉戶不納。又有個竇儀❷秀才，月下讀書，有女子前來引誘，竇儀也只是正言拒絕，並不相容，纔是真正見色不迷。盤古到今，只有此二人。若是柳下惠❸坐懷不亂，就寫不得包票了。其他鑽穴踰牆、桑間濮上，不計其數。

常言道：男子要偷婦人，隔重山；女人要偷男子，隔重紙。若是女人家沒有空隙，不放些破綻，這男子縱然用計千條，只做得一場春夢。當年有兩個風流俊俏苟合成婚的，一個是司馬相如❹，一個是韓壽❺。假若賈充的女兒不在青瑣中窺覷韓壽，壽雖或輕鬆蹻捷，怎敢跳過東北角高牆，成就懷香之事？假如司馬相如雖則風流瀟灑，衣服華麗，若卓王孫的女兒，不去聽他彈那鳳求凰的琴曲，相如也不能勾同他逃走，成就琴臺賣酒之事。所以淫奔苟合，都是女人家做出來的。然則一味推到女子身上去，難道男子漢全然脫白得乾淨，又何以說色膽大如天？皆因男子漢本來有行姦賣俏之意，得了女人家一毫俯就意思，或眉梢遞意，眼角傳情，或說話間勾搭一言半語，或啞謎中暗藏下沒頭沒腦的機關，這男子便用

❶ 魯國男子：事見詩經小雅巷伯的毛亨傳，後來「魯男子」就成為不好色的男性的代稱。
❷ 竇儀：五代後晉時人，宋初曾任工部尚書。
❸ 柳下惠：春秋時魯國人。本名展獲，字禽，食邑在柳下，諡惠，故稱柳下惠。
❹ 司馬相如：西漢文學家。
❺ 韓壽：與下文的賈充，均為西晉人。

著工夫，千方百計，今日挑，明日撥，久久成熟，做就兩下私情。總然敗壞了名節，喪失了性命，也卻不管，所以叫做色膽如天。那一個肯賢賢易色！詩云：

美色牽人情易惑，幾人遇色不為迷。
縱是坐懷終不亂，怎如閉戶魯男兒。

話說國朝永樂年間，廣西桂林府臨桂縣，有一舉人，姓莫名可，表字誰何，原是舊家人物。其父莫攷，考了一世童生，巴不著一領襴衫掛體❻。偏生到莫誰何，纔出來應童子試，便得遊庠入泮❼，年紀方得一十二歲。那時就有個姓王的富戶，倒備著若干厚禮聘他為婿。大抵資性聰明的，知覺亦最早。這莫誰何因是天生穎異，乖巧過人，十來歲時，男女情欲之事，便都曉得。到進學之後，空隙處遇著丫鬟婢子，就去扯手拽腳，親嘴摸乳，討乾便宜。交了出幼之年，情竇大開，同著三朋四友，往花街柳巷去行踏。那妓女們愛他幼年美麗，風流知趣，都情願賠著錢鈔與他相處。日漸日深，竟習成一身輕薄。父母愁他放蕩壞了，憂慮成疾，雙雙並故。有個族叔，主張秉凶婚配。何期吉辰將近，王家女兒忽得暴疾而亡。莫誰何初聞凶信，十分煩惱，及往送殮，見妻子形容醜陋，轉以為僥倖。自此執意要親知酌見，擇個美妻為配，所以張家不就，李家不成，蹉跎過了。他也落得在花柳中著腳。

---

❻ 巴不著一領襴衫掛體：指考不取秀才。明代規定，只有取得秀才以上功名的人方許穿著襴。又作「藍衫」、「襤衫」。

❼ 遊庠入泮：指入學成秀才。庠，音ㄒㄧㄤˊ，古代的學校。泮，音ㄆㄢˋ，泮宮，也指學校。

不想到十九歲上，掙得一名遺才，科舉入場，高高中了第二名經魁。那時豪門富室，爭來求他為婿。誰何這番得意，眼界愈高，自道此去會試，穩如拾芥，大言不慚的答道：

且待金榜掛名，方始洞房花燭。

因此把姻事閣起，忙忙收拾進京會試。將家事托與族叔管理，約了幾個同年，作伴起身。正值冬天，一路雨雪冰霜，十分寒冷。莫誰何自中榜之後，恣情花酒，身子已是虛弱，風寒易入，途中患病起來。挨到揚州，上了客店，便臥床不起。同年們請醫調治，擔閣了幾日。誰何病勢雖則稍減，料想非旦夕可癒，眼見得不能夠會試。眾人各顧自己功名，只得留下誰何，吩咐他家人來元好生看覷調理，自往京師應試去了。正是：

相逢不下馬，各自奔前程。

且說莫誰何一病月餘，直到開春正月中旬，方纔全癒。也還未敢勞動，只在寓所將息。因病中夢見觀音大士，以楊枝水灑在面上，自此就熱退病袪，漸漸健旺。店主聞說，便道：「本處瓊花觀自來觀音，極是靈感，往往救人苦難，多分是這菩薩顯聖。」誰何感菩薩佛力護佑，就許個香願，定下二日初一到殿了酬。至期買辦起香燭紙馬之類，教來元捧著，出了店門，從容緩步，徑望瓊花觀來。看那街市上衣冠文物，十分華麗，更兼四方商賈雜沓，車馬紛紜，往來如織，果然是個繁華去處。誰何一路觀玩，喜之不勝，自覺情懷快暢，想起古人「煙花三月下揚州」之句，非虛語也。不多時，已到觀中。先向觀音殿完了香願，然後往各廟拈香禮拜。廣西土風素尚神鬼，故此誰何十分敬信。

禮神已畢，就去探訪瓊花的遺跡。這瓊花在觀內后土祠中，乃唐人所植。怎見得此花好處？昔人曾有詩云：

百葩天下多，瓊花天上稀。
結根託靈祠，地著不可移。
八蓓冠群芳，一株攢萬枝。
香分金葉韻，色奪玉花姿。
浥露疑凝粉，含霞似襯脂。
風來素娥舞，雨過水仙欹。
淡容煙縷織，碎影月波篩。
一朝厭凡俗，羽化脫塵涯。
空遺芳蹟在，徒起後人思。

那瓊花更無二種，惟有揚州獨出。至於宋末元初，忽然朽壞，自是此花世上遂絕。後人卻把八仙花補植其地，實非瓊花舊物。此觀本名蕃釐，只因瓊花著名，故此相傳就喚做瓊花觀。古今名人過此者，都有題詠。誰何玩視一番，即還寓所。過了兩日，又去訪隋苑迷樓的遺址。遂把揚州勝處，盡都遊遍。那時情懷大舒，元神盡復，打動舊時風流心性，轉又到歌館妓家，倚紅猥翠，買笑追歡。

眨眼間已是二月中旬，原來揚州士女，每歲仲春，都到瓊花觀裡燒香祈福，就便郊外踏青遊玩。誰何聞得這個消息，每日早膳飯後，即往觀中東穿西走，希冀有個奇遇。那知撞了幾日，並沒一毫意味。卻是為何？假如大家女眷出來燒香，轎後不知跟隨多少男女僕從，一到殿門，先驅開遊人，然後下轎。及至拈香禮拜，婢僕們又團團簇擁在後，總有姝麗，不能得覿面❽一見，那裡去討甚便宜。就是中等人家，有些顏色的，恐怕被人輕薄，往往趁清晨遊人未集時先到，也不容易使人看見。至若成群作隊、憑人挨擠的，不過是小戶人家，與那村庄婦女，料道沒甚出色的在內，所以誰何又看不上眼了。

到二月十九，乃是觀世音菩薩成道之日，那燒香的比尋常更多幾倍，直擠到午後方止。遊人也都散了，莫誰何自覺倦息，走到梓潼樓上去坐地。這瓊花觀雖有若干殿宇，其實真武乃治世福神，是個主殿；觀世音菩薩救人苦難，關聖帝君華夷共仰，這三處香火最盛。這梓潼只管得天下的文墨，三百六十行中惟有讀書人少，所以文昌座前，香煙也不見一些，甚是冷落。莫誰何坐了一晌，走下樓去。剛出廟門，方待回寓，只見一個美貌女子，後邊隨著一個丫鬟，入廟來燒香。舉目一覷，不覺神魂飄蕩，暗道：「撞了這幾月，纔得遇這個出色女子，真好僥倖也。」

你道這女子是何等樣人家？原來這女子，父親複姓傒斯，曾官員外郎。他祖上原是色目人，入籍江都。因複姓不好稱呼，把傒字除下，止以斯字為姓。這斯員外性子有些倔強，與世不合，壞官在家。止生此女，小字紫英，生的有些顏色。員外夫人平氏，三年前有病，紫英小姐保佑母親，許下觀世音菩薩繡旛一對。不想夫人祿命該終，一病不起。夫人雖則去世，紫英的願心終是要酬。到這時，繡完了旛，

❽覿面：見面；當面。覿，音ㄉㄧˊ，相見。

告知父親，要乘這觀音成道之日，到觀裡了願。這斯員外平昔也敬奉菩薩，又道女兒纔得十五歲，年紀尚幼，為此許允。料到上午人眾，吩咐莫要早去。只是斯員外平昔要做清官，宦囊甚薄。及至居家，一毫閒事不管，門庭冷淡如冰。有幾個能事家人，受不得這樣清苦，都向熱鬧處去了。只存下幾個走不動的村庄婢僕，教他跟隨小姐去燒香上旛。那兩個僕婦梳妝打扮起來，紫英小姐仔細一觀，分明是鬼婆婆出世，好生煩惱，說道：「若教這婆娘隨去，可不笑破人口。」因此只教貼身的丫頭蓮房，同著兩個村僕，跟隨轎子。

到了觀中，服事小姐上了旛，又到正殿關帝閣燒了香。後至梓潼樓，見此處冷落，沒有遊人，兩個僕人各自走去頑耍了。不想落在莫誰何眼中，恨不得就趕近前去，與他親熱一番。因見行止舉動是個大人家氣象，恐惹是非，不敢相近。想起文昌樓後，是董仲舒⑨讀書臺，這所在沒人來往，或者這小姐偶然轉到此處遊玩，何不先往臺下躲著，等候他來，飽看一回。因是終日在觀中串熟，路徑無所不知，故此折轉身來，先去隱在讀書臺下。這董仲舒當年為江都王相，江都王素性驕倨好勇，仲舒以禮去匡救，江都王遂改行從善。為此揚州建造起此臺，塑起神像，就名董仲舒讀書臺。這一發不是俗人曉得的，所以人都不到，那知到成就了莫誰何的佛殿奇逢。

且說紫英小姐，到梓潼樓上拈香，見爐中全沒些火氣，終是大人家心性，吩咐蓮房教伴當們取些火來。蓮房答應，下樓叫喚，一個也不見。心裡正焦，不道小便又急起來。東張西望，要尋個方便之處。轉過樓後，穿出一條小徑，顯出一所幽僻去處。只見竹木交映，有幾塊太湖假山石，玲瓏巧妙，又大又

---

⑨董仲舒：漢代著名學者，曾建議漢武帝「罷黜百家，獨尊儒術」。

高，石畔斜靠著一株大臘梅樹。蓮房道：「我家花園中，倒沒有許多好假山石，也沒有這樣大臘梅。」隨向假山石畔，蹭下去小解。當初陶學士曾有一首七言絕句，卻像為這丫頭做的。詩云：

小小佳人體態柔，臘梅依石轉灣幽。
石榴殼裡紅皮綻，迸出珍珠遠地流。

解罷，急急回轉，奔上樓來回覆。紫英正等得不耐煩，埋怨他去得久了。蓮房道：「伴當一個也不見，連轎夫通走開了，小姐將就拜拜罷。」紫英隨向冷爐中拈了香，拜罷，起來。蓮房想著後邊景致，要去頑耍，上前說道：「小姐，這樓後有假山，樹木十分幽雅，倒好耍子。小姐何不去走走？」紫英道：「你怎生見來？」蓮房道：「纔因要小解，方尋到那裡。」紫英道：「不成人的東西，倘被人遇見，可不羞死？」蓮房道：「這所在甚是僻靜，並不見個人影。望去又有個高臺，想必臺上還有甚景致。」紫英終是孩子家，見說所在好頑耍，又沒人往來，不合就聽信了。隨下樓，穿出小徑，步入讀書臺下。

果然假山竹木清幽可喜。轉過太湖石，走上臺去看時，卻是小小一座殿宇，中間供著一尊神道。殿外左邊是一座紙爐，右邊設一個大石蓮花盆。蓮房因起初小解了，走過來淨手，把眼一覷，說道：「小姐，你來看這盆中的水，一清徹底，好不潔淨，何不淨淨手兒。」紫英道：「我手是潔淨的，不消得。」蓮房道：「恁樣好清水，就淨一淨也好。」紫英又不合聽了丫頭這話，便走來向盆中淨手。蓮房連忙向袖中摸出一方白紬汗巾，遞與小姐拭手。

這裡兩人正背著淨手耍子，不想莫誰何卻逐步兒閃上臺來，仔細飽看。紫英拭了手，回過身，面前卻見貼著個少年，吃了一驚，暗自懊悔道：「我是女兒家，不該聽了這丫頭，在此閒走。」低低向蓮房說道：「有人來了，去罷。」欲待移步，蓮房見莫誰何正阻著去路，這丫頭倒有活變，說道：「小姐手已淨了，燒了香去罷。」引著紫英，倒走入殿裡。紫英也不知董仲舒是甚菩薩，胡亂就拈香禮拜。拜罷，轉身出殿。此時莫誰何意亂魂迷，無處起個話頭，心生一計說道：「我也淨一淨手，方好拈香。」將手在盆中攪了一攪，揭起褶子前幅來拭手，裡邊露出大紅衣服。原來莫誰何連日在觀中閒遊，妄想或有所遇，打扮得十分華麗，頭上戴的時興荷葉縐紗巾，貼肉穿的是白絹汗衫，襯著大紅縐紗襖子，白綾背心，外蓋著藕絲軟紗褶子。這原是在家鄉預先備下，打帳中了進士，去赴瓊林宴❿謝座師，會同年時，賣弄少年風流。那知因病不能入試，卻穿了在瓊花觀裡賣俏。

假如此時紫英燒香拜罷，轉身便走，這莫誰何只討得眼皮上便宜，其實沒帳。那知斯員外平日處家省儉，凡衣服飲食，一味樸素，不尚奢華，因此小姐從幼習慣，也十分惜福。這時走出殿來，擡眼見莫誰何揭褶子拭手，不覺起了一點愛惜之念，暗道：「這秀才好不罪過，如此新衣便將來拭手，想必不曾帶得汗巾。」千不合萬不合，回頭教蓮房把這白紬汗巾借與他拭手。誰何錯認做小姐有意，一發魂不著體，接過來，一頭抹手，一頭說道：「煩姐姐致謝小姐，多蒙美情，承借汗巾了。」袖裡摸出一錠銀子，遞予蓮房道：「些微薄儀，奉酬大德。」蓮房原有主意，不肯接受，轉身要走。卻被莫誰何一把扯住，將來推在袖裡，飛也似先奔下臺，把梓潼樓後門頂上。

蓮房急回身，向小姐說這秀才如此如此。小姐變起臉來，喝道：「賤丫頭，怎的不對他說，我是斯

❿ 瓊林宴：朝廷為新進士而設的宴會。

員外家，那個希罕你這銀子。」蓮房見小姐發怒，趕下臺，把小姐所言說與莫誰何，將銀子遞還。莫誰何卻不來接，說道：「你既是斯員外家，不希罕我這銀子，可知我是會試舉人，難道沒有幾件衣服，要你小姐替我愛惜，把汗巾兒與我揩手？」蓮房見他說話不好，也不答應，將銀子撇在地下，奔上臺來，說道：「銀子撇還他了。這人又不是本處人，自稱是會試舉人，說話好生無理。我也不睬他。」紫英道：「這便纔是。至此已久，伴當們必然在外尋覓，快些去罷。」

蓮房隨扶著小姐，走下礓礤，轉過太湖石。只見莫誰何當道攔住，說道：「小姐慢行，還有話講。」驚得紫英倒退幾步，將身隱在太湖石畔，吩咐蓮房對他說：「既稱是會試舉人，須是讀書知禮。為甚阻我歸路，是何道理？」蓮房將話傳說，莫誰何笑嘻嘻的道：「小生家本廣西，去此幾千里，何意與小姐邂逅相遇，豈不是三生有緣？但求小姐覿面見個禮兒，說句話兒，就放小姐去了。別沒甚道理。」蓮房將這話回覆了，紫英大怒，又教蓮房傳話，說：「你是廣西舉人，只好在廣西撒野，我這揚州卻行不去。好好讓我回去便罷，若再還無理，叫家人們進來，恐傷了你體面。況我家員外性子不是好惹的，回去稟知，須與你干休不得。」

莫誰何聽了，心生一計，說道：「你小姐這話，只好嚇鄉里人。憑你斯員外利害，須奈何不得我遠方舉人。進來的門戶都已塞斷，就有家人伴當，也飛不入來，也不怕你小姐飛了出去。還有一說，難道我央求了你小姐半日，白白就放了去？可不淡死了我。若不肯與我見禮講話，賣路東西也送些遮羞，纔好讓你去。不然就住上整年，也沒處走。」蓮房又把這話回覆了。紫英心裡煩惱，埋怨蓮房：「通是你賤才哄我到此處，惹出這場是非。」那丫頭嘴兒卻又來得快，說道：「先前說起，其實蓮房不是。但教將汗巾與他拭手，這卻是小姐的主意。」紫英被這句話撐住了口，懊悔不迭。又恐他用強逼迫，將如之何？心裡慌張，沒了主意。又不合向袖中摸出一個紅羅帕兒，教蓮房送與莫誰何，傳話道：「相公是讀書君子，須達道理。彼此非親非故，萬無相見之事。綾帕一方，算不得禮數，權當開門錢罷。」

莫誰何接帕在手，笑道：「我又不是瓊花觀裡管門人，為何要開門錢？方纔汗巾是你的，如今羅帕是小姐的，都是真正表證。小姐容我相見便罷，不容時，我便將此表證對你家員外說知，大家弄得不清不楚。但憑你去與小姐算計。」蓮房是個丫頭家，膽子小，聽了這話，嚇得心頭亂跳，飛奔來對小姐說：「這事越弄得不好，那人如此如此撒賴。小姐若不許他相見，倘或真個對員外說知，可不連累蓮房活活打死。胡亂見個禮兒，央告放回去罷。」紫英知道自家多事，一發悔之無及。躊躇一回，沒奈何，只得依了蓮房，走出太湖石畔。蓮房把手招道：「我小姐肯了，快來相見。」

莫誰何喜得滿面生花，向前深深作揖。紫英背轉身，還個萬福。莫誰何作揖起來，叉手說道：「小生本廣西桂林府臨桂縣新科舉人，姓莫名可，因上京會試，路經貴府。聞得小姐美貌無雙，因此不願入京，僑寓此地，欲求一見。不想天從人願，今日得與小姐相會於此，真是夙緣前契。又蒙惠贈綾帕，小生當終身寶玩。但良緣難再，後會無期，小姐怎生發付小生則個？」紫英聽了這些話，漲得滿面通紅，又惱又好笑，暗道：「這是那裡說起。」向蓮房附耳低低道：「你可對他說，方纔說見個禮，便放我去。如今禮又見了，還要怎的？」蓮房把這話說與。莫誰何道：「小生別無他意，只要小姐安放得小生妥貼。不然就死也不放小姐去。」紫英此時進退兩難，暗自嘆道：「罷罷！這是我前世的冤孽了。」教蓮房低低傳說道：「三月初一，是夫人忌辰修齋，初三圓滿。黃昏時候，送菩薩焚化時，在門首相會。自有話說。」

莫誰何得了這話，分明接了一道聖旨，滿心歡喜。又道：「小姐莫非說謊？」紫英又傳話道：「如若失信，那時任憑你對員外說便了。」莫誰何點點頭兒，連忙又作個揖道：「小姐金口御言，小生鐫刻五內了。」道罷，急忙去開了梓潼閣後門，仍閃入林木中藏躲。紫英此時看了這個風流人物，未免也種下三分憐愛。雖則如此，終是女兒家，驀地遇這沒頭沒腦的事體，面上紅一回，白一回，心頭上一回，下一回，跳一個不止，與蓮房急急走出梓潼樓下。那伴當、轎夫，因不見了小姐、梅香⓫，驚天動地的找尋，也不知有多少時候了。紫英不敢再復遲延，疾忙上轎還家。到了房裡，還是恍恍惚惚的。詩云：

火近煤兮始作災，木先腐朽蠹方胎。
桃花不向源流出，漁棹何緣得入來。

且說莫誰何，雖得了斯小姐口語，也還疑疑惑惑，不知是真是假。這幾日一發難過，扳指頭的到了三月初一，便到斯家門首打探，真個在家修齋，心裡喜歡道：「這小姐端的不說假話，此事多分有望。」心下又轉了一念，從前門走到後門，東邊看到西邊。前門是官街，後門是小街，東邊通那一個城門，西邊近那條河路，都看在眼裡。到初三傍晚，悄地倒把來元的青衣小帽穿起，閃出店門，徑至斯家門首。等到黃昏時候，還不見送佛，好生著忙。又想道，縱然送佛，又不知小姐果然出來否，驚疑不定。

那知是夜，紫英小姐心上驚疑，比莫誰何更多幾十倍。他與蓮房商量，欲待出去，恐怕弄出事來。

⓫ 梅香：婢女的代稱。舊時多以之命名婢女，故稱。

欲不出去，又恐怕執了綾帕為證，果然放刁撒潑，依舊名聲不好。蓮房道：「我看這人行徑，風流其實風流，刁潑其實刁潑。小姐思想也不差。以我看起來，還是送佛之時。出去走一遭。只要使他一見，你便掣身進來。既見得不失信，那眾人矚目之地，他也不敢扭住你。」事到其間，紫英只得依著蓮房而行。

是夜是圓滿之日，和尚家也有香火，親族中都有來隨喜的，俱有家僮小廝跟隨迎候。莫誰何這個打扮，也像跟隨服役的一般。張家認道是李家，李家認道是張家，那裡分辨得清。約莫黃昏將盡，和尚送佛出來焚化，紫英卻閉在門旁，遮遮掩掩的張望。莫誰何在人叢中，目不轉睛的望著門裡，瞧見小姐站在門旁，便踅過來，踏上階頭，兩下剛打個照面，蓮房情知兩邊看見，即扯小姐進去。小姐轉身便走。

此時和尚祝頌未完，鼓鈸聲喧，人都仰面看著和尚，那裡管甚別事。說時遲，那時快，莫誰何見小姐轉身，他卻乘個空隙，颼的鑽入門裡。也是緣分應該，更無一人看見。誰何隨著小姐腳跟，直到房裡。此時若有一人撞見，可不是昏夜入人家，非姦即盜，登時打死不論。怎當他拚著性命，緊跟緊走，這纔是色膽如天，便就殺一刀，也說不得了。

小姐看見莫誰何進房，魂也不在身上，又恐怕有人看見，怎生是了，不顧體面，只得同蓮房橫身推他出去。莫誰何是個後生男子漢，這兩個女子，怎推得動。莫誰何開口道：「小姐不要性急，不要著忙，待我說句話。」蓮房將手掩住他口道：「這所在豈是你講得話的？」莫誰何道：「就講不得，只得容我講一句。我本嶺右舉人，會試過此，因慕小姐才色，棄了功名，在此守候。不期天賜良緣，得見於董仲舒臺下。蒙小姐賜以羅帕表記，約我今夜相會，故冒萬死到此。我已拚這連科及第的身子，博一個點額龍門，求凰倒鳳。難道你不肯就罷？」就跪將下去。小姐道：「誰要你跪，誰要你拜？快些出去！」莫誰何道：「到此地位，怎生還好出去？我想出去也是死，小姐若還不肯，也是死。死在小姐房門外邊，不如死在小姐臥房之內。」說罷，在襪中抽出一把解手刀，望喉下便刺。嚇得小姐三魂六魄都不在身上，擘手來奪。誰何放下刀，攔腰抱定，一隻手早已穿入錦襠，摸著小姐海棠未破的蓓蕾。此時無可奈何，只得憑他舞弄。蓮房緊守在房門外，察聽風聲。但見：

一個是南宮學士，一個是東閣佳人。南宮學士，慕色津津，不異渴龍見水。東閣佳人，懷羞怯怯，分明宿鳥逢梟。一個未知人道，那解握雨攜雲。一個老練風情，儘會憐香惜玉。直教：逗破海棠紅點點，顛翻玉樹白霏霏。

是夜成就好事，縱然未曾慣經，少不得瓜熟蒂落。到明夜，誰何又去勾搭蓮房。蓮房見小姐允從，有何推拒。自是上和下睦，打成一片。日裡藏放床後影壁中，夜深人靜，方纔出來，因此家中人並無知覺。只是丫頭們，送茶飯進房，卻是一番干紀。小姐日夜憂心，惟恐敗露。況兼莫誰何本是狂放，在床壁間住了十數日，也覺昏悶，商議逃還桂林。計較已定，收拾細軟，打起包裹，小姐、蓮房與誰何一般打扮，乘夜開了後園門，從小衖中出去。這些路道，誰何已探討得爛熟。只是走步慌忙，遺失了一隻鞋兒。出了後門，輕車熟路，直到關上，僱了船隻，徑歸廣西。連家人來元，不能相顧了。詩云：

桑間濮上事堪羞，卻認鶉奔作好逑。
皂染素絲終不白，逝東流水幾回頭。

卻說斯員外不見了女兒及貼身的蓮房，情知是私情勾當，不好沸沸洋洋，上下瞞得水洩不漏。但恐怕胡通判家來討親，無以抵對。湊巧有個丫鬟蘭香，感了傷寒病症，這丫頭倒有四五分顏色，斯員外心思一計，下了一服不按君臣的湯藥，頃刻了帳。託言小姐病死，報與胡通判家。胡家差著女使來探喪。那女使從不曾認得小姐，那個曉得不是正身。斯員外從厚殯殮，極其痛哭。七七誦經禮懺，大是破費。親友都來慰唁。胡通判的孫子，雖不曾成親，孝服來祭奠。胡通判也親自到門。一場醜事，全虧這替死鬼掩飾過了。正是：

張公喫酒李公償，鴆殺青衣作女亡。
泉臺有恨無從訴，應指人間罵莫郎。

卻說來元，自三月初一傍晚，家主忽地出去，一夜不歸，只道熬不得寂寞，又往妓家尋歡去了。喫了早飯，打點尋問去迎接，卻不見了衣帽。心裡奇怪，難道倒是家主穿了去不成。及至四面去迎接，竟沒處去問。一連過了五六日，來元也尋勾不耐煩了，只得聽其自然。又過了一日，早起去登東廁，見地下有個黃布包袱。拾起看時，中間線繡著「永興號」三字，暗道：「造化造化，好個大包袱，把來包衣服也好，包米也好，做被單蓋也好。」歡歡喜喜，拏回下處。

看看過了二十多日，家主終是不歸，柴米通吃完了，手內又無銀錢，想道：「他不知在何處快活，我卻在此熬苦，如今連米也沒得吃了。難道忍餓不成？且把他兩件衣服，去當兩把銀子，買些柴米，動動葷腥，再作區處。」取出兩件紬褶子來，恐怕典舖中污壞了，就將拾的這個黃布包袱包起。鎖了下處，走出店門，心上想往那一家去當好。又想有貨不愁無賣處，既有了東西，那家不可當，計較他怎的。也是他合當晦氣，有要沒緊的，隨著腳步闖去，不想卻穿到斯員外宅後小街裡。見一帶黃砂石牆，一座小門樓，上有一個匾額，寫著「息機」二字，兩扇園門，半開半掩。來元知是人家花園，挨身進去一看，正當三月下旬，綠陰乍濃，梅子纍纍，垂楊上流鶯宛轉，石欄邊牡丹盛開。來元道：「我家臨桂縣裡，此時一般也有鶯聲柳色，只是不得歸去。」方想之間，忽見柏屏下一隻淡紅鞋子，拾起一看，認得是家長穿的，為何落在此處？心上驚疑，口裡自言自語，欲行不行的，在那裡沈吟。

那知斯員外因失了女兒，雖則託言病死，瞞過外人，心上終是鬱鬱不樂，又沒趣又氣憤。正在後園閒步散悶，驀見來元手執鞋子，在那裡思想，員外喝道：「你是何人？直撞入後門來，莫不是要做賊？」教家人拏住了。纔喚一聲，幾個村庄僕人趕出來，不問情繇，揪髮亂踢，擂拳打嘴。來元道：「莫打莫打，我也是舉人相公的管家。」眾人聽說這話，就住了手。員外道：「揚州城裡有數幾位舉人相公，你是那一家？」來元道：「我們不是本州舉人，是廣西桂林府臨桂縣莫舉人。」員外道：「既是別處，那裡查賬？只問你在這裡做甚麼。」來元道：「我家相公上京會試，自上年冬月間至此，今年三月初三出門，將及一月，不歸下處。我因缺了柴米，只得將幾件衣服當錢使用，乘便尋問相公在何處快活。經過這裡，看見是一座花園，進來看看。偶然在柏屏下，拾得這隻鞋子，是我相公穿的，故此疑惑。」員外把鞋子一看，心裡暗想道：「穿這樣鞋子，便是輕薄人了。」又問：「你相公既是舉人，為何不去會試？」來元道：「只因途中患病，就此住下，所以錯過考期。」員外道：「你相公多少年紀，平昔所好甚的？」來元道：「我相公今年纔二十歲，生得長身白面，風流瀟灑，琴棋詩畫，無有不精，雪月風花，件件都愛。」員外聽說，心下想道：「原是個不循規矩的人，但為甚他的鞋子，倒遺在我家？莫非我女兒被他誘引去了？只是我女從來不出閨門，也無繇看見。」又想道：「只二月十九，曾至瓊花觀上旛，除非是這日私相期約的。事有可疑，只是既瞞了別人，況且家醜不可外揚，不消題起了。」對來元道：「你既不是賊，去罷，不要在此多嘴。」

來元提了包，袖過這隻鞋子，出了園門，走到一個典舖裡來當銀。這典舖是姓程的徽州人所開，正在斯員外間壁。店中主管將包袱打開一看，見中間有「永興號」三個繡字，便叫道：「好了，我家失的東西有著落了！」店中人聞言，一鬨的都走來觀看，齊道：「不消說起，是了！」取過一條鏈子，向來元頸項上便套。來元分訴時，劈嘴就是兩個巴掌，罵道：「你這強盜，贓證現在，還要強辯！」原來三月十九四更時分，這舖中被強盜打入，劫了若干金銀，餘下珠寶衣服，一件也不要。這包袱也是盜去之物，不知怎地棄下了。來元拾得，今日卻包著衣服來當，撞在網中。不繇分說，一索綑番，交與捕人，解到江都縣中審問。來元口稱是莫舉人家人，包袱是三月二十日早間拾的。知縣也忖度：「既劫其家，如何就把贓物到他舖中來當？此人必非真盜。」發去監禁，著捕人再去捕緝候結。

那知斯員外聞得此事，又只道女兒隨了強盜去，無處出這口氣，致書知縣說：「來元早晨又潛入園中窺看，必係真盜無疑。」知縣聽了分上，弔出來元再審。來元只稱是莫舉人家人。知縣問今莫舉人在何處，來元實說道：「三月初三出去後，至今不知何往。」知縣笑道：「豈有家主久出，家人不知去向之理，明是胡言了。」夾棍拶子極刑拷問。來元熬不過痛苦，只得屈招結夥同盜，分贓散去。知縣終道是止一包袱，難入其罪，仍復發監，嚴限捕人緝獲群盜，然後定奪。

來元監在江都獄中，因不曾定有罪名，因米無分，又沒親人送飯，眼見得少活多死。虧了下處主人朱小橋，明知是莫舉人的管家，平昔老實謹慎，何曾一夜離了下處，平白裡遭此橫禍，所以到做個親人，照管他，又到獄中安慰道：「你相公還有許多衣服鋪陳箱籠，事急可以變賣。等待他來時，自見明白。」來元含淚作謝，自此安心在監中，將息身子，眼巴巴的望著家長來搭救。正是：

燒龜欲爛渾無計，移禍枯桑不可言。

話分兩頭，再說莫誰何攜了紫英、蓮房，歸到臨桂縣，只說下第回來，在揚州娶下一妻，買下一婢。三黨朋友，都不知其中緣故。自古私情勾當，比結髮夫妻恩愛，分外親熱。到家數月，生下一子；第二年，又生下一兒。蓮房雖則討得些殘羹剩飯，不知是子宮寒冷，又不知是不生長的，並無男女胎氣。又可笑莫誰何自得紫英之後，盡收拾起胡行亂走，只在六尺地上尋自家家裡雄雌。其年二十二歲，又當會試之期，十月中收拾起身赴京。紫英臨別時，含笑說道：「此番上京，定過揚州，再不要到瓊花觀中擔閣。」蓮房道：「瓊花觀中倒不妨擔閣，只不要到董仲舒讀書臺石蓮花盆中洗手。」他兩個原是戲話，卻提醒他二年前無賴事情，冷汗直流，默然無以為對。沈吟半晌，方說道：「此番若便道再過揚州，止要問來元下落。其他兒女情事，我已心灰意懶了，不必過慮。」

兩下分手，望京進發。一路飢餐渴飲，夜宿曉行，來到京城。三場已畢，一舉成名，登了黃甲。觀政三月，選了儀真縣知縣，領了官憑，即日赴任。經過揚州，便是鄰縣界內。先自私行，到舊時下處。三年光景，依稀差不得幾分。主人朱小橋看見，一把扯住，說道：「莫相公，你一向在那裡？害得盛价被程徽州家陷作強盜，好不苦哩！」從頭至尾，備細說出。莫誰何道：「莫高聲，我有道理。我前番一時趕不著會試，心上焦躁，暫時往別處散悶。不想一去三年，害了小价。我今得中進士，現選儀真知縣。待到任之後，再作理會。」朱小橋見說已是鄰近知縣，就磕頭跪下。莫誰何挽住說：「舊日相處，休行此禮。」又說：「到任要緊，不得在此留連。你莫洩漏此事，也不要先對來元說知。後日小价出監，定來尋你。你悄地送到儀真來，自當重酬。」言罷，即下船，到儀真上任。過了數日，差家人到廣西迎接紫英、蓮房到衙。

其年新巡按案臨，乃莫誰何的座主。兩個得意師生，極其相契。莫誰何將來元被陷實情訴與。到秋後，巡按行部揚州，江都縣解審。巡按審到來元一起，反覆無據，即於文卷上批道：

> 盜劫金寶而委棄其包袱，道路之遺，來元拾之，此人棄我收，非楚得楚弓也。眾盜既無所獲，而獨以來元為奇貨，冤矣。仰江都縣覆審開豁。

交到江都縣，弔出來元再審。其時徽州已不在揚州開舖，知縣開放來元，口裡道：「可恨失主不在，還該反坐他誣陷纔是。」來元歸到下處，見了朱小橋作謝。只道是天恩大赦，那知就裡緣繇。朱小橋一一與他說知。連夜起身，送到儀真縣。朱小橋暫在外邊歇宿，來元傳梆入衙，見了家長，跪下磕頭。將被陷受刑苦情，說了又說，哭得一個黃河水清，海底迸裂。莫誰何道：「雖只是家長拋棄，你也須認自家晦氣。」來元哭罷，方纔拜見紫英夫人。聽了聲音，說道：「奶奶倒也是揚州人。老爺幾時娶的？」莫誰何良心還在，便滿面通紅，只說娶久了。當日先與大酒大飯，吃個醉飽。又發出三十兩銀子，差人送與朱小橋酬勞。

莫誰何從此改邪歸正，功名上十分正氣，風月場盡都冷淡。一日，與紫英說：「我看來元為我受了三年牢獄之苦，甚為可憐。他今年長，還沒有妻子。蓮房雖一向伏侍我，卻喜不曾生育。我欲將來配與來元，打發他兩人回去管家，也得他散誕過些快活日子，免得關在衙門裡，不能轉動。」此時蓮房假意不肯，其實水性活動，一馬一鞍，有何不可。紫英又落得做個人情，是時即把兩人婚配，一般拜堂，一般坐床，一般吃同羅杯。雖不是金榜題名，也算個洞房花燭。成親之後，一般滿月，然後打發起身。歸到廣西，一般是雙回門。雖非衣錦還鄉，也算榮歸故里。正是：

不是一番寒徹骨，怎得梅花撲鼻香。

且說紫英，在儀真縣住了一年，對丈夫道：「自從隨你做此勾當，勉強教做夫妻，終身見不得父母。我母親不幸早死，今父親想還在堂。我想儀真到江都不過百里，怎生使我見得父親一面也好。」言罷，暗暗淚流，自羞自苦。莫誰何道：「奶奶莫性急，待我從容計較。」不只一日，為公務來到揚州，就便至斯員外家來拜謁。傳進名帖，員外見寫著「晚侍教生莫可頓首拜」，只道是鄰邦父母，出來迎迓，那知倒是通家女婿。莫誰何久坐不起，斯員外只得具小飯款待。席間偶然問道：「老父母是具慶否？」大凡登科甲的，父母在堂謂之具慶，若是父在母喪，謂之嚴侍；母在父喪，謂之慈侍；父母雙亡的，謂之永感。莫誰何聽見此語，流下淚來道：「賦命不辰，兩親早背，至今徒懷風木之感。」斯員外道：「老父母早失父母，學生老無男女，一般悽楚。」言罷，也不覺垂淚。這一席飯，吃得個不歡而罷。臨別時，莫誰何道：「從此別去，又不知何日相逢。倘不棄敝縣荒陋，晚生當掃門相待。」員外道：「寒家祖塋在棲霞山下，每到春日祭掃，道經貴縣，今後當來進拜。」言罷即別。

明年三月間，員外果來儀真答拜。莫誰何知道，報與紫英說：「你父親今日來到，還是相見也不相見？」紫英道：「我念生身養育之恩，只得老卻面皮去見他。」莫誰何聽罷，一面吩咐整酒，一面迎接斯員外到衙中飲宴。飲到中間，莫誰何道：「晚生有一句不識進退之話相懇。」斯員外道：「有甚見教？」莫誰何道：「忝在通家之末，從今當守子婿之禮，敝房要出來拜見。」斯員外道：「這怎敢？」說未罷，只見紫英出來，撲地就拜。斯員外老人家眼不甚明，一時也跪下去。起來一看，大聲嚷道：「為何為何，怎麼怎麼！可怪花園中遺下桃紅鞋子，說是莫舉人的，到此方見明白。」說罷，恨恨不絕。幾年不見，並非喜自天來，只覺怒從心起。已而嘆道：「生女不長俊，怨不得別人。」乃對莫誰何道：「當初我不肖之女，被壞廉恥、傷風化、沒脊骨、落地獄、真正強盜拐去的日子，我只得託言不肖女死，瞞過胡通判家了。今後若洩漏此情，我羞你羞。從此死生無期，切勿相見。」言罷，拂衣而出。把一個無天無地的莫誰何，罵得口不嘖聲，含著羞慚送斯員外出去。紫英回到臥房，也害了三個月說不出問不明的病症。

從此秋去春來，莫誰何滿了三年之任，次第陞官，直做到福建布政使。追咎少年孟浪，損了自家行止，壞了別人閨門，著實嚴訓二子，規矩準繩，一步不苟。大的取名莫我如，小的取名莫我似。一舉連科，同榜少年進士，並做京官。何期大限到來，莫誰何在福建衙門得病。此病生得古怪，不是七情六慾，不是濕熱風寒，不是內傷外感，只是昏沉焦躁，常時嘻笑狂歌，搥胸跌背，持刀弄劍，刺臂剜肉，稱有鬼有賊有奸細。紫英早暮伏侍，不敢遠離。

一日睡在床上，倏然坐起，說道：「我非別神，乃是瓊花觀伽藍。當初紫英前身，是江都大財主，莫可是桂林一娼婦。財主許了娼婦贖身，定下夫妻之約。不期財主變了此盟，徑自歸了揚州，婦人憤恨自盡。故此男託女胎，女轉男身，有此今生之事。莫可今生富貴，兩子聯登，是前生做娼妓時救難週貧、修橋造路，所以受此果報。臨終時惡病纏身，乃因平白地強逼紫英，使他不得不從，壞此心術，所以有此花報。果報在於後世，花報即在目前。奉勸世人，早早行善。」言罷，又復睡倒，仍復還莫誰何本色，霎時間嘔血數升而死，嗚呼哀哉。紫英聽見伽藍神顯聖，又是一番驚異。殯殮莫誰何，扶柩歸廣西。來元夫婦迎接，蓮房感念舊情，也十分慘感。卻遇二子奔喪也到。剛剛三年孝滿，紫英亦病，呼二子在床前，吩咐道：「父生臨桂，母出江都。魂夢各有所歸，緣牽偶成今世。即此便是遺囑。」言罷，就絕了氣。二子見說得不明不白，只道是臨終亂命，不去推詳。那知紫英心上，倒是個至死不昏之人，亦是瓊花觀伽藍點化之言也。後人有詩道得好，詩云：

男女冤牽各有因，風情裡面說風情。
今生不斬冤牽債，只恐來生又火坑。

第六卷　乞丐婦重配鸞儔

天地茫茫一局棋，輸贏黑白聽人移。
石崇❶豪富休教羡，潘岳❷姿容不足奇。
萬事到頭方結局，半生行徑莫先知。
請君眼底留青白，勿亂人前定是非。

話說人世百年，總不脫貧富窮通四字。然富的一生富到底，窮的一生窮到底，卻像動搖不得。無怪享榮華的，受人多少奉承；受艱難的，被人多少厭賤。那受人奉承厭賤的，雖一毫無羞恥惱怒之意，那奉承厭賤人的，卻自以為是，撮出錦上添花，井中下石，掉那三寸舌，不管人消受得起，磨滅不過。這是怎的說？只因眼裡無珠，把一切當面風光，撒抹了許多豪傑，豈不可惜，豈不可恨。

昔日有個王播❸，未遇之時，讀書木蘭寺中，每日向和尚處投齋。叢林中規矩，小食以後，日色中

❶石崇：西晉渤海人，曾任侍中、荊州刺史等職，是當時的巨富。

❷潘岳：西晉滎陽人，自幼聰慧，才名冠世。美姿容，少時曾挾彈出洛陽道上，婦人遇之，皆連手縈繞，投之以果，遂滿載而歸。

天，火頭飯熟。執事者撞鐘三聲，眾僧齊到齋堂喫飯。那木蘭寺和尚十分勢利，看見王播讀書未就，頭巾四角不全，衣襟遍身破碎，縱然有豪氣三千，吐不出光芒一寸，終日隨著眾僧，聽鐘聲上堂喫飯，眾僧無不厭賤。更可恨那執事的和尚，使下尖酸小計，直待眾僧飯畢，然後撞鐘。王播聽得鐘聲，踉蹌走到，籮內飯無餘粒，盆中菜無半莖。受此奚落，只得忍耐，未免含慍歸心，淚隨羞下，題詩兩句於壁上道：

上堂已了各西東，慚愧闍黎❹飯後鐘。

寫罷，拂手而出。後來一舉登科，出鎮揚州，重遊木蘭寺。眾和尚將碧紗籠罩著所題詩句，各各執香，跪伏在地，叩首而言，說：「望老爺寬洪海量，恕我輩賊禿，有眼無珠，不識好人。」那王播微微笑道：「君子不念舊惡，何足介意。」見此碧紗籠蓋之處，揭開一看，不覺世事關心，長歎一聲，隨喚左右取過筆硯，又題兩句於後道：

三十年來塵撲面，今朝方得碧紗籠。

世情冷暖，人面高低，大率如此。後人做傳奇的，卻借來粧在呂蒙正❺身上，這也不在話下。如今

❸王播：唐代詩人。早年因貧而寄食揚州木蘭寺。後中進士，官至宰相，出為淮南節度使。事見唐摭言卷七。

❹闍黎：本作「闍梨」，為「阿闍梨」的略稱，本指高僧，後泛指一般僧人。闍，音ㄕㄜˊ。

❺呂蒙正：北宋河南人，早年窮困潦倒，後考取狀元，累官至宰相，封蔡國公。

且說一個先時狼狽，後來富貴的女子，莫說傍人不料他有這一段榮華，便是他引鏡自照，也省不起當年面目。正是：

時運未來君莫笑，困龍終有上天時。

話說淮安府鹽城縣，有一村庄人，姓周，排行第六。此人原有名有表，因做人沒撻煞❻，不曾立得品地，所以人只叫他是周六。那周六生長射陽湖邊，朦朧村中，所居只有茅屋三間，卻又並無牆壁，不過編些籬槿，塗些泥土，便比別人家高堂大廈一般。這朦朧村地本荒涼，左邊去是水，右邊去也是水，若前若後，無非荊榛草澤，並無一片閒田可以種麥種菜。就遇農忙插蒔之時，也只看得。周六又是闒冗❼不學好的人，總或有搭空地，也未必肯去及時耕種。人便不肯向上，這日逐三餐養命之根，卻不可少。你道他做甚生涯度日？專靠在澤中芟割蘆葦，織席營生。那席也可蓋屋，也可蓋船，襯倉覆壁，小人家房圈夾仗，件件用得。所以道路雖小，儘有賣處。即此便是他一生衣食根本，卻比富家大戶南庄田，北庄庫，取之不竭，用之有餘，一般作用。但是天性貪杯好飲，每日村醪濁酒，卻少不得。趁得少，喫得多，手頭沒一日寬轉。

更可憐老婆先已死過，單有一個女兒，小名長壽。那長壽女年已一十八歲，只因喪了母親，女工針

---

❻ 沒撻煞：方言。指做人沒意思，不值得與之交往。

❼ 闒冗：當作「闒茸」，指地位卑微或品格卑鄙的人。闒，音ㄊㄚˋ，小戶。茸，音ㄖㄨㄥˊ，指初生的小草；又音ㄖㄨㄥˇ，不肖；無用。

指一些不曉。雖則如此說，就是其母在日，也不過是村庄阿媽，原不曉得描鸞刺鳳、織錦縫裳。所以這長壽女只好幫著周六劈蘆做席。你想，習熟這樣生活，縱然臂如蓮藕，少不得裝添上一層蛇腹斷紋；任你指似筍尖，也弄做個搔鼓搥頭。更可惜生得一頭好髮，足有四五尺長，且又青細和柔。若是此髮生在貴家富室深閨女娘頭上，日日加上香油，三六九篦去塵垢，這烏雲綠鬢，好不稱副粉容嬌面。可憐生在此女頭上，準由塵封灰裏，急忙忙直到夜靜更深，沒有一刻清閒。巴到天明，舀❽些冷水，胡亂把臉上抹一抹，將一個半爿梳子，三梳兩挽，挽成三寸長、歪不歪、正不正一個搔搥，豈非埋沒了一天風韻。又可惜生得一口牙齒，齊如蝤蠐❾，細似魚鱗，雖不曾經灌香刷，擦牙散，天生得粉花雪白，又不露出齒齦。還有一樁好處，眉分兩道春山，眼注一泓秋水。雖則面黃肌瘦，卻是鼻直口方，身材端正，骨肉停勻。這等樣一個女兒，若是對鏡曉粧，搽脂傅粉，穿上一身鮮衣華服，緩步輕行，可不令少年浪蕩子弟，步步回頭！單嫌兩隻金蓮，從來不曾束縛，兼之蓬頭垢面，滿身破碎，東綴西聯，針線參差，把他弄得分明似個煙薰柳樹精，怎能得遇呂純陽❿一朝超度。更有一件，年雖及笄，好像泥神木偶，閉著嘴，金口難開。除卻劈蘆做席，只曉得著衣吃飯，此外一毫人事不懂。

常言男大須婚，女大須嫁，到了這般年紀，少不得配個老公。婚姻雖則天緣，須是要門當戶對。這周六行徑，有甚麼高門大戶與他成親？恰好有個漁翁劉五，生長北神堰中，正與大兒子尋頭親事。憑著

---

❽ 舀：音ㄧㄠˇ，指用瓢、勺等取東西（主要是液體）。

❾ 蝤蠐：天牛的幼蟲，色白身長。蝤，音ㄑㄧㄡˊ；蠐，音ㄑㄧˊ。

❿ 呂純陽：指呂洞賓，唐代道士，據說是道教八仙之一。

堰中胥老人做媒，兩家遂為姻眷。男家捕魚，女家織葦，那有大盤大盒，問名納采，湊成六禮⓫之事。不過幾貫銅錢作聘，拳雞塊肉，請胥老人喫杯白酒。袖裡來，袖裡去，絕不費半個閒錢。那周六獨有這椿事十分正經，送來錢鈔，分文不敢妄用，將來都置辦在女兒身上。荊釵裙布，就比大大粧奩。揀一日子，便好過門。這方是田庄小家子禮數，有何不可。正是：

花對花，柳對柳，破畚箕對折苕箒。編席女兒捕魚郎，配搭無差真匹偶。你莫嫌，我不醜，草草成婚禮數有。新郎新婦拜雙親，阿翁阿媽同點首。忙請親家快上船，冰人⓬推遜前頭走。女婿當前拜丈人，兩親相見文縐縐。做親筵席即排開，奉陪廣請諸親友。烏盆糙碗亂縱橫，雞肉魚蝦兼菜韭。滿斟村醪敬岳翁，趕月流星不離口。大家暢飲盡忘懷，連叫艄頭飛湯酒。風捲殘雲頃刻間，杯盤狼籍無餘蔌。紅輪西墜月將升，丈人醉倒如顛狗。鄰船兒女笑喧天，一陣瘖瘖齊拍手。

周六親送女兒成親，喫得爛醉。劉五轉央鄰船，直送歸家，這也不在話下。大凡婦女，縫聯補綴，原為本等。長壽女自小不曾學得，動不得手。至於捕魚道路，原要二般做作，怎奈此女旱地上生長，扳不得罾，撒不得網，又搖不得櫓，已是不對腔板。況兼魚船底尖，又小又活，東歪西盪，失手錯腳，跌在水中。滿身沾濕，又無別件衣裳替換，坐待日色，方好曬乾。又遇天陰雨下，束手忍凍，寒顫咬牙，光景難看。劉五心上思想，周六不是善良主顧，儻或媳婦有些差失，這場大口舌，如何當得他起？一日，

⓫ 六禮：古代締結婚姻的六道手續，納采、問名、納吉、納徵、請期、親迎。見儀禮士昏禮。

⓬ 冰人：媒人。典出自晉書索紞傳。

偶同兒子入市賣魚，一路說此一件關心要事。假如劉五雖如此說，兒子若憐愛老婆，還有個商量，那知夫妻緣分淺薄，劉大已先嫌妻子沒用，心裡早懷下個離異之念。聽了父親這話，分明火上添油，便道：「常言龍配龍，鳳配鳳，鶺鴒對鶺鴒，烏鴉對烏鴉。我是打漁人，原該尋個漁戶，沒來繇，聽著胥老人說合這頭親事。他是編蘆席的人，怎受得我們水面上風浪？且又十個指頭並做一戈，單喫死飯，要他何用？不如請著原媒並丈人一同到來，費些酒飯，明白與他說知：『你女兒船上站不慣，恐有錯誤，反為不便。情願送還，但憑改嫁也得，依舊幫著丈人做活養家也得，我家總是不來管你。』相此可好麼？」劉五點頭，稱言有理，教兒子先歸船上，自己就到胥老人家，計議此事。

那老人正在村中，沿門搖鐸，說道：「孝順父母，尊敬長上！」還不曾諗到第三第四句，被劉五一扯，說道：「胥阿公，一向久違失望，今日有多少米了？」胥老人把袖子一提，說：「盡在其中，尚不滿一升之數。」劉五道：「一升米，直不得好黃錢十五文？天色晚了，到我船上去，喫杯淡酒，何如？」胥老人道：「通得通得。」話猶未了，只見前邊一夥人，鴉飛鵲亂的看相打。走近仔細一看，卻是周六賣蘆席與人，有做豆腐後生，說了淡話⑬，幾乎不成，為此兩相角口，遂至拳手相交。傍邊一個老兒解勸，就是後生之父。胥老人從中挨身強勸，把竹片橫一橫，對那老者說：「你平昔不曾教導令郎，所以令郎無端尚氣。這是你老人家不是。」又對那後生說：「周六就住在射陽湖邊，與這北神堰原是鄉黨一般，又不是他州外府來歷不明之人，可以喫得虧的。況且他是賣蘆席，你是做豆腐，各人做自家生理，何苦掉嘴弄舌，以致相爭？便是非為勾當，不可不可。」那周六與後生聽罷，兩家撒手。胥老人就搖起

⑬ 淡話：方言。「說淡話」意為多嘴、說壞話、搬弄是非。

鐸來，高聲諗道：「和睦鄰里，教訓子孫。各安生理，毋作非為！」眾人聽了，一笑而散。

劉五見機緣湊巧，說道：「周親家，惱怒既解，不如到小舟同胥阿公閒坐片時，飲杯淡酒。」周六重新拱手道：「那日厚情，竟忘記謝得，怎好又來相擾。」劉五道：「親家莫笑話，只因小人家做事，不合禮節，就是令愛過門之後，三朝滿月⓮，不曾屈親家少敘，實為有罪。」周六聽著此言，滿面通紅，說：「劉親家，說也惶恐，自小女出嫁到今，已過一月，就是碗大盤盒也沒一個。若如此說來，一發教我置身無地。」胥老人搖手道：「莫說此話，兩省兩省。」

說話之間，不覺已到船邊，上船坐下。長壽女見了父親，掉下兩行眼淚。劉大見了丈人，在船艙板上作個撒網喏。劉五妻子也向船頭道個萬福，說：「親家公，甚麼好風，吹得到此？我船上蘆蓆已破，又被媳婦錯腳踏穿，墮下水中。親家公有緊密些的，可帶幾扇與我。」劉五道：「閒話莫說，且去盪酒煮魚，與親家盪風。」那劉五已與兒子商量，定要把媳婦退歸，所以飲酒之間，只管說媳婦生長岸上，在船上不便的話。向著胥老人丟個眼色，又附耳低言如此如此。長壽女聽說到落水一節，想起從前無衣少著，沒有替換，受了寒凍，不覺放聲大哭。

周六還未曾開口，胥老人終是做媒的，善於說開說合，便道：「不難不難，我有個兩便之策在此，只是各要依我。」劉五道：「胥阿公的說話，怎好不依？」胥老人道：「從來岸上人，做不得水上人的道路，水上人，卻做得岸上人的經紀，此乃自然之理。周六官喪偶之後，止有長壽姐一人，嫁到你家，

⓮ 三朝滿月：三朝，這裡指結婚第三天。滿月，指結婚滿一個月。過去習俗，婚後第三天，女方家長應送冠花、彩緞、果餅等物去女婿家。滿月時，男方應請女方親戚（尤其是女方家長、長輩），稱為會親。

時時牽掛。今已滿月，何不且送媳婦還家，只算做歸寧⓯。劉小官也到丈人家去，學做蘆蓆。一來可以幫扶丈人，盡個半子之孝，二來你家船上應用蘆蓆，盡取足於周六官，又不消劉阿媽費心。二令郎年紀也不少了，待我就尋一個船上姐兒，朝晨種樹，到夜乘涼。娶了這房媳婦，你船上依原自有幫腳，可不兩便！」劉五道：「此說甚妙。但我大兒子到周親家處，少不得還湊幾串錢，與他做蘆蓆本錢纔是。為今之計，不若親家同令愛先歸，隔兩日，待我計較了錢鈔，親送兒子上門來，何如？」

周六聽見肯教女婿來相幫，又帶得有本錢，喜上心來，暗自躊躕道：「自從女兒嫁後，沒有幫手，越覺手頭急促。如若女婿同來，大有利益。」乃扯個謊道：「我又無第二個兒女，做得人家，總來傳授女婿，便在我家去住也無妨。但蘆蓆生意微細，比不得親家船上，網網見錢。還宜斟酌，莫要後悔。」胥老人道：「阿呀，我老人家說話弗差個。若是有時運，船上趁得錢，岸上也趁得錢。若沒時運，莫說網船道業，就是開典舖也要折本。趁我在此，令愛今日就一齊同去。」劉五道：「胥阿公說得有理。況我見有兩個兒子，就作過繼一個與親家公，也未為不可。」胥老人拍手笑道：「說得妙！說得妙！快拏熱酒來。」周六道：「既如此，只得領命了。」劉五即教兒子去喚隻小船相候。

這周六見了酒杯，分明就是性命，一壺不罷，兩壺不休。看看斜陽下山，水面霞光萬頃，兼之月上東隅，漁歌四起，欸乃聲傳，胥老人忙叫：「天色晚了，快些去罷！」周六攜著女兒過船，胥老人一同送歸。行至射陽湖邊，風色漸高。周六已有九分醉意，要坐要立，指東話西，險些撞入河去。何期已到屋下，繫船上岸，船頭一歪，周六翻觔斗滾下水中。長壽姐見父親落水，急叫救人。那船家與胥老人自

⓯ 歸寧：已出嫁的女兒回家看望父母。

道手遲腳慢，誰肯向前。及至喊起地鄰，打撈起來，已自三魂歸地，六魄朝天，叫喚不轉了。可憐：

　　泉下忽添貪酒鬼，人間已少織葦人。

長壽姐撫屍慟哭了一番，到家中觀看，米粒全無，空空如也。自己身邊又沒分文，乃央胥老人報知公姑丈夫，指望前來資助殯殮。正不知劉五父子，已不要他，只慮周六做人無賴，撒費口嘴，聞知溺死，正中下懷，那裡肯把錢鈔來收拾。胥老人原與劉家一路，也竟沒回音。長壽姐懸望他兩三日不至，已知沒相干了，央左鄰右舍在屋角邊掘個土坑，將父親埋了。尋問至北神堰中，仍要到丈夫船上。那劉五望見他來，將船移往別處。路中遇見了胥老人，央求尋覓丈夫船隻。胥老人將不要他的話，明明回絕。又痛哭一場。可憐單身獨自，如何過日子，只得求乞於市。自射陽湖濱，以及北神堰地方，村戶相連，炊煙不斷之處，無所不到，到處亦無有不捨粥捨飯與他喫的。可怪天生是一富貴的格相，福至心靈。當初在父親身邊織蘆蓆時，面黃肌瘦，十分懞懂。一從乞食以來，反覺身心寬泰。雖不免殘羹剩飯，倒還比美酒羔羊。眼目開霽，說話聰明。覓了一副鼓板，沿門叫唱。蓮花落⑯，出口成章；三棒鼓⑰，隨心換樣。

---

⑯ 蓮花落：又稱「蓮花樂」，曲藝的一種。宋代已很流行，多為乞丐行乞時所唱。演唱時，以竹板打節拍，每段常以「蓮花落，落蓮花」一類的句子作襯腔或尾聲，內容多宣傳因果報應。

⑰ 三棒鼓：曲藝的一種，明代已流行。演員用三根棒上下擊鼓伴唱，唱詞以五七言的四句一組，內容多為下層百姓的痛苦生活或四時景色。

一日，叫化到一個村中，這村名為墊角村，人居稠密，十分熱鬧。聽見他當街叫唱，男男女女，擁做一堆觀看。內中一人說道：「叫化丫頭，唱一個六言歌⑱上第一句與我聽。」長壽姐隨口唱道：

我的爹，我的娘，爹娘養我要風光。命裡無緣弗帶得，苦惱子，沿街求討好悽涼。孝順，沒思量。

又有一人說：「再唱個六言第二句。」又隨口唱道：

我個公，我個婆，做別人新婦無奈何。上子小船身一旺，立弗定，落湯雞子浴風波。尊敬，也無多。

又問：「丫頭，和睦鄉里怎麼唱？」又隨口換出腔來道：

我勸人家左右聽，東鄰西舍莫爭論。賊發火起虧渠救，加添水火弗求人。

又有人問說：「丫頭，你叫化的，可曉得子孫怎麼樣教？」又隨口換出一調道：

生下兒來又有孫。呀，熱鬧門庭！呀，熱鬧門庭！賢愚貴賤，門與庭，庭與門，兩相分。呀，熱鬧門庭！

⑱ 六言歌：指乞丐、更夫（打更人）等人口頭常唱的六句勸化世人的歌詞，即「孝順父母，尊敬長上，和睦鄉里，教訓子孫，各安生理，毋作非為。」

貴賤賢愚無定準。呀，熱鬧門庭！呀，熱鬧門庭！還須你去，門與庭，庭與門，教成人。呀，熱鬧門庭！

有的問說：「各安生理怎的唱？唱得好，我與你一百淨錢，買雙膝褲穿穿，遮下這兩隻大腳。」卻又隨口換出歌兒，唱道：

大小個生涯沒雖弗子個同，只弗要朝朝睏到個日頭紅。有個沒弗來顧你個無個苦，阿呀！各人自巴個鑊底熱烘烘。

又有人問道：「毋作非為怎麼唱？」長壽女道：「唱了半日，不覺口乾，我且說一隻西江月詞，與你眾客官聽著。」

本分須教本分，為非切莫為非。儻然一著有差池，禍患從鉗做起。大則鉗錘到頸，小則竹木敲皮。爹生娘養要思之，從此回嗔作喜。

說罷踢地而坐，收卻鼓板，閉目無言。眾人喝采道：「好個聰明叫化丫頭！六言歌，化作許多套數。胥老人是精遲貨⓳了。」一時間，也有投下銅錢的，也有解開銀包，拈一塊零碎銀子丟下的，也有盛碗飯與他的，也有取一甌茶與他潤喉的。正當喧鬧之際，人叢中一個老者，擠將入來，將長壽女仔細一看，

⓳ 精遲貨：方言，意即沒用的過時貨，多指人。

大聲叫道：「此是射陽湖陰周第六女兒耶？何為至此？」長壽女聽得此聲，開眼一看，面貌甚熟，卻想不起。

你道此老者是誰？原來此老也住在射陽湖陰，姓嚴號幾希，深通相法，善鑑淵微。以為麻衣道人⑳善相，他的相法可與相並。麻衣道人別號希夷，故此嚴老遂號幾希，自負近於希夷先生也。當初常與周六買蘆蓆，蓋一草庵，故認得長壽女兒。相他髮鬒玄，眉目朗，齒牙細，身材端雅，內有正骨。只是女兒家，不好揣得，所以腳有天根，背有三甲，腹有三壬，皆不見得。至於額有主骨，眼有守精，鼻有梁柱，女人具此男相。據此面部三種，以卜他具體三種，定然是個富貴女子。只嫌淚堂黑氣，插入耳根，面上浮塵亙於髮際，合受貧苦一番，方得受享榮華。當時周六只道他是混話，語言間戲侮了幾句，嚴老大怒而去，自此絕不往來，竟不知此女下落。

這日偶過此村，看見眾人攢集，撥開一看，正見此女默坐街心，認得昔年顏面，不覺高聲歎息。此時長壽女時運將到，氣宇開揚，嚴老又復仔細一看，說道：「周大姐，不要愁不要愁，造化到也！」傍邊一人說道：「正是造化到了，卑田院司長㉑要娶他去做掌家娘子哩！」眾人聽了，齊笑起來。嚴老道：「你莫小覷了他，此女骨頭裡貴，當有誥封㉒之分。若這百日內，仍復求乞，可將我這兩隻不辨玉石的

---

⑳ 麻衣道人：指陳摶，五代宋初道士，宋太祖賜號希夷先生。傳說北宋錢若水曾訪陳摶於華山，由麻衣相者為之相，故後代相書多託之於麻衣。

㉑ 卑田院司長：指乞丐收容院的主管。卑田院，本應作「悲田院」，古代指佛寺救濟貧民之所，後來泛指收容乞丐的地方。

眼珠刺瞎了。」眾人笑道：「儻然不準，那裡來尋你？」嚴老道：「我不是無名少姓的。若是不驗，徑到射陽湖陰，問來知庵嚴幾希便是。」道罷，分開眾人，大踏步去了。眾人方知此老是神相嚴幾希。自此互相傳說，遠近皆知。

不想北神堰邊有個富人，姓朱名從龍，聞得這些緣故。他平昔曉得嚴老相法神妙，必非妄言，有心要提拔此女。一日於途中遇見，遂問道：「你終日求乞於市，須無了日。何不到我家，供給薪水，喫些現成安樂茶飯，也免得出頭露面。」長壽女道：「尊官若肯見憐，可知好麼。」即便棄去鼓板，隨朱從龍歸家。入廚下，汲水執爨，送飯擔茶，辛勤服役。他在市叫乞時，雖則口食不缺，卻也風雨寒暑，朝暮奔馳。今到朱家，日曬不到，雨淋不著，雖有薪水之勞，卻無風寒之苦。頓覺面上塵埃都盡，丰采漸生。一日，朱從龍坐於書房中，見長壽女捧茶而至，放在桌上，回身便走。從龍道：「何不少住須臾。」語言雖則如此，然顏色風魔，卻有邪淫之念。長壽女變色說道：「灑掃有書幃之童子，衾裯有巾櫛之女奴。越石父願辭晏相而歸縲絏者㉓，恨不知己也。謹謝高門，復為丐婦。」朱從龍被此數言，不覺慚赧退避，改顏說道：「我憐汝是良家女子，暫落卑田。今在我廚下，原非長策，欲為汝擇一良配，非相戲也。」長壽女不答，掩面而出。正是：

㉒ 誥封：古代朝廷對官員及其先人和妻室授予封典的制度，五品以上用皇帝的誥命授予，稱誥封。誥，音ㄍㄠˋ。

㉓ 越石父願辭晏相而歸縲絏者：越石父為春秋時齊國賢人，有罪被拘。齊相晏嬰出行見之，解馬贖之，同乘而歸。但晏子到家後，沒向越石父辭別就進入內室，於是越石父請求絕交。原因是晏子知道他是賢人卻還如此無禮待他，還不如那些不知其賢而置之獄中的人。晏子因之向他道歉，待為上賓。事見史記管晏列傳。

花枝無主任西東，羞共芳菲鬥艷紅。
縱萎枝頭甘自老，肯教零亂逐春風。

話分兩頭，卻說有一書生，姓吳名公佐，本貫湖廣廣濟人氏。這廣濟，舊名蘄春，在淮楚之交，負山倚江，本多富家大族。公佐家世簪纓，倚才狂放，落拓不羈，擊劍走馬，好酒使氣。至於一擲樗蒲，不惜黃金千兩。又雅好名山勝水，背父遠遊。來至鹽城地方，浪蕩天涯，資斧盡竭，日窮一日，無可聊生，乃投入本城延慶寺，權為香火道人。可笑他：

本來是豪華公子，怎做得香積行童。打齋飯，請月米，懶得奔馳。挑佛像，背鐘鼓，強為努力。鋪燈地獄，急忙忙折倒殘油；請佛行香，生察察收藏襯布。監齋長壽線，禮所當應；書押小香錢，例難缺少。道場未散，鎮壇米先入磬籠；晝食纔過，浴佛錢已歸纏袋。算來不是孫悟空，何苦甘為郭捧劍。

吳公佐在延慶寺混了數月，一日，在外喫得爛醉歸來，當家和尚說了他幾句。公佐大怒，使出當年性氣，與和尚大鬧一場，走出寺門。想一想，我吳公佐也是條漢子，暫時落薄，怎受這禿驢之氣，不如且歸故鄉，再作道理。將身上幾件衣服變賣，做了盤纏，一腳直走到廣濟。親友們都聞得他在鹽城延慶寺，做過香火道人，俱笑道：「這個挑聖像背齋飯桶的，不知放不下本處那裡伽藍，何方檀越，復流回來。想必積得些道場使用，齋襯銅錢，要在本鄉本土置幾畝香火田，奉祀祖先祭享。再不然，定是要討一個香火婆，與和尚合養個佛子佛孫哩！」你也笑，我也笑，把他做了話柄。父母叔伯也都道他不肖，並無一人瞅睬。吳公佐原是會讀書、有血性的男子，那裡當得起這般嘲誚，心中又羞又怒，卻又自解道：「蘇秦㉔不第，妻不下機，嫂不為炊。骨肉冰炭，自古皆然，豈獨我吳公佐耶！男兒四海盡堪家，何必故鄉生處好！」立下這念，遂復翻身仍到鹽城。

常言好馬不喫回頭草，料想延慶寺自然不肯相留，決無再入之理，卻到何處去好？難道吳公佐便是這個結果？且隨意闖去。也是天使其然，卻遇著延慶寺東房借讀書一個秀才，複姓司空，名浩。曾見公佐在寺做過香火，頗是面善。詢其來歷，公佐道出幾句文人語話，司空浩大以為奇。自想不知果是何等樣人，便留到讀書處坐下，盤問一番。公佐談吐淵博，應答如流。司空浩不覺驚異起敬，說道：「足下本是我輩中人，如何失身此寺執役？」公佐笑道：「抱關擊柝，賃舂灌園㉕，古人之常，何足為怪。」於是盡以實情相告。司空浩就留他住下，乃與眾齋長說：「我輩雖忝在黌序㉖，今見廣濟吳兄，腹笥舌陣㉗，不覺斂手退步。此兄客途寥落，何不留他居於學宮傍舍，凡一應書柬往來，府縣公移，委到本庠

㉔ 蘇秦：戰國時洛陽人，縱橫家。據說他一開始以連橫之術遊說秦惠王，書十上而不見用，窮困潦倒；歸家時妻不下織機，嫂不為之炊，父母不與言。後發奮苦讀，終成名，為合縱長，為齊相，趙國封為武安君。

㉕ 抱關擊柝二句：泛指卑微的工作。抱關，守關。擊柝，擊木以守夜。賃舂，為人舂米。灌園，種菜。孟子萬章下：「辭尊居卑，辭富居貧。惡乎宜乎？抱關擊柝。」後漢書梁鴻傳：「居廡下，為人賃舂。」文選潘岳閒居賦序：「灌園鬻蔬。」

㉖ 黌序：黌，音ㄏㄨㄥˊ，與序均為古代學校名。

㉗ 腹笥舌陣：腹笥，腹內的學問。笥，書箱。舌陣，指口才。

者，悉托此兄代筆，免費我等心思，兼省學師㉘委諭，可不兩便。」眾人盡以為然。遂引公佐見了學師，揀一齋舍與他居住。自此時共諸友盤桓，日親日近。凡文翰之期、花月之會，若吳公佐不在，滿座為之不歡。

一日，中秋佳節，眾友醵金，敘於前街劉孝廉園亭賞月。酒設在馴鴛沼上。鴛，文禽也，左右具翼，原係野性，非人家池沼中可畜。那劉孝廉園池，時有此鳥飛集，遂起一館於沼上，取名馴鴛。是夜，對月飲酒，適見兩隻鴛鴦從空飛下。司空浩道：「月光明淨，文鳥嚶鳴，正好入詠。吾輩可取古人詩一句，中間要鳥月兩字，作一酒勇。」眾友俱稱最妙。司空浩遂把盞說道：「叫月杜鵑喉舌冷。」一友姓鄧名元龍，就接口道：「子規枝上月三更。」一友姓冉名雍非，沈吟再四，乃言：「鴛鴦湖上煙雨樓。」司空浩道：「請問冉兄，此句出在何刻？」雍非道：「小弟豈不知二兄所詠，一出蘇子瞻㉙，一出杜子美㉚。但只言鳥月，並不及鴛鴦，所以特造此句。雖非古作，卻有根據。鴛鴦湖在嘉興府南門外，煙雨樓即在鴛鴦湖上。自我作古，卻不好耶？」三人各相告罰，哄堂不已。

輪到吳公佐微微冷笑說：「大略詞家，要顧名思義。今夕在馴鴛沼上詠詩，並無鴛字入題，所以該罰。此名不稱其義之一徵也。若我吳公佐，生來落地三十，孟浪遊蹤，至今尚未有家。儻奉令詠及鴛鴦，卻與此身名義乖謬。情甘先罰巨觥，後詠一詩見志。萬勿共為恥笑，以增詞壇話柄。」眾友道：「何敢

㉘ 學師：指縣學教官。

㉙ 蘇子瞻：蘇軾，字子瞻，號東坡居士。宋代眉山人，文學家，政治家。

㉚ 杜子美：杜甫，字子美，唐代大詩人。

何敢，就請吟來。」公佐持杯望月，吟出一詩，卻是七言八句，詩云：

十載淮陰浪蕩遊，射陽湖水碧於秋。
雖逢漂母㉛頻投飯，卻愧王孫未罷鉤。
燕子樓前新月冷，鴛鴦塚上野禽啾。
臨波雖有雙魚佩，只恐冰人話不投。

吟罷，眾友齊聲稱贊。司空浩道：「吾兄有此捷才，撰成妙句。才子在此，安得無佳人哉！」鄧元龍忽然叫道：「有有有！吾當為吳兄作伐。」冉雍非道：「兄有何門，以作朱陳配㉜耶？」元龍附耳低言，如此如此。冉雍非笑道：「妙！妙！聘財盡是我三友承當，並不消吳兄掛念。只是擇日取吉，專待尊命。」司空浩道：「兩兄所言，誠為盛念，何獨不令小弟知之？」鄧元龍道：「六耳不傳道。吾兄若知，定先要挨一腳媒人。吳兄客邊冷淡，便不好與他節省一些矣。」三人大笑。

正當歡笑之際，適贛榆縣送中秋節禮與本縣，縣公有帖到學，要作回啟。差人立候，公佐遂先辭去。去後，司空浩問道：「適間兩兄所言，戲耶？真耶？」鄧元龍道：「兄不聞北神堰朱從龍，收得一丐婦乎？此婦乃射陽湖陰周六之女，出嫁與漁戶劉五之子。周女不諳漁家生業，兼之夫婦無緣，退還周六。

㉛ 漂母：指淮陰漂母。韓信微時，家貧，乞食於人，曾得一漂洗棉絮的老婦人數十日飯食供養。後信封楚王，賜之千金。事見史記淮陰侯列傳。

㉜ 朱陳配：指兩姓聯姻，典出自白居易朱陳村詩：「徐州古豐縣，有村名朱陳。……一村唯兩姓，世世為婚姻。」

何期周六身死，此女無靠，流落街衢求乞。有嚴幾希相士，相他骨頭裡貴，後來還有好日，因此朱從龍收於廚下，供薪水之役，日漸改頭換面。從龍前與我言，欲待為之擇配。雖不比洪皓㉝贖劉光世㉞拳家女子，卻勝於曹孟德再嫁文姬㉟。今吳生客中離索，吾輩為渠安頓一所房戶，並為他治些禮物，辦些酒筵，令此鰥夫曠女，得遂于飛，也是好事。儻吳生廉得此情，知道乞丐根苗，恐成嬉笑，或棄之而去。在吳生不免薄倖之名，我輩不失好義之舉。適纔老兄摘三問四，未免先成笑端，故此秘而不語。以意度之，或可或否，正須老兄一訣。」

司空浩道：「此事固無不可，但須先與吳兄說知，方為全美。」鄧、冉二人皆道：「不可不可。若說知，定然不諧。這吳生是說大話的人，亦有三分俠氣。昔年在延慶寺中，著為奴僕，及歸鄉里，厭疾不容。到此無依，也是一精光赤漢，並無衣食。我等既拔他苦難之中，又完配怨曠之際，勿論感恩深處，量必為家，燕好之私，盡蓋全醜。況乞丐之事，勝於淫奔。說合為親，並非野合。吳生成親之後，和好膠漆，固不必言；即或有改悔之心，我輩當以大義折之。只要破些錢鈔，教朱從龍厚些粧奩。聞那女子飲食已久，漸成模樣。吳生見財自喜，不費一錢，得卻一房家小，有何不樂。」司空浩道：「既如此，我們各去朱家走遭，與他斟酌一番。」元龍稱言有理，當晚席散。

㉝ 洪皓：南宋人，政和年間進士。曾奉命出使金朝，被扣留十餘年。曾多次派人窺探金人虛實。後回宋，因為秦檜所忌，貶謫而亡。

㉞ 劉光世：南宋將領，曾多次敗於金兵，但仍官至少師。

㉟ 曹孟德再嫁文姬：指曹操從匈奴贖回蔡文姬再將她嫁給董祀之事。

次日，三人步到朱家。那朱從龍家雖豐裕，卻少文士往來，近時方與鄧元龍相交。今見又同兩個秀才來拜，不勝殷勤管待。延坐已畢，叩問來意。二人具以前情相告。朱從龍欣然道：「在下收留此女，見他有些志氣，愛護勝於親生。方欲與他擇配，不道三位先生有此義舉。自古道見義不為，無勇也。在下當薄治粧奩，以嫁此女。其外房戶酒饌之費，三位先生分為治辦，決不食言也。共襄厥事，以成士林一段佳話。」三人聞言大喜，即欲相別。從龍留住，大設酒席，盡歡而散。

明日，三人來對吳公佐說道：「佳人有在，佳期不遠，但求老兄擇一聘日，並定婚期，弟輩當與吾兄速成此事。」吳公佐道：「天下那有不費一錢，倩人成婚之事。」鄧元龍道：「昔阮宣子㊱四十無家，王大將軍㊲斂錢為婚。古來曾有行之者，兄亦何必多讓。」公佐道：「且說是何等樣人家，有多少年紀，人物若何，使小弟知得，也好放心。」元龍笑道：「老兄不必細問，臨期便知。我三人必不相誤，包你絕妙便了。但求成婚後，當以天緣自安，篤好終身。新婦不作朱買臣之妻㊳，老兄勿效黃允重婚㊴之事，傷害天理，滅絕人倫，則吾輩弟兄永永有光矣。」吳公佐道：「三兄既有此等美情，小弟若負義忘恩，誓生生世世永墮豬狗胎中。」言罷，叩頭向天設此誓願。

㊱ 阮宣子：指阮修，西晉時人，精通易經，曾官太子洗馬。

㊲ 王大將軍：這裡指王敦。東晉初年，他挾輔佐之功，任大將軍，其堂兄王導任丞相，權傾一時。

㊳ 朱買臣之妻：朱買臣早年窮困，其妻耐不住清貧，離他而去。

㊴ 黃允重婚：黃允為東漢名士，司徒袁隗為姪女選婿時曾說，要是能找到像黃允這樣的女婿就滿足了。黃允聽說後就休了自己的妻子。事情傳開後，黃允因此身敗名裂。

三人見他如此賭誓，料無他意，即來回覆朱從龍。從龍喚過長壽女，說知就裡。長壽女臉色漲紅，俛首不言。從龍道：「汝既為夫家所棄，在此亦非終身可了。若此良姻不就，嚴幾希之言反不驗矣。」長壽女聽了，纔點頭拜謝。從龍又吩咐家人，勿得預先走漏消息。鄧元龍三人，各出資財，賃起房舍，買辦床幃家伙。一面教公佐選擇吉期。正是凶事不厭遲，吉事不厭近。還定九月初二行聘，十三日天德黃道不將日成親。這聘禮，也不過鄧元龍三人袖裡來袖裡去，所以外人並不知得。到成婚這晚，三友已治具酒席，朱從龍親送此女來至。大家歡呼暢飲，夜闌方別。三友復珍重吳生好作新郎。公佐唯唯微笑。這段姻緣，果出意外：

周氏女，自漁蓑臥月，海棠紅抛在江濱，猶留卻半分顏色。吳家兒，向畫裡呼真，白元君染成被褥，儘拚著一瀉波濤。

大抵豪邁之人，當富足時，擲千金而不顧；及至窘迫，便是一文錢也是好的。譬如吳公佐，本來是富豪公子，昔年何等揮霍。到此飄零異鄉，窮愁落寞，驟然得了這房妻室，且又姿容端麗，動止安詳，又有好些資粧，喜出望外。初意只道是朱從龍家養女，並不知此女昔時行徑。及至成婚之後，那堰中人當做一件新聞，三三兩兩的傳說。公佐聞得，大以為怪，細細訪問，方知就裡。因想自家是個男子漢，到沒奈何時，只得權借僧寺棲止，何況此女為夫家所棄，無所歸依，至於淪落，亦不足異。轉了這念，毫無介意。那司空、鄧、冉三友，打聽消息，並無片言，喜之不勝。

吳公佐本來資性通達，文章詩賦以外，酷好的是呼盧局博。只因一向窮苦，謀食不暇，那有銀錢下場賭博。到此得了這些粧奩，資用有餘，更兼家有賢妻，又是喫過辛苦的，自會作家，不勞內顧。不覺舊時豪態復發，逢場作戲，擲色扯牌，無有不去。不想卻遇著一個大大賭客，這賭客是何等樣人？乃是鈐轄葛玥之子，小名尊哥。那尊哥生來不讀半行書，只把黃金買身貴。見了文人秀士，便如讐敵；遇著吳公佐這般好賭之人，卻是如魚得水。尊哥自恃稍粗膽壯，與公佐對博，千錢一注。也是吳公佐運該發財，尊哥無梁不成，反輸一帖。到公佐手中呼么便么，呼六便六，分明神輸鬼運一般，到手擒來。尊哥今日不勝，再約明日；明日不勝，再約後日。不數日間，接連輸下幾千萬緡。尊哥世襲官銜，雖不加貧，公佐白手得錢，積累巨萬，從此開起典庫。那典庫生理，取息二分，還且有限。惟稱貸軍裝，買放月糧，利上加利，取貲無算。不五年間，遂成鹽城大戶，聲達廣濟故鄉。

當初公佐落魄歸家之日，親族中那個不把他嘲誚。至於父母，雖是個親生兒子，惟恐逐之不去。今番廣濟縣中，是親非親，是友非友，惟恐招之不來。那吳公佐葉落歸根，思還廣濟。長壽姐又無三黨之親㊵，在射陽湖濱並無眷戀，只有父親尚埋淺土，備起衣衾棺槨，重新殯葬，營築墳墓，並遷其母，一齊合葬。又買下幾畝田產，給與墳丁，以供祭掃。葬事已完，收拾起身，同歸廣濟。可敬那吳公佐，非薄倖之人，大張筵席，請司空浩、鄧元龍、冉雍非三友，痛飲一日，各贈銀兩，以酬昔日成婚之用。又同妻子到朱從龍家，拜謝養育轉嫁之恩。惟有嚴幾希已死，到其墳墓，沃酒祭奠而別。

諸事既畢，歸到廣濟。喜得雙親未老，漸思一舉登科。埋頭兩年，便遊廣濟學宮。三入棘闈，兩預

㊵ 三黨之親：指直系親屬。古代以父黨、母黨、妻黨三族為三黨。

貢籍㊶。科貢原是正途，藉此資格，出為雲南楚雄府南安州知州。政簡訟清，一州大治。可見家道富饒的人，免得貪酷，致損名節。三年考滿，父母受封，周氏女封為孺人。衣錦還鄉，並不比舊時行徑，被人談笑。

那吳公佐出身富貴之家，容易革去延慶寺香火面目。像周氏從父親織蘆起身，至於漁戶退歸，沿門乞食，衣衫襤褸。既無一寸光鮮，面目灰頽，那見半分精采。無端身入朱家，飽食暖衣。及至出配吳生，資財充裕，女工針指，無有不精。身體髮膚，倍增柔膩。坐一坐，如花植雕欄，步一步，似柳播繡閣。卻是為何？從來衣食養人，勝於莊嚴佛相。至若身居闤闠，封出朝廷，從頭一想，總成一夢。奉勸世人，大開眼界，莫要一味趨炎附勢，不肯濟難扶危。倘後來人定天移，可不慚赧無地？說便是這等說，恐怕跳不出炎涼腔子。何怪蘇秦不第而歸，王播聞鐘而食，不為妻嫂所笑、闍黎所唾哉！自古道，未歸三尺土，難保百年身。百年之內，飢寒夭折，也不可知。就是百年之內，榮華壽考，也不可定。只要人曉得難過的是眼前光景，未定的是將來結局，在自己不可輕易放過，在他人莫要輕易看人。若不信時，但看周氏女，始初丐乞市中，後來官封紫誥，即是榜樣。詩云：

湛湛青天黯黯雲，從頭到底百年身。
也難富貴將君許，且莫貧窮把目嗔。

㊶ 埋頭兩年四句：指兩年之內即成為秀才，曾經三次參加鄉試，兩次被錄取為貢生。明清時代，鄉試時於正額之外，錄取一定的副榜，可入國子監讀書，稱為舉貢。貢生與舉人一樣，經考選均可做官，亦屬科舉正途。

冬盡梅花須著蕊，雪消楊柳自逢春。
丟開男子他家事，且看周娘一女人。

第七卷 感恩鬼三古傳題旨

十里松音蔣子山，暮煙收盡梵宮寬。
夜深更向紫薇宿，坐久始知凡骨寒。
一派石泉流沆瀣，數庭霜竹顫琅玕❶。
大鵬洵有搏風便，還許鷦鷯❷附羽翰。

此詩乃郟正夫❸教兒子就學於王荊公❹，把這詩引見，並勉兒子奮志讀書的意思。然讀書不過為著功名兩字，卻不知讀書是盡其在我，功名自有天命。假如人根器淺薄，稟性又懶惰，動不動想到某年上登科，某年上發甲，滿口胡柴，不知分量，此等妄人，自不必說起。還有一等天生好資性，又好才學，

❶ 琅玕：珠樹。本草綱目金石部：「在山為琅玕，在水為珊瑚。」
❷ 鷦鷯：鳥名，一般活動於低矮、陰濕的灌木叢中，不能高飛。
❸ 郟正夫：郟亶，字正夫，北宋蘇州人，嘉祐進士，曾任司農寺丞、江東轉運使等職。
❹ 王荊公：王安石，字介甫，號半山，北宋撫州臨川（今屬江西省）人。著名政治家、文學家，曾任宰相，主持改革。封荊國公，故世稱王荊公。

準準的十年窗下，鐵硯磨穿。若問到一舉登科，盡付與東流之水。此是為何？大抵發達的人，一來是祖宗陰德，二來要自己功夫。有德者天必有報，有學者天又惜其苦心，報以今生富貴。總之有個定數，一毫勉強不得。寫得出手，纔見學問；到得己身，纔是功名。決不可畫餅充飢，徒成話柄。正是：

富貴未來休妄覬，功名到手始為真。
鵾鵬欲奮圖南翮，徒被時人笑破脣。

話說宋孝宗淳熙年間，有一書生，姓仰名鄰瞻。父親仰望，是富陽縣中戶人家，媽媽曹氏，兩口兒生平好善。在今人說好善，不過是造佛齋僧。但不知佛生於西天竺，那要人旃檀❺粧塑？若是雲遊僧道，龍蛇渾雜，還有飲酒貪淫、劫財害命、勝於強盜十倍者，一般結夥遊方。難道齋了這樣和尚，便叫做行善？所以會修行者，救人飢寒，解人讐怨，隱諱人過失，遇窮人死不能殮者，捨棺木，或見荒郊野水，死骸暴露，收撈埋葬。又次一等，修建橋梁，補葺道路。這都是現在好事。仰家兩口老頭，行了三十年善事，家計日漸貧寒。只這一個讀書兒子，早暮攻書，年到三四十歲，依然一領青衿❻。賴有結髮妻子姚氏，績麻織布，克盡女功。然除了讀書的喫死飯，一家之中，出氣多，進氣少。單靠著書包翻身，博一日甘來苦盡。那知時運不到，日窮一日。雖不懊悔幾十年空行方便，然到得事體艱難，未免生出許多呫嗓。仰鄰瞻從此厭苦家中冗雜，寄居報恩寺中讀書。

❺ 旃檀：香木。旃，音ㄓㄢ；檀，音ㄊㄢˊ。
❻ 青衿：青色衣巾，本指尚未取得做官資格的讀書人，明清時代專指秀才。

古來佛在西天懈慢國之極邊極際，國名安樂，本與中國不通。漢明帝時，西僧二人，以白馬駝經四十二章來進。明帝緘於蘭臺❼石室，自此廣興佛法。至於梁武帝，尤極尊崇，遍處都是招提蘭若❽。梁武帝姓蕭，所以凡有佛有僧之處，皆名蕭寺。仰鄰瞻本來是善門子弟，見此清淨法門，朝鐘暮鼓，諷經念佛，分明離卻火坑，來到清涼世界，深喜其幽寂。又與主僧聽虛和尚甚說得來，因此也絕戒葷羶，隨僧茶飯。只多了幾莖頭髮，即便是一個不剃頭的大知識❾。

自早春到寺，倏忽便是六月。一日，正當赤日當空、流火鑠金之際，仰鄰瞻自覺得聖賢對面，徹骨清涼。偶乘須臾空隙，縱筆題下古風一篇，題曰六月吟。古風云：

> 曦輪獵野枯杉松，火焚泰華雲如峰。天地鑪中赤煙起，江湖煦沫烹魚龍。猙獰渴獸脣焦斷，峻翮無聲落晴漢。饑民逃生不逃熱，血逆背皮流若汗。玉宇清宮徹羅綺，渴嚼冰壺森貝齒。炎風隔斷真珠簾，池口金龍吐寒水。象床珍簟凝流波，瓊樓待月微酣歌。王孫晝夜縱娛樂，不知苦熱還如何。

吟罷，恰當月逢三五，分外清光。夜氣既升，炎威稍減。忽然牆外有女人聲音，說道：「熱猶自可，只過世的人，不見天日，真好苦也！」隨又吟道：

---

❼ 蘭臺：漢代宮內藏圖書的地方。後代也稱史官或御史臺為蘭臺。

❽ 招提蘭若：招提與蘭若均指寺院。

❾ 大知識：佛教用語，指有修行、精通佛典的人（出家或在家不限）。

淮右東甌路渺茫，遊魂依舊各他方。
此中十載身前櫬⑩，何處三生夢裡香。
腋氣欲除荒草破，麥舟⑪將去夜臺涼。
莫言伴讀無燐火，泣斷啼腸刻漏長。

鄭瞻聽了，大驚道：「這語言詩句，分明是鬼，真好奇怪。」話聲未了，聽虛和尚叩門送茶，說：「官人今日熱否？」鄭瞻道：「熱自不消說起，還有一樁怪事。」和尚道：「有何怪事？」鄭瞻道：「適來玩月就涼，忽聽得牆外有一女人聲音，說『熱猶自可，只過世的人，不見天日，真好苦也。』說罷，又吟詩八句。這可不是個怪事？」因將鬼詩念與他聽。和尚道：「此乃西廊下棺中鬼魂所作也。此鬼時有聲音，然不作祟禍人，官人休得驚恐。」

鄭瞻道：「這棺中還是何人？」和尚道：「先年淮安進士伊爾耕，往溫州赴任，路經富陽，何期小姐暴死舟中，權將此柩寄於本寺西廊之下。及伊進士歷官東甌，全家疫病而死，致此女十年無人收葬。每到風清月白之夜，或吟詩，或怨歎，悽慘異常。但不曾有成篇詩句，想必見官人是才子，故此特地出頭。今細詳詩中之意，卻是求人埋葬。官人是善門子弟，何不發此心願，以慰旅魂？」鄭瞻道：「此願

⑩ 櫬：音ㄔㄣˋ，指棺材。

⑪ 麥舟：惠洪冷齋詩話卷十載：宋代范仲淹的兒子范純仁從姑蘇運麥五百斛，船過丹陽，遇石曼卿無錢歸葬親人，即以全船麥相贈。後因以麥舟代指贈物相助（尤指助喪）。

亦易。我若得寸進，便當營一窆，以妥其靈。只是我這功名心願，何時償得？」和尚道：「人有善念，天必從之。橋梓⑫積德累仁，前程自然遠大，但在遲速之間耳，何愁此願不遂。」兩人茶罷，各自就寢。

詩云：

梵鐘聲斷野煙空，旅魄哀吟嘯暮風。
肯惜佳城⑬藏玉骨，不教重泣月明中。

是年正當貢舉，那知貢舉官⑭，乃龍圖閣學士⑮汪藻起。這汪藻起昔年未發跡時，與瑞州高安人鄭無同，在國學相好，兩人結為八拜之交。約定日後有個好處，同享富貴。何期雙雙同進試場，藻起登科，無同落第。雖則故人情重，終須位隔雲泥，各人幹各人的事。藻起頗有文名，得授館職⑯，一日對鄭無同道：「以兄之才，必非小就。我雖叨在宦途，要舉薦你廣遊大人之門，不過順風吹火，不為難事。但

⑫橋梓：指父子，亦作「喬梓」。喬與梓均為良木，喬樹挺拔而直上，梓樹俯然而似曲，儒家以為父子關係亦應如此，故以喬梓代指父子。本書第一卷中，作者為郭喬、郭梓父子如此取名，亦是此意。

⑬佳城：指墓地。典出自張華博物志異聞。

⑭知貢舉官：宋代主持科舉考試稱知貢舉，主考官稱知貢舉官。

⑮龍圖閣學士：宋代官名。宋代設龍圖閣，內藏御書、典籍、譜牒等物，設學士、直學士、待制等官，為皇帝侍從之榮銜。

⑯館職：唐宋時代指在史館、集賢院等館閣中任職的學士，明清時指在翰林院、詹事府中任職者。館職為清要之官，多從考取進士的文人學士中挑選，故一向為人所看重。

良材濁用，甚是可惜。兄但放心入山讀書，一應盤費，俱在於我。且待賓興之日⑰，或我執掌文衡，或在文場提調，或內簾總裁，凡可用力之處，便來相約，自有說話。」鄭無同道：「一貴一賤，交情乃見。吾兄垂念故人，足徵高誼。但願此日兄弟，他年轉為師生⑱，這便弟之僥倖了。」自此鄭無同歸高安讀書，汪藻起在仕途作宦，歷官至龍圖學士。

那時南北請和，藻起充使臣往賀金主千秋。還朝，便道歸家，召知貢舉。藻起要踐那二十年朋情宿約，密遣人約鄭無同至富陽報恩寺相會。原來藻起當初也曾寓在報恩寺看書，有願後日登科，或有幸典選文衡，當於寺中建立文昌帝君⑲寶閣。今日果遂其願，於貢舉命下之前，先到報恩寺來，開疏建閣。鄭無同得了消息，即從高安來候見藻起。可知宋朝關防尚寬，一個應舉秀才，與大座師兩相賓主，全無迴避。鄭無同星夜趕至報恩寺，見了汪藻起。藻起留住小飯，聽虛和尚原是舊日相知，亦得預坐。酒罷，藻起令聽虛暫避，攜了無同之手，各處觀看。自殿上走到西廊，正是伊小姐停喪之處。四顧一看，並無耳目，藻起低聲對無同道：「二十年陳話，不覺始遂初心。可將程文易義冒中，迭用三個古字。以此為眼，切勿差誤。」無同領諾作謝，隨即相別，都各起身。藻起開船，望上江驛起發；無同另將小船，前後而行。即此同學弟兄，一個官到主文，一個尚為科舉應試，真正學無前後，達者為先。後人曾有詩，

⑰ 賓興之日：舉行科舉考試的時候。典出自周禮地官大司徒。

⑱ 師生：這裡指座師與門生的關係。

⑲ 文昌帝君：文昌，本指文曲星，道教神話中掌管功名祿籍的神。據說晉時四川人張亞子，死後成神，亦管功名，稱「梓潼帝君」，元代加封為「輔元開化文昌司祿宏仁帝君」，簡稱「文昌帝君」，兩者遂合二為一。

說汪藻起、鄭無同故事。詩云：

二十年前此弟兄，一般燈火一般紅。
憑將明遠⑳樓頭月，照彼麻衣侍至公。

當時仰鄰瞻因汪藻起停郵於此，人從喧鬧，暫歸家中。待到去後，方纔至寺，笑一聲道：「我家老座師將到臨安矣。不知可有福分，招得我這好門生。」到了晚間，點燈觀書。須臾，神思昏倦，便思起來散步。只見一座院宇，卻像閨閣一般，中有一少年女子，淡粧靚服，舉手對鄰瞻道：「妾與君子，忝辱比鄰。君攻書史，妾事女紅。但君子不曉得我閨房中針指，我卻曉得君子文案間翰墨。大抵禮別君臣，春秋辨夷夏。書首二典，終八誥；毛詩遵四始，分六義。周易上無論八卦中分出六十四卦，只要題冒中，守定三個古字作眼。此是通場舉子不能想到，須切記之。妾生在淮南，長遊東越。錢塘一滴水，永斷歸帆，蕭寺十年秋，全無魚腹。雖龍眠居士，荒蕪南北山頭；奈西土文王，未掩羽毛殘骼。儻先君有再返之魂，自當結草㉑；即賤妾有通靈之路，更勝銜環。」言之痛心，不覺淚下。方在悽慘之時，只見一青衣人報道：「老爺、老夫人從蘭溪下來，將次船到桐廬。」鄰瞻回頭一看，不覺驚醒，卻是南柯一夢。思想夢中之意，分明是西廊下棺中女子顯靈，只是其中意味，好生難解。詩云：

---

⑳ 明遠：樓名。科舉時代貢院中一般均建有明遠樓，供眺望巡察。

㉑ 結草：與下句的「銜環」均為報恩之意。結草之典出自左傳宣公十五年魏武子寵妾之父結草報恩事；銜環出自續齊諧志所載東漢楊寶所救黃雀銜環報恩之事。

一抔㉒方許安玄魄，三古先從夢裡傳。
始信積金輸積德，陰功端的可通天。

且說鄭無同領了汪藻起密語，未曾考試，先把一個省元㿍㉓在荷包裡。到得臨安，帝鄉風土，十分富貴。兼且名山勝水，天下所無。酒樓妓館，隨地皆是。無同意氣洋洋，迷戀花酒。今日遊湖，明日看潮，弄得形銷氣弱。家僮阻勸，反加打罵。有幾個同筆硯的朋友，見他淫縱無度，亦苦口規諫，也只是不聽。從來忠告善道，不可則止，自此再沒一人睬他，恣意放肆。及到臨場，以宿酒過虛，兼冒早寒，霎時頭疼身熱，霍亂吐瀉，百病攢身，口發譫語。嚇得家人們手忙腳亂，求神問卜，請醫購藥。眼見得不能入試了。挫過頭場，到二場三場，縱然身子健旺，也是無用。可惜汪座師二十年一點熱腸，不覺冰消瓦解。卻不知場中，倒有程文易義中連連下三個古字的人在那裡了。這方是：

狀元㿍在荷包裡，又被京師剪綹多㉔。

卻說仰鄰瞻得了西廊女鬼之夢，牢記於心。看看試期將近，也收拾書囊，至臨安候試。到二月初九，頭場有「地勢坤，君子以厚德載物」一易題。仰鄰瞻悟到夢中所言，周易上無論八卦中分出六十四卦，

㉒ 一抔：一捧，形容少。抔，音ㄆㄡˊ。

㉓ 㿍：「㿍」俗字，音ㄅㄧㄝ。

㉔ 狀元㿍在荷包裡二句：拿穩了能得狀元，卻被人偷去了。剪綹，扒竊；偷盜。明蔣一葵堯山堂外紀有云：「狀元必在荷包裡，爭奈京師剪綹多。」

只要題目中，守定三個古字作眼，乃直揮道：

> 陰數為一，偶也；陰性為坤，順也。以地道明坤義而首言元，以陽剛先陰順而繼言象。求其地類，而以行地之物當之，則牝馬之貞；求其陰不兼陽，而以減乾之半應之，則朋得西南之得。古伏羲以所畫之奇偶，俾之文王；古文王以元亨利貞所繫之詞為彖者，俾之周公；古周公以所繫詞斷吉凶者為爻，以足伏羲、文王之義。固知乾非坤德不彰，而厚德載物，此所以為地勢也。

汪藻起閱到此卷，見連用三古字為冒，通場未見，而文勢亦開爽簡勁，定然是鄭無同無疑，隨批上上卷，放於前列。及至臨期拆號一看，乃是富陽仰鄰瞻，並非高安鄭無同。汪藻起以為怪，此時各經房分考官，及大提調、內外監場官眾目咸在，一時改換不得。是科狀元，乃崑山衛涇。放榜之後，大宴瓊林。六街三市，爭看新進士遊街，喧填道路，挨擠不上。單單剩這個有關節無福分的鄭無同，獨在下處納悶，與別個下第不同。

瓊林宴罷，各進士除了公參，還有私謁。仰鄰瞻會過諸同年之後，獨自來拜見座師。汪藻起因這三個古字疑惑在心，便問道：「功名雖有定數，文義出自心胸。易義『地勢坤，君子以厚德載物』，只言坤義可也，何必並及乾卦？」鄰瞻道：「無乾不成坤，亦非支語。」藻起又道：「然則從古到今，並無兩個伏羲、文王、周公，但言伏羲、文王、周公可矣，何必迭用三個古字？我只要問這意思明白。」鄰瞻道：「曲終人不見，江上數峰青。錢起㉕之語，原出自夢中明得。門生三古字，正與相同。」因將富陽

㉕ 錢起：唐代詩人，大歷十才子之一。曾於月夜聽門外有人不斷吟誦「曲終人不見，江上數峰青」之句，後將

蕭寺夢中之事，述了一遍。藻起大是驚駭，方歎幽明異路，感通如此，無怪乎人間私語，天聞若雷也。方在聚話間，忽地人來報，高安下第秀才鄭無同要見。說聲未了，早已直走到廳上。一個是下第故人，一個是新中門生，鄉貫不同，炎涼各則。當時汪藻起只該三言兩語而散，不合停留聚話，惹出一場大是非來：

方知語是針和線，從頭釣出是非來。

此時汪藻起只因事體奇異，既歎仰鄰瞻得此奇夢，又怪鄭無同這等命窮，到手功名，卻被人平白取去。說便如此，也只該在自己心上轉個念頭罷了，又不合附著鄭無同耳上說如此如此。若是鄭無同是有意思的人，只合付之於命。他生性本來躁急，又遇著失意時，眼紅心熱，一聞此言，愈加肝經火旺，憤氣填胸，說道：「如此說來，老座師中了個夢鰍門生了。想必當初乃尊乃堂，在夢中交感，得了胎元。夢年夢月夢日夢時生下，即交夢運。生平又讀得好夢書，做得好夢文章、夢策論。如今中得好夢進士。他年直做到夢尚書、夢知制誥。日後夢致仕歸田，少不得黃粱一夢。夢中遊過了十八重地獄，這方是夢鰍結果。」仰鄰瞻聽得他胡言亂道，又好笑，又好惱。欲待抵對他幾句，又礙著座主面皮。想一想，只是我得時人，該讓失時人，佯作一笑而別。

其時汪藻起也怪鄭無同出言狂妄，無奈自己關防不密，歎一聲道：「惡人做不得，好人更做不得。」把個鄭無同冷淡了出去。鄭無同一發大恨道：「世情如此惡薄！有了得意門生，就怠慢下第故人。氣惱之用於進士考試中，並因之中式。

不過，偏要與這夢鰍歪廝纏弄他個不利市。」打聽得仰鄰瞻釋褐㉖之後，即告假歸家，無同也就趕到富陽。

鄰瞻衣錦還鄉，見過父母，就到報恩寺備起祭禮，至西廊下伊小姐柩前，祭奠過了。與聽虛和尚商量，即於寺傍，築起墳塋安葬，以報其德。選下吉日良時，請堪輿先生定方向，開金井，將小姐棺木舁㉗到墳前。鄰瞻身主葬事，暫服素衣，執紼引道。聽虛邀請僧眾，誦經度亡。鄭無同察聽著了，買起紙錢祭品，喫個半醉，嘻笑而來。恰好柩方入土。無同設下祭禮，焚起紙錢，又不禮拜，只哭一聲：「伊小姐，你何不扶持我鄭無同，三個古字，中了進士，情願替你題請欽賜諭葬，戴三年粗麻重孝。怎如今日這般冷淡？可惜你尋錯了人也！」說罷，又呵呵大笑。眾人認他是痴，卻又衣冠濟楚，認道是不痴，卻又言語不倫，正不知甚麼緣故。只有仰鄰瞻心裡明白，曉得故意來尋鬧。走過一邊，不去睬他。

鄭無同見沒人招架，便問道：「弔客遠來，如何不見陪賓的相接？今日何人主喪，何人為孝子，何人為義夫？」此時真正是讐人相見，分外眼睜。連仰鄰瞻沒了主意。聽虛只得上前問訊道：「尊相面善，可是向日與汪座主，在小房同飲酒的鄭相公麼？」鄭無同道：「然也。若沒汪座主，怎中得仰夢鰍。」聽虛道：「尊相出言，略少次序。」鄭無同道：「次序次序，我且與你比個拳勢。」言未了，擎拳望仰鄰瞻面上打去。聽虛向前攔住，說：「尊相此是何意？」鄭無同道：「我偏怪他主喪不掛孝。」聽虛道：「仰爺原無掛孝之理。」鄭無同道：「既無掛孝之理，便不該主喪。」聽虛道：「若如此，反覺尊相欠

㉖ 釋褐：指做官。釋，脫去。褐，布衣。脫去布衣，換上官服。科舉時代新進士及第後授官稱為釋褐。

㉗ 舁：音ㄩˊ，擡。

通了。這伊小姐的屍棺，十年暴露，無人收葬。仰爺在小房讀書，問知其故，發願若得成名，即便營葬。此不過是陰功善事，原不該著孝服。在先文王澤其枯骨，遇死屍就埋，那裡掛得許多孝？」鄭無同聽了這話，怒氣愈加，便罵道：「賊禿！誰要你攀今弔古，弄嘴掉舌，偏護夢鰍進士！」劈面一個巴掌，打得這和尚耳鳴眼暗。聽虛也怒從心起，說：「你是外方下第秀才，卻到這裡撒潑放肆，亂打平人！」隨手一把，就揪住鄭無同巾髮，放出少林幫襯，搭著大拳，當心便搥。

仰鄰瞻恐弄出事來，只得橫身解勸拆開，帶著笑對鄭無同道：「主喪的固不成禮，送葬的也覺多事。大家認一不合，何如？」無同本要來薦惱仰鄰瞻，不期反受了這場侮慢，自覺乏趣，整一整衣冠，大罵道：「禿賊！有了大幫手，敢欺負我下第舉子！難道輕輕放過你不成？若不弄你發配到遠惡軍州，我也不姓做鄭！」一頭說，搖搖擺擺大踏步而去。喚船隻，復到臨安。想著：「仰鄰瞻是個進士，別事也扳他不倒，就把科場關節，上他一疏。只是汪藻起一片美情，我自命薄，不能入場，如何反去連累他？」又想：「仰鄰瞻若不用三古得中，倒也罷了，偏是他偷了關節，公然登第，何等榮耀。我雖命窮，怎生氣得過！」又想：「這關節卻是鬼魂所傳，如何做得證據？」千思萬想，難以措詞。欲待歇手，又放不落聽虛和尚。尋思幾遍，恨一聲道：「欲加之罪，何患無詞！」就在燈下，喫了幾杯悶酒，磨起墨來，草上一疏，疏云：

> 陛下龍飛藩邸，先知稼穡之艱難；鑒照重瞳，更切文衡之鄭重。第春秋為腐爛朝報，科目非湊集俚言。竊有新科進士仰鄰瞻，幼稱偽學，長附明經。題本全牛，學疏半豹。支言累句，大玷賢書。

即其易冒中所云，古伏羲、古文王、古周公，有古是必有今。請求其對。假如陰有數、陰有性、陰有義，言陰復又言陽，何辨於題？況當皇上中興隆業，手定乾坤，離照當陽，正萬魅消亡之日。乃言旨出蕭寺女鬼，顯受臚唱之傳宣。陰瘞成祟之旅櫬，鑿破先陵，有傷國脈。兼信妖僧聽虛，左道邪術，結為死黨，妄談禍福。誣藝祖取國於小兒，致有陳橋之變；謗太宗傳疑於斧影，託身兀朮之災。上訕祖宗，下亂國是。關繫匪輕，臣何敢隱。

疏上，批下聖旨道：「據下第舉人鄭無同所奏，仰鄰瞻易義著禮部覈勘，文理有無穿鑿悖戾。及所鑿破山地，處屬何陵。妖僧所傳誣謗，有何實據。會同法司，嚴提諸犯及主文官，鞫審奏報。」當時本下法司，行文拘仰鄰瞻、鄭無同、聽虛和尚一干人到案。任你汪藻起是南省老座師，少不得青衣小帽，同在秋曹衙門丹墀跪下。問官一一詳審，鄭無同只將仰鄰瞻易義中辨，並不敢說到汪藻起富陽寺中私囑的言語。可知事無根據，辯端自多。審到聽虛和尚，聽虛將仰鄰瞻讀書時，鬼魂吟詩，發心許其葬埋，前後之事，從實細說一遍。其他妖惑誣謗等事，無影無蹤。所葬之地，又非先朝陵寢。鄭無同理虧詞遁，硬賴不過。問官已知虛詞誑奏，隨從實定了審詞。汪藻起終念無同昔年交誼，反與他極力周全。問官乃從輕擬罪。禮部已將易義評閱，並無有礙，即會稿合誼覆奏，疏云：

鄭無同以下第忮心，遷怨已雋之仰鄰瞻，此未入宮而妒，本理外之所無。其於易義三古字，文理通達無悖，何得借以發端？陰統於陽而本於乾，亦非題外生枝。以此言而指摘，則榜盡關吏議矣。又勘得鄰瞻讀書僧廡，偶見無主暴棺，許以進身為之窀窆㉘，亦善果也。不食其言，果於第後妥之，斯誠仁者之事，似於風俗有裨。乃誣人者執此為通報節目，尤可異也。果如無同之言，必起枯骨而質於庭，亦聖世法曹之所不及者。況昔呂蒙嘗於孫策之坐，夢伏羲、文王、周公，與論世祚興亡之事、日月貞明之道。以夢合夢，自古有之。富陽向無陵寢，鑿傷國脈，何人見之？先朝典故，金匱㉙未開，聽虛以乞食僧伽，何從見解？執以為論，誣妄可知。而乃敢以無根傳謗，聳動聖聽，下及主文臣汪藻起，因首訟庭。則無同欺罔朝廷、累辱大臣，罪奚逭哉！姑念不第負慚，小嫌致釁，流徙薄譴，警戒將來。聽虛以不平之憤，為鄰瞻助一臂力。菩提大戒，乃若此乎？亦宜杖儆。其汪藻起照舊供職，仰鄰瞻以次選用，庶善者勸而惡者懲，國法伸而群情服。未敢擅便，伏候聖裁。

聖旨一如所奏，鄭無同流徙邊方，汪藻起復為大理卿之官，聽虛納鍰贖杖。仰鄰瞻除授廬陵縣令，領了憑誥，回到家中，收拾起身。仰望老夫妻一生好善，得此兒子成名，心滿意足。又對鄰瞻道：「你今日科名，全虧伊小姐託夢。既葬其身，雖足報之，我還念他的父母，一家死在官所，如何無一些音信？想來十年前故官，靈柩定有著落。為今之計，你自同媳婦往廬陵上任，我便到溫州訪求。倘得其實，願與他家扶柩，歸之淮安，方盡我一生為善之念。」鄰瞻道：「兒子向來為此幾本毛頭書，拋撇了父母。今幸得一官，正奉侍任所，少盡子情，怎的反要食風宿水、跋涉遠道？況兒子忝中進士，做了縣令，已

㉘ 窀窆：營墓埋葬。窀，音ㄓㄨㄣ，墓穴。窆，音ㄅㄧㄢˇ，落葬。

㉙ 金匱：古代政府收藏圖書檔案的處所。

自有人使喚，只消差一役人前往，足辦此事。我與爹媽同到廬陵，卻不兩便？」仰望道：「恐使人未必盡心，還須親去。」

商量未決，恰好湊巧，有一淮安伊姓人，到報恩寺中尋問伊小姐之柩。原來淮安連歲水災旱荒，以致人民飄散。到此十年之後，田禾豐稔，百姓漸漸復業。那來是伊爾耕嫡親姪兒，名喚伊蒲。雖知叔父合家死於任所，彼時年幼饑荒，出門不得。今幸長成，勉強支吾盤費，一路直至東甌地方，訪問得叔嬸棺木，俱埋在西郭淺土。根尋的實，赴府縣告一紙，請故官屍柩還鄉。府縣官不勝樂助，中文上司，各各助喪，方得扶柩上道。轉到富陽，來載小姐棺木，故有此信。仰鄰瞻聞之大喜，便請伊蒲到家，敘其緣故，說道：「足下念叔父母遠棺，不憚勞苦，猶子比兒㉚，於今見之。寺中所停令姐之柩，暴露十年，學生有願埋葬，今已松楸成列矣。不揣欲將令叔父母靈柩同葬於此，弗特父子骨肉同住一處，即在兄長，完此一念，輕身回歸，可不又省多少盤費。」伊蒲聽說，磕頭拜下去道：「難得老先生這片好心。伏願壽享千秋，官居臺閣。」鄰瞻扶起，留入書房小飯。同到小姐墳上相視，果然松楸滿塋。即請起地理先生，開土砌壙。鄰瞻依舊白衣冠，躬身弔送。安葬已畢，伊蒲復到鄰瞻家中，請仰望老夫妻出來拜見。又留住了一日，作別而去。仰望遂了所願，不勝喜歡。

那時鄰瞻奉著父母妻子，前往江西到任。從此政簡刑清，一廉如水。各上司薦舉，擢為御史之職。一路官星高照，直做到樞密使。生有二子，俱弱冠登科。鄰瞻致政歸鄉，仰望夫婦，各百歲上壽，無疾而逝。方信自來作善作惡，必有報應，只是來早來遲，到頭方見。奉勸作惡的，不要使過念頭；作善的，

㉚ 猶子比兒：姪子就像自己的兒子一樣。

不要錯過善因。須知頭項上這個大盤盤，真算得滴水不漏，各宜猛省。後人聞此故事，曾題一詩勸世。詩云：

富陽蕭寺晚煙中，記得當年到梵宮。
子夜青燈憐白骨，千秋黃土蓋殘紅。
用情易義傳三古，屬耳垣牆別一通。
只此善根叨甲第，卻教羞殺鄭無同。

第八卷　貪婪漢六院賣風流

志士不敢道，貯之成禍胎。
小人無事藝，假爾作梯媒。
解釋愁腸結，能分睡眼開。
朱門狼虎性，一半逐君回。

這首詩，乃羅隱❶秀才詠孔方兄之作。末聯專指著坐公堂的官人而言，說任你兇如狼虎，若孔方兄到了面前，便可回得他的怒氣，博得他的喜顏，解禍脫罪，薦植噓揚，無不應效。所以貪酷之輩，塗面喪心，高張虐燄，使人懼怕，然後恣其攫取。遭之者無不魚爛，觸之者無不虀粉。此乃古今通病，上下皆然。你也笑不得我，我也說不得你。間有廉潔自好之人，反為眾忌。不說是飾情矯行，定指是釣譽沽名。群口擠排，每每是非顛倒，沈淪不顯。故俗諺說：「大官不要錢，不如早歸田；小官不索錢，兒女無姻緣。」可見貪婪的落得富貴，清廉的枉受貧窮。因有這些榜樣，所以見了錢財，性命不顧。總然被人嘲笑鄙薄，也略無慚色。笑罵由他笑罵，好官我自為之，這兩句便是行實。

❶ 羅隱：晚唐詩人。字昭諫，杭州新城（今浙江省富陽市西）人。所引這首詩見羅昭諫集卷二。

然雖如此，財乃養命之源，原不可少。若一味橫著腸子，嚼骨吸髓，果然不可；若如古時范史雲❷，曾官萊蕪令，甘自受著塵甑釜魚，又如任彥升❸，位至侍中，身死之日，其子即衣不蔽體，這又覺得太苦。依在下所見，也不禁人貪，只是取之有道，莫要喪了廉恥；也不禁人酷，只是打之有方，莫要傷了天理。書上說：「放於利而行」，這是不貪的好話；「愛人者，人恆愛之」，這是不酷的好話。又道是：「留有餘不盡之財，以還造化；留有餘不盡之福，以還子孫。」先聖先賢，那一個不勸人為善，那一個不勸人行些方便？但好笑世間識得行不得的毛病，偏坐在上一等人。任你說得舌敝脣穿，也只當做飄風過耳。若不是花報分明，這使一帆風的正好望前奔去，如何得個轉頭日子。在下如今把一端貪財的故事，試說一回，也儘可喚醒迷人。詩云：

財帛人人所愛，風流個個相貪。
只是勾銷廉恥，千秋笑柄難言。

話說宋時一個官人，姓吾名愛陶，本貫西和人氏。愛陶原名愛鼎，因見了陶朱公致富奇書，心中喜悅，自道：「陶朱公即是范蠡，當年輔越滅吳，功成名就，載著西子，扁舟五湖，更名陶朱公，經營貨殖，復為富人，此乃古今來第一流人物。我的才學智術，頗頗與他相彷，後日功名成就，也學他風流瀟灑，做個陶朱公的事業，有何不可？」因此，遂改名愛陶。這西和在古雍州界內，天文井鬼分野，本西

❷ 范史雲：東漢時人，名范冉（冉或作丹），字史雲。他的事跡，見後漢書獨行列傳。
❸ 任彥升：南朝梁人，名昉，字彥升，文學家，仕宋、齊、梁三代。事見梁書任昉傳。

羌地面。秦時屬臨洮，魏改為岷州，至宋又改名西和。真正山川險阻，西陲要害之地。古詩說：「山東宰相山西將。」這西和果是人文稀少，惟有吾愛陶，從小出人頭地，讀書過目不忘。見了人的東西，卻也過目不忘，不起法到手不止。自幼在書館中，墨頭紙角，取得一些也是好的。及至自己東西，卻又分毫不捨得與人。更兼秉性又狠又躁，同窗中一言不合，怒氣相加，揪髮扯胸，揮磚擲瓦，不占得一分便宜，不肯罷休。這是胞胎中帶來凶惡、貪鄙的心性，便是天也奈何他不得。

吾愛陶出身之地，名曰九家村。村中只有九姓人家，因此取名。這九姓人丁甚眾，從來不曾出一個秀才。到吾愛陶，破天荒做了此村的開山秀才，不久又補廩食糧。這邊方去處，沒甚科目，做了一個秀才，分明似狀元及第，好不放肆。在閭里間，兜攬公事，武斷鄉曲。理上取不得的財，他偏生要取；理上做不得的事，他偏生要做。合村大受其害，卻又無處訴苦。

吾愛陶自恃文才，聯科及第分明似甕中取鱉。那知他在西和便推為第一，若論關西，各郡縣的高才，正不知有多多少少，卻又數他不著了。所以一連走過十數科，這領藍衫還辭他不得。這九家村中人，每逢吾愛陶鄉試入場之時，都到土穀祠城隍廟文昌帝君座前祝告，只求他榜上無名。到掛榜之後，不見報錄人到村中，大家歡喜，各自就近湊出分金，買豬頭三牲，拜謝神道。

吾愛陶不能得中，把這股英銳之氣銷磨盡了，那時只巴本分歲貢❹前程，也當春風一度。他自髫年

❹ 歲貢：明清時代，每數年從廩生（享受國家錢糧資助的秀才）中挑選若干名學行俱優者貢入太學（國子監），稱為歲貢。和第六卷中吳公佐獲得的舉貢一樣，都是「五貢」之一，經過考選即可擔任下層官職（主要是教官或州縣佐貳官）。

入泮，直至五十之外，方纔得貢，出了學門。府縣俱送旗扁，門庭好生熱鬧。吾愛陶便闔門增色，村中人卻個個不喜，唯恐他來騷擾。吾愛陶倒也公道，將滿村大小人家，分為上中下三等，編成簿籍，遍投名帖，使人傳話道：「一則僥倖貢舉，拜一拜鄉黨。二則上京，缺少盤纏，每家要借些銀兩，等待做官時加利奉還。有不願者，可於簿上注一『不與』二字。」村農怕事，只要買靜求安，那個敢與他作梗，大家小戶都來餽送。內中或有等秤輕重，銀色高低不一，盡要補足。

吾愛陶先在鄉里中白採了一大注銀子，意氣揚揚，帶了僕人，進京廷試。將縉紳便覽細細一查，凡關中人現任京官的，不論爵位大小，俱寫個「眷門生」的帖兒拜謁，要求薦揚看覷，希冀廷試拔在前列。從來人心不同，有等怪人奔競，又有等愛人奉承。吾愛陶廣種薄收，少不得撞著幾個要愛名譽收門生的相知，互相推引。廷試果然高等，得授江淛儒學訓導。做了年餘，適值開科取士，吾愛陶遂應善治財賦公私俱便科，中式，改官荊湖路條例司監稅提舉。前去赴任，一面迎取家小。原來他的正室無出，有個通房，生育兒女兩人，兒子取名吾省，年已十歲，女兒纔只八歲。

這提舉衙門駐扎荊州城外，吾愛陶三朝行香後，便自己起草，寫下一通告示，張掛衙前。其示云：

本司生長西陲，偶因承乏，分榷重地。蝨負之恥，固切於心。但職司國課，其所以不遺尺寸者，亦將以盡瘁，濟其成法，不得不與商民更新之。況律之所在，既設大意，不論人情。貨之所在，既覈尋丈，安棄錙銖？除不繇官路，私自偷闢者，將一半入官外，其餘凡屬船載步擔，大小等貨，盡行報官，從十抽一。如有不奉明示者，列單議罰。特示。

出了這張告示，又喚各舖家吩咐道：「自來關津，弊竇最多，本司盡皆曉得。你們各要小心奉公，不許與客商通同隱匿，以多報少，欺罔官府。若察訪出來，定當盡法處治。」那舖家見了這張告示，又聽了這番說話，知道是個苛刻生事的官府，果然不敢作弊。凡客商投單，從實看報，還要覆看查點。若遇大貨商人，吹毛求疵，尋出事端，額外加罰。納下稅銀，每日送入私衙，逐封親自驗拆，絲毫沒得零落。舊例，吏書門皂，都有賞賜，一概革除，連工食也不肯給發。又想各處河港，空船多從此轉關，必有遺漏，乃將河港口橋梁盡行塞斷，皆要打從關前經過。

一日，早堂放關，見幾隻小豬船，隨著眾貨船過去，吾愛陶喝道：「這是漏稅的，拏過來！」舖家稟說：「販小豬的，原不起稅。」吾愛陶道：「胡說！若俱如此不起稅，國課何來？」販豬的再三稟稱：「此是舊例蠲免，衙前立碑可據，請老爺查看，便知明白。」吾愛陶道：「我今新例倒不作準，看甚麼舊碑。」吩咐每豬十口抽一口，送入公衙，恃頑者倍罰。販豬的無可奈何，忍氣吞聲，照數輸納。

剛剛放過小豬船，背後一隻小船搖將過來。吾愛陶教閘官看是何船，閘官看了一看，稟覆：「是本地民船。船中止有兩個婦女，幾盒禮物，並無別貨。」吾愛陶道：「婦女便與貨物相同，如何不投稅？」舖家稟道：「自來人載船，沒有此例。」吾愛陶道：「小豬船也抽分了，如何人載船不納稅？難道人倒不如畜生麼？況且四處掠販人口的甚多，本司勢不能細細覺察。自今人載船，不論男女，每人要納銀五分；十五歲以下小厮丫頭，止納三分。凡近地鄉農，裝載米穀豆麥，不論還租、完糧，盡要報稅。其餘販賣雞、鵝、魚、鮮果品、小菜，併山柴、稻草之類，俱十抽其一。市中肩擔步荷諸色食物、牲畜者，悉如此例。過往人有行李的，除夾帶貨物，不先報稅，搜出，一半入官外，餘無貨者，每人亦納銀五分。

衙役鋪家，或有容隱，訪出重責三十，枷號一月，仍倍罰抵補。」

這個主意一出，遠近喧傳，無不駭異。做買做賣的，那一個不叫苦連天。有幾位老鄉紳，見其行事可笑，齊來教訓他幾句，說：「抽分自有舊制，不宜率意增改。倘商民傳之四方，有駭觀聽。這還猶可，若聞之京師，恐在老先生亦有妨礙。」吾愛陶聽罷，打一躬道：「承教了，領命。」及至送別後，卻笑道：「一個做官，一個立法，論甚麼舊制新例。況鄉紳也管不得地方官之事。」為此愈加苛刻，弗論鄉宦舉監生員船隻過往，除卻當今要緊人，餘外都一例施行。任你送名帖討關，全然不睬；親自請見，也不相接。便是罵他幾句，也只當不聽見。氣得鄉紳們奈何他不得，只把肚子揉一揉罷了。

一日，正出衙門放關，見鄉里人擔著一挑水草，教皂役喚過來問道：「這水草一挑有多少斤數，可曾投稅？」鄉里人稟說：「水草是豬料，自來無稅。」吾愛陶道：「同是物料，怎地無稅？」即喚鋪家將秤來，每一百斤抽十斤，送入衙中餵豬。一日，坐在堂上，望見一人背著木桶過去，只道是挑紬帛箱子的，急叫拿進來看時，乃是討齋飯的道人，背著一隻齋飯桶。也教十碗中抽一碗，送私衙與小廝們做點心。便是打漁的網船經過，少不得也要抽些蝦魚鰍鱔來嗄飯案酒。只有乞丐討來的渾酒渾漿殘羹剩飯，不好抽分來受用。真個算及秋毫，點水不漏。

外邊商民，水陸兩道，已算無遺利，那時卻算到本衙門。鋪家及書役人等，積年盤踞，俱做下上萬家事。思量此皆侵蝕國課，落得取些受用。先從吏書，搜索過失，杖責監禁，或拶夾枷號。這班人平昔錦衣玉食，嬌養得嫩森森的皮肉，如何喫得恁般痛苦。曉得本官專為孔方兄上起見，急送金銀買命。若不滿意，也還不饒。不但在監稅衙門討衣飯的不能脫白，便是附近居民，在本司稍有干涉的，也都不免。

為此地方上將吾愛陶改做吾愛錢，又喚做吾剝皮。又有好事的，投下匿名帖，要聚集商民，放火驅逐。吾愛陶知得，心中有幾分害怕，一面察訪倡首之人，一面召募幾十名士兵防護，每名日與工食五分。這工食原不出自己財，凡商人投稅驗放，少不得給單執照，吾愛陶將這單發與士兵，看單上貨稅多寡，要發單錢若干，以抵工食。那班人執了這個把柄，勒詐商人，滿意方休。合分司的役從，只有這士兵沾其恩惠，做了吾愛陶的心腹耳目，在地方上生事害民。沒造化的，撞著吾愛陶，勝過遭瘟遭劫，怨聲載道，傳遍四方。江湖上客商賭誓便說：「若有欺心，必然遭遇吾剝皮。」發這個誓願，分明比說天雷殛死、翻江落海一般重大，好不怕人子。但路當衝要，貨物出入川湖的，定繇此經過，沒處躲閃，只得要受他的荼毒。詩云：

竭澤焚山刮地搜，喪心蒙面不知羞。
肥家利己銷元氣，流毒蒼生是此儔。

卻說有個徽州姓汪的富商，在蘇杭收買了幾千金綾羅紬緞，前往川中去貨賣。來到荊州，如例納稅。那班民壯見貨物盛多，要汪商發單銀十兩。從來做客的，一個錢也要算計，只有鈔稅，是朝廷設立，沒奈何忍痛輸納，聽說要甚發單銀十兩，分明要他性命，如何肯出，說道：「莫說我做客老了，便是近日從北新、滸墅各稅司經過，也從無此例。」眾民壯道：「這是我家老爺的新例。除非不過關便罷，若要過關，少一毫也不放。」傍邊一個客人道：「若說滸墅新任提舉比著此處，真個天差地遠。前日有個客人，一隻小船，裝了些布疋，一時貪小，不去投稅，徑從張家橋轉關。被這班喫白食的光棍上船搜出，一窩蜂趕來，打的打，搶的搶，頃刻搬個罄空。連身上衣服，也剝個乾淨。那客人情急了，叫苦叫冤，要死要活。何期提舉在郡中拜客回來，座船正打從橋邊經過，聽見叫冤，差人拿進衙門審問，道：『小船偷過港門，雖所載有限，但漏稅也該責罰。』將客人打了十五個板子，向眾光棍說：『既然捉獲有據，如何不稟官懲治？私自打搶，其罪甚於漏稅，一概五十個大毛板，大枷枷號三月。』又號對客人說：『做客商的，怎不知法度，自取罪戾？姑念貨物不多，既已受責，盡行追還，此後再不可如此行險僥倖了。』這樣好話，分明父母教訓子孫，何等仁慈。為此客商們那一個不稱頌他廉明仁恕。若在此處犯出，少不得打個臭死。剩還你性命，便是造化了。」

傍邊客商們聽見，齊道：「果然果然。正是若無高山，怎顯平地。」那班土兵睜起眼，向說的道：「據你恁般比方，我家爺是不好的了？」那客人自悔失言，也不答應，轉身急走，脫了是非。汪商合該晦氣，接口道：「常言『鐘在寺裡聲在外邊』，又道『路上行人口是碑』，好歹少不得有人傳說，如何禁得人的口嘴。」這話一發激惱了土兵，劈臉就打罵道：「賊蠻，發單錢又不兌出來，放甚麼冷屁！」汪商是大本錢的富翁，從不曾受這般恥辱，一時怒起，也罵道：「砍頭的奴才！我正項稅銀已完，如何又勒住照單，索詐錢財，反又打人，有這樣沒天理的事？罷罷！我拚這幾兩本錢，與你做一場。」回身便走，欲待奔向船去，那土兵揪轉來，又是兩拳，罵道：「蠻囚！你罵那個？且見我們爺去。」汪商叫喊地方救命，眾人見是土兵行兇，誰敢近前，被這班人拖入衙門。

吾愛陶方出堂放關，眾人跪倒，稟說：「汪商船中貨物甚多，所報尚有隱匿。且又指稱老爺新例苛刻，百般詈罵。」吾愛陶聞言，拍案大怒道：「有這等事！快發他的貨物起來查驗。」汪商再三稟說勒掯打罵情繇，誰來聽你。須臾間，貨物盡都擡到堂上，逐一驗看。不道果然少報了兩箱。吾愛陶喝教拏下，打了五十毛板，連原報舖家，也打二十板。打罷，吾愛陶道：「漏稅例該一半入官。」教左右取剪子來分取。從來入官貨物，每十件官取五件，這叫做一半入官。吾愛陶新例，不論綾羅綢緞布疋羢褐，每疋平分，半疋入官，半疋歸商。可惜幾千金貨物，盡都剪破，縱然織錦迴文，也只當做半片殘霞。

汪商扶痛而出，始初恨，後來付之一笑，歎口氣道：「罷罷，天成天敗，時也運也，命也數也！」遂將此一半殘紬破緞，就堆在衙門前，買幾擔稻草，周迴圍住，放上一把火，燒得煙塵飛起，火燄沖天。此時吾愛陶已是退堂，只道衙門前失火，急忙升堂。知得是汪商將殘貨燒燬，氣得怒髮衝冠，說道：「這廝故意羞辱洒家麼！」即差士兵快些拏來。一面吩咐地方，撲滅了火，燒不盡的紬緞，任憑取去。眾人貪著小利，頃刻間，大桶小杓，擔著水，潑得煙銷火熄。吾愛陶又喚地方吩咐眾人不許亂取，可送入堂上，親自分給。這句話傳出來時，那燼餘之物已搶乾淨。及去擒拏汪商，那知他放了火，即便登舟，復回舊路，順風揚帆，向著下流直溜，也不知去多少路了。差人稟復，吾愛陶反覺沒趣，恨恨而退。當時汪商若肯喫虧這十兩銀子，何至斷送了萬金貨物，豈非為小失大。所以說：

喫一分虧無量福，失便宜處是便宜。

其時有個王大郎，所居與稅課衙門只隔一垣，以殺豬造酒為業，家事富饒。生有二子，長子招兒，年十七歲，次子留兒，十三歲。家人伴當三四人，一家安居樂業。只是王大郎秉性粗直剛暴，出言無忌。地方鄰里親戚間，怪他的多，喜他的少。當日看見汪商之事，懷抱不平，趁口說道：「我若遇此屈事，那裡忍得過。只消一把快刀，搠他幾個窟窿。」這話何期又被土兵們聽聞。也是合當有事，王大郎適與兒子定親，請著親戚們喫喜酒，夜深未散，不想有個摸黑的小人，閃入屋裡，卻下不得手，便從空處打個壁洞，鑽過分司衙門，撬開門戶，直入臥室。吾愛陶朦朧中聽得開箱籠之聲，一時驚覺，叫聲：「不好了，有賊在此！」其時只為錢財，那顧性命，精赤的跳下床捉賊。夫人在後房，也驚醒了，呼叫家人起來。吾愛陶追賊出房，見門戶盡開，口中大叫：「小廝，快來拏賊！」這賊被趕得急，掣轉身，挺刀就刺。吾愛陶命不當死，恰像看見的，將身望後一仰，那刀尖已鬥著額角，削去了一片皮肉，便不敢近前。一時家人們點起燈燭火把齊到。四面追尋，原來從間壁打洞過來的。急出堂，問了王大郎姓名，差土兵到其家拏賊。

這王大郎合家剛剛睡臥，雖聞分司喊叫捉賊，卻不知在自家屋裡過去的，為此不管他閒帳。直到土兵敲門，方纔起身開進。前前後後搜尋，並不見賊的影子。土兵回報說：「王大郎家門戶不開，賊卻不見。」吾愛陶道：「門戶既閉，賊卻從那裡去？」便疑心即是此人，就教喚王大郎來見。在燭光下仔細一認，彷彿與適來賊人相似，問道：「你家門戶未開，如何賊卻不見了，這是怎麼說？」王大郎稟道：「今日小人家裡有些事體，夜深方睡。及至老爺差人來尋賊，纔知從小人家裡掘入衙中。賊之去來，卻不曉得。」吾愛陶道：「賊從你家來去，門戶不開，怎說不曉得？所偷東西還是小事，但持刀搠傷本司，其意不良，所關非小。這賊須要在你身上捕還。」王大郎道：「小人那裡去追尋，還是老爺著捕人挨緝。」吾愛陶道：「胡說！出入繇你家中，尚推不知，教捕人何處挨緝？」吩咐土兵押著，在他身上要人。

原來那賊，當時心慌意急，錯走入後園，見一株大銀杏樹綠陰稠密，狠命爬上去，直到樹頂，縮做一堆，分明像個鵲巢。家人執火到處搜尋，但只照下，卻不照上，為此尋他不著。等到兩邊搜索已過，然後下樹，仍鑽過王家。其時王大郎已被拏去，前後門戶洞開，悄悄的溜出大門，所以不知賊的來蹤去跡，反害了王大郎一家性命。正是：

神龜烹不爛，貽禍到枯桑。

吾愛陶查點了所失銀物，寫下一單，清晨出衙，喚地方人，問王大郎有甚家事，平日所為若何，家中還有何人。地方人回說：「有千金家私。做人雖則強梗，原守本分。有二子，年紀尚小。家人倒有三四個。」吾愛陶聞說家事富饒，就動了貪心，乃道：「看他不是個良善之人，大有可疑。」隨喚土兵，問可曾獲賊。那知這班土兵，曉得王大郎是個小財主，要賺他錢鈔。王大郎從來臭硬，又自道於心無愧，一文錢一滴酒也不肯破慳。眾人心中懷恨，想起前日為汪商的事，他曾有「只消一把快刀搠幾個窟窿」的話，如今本官被傷額上，正與其言相合，不是他做賊是誰？為此竟帶入衙裡，將前情稟知。

王大郎這兩句話，眾耳共聞，卻賴不得，雖然有口難辨。吾愛陶聽了，正是火上添油，更無疑惑，大叫道：「我道門又不開，賊從何處去，自然就是他了。且問你，我在此又不曾難為地方百姓，有甚冤讎，你卻來行刺？」王大郎高聲稱冤訴辨，那裡作准，只叫做賊、行刺兩款，但憑認那一件罪，喝教夾起來。皂役一聲答應，向前拖翻，套上夾棍，兩邊儘力一收，王大郎便昏了去。皂隸一把頭髮揪起，漸漸醒轉。吾愛陶道：「贓物藏在何處？快些招來！」王大郎睜圓雙眼，叫道：「你誣陷平人做賊，招甚麼！」吾愛陶愈怒，罵道：「賊奴恁般狠，我便饒你不成？」喝教敲一百榔頭。皂隸一五一十打罷，又問：「如今可招？」王大郎嚷道：「就夾死，也決不屈招！」吾愛陶道：「你這賊子，熬得刑起，不肯招麼？」教且放了夾棍，喚土兵吩咐道：「我想贓物必還在家，可押他去跟同搜捕。」又回顧吏書，討過一冊白簿，十數張封皮，交與土兵，說：「他家中所有，不論粗重什物，錢財細軟，一一明白登記封好。雖一絲一粟，不許擅動。並帶他妻兒家人來見。」王大郎兩腳已是夾傷，身不由主，土兵扶將出去。

兒子家人，都在衙前，接著背至家裡，合門叫冤叫屈。土兵將前後門鎖起，從內至外，掀天揭地倒籠翻箱的搜尋。便是老鼠洞、糞坑中、豬圈裡，沒一處不到，並無贓物，止把他家中所有，盡數點驗登簿。封鎖停當，一條索子，將王大郎，妻子楊氏，長子招兒，並三個家人，一個酒大工，一個幫做生意姓王的夥計，盡都縛去。只空了一個丫頭，兩個家人婦。次子留兒，因去尋親戚商量，先不在家，亦得脫免。此時天已抵暮，吾愛陶晚衙未退，堂上堂下，燈燭火把，照耀如同白日。土兵帶一干人進見，回覆說：「贓物搜尋不出。」將簿子呈上。吾愛陶揭開一看，所載財帛衣飾、器皿酒米之類甚多，說道：「他不過是個屠戶，怎有許多東西？必是大盜窩家。」將簿子閣過，喚楊氏等問道：「你丈夫盜我的銀物，藏在何處？快些招了，免受刑苦。」王氏等齊聲俱稱：「並不曾做賊，那得有贓？」吾愛陶道：「如此說來，倒是圖賴你了？」喝教將楊氏拶起。王大郎父子家人等，一齊盡上夾棍。夾的夾，拶的拶，號冤痛楚之聲，震徹內外，好不悽慘。招兒和家人們都苦痛不過，隨口亂指。寄在鄰家的，藏在親戚家的，說著那處，便押去起贓。可憐將幾家良善平民，都掃乾淨，那裡有甚贓物。

嚴刑拷問了幾日，終無著落。王大郎已知不免一死，大聲喊叫道：「吾愛陶！你在此虐害商民也無數了，今日又誣陷殺我一家。我生前決爭你不過，少不得到陰司裡，和你辯論是非！」吾愛陶大怒，拍案道：「賊子！你竊入公衙，盜了東西，又刺我一刀，反說誣陷，要到陰司對證。難道陰司條律，許容你做賊殺人的麼？你且在陽世裡，招了贓物，然後送你到陰司頌冤。」喚土兵吩咐道：「我曉得賊骨頭不怕夾拶，你明日到府中喚幾名積年老捕盜來，他們自有猴猻獻果、驢兒拔橛，許多吊法，務要究出真贓，好定他的罪名。」這纔是：

前生結下此生冤，今世追償宿世債。

這捕人乃森羅殿前的追命鬼，心腸比鋼鐵還硬。奉了這個差使，將八個人帶到空閒公所，分做四處吊拷，看所招相同的便是實情。王大郎夫妻在一處，招兒、王夥計在一處，三個家人和酒大工又分做兩處。大凡捕人綳吊盜賊，初上吊即招，到還落得便宜。若不招時，從上至下，遍身這一頓棍棒，打得好不苦憐。任你銅筋鐵骨的漢子，到此也打做一個糍粑。所以無辜冤屈的人，不肯招承，往往送了性命。當下招兒，連日已被夾傷，怎還經得起這般毒打，一口氣收不來，卻便寂然無聲。捕人連忙放下，叫喚不醒了，飛至衙門，傳梆報知。吾愛陶發出一幅硃單，道：

王招兒雖死，眾犯還著嚴拷，毋得借此玩法取罪。特諭。

捕人接這單看了，將各般吊法逐件施行。王大郎任憑吊打，只是叫著吾愛陶名字，罵不絕口。捕人雖明白是冤枉，怎奈官府主意，不得不如此。惟念楊氏是女人，略略用情，其外一毫不敢放鬆。

到第二日夜間，三個家人，並王夥計、酒大工，五命齊休。這些事，不待捕人去稟，自有土兵察聽傳報。吾愛陶曉得王大郎詈罵，一發切齒痛恨。第三日出堂，喚捕人吩咐道：「可曉得麼，王大郎今日已不在陽世了，你們好與我用情。」捕人答應曉得，來對王大郎道：「大郎，你須緊記著，明年今日今時，是你的死忌。此乃上命遣差，莫怨我們。」王大郎道：「咳，我自去尋吾愛陶，怎怨著列位？總是要死的了，勞你們快些罷。」又叫聲道：「娘子，我今去了，你須掙扎著。」楊氏聽見，放聲號哭，說：「大郎，此乃前世冤業，我少不得即刻也來了。」王大郎又叫道：「招兒招兒，不能見你一面，未知可留得性命，只怕在黃泉相會是大分了。」想到此，不覺落下幾點眼淚。捕人道：「大郎，好教你知得，令郎前晚先在前路相候。尊使五個人，昨夜也趕上去了。你只管放心，和他們作伴同行。」王大郎聽見兒子和眾人俱先死了，一時眼內血淚泉湧，咽喉氣塞，強要吐半個字也不能。眾人急忙下手，將繩子套在頸項，緊緊扣住，須臾了帳。可憐三日之間，無辜七命，死得不如狗彘：

曾聞暴政同於虎，不道嚴刑卻為錢。
三日無辜傷七命，游魂何處愬奇冤。

當下捕人即去稟說：「王大郎已死。」吾愛陶道：「果然死了？」捕人道：「實是死了。」吾愛陶喚過土兵道：「可將這賊埋於關南，他兒子埋於關北，使他在陰司也父南子北。這五個屍首，總埋在五里之外，也教他不相望見。」土兵稟說：「王大郎自有家財，可要買具棺木？」吾愛陶道：「此等兇賊，不把來餵豬狗足矣，那許他棺木！」又向捕人道：「那婆娘，還須用心吊拷，必要贓物著落。」捕人道：「這婦人還宜從容緩處。」吾愛陶道：「盜情如何緩得？」捕人道：「他一家男子，三日俱死，若再嚴追，這婦人倘亦有不測，上司聞之，恐或不便。」吾愛陶道：「他來盜竊國課，行刺職官，難道不要究治的？就上司知得何妨。」捕人道：「老爺自然無妨，只道小人們有甚緣故，這卻當不起。」吾愛陶怒道：「我曉得捕人都與盜賊相通，今不肯追問這婦人，必定知情，所以推托。」喝教將捕人羈禁，帶楊氏審問，待究出真情，一并治罪。把楊氏重又拶起，擊送千餘，手指盡斷，只是不招。

吾愛陶又喚過土兵道：「我料這贓物還藏在家，只是你們不肯用心，待我親自去搜，必有分曉。」即出衙門，至王大郎家來。此時兩個家人婦和丫頭，看守家裡，聞知丈夫已死，正當啼啼哭哭。忽聽見官府親來起贓，嚇得開後門逃避。吾愛陶帶了土兵，喚起地方人，同入其家，又復前前後後搜尋。尋至一間屋中，見停著七口棺木，便教土兵打開來。土兵稟說：「這棺木久了，前已驗過，不消開看。」吾愛陶道：「你們那裡曉得，從來盜賊，把東西藏棺木中，使人不疑。他家本是大盜窩主，歷年打劫的財物，必藏在內。不然，豈有好人家停下許多棺木？」地方人稟說：「這棺木，乃是王大郎父祖、伯叔兩代并結髮妻子，所以共有七口。因他平日慳吝，不捨得銀錢殯葬，以致久停在家，人所共知，其中決無贓物。」吾愛陶不信，必要開看。地方鄰里苦苦哀求，方纔止了。搜索一番，依然無跡。吾愛陶立在堂中，說道：「這賊子，你便善藏，我今也有善處。」吩咐土兵，把封下的箱籠點驗明白，盡發去附庫。又喚各鋪家將酒米牲畜家伙之類，分領前去變賣，限三日內，易銀上庫登冊。待等追出楊氏真贓，然後一並給還。又道：「這房子逼近私衙，藏奸聚盜，後日尚有可虞。著地方將棺木即刻發去荒郊野地，此屋改為營房，與土兵居住，防護衙門。」處置停當，仍帶楊氏去研審，又問他次子潛躲何處，要去拘拏，此是他斬草除根之計。

可憐王大郎，好端端一個家業，遇著官府作對，幾日間弄得瓦解冰消，全家破滅，豈不是宿世冤讐？商民聞見者，個個憤恨。一時遠近傳播，鄉紳盡皆不平，向府縣上司，為之稱枉。有制置使行文與吾愛陶，說：「罪人不孥，一家既死七人，已盡厥辜，其妻理宜釋放。」吾愛陶察聽得公論風聲不好，只得將楊氏並捕人俱責令召保。楊氏尋見了小兒子，親戚們商量說：「如今上司盡知冤枉，何不去告理報讐。」即便刻起冤揭，遍送向各衙門投詞頌冤。適值新巡按鐵御史案臨，察訪得吾愛陶在任貪酷無比，殺王大郎一家七命，委實冤枉，乃上疏奏聞朝廷。其疏云：

臣聞理財之任，上不病國，下不病商，斯為稱職。迺有吾愛陶者，典榷上游，分司重地，不思體恤黎元，養培國脈，擅敢變亂舊章，稅及行人，專為刑虐，惟務貪婪。是以商民交怨，男婦興嗟。吸髓之謠，久著於漢江；剝皮之號，已聞諸輦轂。昔劉晏、桑弘羊，利盡錙銖，而未嘗病國病民，後世猶譏其聚斂。今愛陶與商民作讐，為國家斂怨，其罪當如何哉！尤可異者，誣良民為盜，捏烏有為贓。不踰三日，立殺七人。擲遺骸於水濱，棄停櫬於郊野。奪其室以居爪牙，攫其貲以歸囊橐。冤鬼晝號，幽魂夜泣。行路傷心，神人共憤。夫官守各有職業，不容紊亂。商稅榷曹之任，獄訟有司之事。即使盜情果確，亦當歸之執法。而乃酷刑肆虐，致使闔門殞斃，天理何在，國法奚存！臣銜恩巡方，職在袪除殘暴，申理枉屈。目擊奇冤，寧能忍默？謹因實奏聞，伏乞將吾愛陶下諸法司，按其穢濫之跡，究其虐殺之狀，正以三尺，肆諸兩觀。庶國法申而民冤亦申，刑獄平而王道亦平矣。

聖旨批下所司，著確查究治。吾愛陶聞知這個消息，好生著忙。自料立腳不住，先差人回家，葺理房屋，一面也修個辨疏上奏。多賚金銀到京，托相知官員尋門路挽回。其疏云：

臣謬以樗材，濫司榷務。固知蝨負難勝，奚敢鼴飲自飽。蒞任以來，矢心天日，冰蘗寧甘，雖尺寸未嘗少逾。以故商旅稱為平衡，地方亦不以為不肖。而忌者反指臣為貪為酷，揑以吸髓之謠，加以剝皮之號。無風而波，同於夢囈，豈不冤乎？猶未已也，乃借盜竊之事，砌情臚列，中以危法，是何心哉？當盜入臣署攫金，覺而逐之，遂投刃以刺，幸中臣額，乃得不死。及追賊蹤，潛穴署左。執付捕役，懼罪自盡。窮究黨與，法所宜然。此而不治，是謂失刑。而忌者乃指臣為酷刑肆虐，不亦謬乎？豈必欲盜殺臣而盡劫國課，始以為快歟？夫地方有盜，而有司不能問，反責臣執盜而不與，抑何倒行逆施之若是也！雖然，臣不敢言也，不敢辨也。何則？誠不敢更攖忌者之怒也。惟皇上憫臣孤危孑立，早賜罷黜，以塞忌者之口，使全首領於牖下，是則臣之幸也。

自來巧言亂聽，吾愛陶上這辨疏，朝廷看到被賊刺傷，及有司不能清盜，反責其執盜不與這段，頗是有理，亦批下所司，看明具覆。其時乃中書門下侍郎蔡確當國，大權盡在其手。吾愛陶的相知打著這個關節，蔡確授意所司，所司礙著他面皮，乃覆奏道：

看得吾愛陶，貪穢之跡，彰彰耳目，雖強詞塗飾，公論難掩。此不可一日仍居地方者矣。惟王大郎一案，竊帑傷官，事必有因，死不為枉。有司弭盜無方，相應罰俸。未敢擅便，伏惟聖裁。

奏上，聖旨依擬，將吾愛陶削職為民，速令去任，有司奪俸三月。他的打幹家人得了此信，星夜兼程，趕回報知。吾愛陶急打發家小起身，分一半土兵護送。王大郎箱籠，尚在庫上，欲待取去，躊躇未妥，只得割捨下了。

數日之後，邸報已到，鐵御史行牌，將附庫資財盡給還楊氏，一面拏幾個首惡土兵到官，刑責問遣。那時楊氏領著兒子和兩個家人婦，到衙門上與丈夫索命。哭的哭，罵的罵，不容他轉身。吾愛陶誠恐打將入去，吩咐把儀門、頭門緊拴牢閉。地方人見他懼怕，向日曾受害的，齊來叫罵。便是沒干涉的，也乘著興，喧喧嚷嚷，聲言要放火焚燒。亂了六七日，吾愛陶正無可奈何，恰好署攝稅務的官員來到。從來說官官相護，見百姓擁在衙前，體面不好看，再三善言勸諭，方才解散，放吾愛陶出衙下船，吩咐即便開去。岸上人預先聚下磚瓦土石，亂擲上去，叫道：「吾剝皮！你各色俱不放空，難道這磚瓦不裝一載回去造房子？」有的叫道：「吾剝皮！我們還送你些土儀，回家好做人事！」拾起大泥塊，又打上去。這一陣磚瓦土石，分明下了一天冰雹。吾愛陶躲在艙中，只叫快些起蓬。那知關下壅塞的貨船又多，急切不能快行。商船上又拍手高叫道：「吾剝皮！小豬船、人載舡在此，如何不來抽稅？」又叫道：「吾剝皮！岸上有好些背包裹的過去了，也該差人拏住！」叫一陣，笑一陣，又打一陣㿒㿒。吾愛陶聽了，又惱又羞，又出不得聲答他們一句，此時好生難過。正是：

饒君掬盡三江水，難洗今朝一面羞。

後來新提舉到任，訪得王大郎果然冤死，憐其無辜，乃收他的空房入衙，改為書室，給銀五百兩與楊氏，以作房價，教他買棺，盛殮這七個尸骸，安葬棄下的這七口停櫬。商民見造此陰德之事，無不稱念。比著吾剝皮，豈非天淵之隔。這也不在話下。

再說吾愛陶，離了荊州，繇建陽荊門州，一路水程前去。他的家小舡，原期停於襄陽，等候同行。吾愛陶趕來會著，方待開舡。只見向日差回去的家人來到，報說家裡去不得了。吾愛陶驚問為何，家人道：「村中人道，老爺向日做秀才，尚然百般詐害，如今做官，賺過大錢，村中人些小產業，盡都取了，只怕也還嫌少。為此鳴鑼聚眾，一把火將我家房屋燒做白地。等候老爺到時，便要搶劫。」吾愛陶聽罷，嚇得面如土色，說：「如此卻怎麼好？」他的奶奶頗是賢明，日常每勸丈夫做些好事，積些陰德，吾愛陶那裡肯聽，此時聞得此信，歎口氣道：「別人做官任滿，鄉紳送錦屏奉賀，地方官設席餞行，百姓攀轅臥轍，執香脫靴，建生祠，立去思碑，何等光采。及至衣錦還鄉，親戚遠迎，官府拜賀，祭一祭祖宗，會一會鄉黨，何等榮耀。偏有你做官，離任時被人登門辱罵，不容轉身。及至登舟，又受納了若干斷磚破瓦、碎石殘泥。忙忙如喪家狗，汲汲如漏網魚。亡命奔逃，如遭兵燹。及問家鄉，卻又聚黨呼籲，焚廬蕩舍，擯棄不容。祖宗塋墓，不能再見。你若早信吾言，何至有家難奔，有國難投。這樣小小結果，千古來只好你一人而已。如今進退兩難，怎生是好？」

吾愛陶心裡正是煩惱，又被妻子這場數落，愈加沒趣，勉強笑道：「大丈夫四海為家，何必故土。況吾鄉遠在西陲，地土瘠薄，人文粗鄙，有甚好處。久聞金陵建康，乃六朝建都之地，衣冠文物，十分蕃盛，從不曾到。如今竟往此處寓居，若土俗相宜，便入藉在彼，亦無不可。」定了主意，回舡出江，直至建康。先討個寓所安下，將土兵役從舡隻打發回去，從容尋覓住居。因見四方商賈叢集，恐怕有人聞得姓名，前來物色戲侮，將吾下口字除去，改姓為五，號湖泉，即是愛陶的意思。又想從來沒有姓五的，又添上個人字傍為伍，吩咐家人只稱員外，再莫提起吾字，自此人都叫他是伍員外。買了一所大房屋住下，整頓得十分次第。不想這奶奶因前一氣成疾，不久身亡。吾愛陶不捨得錢財，衣衾棺槨，都從減省。不過幾時，那生兒女的通房，也患病而死。吾愛陶買起墳地，一齊葬訖。

那吾愛陶做秀才時，尋趁閒事，常有活錢到手。及至做官，大錠小錁，只搬進來，不搬出去，好不快活。到今日日摸出囊中物使費，如同割肉，想道：「常言家有千貫，不如日進分文。我今雖有些資橐，若不尋個活計，生些利息，到底是坐喫山空。但做買賣從來未諳，托家人恐有走失。置田產我是罷閒官，且又移名易姓，改頭換面，免不得點役當差。卻做甚的好？」忽地想著一件道路，自己得意，不覺拍手歡喜。你道是甚道路？原來他想著：「如今優游無事，正好尋聲色之樂。但當年結髮甘於淡薄，不過裙布荊釵。雖說做了奶奶，也不曾奢華富麗。今若娶討姬妾，先要去一大注身價。討來時，教他穿粗布衣裳，便不成模樣，喫這口粗茶淡飯，也不成體面。若還日逐錦衣玉食，必要大費錢財，又非算計。無如拚幾千金，娶幾個上好妓女，開設一院，做門戶生涯，自己乘間便可取樂，從空就教陪睡。日常喫的美酒佳餚，是子弟東道；穿的錦綢綾羅，少不得也有子弟相贈。衣食兩項，已不費己財，且又本錢不動，夜夜生利，日日見錢，落得風流快活。便是陶朱公，也算不到這項經營。況他只有一個西子，還喫死飯。我今多討幾妓，又賺活錢，看來還勝他一籌。」思想著古時姑臧太守張憲，有美妓六人，奏書者號傳芳妓，酌酒者號龍津女，傳食者號仙盤使，代書札者號墨娥，按香者號麝姬，掌詩稿者號雙清子，我今照依他，也討六妓。張老止為自家獨樂，所以費衣費食，我卻要生利生財，不妨與眾共樂。」

自此遂討了六個極美的粉頭，另尋一所園亭，安頓在內，分立六個房戶，稱為六院。也做張太守所取名號，第一院名芳姬，第二院名龍姬，第三院名仙姬，第四院名墨姬，第五院名香姬，第六院名雙姬。每一院各有使喚丫鬟四人，又討一個老成妓女，管束這六院姊妹。此妓姓李名小濤，出身錢塘，轉到此地。年紀雖有二十七八，風韻猶佳，技藝精妙，又會湊趣奉承，因此甚得吾愛陶的歡心，托他做個煙花寨主。這六個姊妹，人品又美又雅，房幃鋪設又精，因此伍家六院之名，遠近著名。吾愛陶大得風流利息。

一日有個富翁，到院中來買笑追歡。這富翁是誰？便是當時被吾愛陶責罰燒燬殘貨的汪商。他原曾讀過詩書，頗通文理，為受了這場荼毒，遂誓不為商，竟到京師，納個上舍❺，也要弄出個官職，到關西地面，尋吾愛陶報雪這口怨氣。一時逢不著個機會，未能到手，仍又出京。因有兩個夥計，領他本錢，在金陵開解當，前來盤帳，聞說伍家六院姊妹出色，客中寂寞，聞知有此樂地，即來訪尋。也不用幫閒子弟，只帶著一個小廝，問至伍家院中。正遇著李小濤，原來卻是杭州舊表子，向前相見。他鄉故知，分外親熱，彼此敘些間闊的閒話。茶畢，就教小濤引去會一會六院姊妹。果然人物美艷，鋪設富麗。汪商看了，暗暗喝采，因問小濤：「伍家樂戶是何處人，有此大本錢，覓得這幾個麗人聚在一處？」小濤說：「這樂戶不比尋常，原是有名目的人。即使京師六院教坊會著，也須讓他坐個首席。」汪商笑道：「不信有這個大來頭的龜子。」小濤附耳低言道：「這六院主人名雖姓伍，本實姓吾，三年前在荊州做監稅提舉，因貪酷削職，故鄉人又不容歸去，為此改姓名為伍湖泉，僑居金陵。拏出大本錢，買此六個

❺ 上舍：明清時期是監生的別稱。

佳人，做這門戶生涯，又娶我來指教管束。家中盡稱員外，所以人只曉得是伍家六院。這話是他家人私對我說的，切莫洩漏。」

汪商聽了，不勝歡喜道：「原來卻是吾剝皮在此開門頭賺錢。好好，這小門上錢財，一發趁得穩。但不知偷關過的，可要抽一半入官？罷罷，他已一日不如一日，前恨一筆勾消，到再上些料銀與他，待我把這六院姐姐，軟玉窩中滋味嘗遍了，也勝似斬這眼圈金線、衣織迴文、藏頭縮尾、遺臭萬年的東西一刀。」小濤見絮絮叨叨說這許多話，不知為甚，忙問何故。汪商但笑不答，就封白金十兩，煩小濤送到第一院，去嫖芳姬。歡樂一宵，題詩一絕於壁云：

昔日傳芳事已奇，今朝名號好相齊。
若還不遇東風便，安得官家老奏書。

又封白金十兩，送到第二院，去嫖了龍姬。也題詩一絕於壁云：

酌酒從來金叵羅，龍津女子夜如何？
如今識破吾堪伍，滲齒清甜快樂多。

又封白金十兩，送到第三院，去嫖了仙姬。也題詩一絕於壁云：

百味何如此味羶，腰間仗劍斬奇男。

仙盤托出隨君飽，善飯先生第幾餐。

又封白金十兩，送到第四院，去嫖了墨姬。也題詩一絕於壁云：

相思兩字寫來真，墨飽詩枯半夜情。
傳說九家村裡漢，阿翁原是點籌人。

又封白金十兩，送到第五院，去嫖了香姬。也題詩一絕於壁云：

愛爾芳香出肚臍，滿身柔滑勝凝脂。
朝來好熱湖泉水，洗去人間老面皮。

又封白金十兩，送到第六院，去嫖了雙姬。也題詩一絕於壁云：

不會題詩強再三，楊妃捧硯指尖尖。
莫羞五十黃荊杖，買得風流六院傳。

汪商撒漫六十金，將伍家院子六個粉頭盡都睡到。至第七日，心中暗想：「讐不可深，樂不可極。此番報復已堪雪恨，我該去矣。」另取五兩銀子，送與小濤。方待相辭，忽然傳說員外來了。只見吾愛陶搖擺進來，小濤和六院姊妹齊上前迎接。原來吾愛陶定下規矩。院中嫖帳，逐日李小濤掌記，每十日親來對帳，算收夜錢。即到各院點簡一遭，看見各房壁上俱題一詩，尋思其意，大有關心。及走到外堂，卻見汪商與六院姊妹作別。汪商見了愛陶，以真為假；愛陶見了汪商，認假非真，舉手問：「尊客何來？」汪商道：「小子是徽商水客，向在荊州，遇了吾剝皮，斷送了我萬金貨物。因沒了本錢，跟著雲遊道人學得些劍術，要圖報讐。那知他為貪酷壞官，鄉里又不容歸去，聞說潛躲在金陵地方，特尋至此。卻聽得伍家六院姊妹風流標致，身邊還存下幾兩餘資，譬如當日一併被吾剝皮取去，將來送與眾姊妹，盡興快活了六夜。如今別去，還要尋吾剝皮算帳。可曉得他住在那裡麼？」這幾句諢話，驚得吾愛陶將手亂搖道：「不曉得，不曉得。」即回過身叫道：「丫頭們，快把茶來喫。」口內便叫，兩隻腳急忙忙的走入裡面去了。汪商看了，說道：「若吾剝皮也是這樣縮入洞裡，便沒處尋了。」大笑出門，又在院門上題詩一首而去。詩云：

冠蓋今何用，風流尚昔人。
五湖追故跡，六院步芳塵。
笑罵甘承受，貪污自率真。
因忘一字恥，遺臭萬年新。

他人便這般嘲笑，那知吾愛陶得趣其中，全不以為異。分明是糞缸裡的蛆蟲，竟不覺有臭穢。看看一日又一日，一年又一年，吾愛陶兒女漸漸長成，未免央媒尋覓親事。人雖曉得他家富饒，一來是外方人，二來有伍家六院之名，那個肯把兒女與他為婚。其子原名吾省，因托姓了伍，將姓名倒轉來，叫做伍省吾。愛陶平日雖教他讀書，常對兒子說：「我僑居於此，並沒田產，全虧這六院生長利息。這是個搖錢樹，一搖一斗，十搖成石，其實勝置南庄田北庄地。你後日若得上進，不消說起；如無出身日子，只守著這項生涯，一生喫著不盡了。」每到院中算收夜錢，常帶著兒子同去。他家裡動用極是淡薄，院中儘有酒肴，每至必醉飽而歸。這吾省生來嗜酒貪嘴，得了這甜頭，不時私地前去。便遇著嫖客喫剩下的東西，也就啗些，方纔轉身。更有一件，卻又好賭。摸著了愛陶藏下的錢財，背著他眼，不論家人小廝、乞丐花子，隨地跌錢。擲色扯牌，件件皆來。贏了不歇，輸著便走。吾愛陶除卻去點簡六院姊妹，終日督率家人，種竹養魚，栽蔥種菜，挑灰擔糞餵豬，做那陶朱公事業。照管兒子讀書，倒還是末務，所以吾省樂得逍遙。

一日，吾愛陶正往院中去，出門行不多幾步，忽然望空作揖，連叫：「大郎大郎，是我不是了，饒了我罷。」跟隨的家人，倒喫一驚，叫道：「員外，怎的如此？」連忙用手扶時，已跌倒在地，發起譫語道：「吾剝皮，你無端誣陷，殺了我一家七命，卻躲在此快樂受用，教我們那一處不尋到。今日纔得遇著，快還我們命來！」家人聽了，曉得便是向年王大郎來索命，嚇得冷汗淋身，奔到家中，喚起眾僕，擡歸放在床上。尋問小官人時，又不知那裡賭錢去了。只有女兒在傍看覷，吾愛陶口中亂語道：「你前日將我們夾拶吊打，諸般毒刑拷逼，如今日件件也要償還，先把他夾起來。」纔說這話，口中便叫疼叫痛，百般哀求，苦告討饒。喊了一回，又說：「一發把拶子上起。」兩隻手就合著叫痛。一回兒又說：「且吊打一番。」話聲未了，手足即翻過背後，攢做一簇，頭頸也仰轉，緊靠在手足上。這哀號痛楚，慘不可言。一回兒又說：「夾起來。」夾過又拶，拶過又吊。如此三日，遍身紫黑，都是繩索棍棒捶擊之痕，十指兩足，一齊墮落。家人們備下三牲祭禮，擺在床前，拜求寬恕。他卻哈哈冷笑。末後，又說：「當時我們只不曾上腦箍，今把來與他嘗一嘗，算做利錢。」頃刻漲得頭大如斗，兩眼突出，從額上迴轉一條肉痕，直嵌入去。一回兒又說：「且取他心肝腸子來，看是怎樣的，這般狠毒。」須臾間，心胸直至小腹下，盡皆潰爛。五臟六腑，顯出在外，方纔氣斷身絕。正是：

勸人休作惡，作惡必有報。
一朝毒發時，苦惱無從告。

愛陶既死，少不得衣棺盛殮。但是皮肉臭腐，難以舉動，只得將衣服覆在身上，連衾褥捲入棺中，停喪在家。此時吾省身鬆快活，不在院中吃酒食，定去尋人賭博。地方光棍又多，見他有錢，聞香嗅氣的挨身為伴，取他的錢財。又哄他院中姊妹年長色衰，把來脫去，另討了六個年紀小的。一出一入，於中打偏手，倒去了一半。那家人們見小主人不是成家之子，都起異心，陸續各偷了些東西，向他方去過活。不夠幾時，走得一個也無。單單只剩一個妹子，此時也有十四五歲，守這一所大房，豈不害怕。吾省算計院中房屋儘多，竟搬入去住下，收夜錢又便，大房空下，貨賣與人。把父親棺木，擡在其母墳上。這房子纔脫房價，便已賭完。

兩年之間，將吾愛陶這些囊橐家私，弄夠罄盡。院中粉頭也有贖身的，也有隨著孤老逃的，倒去了四個。那妹子年長知味，又不能婚配，又在院中看這些好樣，悄地也接個把嫖客。初時怕羞，還瞞著哥子。漸漸熟落，便明明的迎張送李。吾省也恬不為怪，到喜補了一個空缺。再過幾時，連這兩個粉頭也都走了，又單單只剩一個妹子答應門頭。一個人的夜合錢，如何供得吾省所需，只得把這院子賣去，燥皮幾日，另租兩間小房來住。居室既卑，妹子的夜錢也減，越覺急促。看看衣服不時好了，便沒得上門。妹子想起哥哥這個賭法，貼他不富，連我也窮，不如自尋出路。為此跟著一個相識孤老，一溜煙也是逃之天涯。吾省這番一發是花子走了猢猻，沒甚弄了。口內沒得喫，手內沒得用，無可奈何，便去撬牆掘壁，掏摸過日。做過幾遍，卻被捕人緝訪著了，拿去一吊，錦繡包裹起來的肢骨，如何受得這般痛苦？纔上吊，就一一招承。送到當官，一頓板子，問成徒罪，刺了金印，發去擺站，遂死於路途。吾愛陶那口棺木，在墳不能入土，竟風化了，這便是貪酷的下稍結果。有古語為證：

行藏虛實自家知，禍福因繇更問誰？
善惡到頭終有報，只爭來早與來遲。

第九卷　玉簫女再世玉環緣

花色妍，月色妍，花月常妍人未圓。芳華幾度看。　生自憐，死自憐，生死因情天也憐。紅絲再世牽。

此闋小詞，名曰長相思，單題這玉環緣故事的大概。從來兒女情深，歡愛正濃之際，每每生出事端，兩相分拆，閃下那紅閨艷質，離群索影，寂寞無聊。盼不到天涯海角，望斷了雁字魚書。捱白晝，守黃昏，幽愁思怨，悒鬱感傷，不知斷送了多少青春年少。豈不可憐，豈不可惜！相傳古來有個女子，登山望夫，身化為石。又有個倩女，不捨得分離，身子癡臥床幃，神魂兒卻趕上丈夫同行。韓朋夫婦，死為比翼鳥。此皆至情孚感、精誠凝結所致。所以論者說，情之一字，生可以死，死復可以生。故雖天地不能違，鬼神不能間。如今這玉環緣，正為以情而死，精靈不泯，再世裡尋著了贈環人，方償足了前生願。此段話頭，說出來時，直教：

有恨女郎須釋恨，無情男子也傷情。

話說唐代宗時，京兆縣有個官人，姓韋名皐，表字城武。其母分娩時，是夢非夢，見一簇人推著一輛車兒，車上坐一丈夫，綸巾鶴氅❶，手執羽扇，稱是蜀漢臥龍，直入家中。驚覺來，便生下韋皐。其父猜詳夢意，分明是諸葛孔明樣子，因此乳名就喚做武侯。從幼聘定張延賞秀才之女芳淑為婚。何期延賞一旦風雲際會，不夠十餘年，官至西川節度使。夫人苗氏止生此女，不捨得遠離，反迎女婿到任所成親。

韋皐本孔明轉生，自與凡眾不同，生得英偉倜儻，意氣超邁。雖然讀書要應制科，卻不效儒生以章句為工，落落拓拓的，志大言大，出語傷時駭俗。張延賞以自己位高爵尊，頗自矜重，看了女婿這般行徑，心裡好生不喜，語言間未免帶些規訓，禮節上也多有怠慢。韋皐正是少年心性，怎肯甘心承受。見有錢人恁般相待，愈加放肆。因此翁婿漸成嫌隙，遂至兩不相見。那苗夫人眼內卻識得好人，認定女婿是個未發跡的貴人，十分愛重。常勸丈夫道：「韋郎終非池中物❷，莫小覷了他。」延賞笑道：「狂妄小子，必非遠大之器。可惜吾女錯配其人。」苗夫人勸他不轉，恐翁婿傷了情面，從中委曲周全。又喜得芳淑姐知書達禮，四德兼備，夫妻諧好，魚水和同。以下童僕婢妾，通是小人見識，但知趨奉家主，那裡分別賢愚。見主人輕慢女婿，一般也把他奚落。韋皐眼裡看不得，心裡氣不過，歎口氣道：「古人有詩云：『醴酒不設穆生去，綈袍不解范叔寒。』我韋皐乃頂天立地的男子，如何受他的輕薄。不若別了妻子，圖取進步。偏要disk❸口氣，奪這西川節度使的爵位，與他交代，那時看有何顏面見我。」遂私

❶ 綸巾鶴氅：頭戴絲巾，身穿道袍。羽扇、綸巾、鶴氅都是諸葛亮所喜，故成為其象徵。綸巾，古代配有青絲帶的頭巾。鶴氅，用羽毛製成的大衣、外套，後來專指道服。

❷ 池中物：指無遠大抱負的人。

自收拾行裝，打疊停當，方與妻子說知。也不去相辭丈人，單請苗夫人拜別。可憐芳淑小姐，涕泣牽衣，挽留不住，好生悽慘。做丈夫的卻擺手不顧，並不要一個僕人相隨，自己背上行李，奔出節度使衙門，大踏步而去，頭也不轉一轉。正是：

仰天大笑出門去，白眼看他得意人。

韋臯一時憤氣出門，原不曾定往何地。離了成都，欲待還家，卻又想道：「大丈夫局促鄉里，有甚出息。不如往別處行走，也廣些識見。只是投奔兀誰好？」又轉一念道：「四海之大，何所不容，且隨意行去，得止便止。」遂信步的穿州撞府，問水尋山。游了幾個去處，卻不曾遇著一個相知。看看盤纏將盡，猛然想起江夏姜使君與父親有舊，竟取路直至江夏城中，修刺❹通候。

原來這姜使君，雙名齊胤，官居郡守，為與同僚不合，掛冠而歸。年已五旬之外，夫人馬氏，花多實少，單單留得一位公子，名曰荊寶，年方一十五歲，合家稱為荊寶官。姜使君因為兒子幼小，又見時事多艱，遂絕意仕宦，優游林下，課子讀書。當下聞說是京兆韋郎拜訪，知是故人之子，忙出迎接，敘問起居，隨喚荊寶出來相見。使君吩咐兒子道：「年長以倍，則父事之；十年以長，則兄事之。載在古禮，理合如此。今韋郎長你十來歲，當以兄相待。」荊寶領命，自此遂稱為韋家哥哥。韋臯也請拜見夫人，以展通家❺之誼。姜使君整治酒席洗塵，館於後園書室，禮待十分親熱。更兼公子荊寶，平日拘束

---

❸ 彆：音ㄅㄧㄝˋ，同「別」。

❹ 刺：名帖。

書堂，深居簡出，沒甚友朋來往，今番韋皐來至，恰是得了一個相知，不勝歡喜。日夕相陪，慇懃款洽，惟恐不能久留。韋皐念其父子多情，也不忍就別。

盤桓月餘，欲待辭去，不道是時朝廷乏才任使，下詔推舉遺逸。有個諫議大夫，昔年曾為姜使君屬吏，深得蔭庇，因感念舊恩，特疏薦其有經濟之才，可堪重任。聖旨准即起用。姜使君久罷在家，夢裡不想有人薦舉。若還曉得些風聲，也好遣人趕到京師，向當道通個關節，擇個善地。那清水生活，誰肯把個美缺送你。竟銓除了洮州刺史。這所在，乃邊方要地，限期走馬上任，兵部差人賚誥身❻直送至家中。親戚們都道復起了顯官，齊來慶賀。那知姜使君反添了一倍煩惱。韋皐知其心緒不佳，即便作別。姜使君那裡肯放，說道：「老夫年齒漸衰，已無意用世，不想忽有此命。聖旨嚴急，勢不容辭，只得單騎到任，勉支一年半載，便當請告。兒子年紀尚小，恐我去後，無人拘管，必然荒廢。更兼家間諸事，老妻是個女流，只得屈留賢姪在此，一則與荊寶讀書，成其學業，二來家間事體，有甚不到處，也乞指點教導。尊大人處，可作一書，老夫入關，便道遣人送去，量不見責。」韋皐見其誠懇，只得領命。其時正是八月末旬，姜使君也不及擇吉，即日帶領幾個童僕起程。韋皐同荊寶，送至十里長亭而別。正是：

別酒莫辭今日醉，故鄉知在幾時回。

姜使君去後，馬夫人綜理家務，荊寶與韋皐相資讀書。但年幼學識尚淺，見韋皐學問廣博，文才出

❺ 通家：世代交往。

❻ 誥身：授官命令、憑證、證明。

眾，心中折服。名雖相資，實以師長相待，至敬盡禮，不敢纖毫怠慢，所以韋皐心上也極相愛。荊寶雖與韋皐同讀書，只三六九會文來至園中，餘日自在宅內書房。時值十月朔旦，韋皐到馬夫人處作揖，荊寶留入一個書房待茶。大抵大家書房不止一處，這所在乃荊寶的內書房，外人不到之地。以韋皐是通家至友，故留至此。走過迴廊，步入室中，只見一個青衣小鬟，年可十餘歲，獨自個倚闌看花。見有人入來，即向屏後急走。荊寶笑道：「此是韋家哥哥，不比外人，可見一禮便了，不消避得。」小鬟依言，向前深深道個萬福。荊寶說：「韋家哥哥在此，你可烹一壺香茶送來。」小鬟低低應聲曉得而去。韋皐聽了，想道：「若論是個婢子，卻不該教他向我行禮；若是親族中之女，又不該教他烹茶送來。畢竟此女是誰？」雖則懷疑，卻不好問得。

不多時，小鬟將茶送到，取過磁甌斟起，恭恭敬敬的先遞與韋皐，後送荊寶。韋皐舉目仔細一覷，眉目清秀，姿容端麗，暗地稱羨道：「此女長成起來，雖非絕色，卻也是個名姝。」小鬟送茶畢，荊寶道：「你去喚小廝們來答應。」小鬟領命回身，韋皐又看他行動，從容飄逸，體段娉婷，耐不住口問道：「小婢何名？」荊寶道：「此非婢也，乃乳母之女，小字玉簫。年紀小我四歲，從幼陪伴學中讀書，他也粗粗裡識得幾字。前年父母並亡，宗族疏遠，惟依我為親。我亦喜他性格溫柔，聰明敏慧，又好潔愛清，喜香嗜茗，至於整理文房書集，並不煩我吩咐。所以弟入內室，便少他不得。」韋皐道：「原來如此。賢弟于飛後，定當在小星❼之列矣。」荊寶道：「乳母臨終時，倒有此意，小弟卻無是心。」韋皐道：「這又何故？」荊寶道：「乳娘列在人母，他的女兒雖當不得兄妹，也何忍將他做通房下賤之人？

❼ 小星：指妾。

等待長成，備些粧奩，覓個對頭，成就他一夫一婦，少報乳母懷哺之情，這便是小弟本念。」韋皐道：「賢弟此念固好，然既係乳母之女，又要一夫一婦，上一輩人料必不來娶他。倘所托非人，如邯鄲才人下嫁廝養卒，便骯髒此女一生，豈不可惜。賢弟名雖愛之，實是害他了。況看此女姿態體格，必非風塵中人，賢弟還宜三思斟酌。」

這番話本是就事論事，原出無心，那知荊寶倒存了個念頭，口中便謝道：「哥哥高見。小弟愚昧，慮不及此。」心裡想道：「韋家哥莫非有意此女麼？乳娘原欲與我為通房，若托付與韋家哥，便如我一般了，有何不可。」又轉念道：「我雖如此猜度，不知韋家哥果否若何。休要輕率便去唐突他，且再從容試探，另作道理。」自此之後，荊寶每到園中，即呼玉簫捧書隨去。日常又教玉簫烹茶，送與韋皐，習以為常，往來無間。這女子一來年紀尚小，二來奉荊寶之命，三來見荊寶將韋皐相待，如嫡親哥子，他也便當做自家人。為此日親日近，略無嫌避。

常言不見所欲，使心不亂。韋皐本是個好男子，平日原不在女色上做工夫的，初見玉簫，不過羨其姿態，他日定是個麗人，分明馬上看花，過眼即休，何嘗著意。及至常在跟前行走，日漸長成，趨承應對之間，又不輕佻，卻自有韻度。韋皐此時，這點心花不免被其牽動，每在語言之中，使喚之際，窺探他情竇何如。這般個聰明智慧的女子，有甚不理會。心裡雖件件明白，卻不曾露一毫兒圭角。荊寶從間中著意，冷眼旁觀，已曉得韋家哥留念此女。意欲再待幾年，等玉簫長大，送與他為妾，又慮著張小姐嫉妒不容，反擔誤此女終身，以此心上復又不決。那知：

落花有意歸流水，流水多情戀落花。

韋皐在姜使君家裡，早又過了兩個年頭。時當暮春天氣，姜荊寶偶沾小疾，連日不至園中。獨坐無聊，不覺往事猛上心來，想著：「丈人把我如此輕慢，真好恨也！」歎口氣道：「人生在世，若非出將入相，這些文經武略，從何處發揮？然而英雄無用武之地，縱有緯地經天手段，終付一場春夢，怎得使這班眼孔淺的小人，做出那前倨後恭的醜態。」又想：「岳母苗夫人這般看待，何日得揚眉吐氣，拜將封侯，教他親見我富貴，在丈人面前，還話一聲。」又想：「芳淑小姐賢慧和柔，工容兼美。沒來繇成婚未久，一時間賭氣出門，抛撇下他孤單懸望，我在此又掛肚牽腸。若功名終不到手，知道何日相見，夫妻重聚？」想到此地，這被窩中恩愛，未免在念頭上經過一番。

正當思念之際，擡頭忽見玉簫一手執素白紈扇，一手提一大壺酒，背後跟著一個十來歲的小童，雙手捧一盒子，走將入來。韋皐見了，急慌起身迎住，便問：「荊寶哥身子若何了？」玉簫道：「多謝記念。今日覺得健旺，已梳頭了。想著韋家哥書房中牡丹盛開，欲要來同賞，因初癒，不敢走動，教送壺酒來，自己消遣。」口中便說，將紈扇放下，忙開盒子，將按酒的擺在桌上。韋皐笑道：「我正想要杯酒兒賞花，不道荊寶哥早知我意，又勞玉姐送來，教我怎生消受。」玉簫道：「今早老夫人到鸚鵡洲去看麥，家中男女大小，隨去了大半。其餘的又乘夫人不在，求荊寶官放假，都到城外踏青，止存門上人和這小廝在家，為此教玉簫送來。」韋皐說：「可知道兩個書童說，已稟過荊寶官，往郊外去燒香，教看園老兒在此答應。如今連這老頭兒不知向那處打瞌睡了。」看那按酒的，乃是鹿脯、鵝鮓、火肉、臘鵝、青梅、綠筍、瓜子、蓮心，共是八碟。玉簫將過一隻大銀杯斟起，遞至面前說：「韋家哥哥請酒。」韋臯道：「怎好又勞玉姐斟酒。你且放下，待我自斟自飲，從容細酌。」玉簫道：「也須乘熱，莫待寒了再煖。」韋臯笑道：「只要壺中不空，就冷些也耐得。」玉簫遂把酒壺放在桌上，取了紈扇，和著小廝走出庭前。

此時玉簫芳年一十三歲，年紀稍長，身子越覺條苗，顏色愈加嬌艷。脣紅齒白，眉目如畫。韋臯數杯落肚，春意滿腔，心裡便有三分不老實念頭。欲待說幾句風話兒，去撥動他的春心，又念荊寶這般美情，且是他奶娘之女，平日如兄若妹，怎好妄想。勉強遏住無名相火，一頭飲酒，冷眼瞧玉簫在牡丹臺畔，和著小廝，舉紈扇趕撲花上蝶兒，迴身挪步，轉折蹁躚，好不輕盈嬝娜。韋臯心雖按定，那腳步卻拏不住，不覺早離了坐位，也走到花邊，說道：「玉姐，蝶兒便撲，莫要撲壞了花心。」玉簫聽了，心頭暗解，未免笑了一笑，面上頃刻點上兩片胭脂。遂收步斂衣，向花停立，微微吁喘。

韋臯此際神魂搖動，方寸縈亂，狂念頓起，便欲邀來同喫杯酒兒，又想情款未通，不好急遽，且又有小廝在傍礙眼，卻使不得。那一點邪燄，高了千百丈，發又發不出，遏又遏不住，反覺無聊無賴，仍復走去坐下，暗歎道：「這段沒奈何的春情，教我怎生發付也！」躊躇一轉，乃道：「除非如此如此，探個消耗❽，事或可諧。倘若不能，索性割斷了這個癡念，也省得惱人腸肚。」手中把杯連飲，口兒裡咿咿唔唔的吟詩。玉簫喘息已止，說道：「韋家哥哥慢慢地飲，我先去也。」韋臯道：「且住，我方作賞花詩，要送荊寶官看，卻乏箋紙，欲借玉姐紈扇寫在上面，不知肯否？」玉簫道：「這把粗扇，得韋

❽ 消耗：消息。

家哥的翰墨在上，頓生光彩了，有何不肯。」即將紈扇遞上。韋皐接來，舉筆就寫。臨下筆，又把玉簫一看，纔寫出幾行不真不草的行書。前邊先寫詩柄道：「春暮客館，牡丹盛開，姜伯子遣侍玉姬送酒。對花把盞，偶爾記興。」後寫詩云：

冉冉年華已暮春，花光人面轉傷神。
多情蝴蝶魂何在，無語流鶯意自真。
千里有懷烹伏婦，五湖須載苧蘿人。
月明此夜虛孤館，好比桃源一問津。

寫罷遞與玉簫，說：「煩玉姐送上荊寶官，有興時可也和一首。」玉簫細看這詩，雖然識得字，卻解不出意思，更兼有幾個帶草字兒不識，逐一細問。韋皐一頭教，一面取過大茶甌，將酒連進，須臾間喫得夠壺無餘滴，大笑道：「我興未闌，壺中已空，玉姐可與荊寶官再取一壺送來，以盡餘興。」

玉簫應諾，留下果菜，教小童挐著空壺，回見荊寶，說：「韋家哥見送酒去，分外歡喜。只是氣象略覺狂蕩了些，比不得舊時老成。」荊寶問：「怎樣狂蕩？」玉簫乃將撲蝶的冷話說出。荊寶笑道：「讀書人生就這般瀟灑，有甚不老成。」玉簫又道：「他又做甚牡丹詩，寫在我扇上，教送荊寶官看。若有興，也和一首。」即將扇兒遞與，又道：「他寫罷，把大甌子頃刻飲個乾淨，道尚未盡興，還要一壺。」荊寶道：「興致既高，便飲百壺也何妨。」看罷扇上所題，點頭微笑道：「韋家哥風情動矣。」暗想：「我向有此心，一則玉簫年幼，二未知張小姐心性若何，故遲疑未決。看起這詩，分明是求親文啟，我不免與他一個回帖。」吟哦一回，拈筆就扇上，依韻題詩八句，也是不真不草的行書。寫畢，又想：「若把此情與玉簫說明，定不肯去。我且含糊，只教他送酒，其間就裡，等兩人自去理會。」遂把扇遞與玉簫道：「你可再煖一壺酒，連這扇和小廝同去，送與韋家哥哥，須勸他開懷暢飲，方纔有興。」玉簫道：「天色將晚，園中冷靜，我不去罷。」荊寶道：「今夜是三月十六，團圓好日，天氣清朗，月色定佳，便晚何妨。若怕冷靜，就住在彼。」玉簫聽了，便道：「荊寶官，這是甚麼話？」荊寶笑道：「你道怕冷靜，所以我是這般說。你莫心慌，此際家人們將次回了，少不得還送夜飯來哩。」玉簫領命，忙去煖酒。荊寶又悄地吩咐小童先還。

不一時，玉簫將酒煖得滾熱，把與小童捧著同往。臨行荊寶又叮嚀道：「韋家郎君，便是我嫡親哥哥一般，你服事他，即如服事我，莫生怠慢。」玉簫不知就裡，只得答應聲曉得。一頭走，一頭思想：「荊寶官這些話，沒頭沒腦，不知是甚意思？」心頭方想，腳尖已早到園中。韋皐正反背著手，在牡丹花下，團團的走來走去。想著玉簫，恨不能一時到手。又想：「荊寶情況❾甚厚，恐看出詩句意味，惱我輕狂無賴。」又怕玉簫嗔怪挑撥，「他在荊寶面前，增添幾句沒根基的話，這場沒趣，雖不至當面搶白，我卻無此涎臉見他。」正當胡思亂想，驀地背後叫聲：「韋家哥哥，又送酒來了！」這嬌滴滴聲音，正是可意冤家，喜得滿面花生，急轉身來迎，已知荊寶無有惱意，一發放膽說道：「玉姐如何去了這一回？教我眼都望穿了。」玉簫笑道：「怎地這般猴急。」韋皐道：「花意正好，酒興方來，急切不能到口，把我弄得夠不醉不醒，不上不下，可不要死了麼？如今你來，便是救命的到了。」玉簫笑道：「難道酒

❾ 情況：情意。況，況味；情形。

是韋皐哥哥的性命？」韋皐笑道：「我原是以酒為命的，但救命還須玉姐。」玉簫聽了，臉色頓變，說道：「韋家哥哥如何這般囉唣起來，莫非醉了？」韋皐陪著笑臉，作個揖道：「一時戲言，得罪休怪。」玉簫道：「韋家哥放尊重些，倘小廝進去，說與荊寶官併夫人知道，成甚體面。」韋皐此際方寸著迷，已忘懷有小童在傍，被這一言點醒，直回顧頭來，喜得小童已是不在。原來這小廝奉著主命，放下酒就回，所以連玉簫也不覺得。

當下玉簫道：「只管閒講，卻忘了正事。」將紈扇遞與韋皐，說：「荊寶官已和一詩在上，教送你觀看。」韋皐接扇看畢，不覺亂跳亂叫道：「妙妙！好知己，好知己！」玉簫道：「為甚這般亂叫起來？」韋皐也不答應，連忙把書房門掩上，扯過一張椅兒，便來攜玉簫手，道：「請坐了，我好與你喫同羅杯。」玉簫將衣袖一攦，漲紅面皮說：「你從來不曾這般輕薄，今日怎地做出許多醜態，揑手揑腳，像甚規矩！」韋皐道：「我若要輕薄，也不到今日了。你荊寶官寫下回聘帖子，將你送與我為侍妾。乃是明媒正娶，並非暗裡偷情，請小娘子回嗔作喜，莫錯了吉日良時。」玉簫道：「有甚回聘帖子在那裡？說這樣瞞天謊話。」韋皐將起紈扇，指著荊寶那首詩說：「這不是回聘帖子？待我念與你聽。」遂喜孜孜的朗誦荊寶這詩。詩云：

劍南知別幾經春，寂寞居停暈損神。
夢著雨雲原是幻，月為花燭想來真。
小星後日安卑位，素扇今宵是老人。

吩咐桃花莫相笑，漁郎從此不迷津。

玉簫聽了，道：「雖有這詩，不曉得其中是甚意思，如何就當做甚麼回聘帖子？」韋皐道：「不難，待我解說與你聽。第一句，是說我離成都久了；第二句說住在此園，冷淡寂寞；第三句說我一向思想你，還是虛帳；第四句說今夜月明，就當花燭，正好成婚；第五句說教你安守侍妾之分；第六句說這扇和詩句便是媒人；第七第八句說，我與你成就親事，就比漁郎入了桃源洞，此是古話。」玉簫聽了解說，方纔理會，說：「怪道來時荊寶官吩咐這些沒頭沒腦的話，原來一句句藏著啞謎，教我猜詳。」

方在沈吟，只聽得閣閣的敲門。韋皐問：「是那個？」外邊答應：「書童送夜飯在此。」韋皐不免開門，兩個書童捧著桌榼果子，幾色嗄飯，兩枝大絳燭，送將入來，說：「荊寶官傳話玉姐，好生伏侍韋官人。這桌榼送來做喜筵，蠟燭好做花燭。明早荊寶官親來賀喜。」玉簫聽說這話，轉身背立。韋皐便道：「多謝荊寶官，盛情厚意，明日容當叩謝。」書童連忙將絳燭點起，自往外邊。韋皐仍將門閉上，回身說道：「何如？韋家哥哥可是說瞞天謊話的麼？」又走出庭內，折一枝牡丹花，插入瓶中，擺在桌上，道：「這纔是真正花燭成親。」玉簫道：「既是主人之命，怎敢有違。請郎君上坐，受玉簫一拜，以盡侍妾之禮。從此後稱呼韋家郎君，再不叫韋家哥哥了。」道罷，便倒身下拜。韋皐連忙扶他起來，自己不覺倒拜下去。這個拜，那個起，一上一下，全無數目。若有掌禮人在傍，可不錯亂了「興、拜」兩字？雖然草草姻緣，果像明媒正娶。此夜光景，玉簫姐少不得：

含苞荳蔻香初剖，漏洩春光到海棠。

迷離春睡，日高纔起。韋皐開出門來，不道荊寶已著書童，把玉簫鏡奩粧具，拿在門首等候了。梳洗未完，荊寶已到。見了韋皐，只是笑；韋皐見了荊寶，也只是笑。玉簫滿面羞澀，低著頭，也微微含笑。粧罷，向荊寶見個禮兒。荊寶少坐即起，玉簫仍復後隨。荊寶道：「你今後住此服事韋家哥哥，不必隨我了。」玉簫方住足止步。過了兩日，馬夫人從庄上回來，玉簫入宅拜見，荊寶告說：「韋家哥獨居，寂寞思家，兒子已將玉簫送與為妾。」夫人聞言大喜。卻是為何？向年乳母臨終，求告夫人，有把玉簫與荊寶為通房的話。目今俱各年長，時刻不離，疑惑暗裡已先成就好事。後日娶來媳婦，未知心性若何，倘或猜嫌妒忌，夫妻大小間費嘴費舌，像甚模樣。今若把來送與韋皐，豈不省了他時淘氣？所以甚喜，又與若干衣飾。荊寶另有所贈，自不消說。

韋皐既得玉簫，已遂所願，更喜小心卑順，朝夕陪伴讀書，焚香瀹茗，無一些俗氣。彼此相憐相愛，兩情繾綣。那知歡娛未久，離別早到。原來韋皐父母，記念兒子，曾差人到四川張節度處探問，此時已不在彼，使人空回。後來姜使君送到書信，方知反在江夏。書中說不過年餘便歸，何期姜使君洮州之任急切不能卸肩，所以連韋皐也不得還家。及至有了玉簫絆住，歸期一發難定。其父一則思憶，二則時近科舉，又遣人持書到江夏接他回去。

韋皐見書中語意迫切，自悔孟浪，久違定省❿，此時思親念重，恨不得一刻飛到家中。把這片惜玉憐香的心情，便看得輕了。且不與玉簫說知，先請姜荊寶出來，告其緣故，說：「老父老母，懸望已極，於不才更不能少淹，明日即當就道。玉簫勢難同往，只得留下，待有寸進，便來接取。但是煩累賢弟，

❿ 定省：「晨定晚省」的略語，指子女早晚向父母問安。省，音ㄒㄧㄥˇ，看望；探望。

心不安。」荊寶道：「兄長無出此言。小弟多蒙教益，報效尚未知在於何日，此等細事，奚足掛齒。欲再留兄住幾時，因見老伯書中如此諄切，強留反似不情。兄長只管放心回府，不消縈慮。」

韋臯謝了荊寶，然後來對玉簫說：「我離家已久，老親想念，特地差人來迎。怎奈各鎮跋扈，互相侵凌，兵戈滿地，途路難行，不能攜你同歸，暫留在此，你須索耐心。」玉簫聞言，暗自心驚，說道：「郎君省親大事，怎敢阻擋？但去後不知何日纔來，須有個定期，教奴也好放心。」韋臯道：「我此去，若功名唾手，不出二三年即來。倘或命運蹭蹬，再俟後科，須得五年。」玉簫道：「妾幼失父母，惟以荊寶官為親，今歸郎君，將為終身有托，何期未及半載，又成離別。妾之薄命，一至於此！」心中傷感，不覺淚隨言下。韋臯也自悽然，再三安慰。正言間，荊寶攜著酒餚，入來送行。三人列坐。飲酒間，玉簫愁容慘切，淚流不止。荊寶道：「韋家哥哥暫去就來，不必如此悲傷。」玉簫道：「世間離別，亦是常事，原不足悲。玉簫自傷薄命，不知此後更當何如，所以悲耳。」言罷，愈加啼泣。荊寶、韋臯亦各欷歔，不歡而止。這一宵，枕上淚痕，足足有千千萬點。

次早，韋臯收拾行裝，拜辭馬夫人。荊寶餽送下程路費，自不必言。臨別之際，玉簫含淚執手道：「郎君去則去矣，未審三年五年之約，可是的話？」韋臯道：「留你在此，原出不得已，豈是虛語。即便有甚擔閣，更遲兩年，再沒去處了。」玉簫道：「既恁地說，妾當謹記七年之約了，郎君幸勿忘之。」韋臯道：「神明共鑑。七年之後，若是不來，以死相報。」玉簫道：「七年不至，郎君安得死，此妾當死耳。」語畢，淚如雨下，哽咽不能出聲。荊寶執酒餞行，也黯然淚灑。韋臯向書囊中尋出玉環一枚，套在玉簫左手中指上，囑咐道：「這環是我幼時在東嶽廟燒香，見神座傍遺下此環，拾得還家，晚間隨夢東嶽帝君吩咐道：『這環有兩重姻眷，莫輕棄了。』我想入贅張節度府，又得你為妾，豈不合著夢兆？今留與你為記，到七年後，再來相聚。」口兒裡如此說，心中也自慘然。斟過一杯，回敬荊寶作謝。再斟一杯，送與玉簫，又道：「你好生收藏此環，留為他年證驗。」情不能已，吟詩一首道：

黃雀銜來已數春，別時留解贈佳人。
長江不見魚書至，為遺相思夢入秦。

吟罷，道聲：「我去矣，休得傷懷。」玉簫道：「妾身何足惜，郎君須自保重。」雙袖掩面大慟。韋皐亦灑淚而行。荊寶又送一程方還。

且說韋皐，一路飢餐渴飲，夜宿曉行，非止一日。回到家中，拜見雙親，父子相逢，喜從天降。問及新婦若何，丈人怎生見待，卻轉游江夏，韋皐將丈人怠慢，不合岔氣相別的事，一一細述。父親道：「雖則丈人見淺，你為婿的也不該如此輕妄。今既來家，可用心溫習，以得科試。須掙得換了頭角，方爭得這口氣。」韋皐聽了父親言語，閉戶發憤誦讀。等到黃榜動、選場開，指望一舉成名。怎知依然落第，那時不但無顏去見丈人，連故里也自羞歸。想著姜使君在洮州，離此不遠，且到彼暫游，再作道理。遂寫書打發僕人歸報父母，止留一人跟隨，輕裝直至洮州。不道姜使君已陞嶺南節度，去任好些時了。韋皐走了一個空，心裡煩惱，思想如今卻投誰好，偶聞隴右節度使李抱玉好賢禮士，遂取路到鳳翔幕府投見。

那李抱玉果然收羅四方英彥，即便延接。談論之間，見韋皐器識宏遠，才學廣博，極口贊羨，欲留於幕下。韋皐志在科名，初時不願。李抱玉勸道：「以足下之才，他日功名，當在老夫之上。本朝出將入相，位極人臣，如郭汾陽、李西平⓫之輩，何嘗從科目中來？方今王室多艱，四方不靜，正丈夫建樹之秋，何必沾沾於章句求伸耶？」韋皐見說得有理，方纔允從，遂署為記室參軍，不久改為隴右營田判官。從此：

拋卻詩書親簿籍，撇開筆硯理兵農。

話分兩頭，且說姜荊寶送別韋皐之後，將玉簫留入宅內，陪侍馬夫人。過了兩三月，姜使君陞任還家，問知韋皐近歸，玉簫已送與為妾，尚留在此，囑咐夫人好生看待。使君見荊寶年長，即日與他完了婚事，然後帶領婢妾僕人，往嶺南赴任。馬夫人也把家事交與荊寶管理，自引著玉簫到鸚鵡洲東庄居住。原來夫人以玉簫是乳娘之女，又生得聰慧，從小極是愛惜。今既歸了韋皐，一發是別家的人了，越加禮貌。玉簫因夫人禮貌，也越加小心。外面雖伏侍夫人，心中卻只想韋郎，暗暗禱告天地，願他科名早遂。時至春榜放後，教人買過題名小錄來看，卻沒有韋皐姓字，不覺抴胸流淚道：「韋郎不第，眼見得三年相會之期，已成虛話了！」嗟嘆一番，又自寬解一番，指望後科必中。誰知眼巴巴盼到這時，那小錄上依原不見。險些把三寸三分鳳頭鞋都跌綻了，哭道：「五年來會的話，又不能矣。罷罷！我也莫管他中不中，只守這七年之約便了。」又想道：「韋郎雖不中，如何音信也不寄一封與我，虧他撇得我下。難

⓫郭汾陽李西平：指唐代大將郭子儀和李晟。郭子儀以平定安史之亂有功而進封汾陽郡王。李晟以鎮壓朱泚、李懷光等叛亂有功而被封西平郡王。

道這兩三年間，覓不得一個便人？真好狠心也，真好薄倖也！」

似此朝愁暮泣，春思秋懷，不覺已過第七個年頭。看看秋末，還不見到。玉簫道：「韋郎此際不至，莫非不來矣？」這時盼望轉深，想一回，怨一回，又哭一回，真個一刻不曾放下心頭。馬夫人看他這個光景，甚是可憐。須臾臘盡春回，已交第八年元旦。馬夫人生平奉佛，清晨起來，拜過了家廟。即到鸚洲毘羅觀燒香。那毘羅觀中有一土地廟，靈籤極有應驗。玉簫隨著夫人，先在大殿上拈香，禮拜了如來，轉下土地廟求籤。夫人一問田宅人口，二問老使君在任安否若何，三問荊寶終身事業。三籤問畢，玉簫也跪倒求籤。他心上並無別事，只問韋郎如何過了七年不到，有負前約。插燭般拜了幾拜，禱告道：「夫主韋臯，若還有來的日子，乞求上上之籤。若永無來的日子，前話都成畫餅，即降個下下之籤。」禱告已畢，將籤筒在手搖上幾搖，撲的跳出一籤，乃是第十八籤，上注「中平」二字。又討個聖笤，知用此籤，看那籤訣道：

歸信如何竟渺茫，紫袍金帶老他方。
若存陰德還天地，保佑來生結鳳凰。

玉簫將籤訣意思推詳，愀然不樂，垂淚道：「神人有靈，分明說韋郎負義忘恩不來的話了。」一心中一陣酸辛，不覺放聲大哭。夫人見了，暗想今日是個大年朝，萬事求一吉祥，沒來繇啼啼哭哭，好生不悅，即便上轎還庄。玉簫收淚隨歸，請夫人上坐，拜將下去，說道：「方纔毘羅觀土地籤訣，思量其中意味，韋郎必負前約，決然不來。即婢子祿命，也不長遠。今日此拜，一來拜年，二來拜謝夫人養育之恩，三來拜別之後，生死異路，從此永辭矣。」夫人見他說得悽慘，寬慰道：「後生家，花也還未曾開，怎說這沒志氣的話？且放開懷抱，生些歡喜，休要如此煩惱。」言未畢，外邊荊寶夫婦到來拜年。雙雙拜過了夫人，然後與玉簫相見。玉簫道：「荊寶官請上，受奴一拜。」便跪下去。荊寶一把拖住，說道：「從來不曾行此禮，今日為甚顛倒恁般起來？」玉簫道：「奴自幼多蒙看覷，如嫡親姊妹一般，此恩無以為報。今將永訣，怎不拜謝？」荊寶驚異道：「這是那裡說起？」馬夫人把適來毘羅觀燒香求籤的事說出。荊寶道：「籤訣中話，如何便信得真？莫要胡猜，且喫杯屠蘇酒遣悶則個。」玉簫道：「這屠蘇酒如何便解得我的悶來。」一頭吁嘆，走入臥房。休說酒不飲一滴，便是粥飯也不沾半粒，一味涕泣。又恐夫人聽得見嫌，低聲飲淚。

次日，荊寶入城，又來安慰幾句。玉簫也不答應，點首而已。一連三日，絕了穀食，只飲幾口清茶，聲音漸漸微弱。夫人心甚驚慌，親自來看，再三苦勸莫要短見。玉簫道：「多謝夫人美意，但婢子如此薄命，已不願生矣。」又道：「聞說凡人餓到七日方死，我今三日不食，到初七日准死。我今年二十一歲，正月初七日生辰，人日而生，人日而死，自今以後不敢再勞夫人來看了。左手中指上玉環，是韋郎之物，我死之後，吩咐殯殮人切莫取去，要留到陰司與他對證。」言罷，便合著眼。此後再問，竟不應聲，准准到初七日身亡。原來相傳，說正月初一為雞日，初二為豬，初三為羊，初四為狗，初五為牛，初六為馬，初七為人。這便是人日而生，人日而死。夫人大是哀痛，差人報知荊寶。荊寶前來看了，放聲慟哭，置辦衣棺殯殮，權寄毘羅觀土地廟傍，以待韋郎來埋葬。可憐：

生懷玩玉終教帶，死願歡衾得再聯。

再說韋皐，在李抱玉幕下做營田判官，抱玉遷任，有盧龍節度使朱泚，帶領幽州兵，出鎮鳳翔防秋，兼隴右節度使。見韋皐才能超眾，令領隴右留後，與其將牛雲光同守隴州。這留後職分也不小了，但當時臣強主弱，天子威令不能制馭其下，各鎮俱得自署官職，故韋皐官已專制一方，尚未沾朝廷恩命。是時韋皐迎父母到隴州奉養，其父說道：「你今做這留守官，雖非出自朝命，也不叫做落薄了，可差人通知丈人，接取媳婦到來，夫妻完聚，以圖子息。」韋皐道：「當年有願，必要做西川節度使，與他交代。如今為這幕府微職，即去通知，豈不反被他笑恥。寧可終身夫妻間隔，沒有子息也就罷了。」你且想，他的志念只在功名，連結髮妻子尚不相顧，何況玉簫是個婢妾，一發看得輕了，所以七年之約，竟付之流水。

古書有云：有志者事竟成。韋皐有了這股志氣，在隴州九年，果然除授西川節度使，去代張延賞的職位。你道一個幕府下僚，如何驟然便到這個地位？原來是時代宗晏駕，德宗在位，朱泚為兄弟范陽節度史朱滔謀反的事，被朝廷徵取入朝，留住京師，使宰相張鎰出鎮鳳翔，命涇原節度使姚令言征討朱滔。姚令言領兵過京入朝，所部士卒因賞薄作亂，劫燒庫藏，殺入朝內，德宗出奔奉天。姚令言就迎請朱泚為王。鳳翔將官史楚琳本朱泚心腹，聞得朱泚做了天子，殺了張鎰，據城相應。隴州守將牛雲光也要謀殺韋皐，事露，帥領所部去投朱泚。不想朱泚以當年識拔韋皐，自道必為其用，遣中官蘇玉賫詔書加韋皐官為中丞。蘇玉途遇牛雲光，各道其故。蘇玉道：「將軍何不引兵與我同往，韋皐受命不消說起，若不受命，即以兵殺之，如取孤豘⑫耳。」牛雲光依計回復隴州。

韋皐已整兵守城，在城上問雲光道：「向者不告而去，今又復來，何也？」雲光答道：「前因不知公意嚮，故爾別去，今公有新命，方知是一家人，為此復來，願與公協心共力。」韋皐乃開門，先請蘇玉入城，受其詔書。復對雲光說道：「足下既無異心，先納兵仗，以釋眾疑，然後可入。」雲光欺韋皐是個書生，不以為意，慨然將兵器盡都交納，韋皐纔放他入城。次日，設宴公堂，款待二人，隨從俱引出外舍犒勞。韋皐喝聲：「拏下！」兩壁廂伏兵突出，擒蘇玉、牛雲光下座，刀斧齊下，死於非命。韋皐傳命：「蘇玉、牛雲光，逆賊腹心，今已伏誅，餘眾無罪。」雲光所部人人膽喪，誰敢輕動。韋皐即日築壇，申誓將士道：「史楚琳賊殺本官，甘從反叛，神人共憤，合當誅討。如有不用命者，軍法無赦。」三軍齊聲奉令，震動天地。韋皐一面整練兵馬，一面遣人至奉天奏報。德宗大悅，即以隴州為奉義軍，授韋皐為節度使。及至朱泚破滅，史楚琳等諸賊俱受誅戮，德宗車駕還京，又加韋皐金吾大將軍職銜。有吏部尚書蕭復出使復命，聞知韋皐仗義討賊之事，奏言：「韋皐以幕府下僚，獨建忠義，宜加顯擢，以鼓人心。」德宗准奏，為此特加僕射，領西川節度使，代張延賞鎮守蜀地。延賞加同平章事致仕。

韋皐接了這道詔書，喜不自勝，以手加額道：「今日方遂平生。」又想：「丈人知得我前去，必不等交代。」乃選輕騎，兼程趕去上任，父母輜裝，從容後來。一路登山涉嶺，過縣穿州，早至蜀中。那所屬地方，纔聞報新節度是甚韋皐，還不曾打聽著實是何出身，不道已至境上，急得這些官員好不忙迫。韋皐正行間，前導報稱：「此去成都，止有三十里了，合該先投名帖，通達張爺，方好出郭交代。」韋

⑫ 豘：同「豚」，指豬。

皐道：「不但名帖，還要寫書。」吩咐隨地暫停修書，准於明日辰時上任。前導稟說：「前去十里有大回驛，可以停止。」韋皐道：「既有館驛，竟到彼便了。」十里之程，不多時就到。韋皐入進驛中，取過文房四寶，拈筆在手，心中一想，不覺暗笑道：「天下節鎮不少，偏偏鎮守西川，豈非天隨人願。我韋皐有此一日，不枉了老岳母苗夫人眼中識人，也不負芳淑小姐這幾年盼望，只看張老頭兒，怎生與我交代。」又想：「我且耍他一耍，看他可解。」乃寫書兩封，一封達於丈人，一封寄到芳淑小姐。內封各分一函，一寫老公相開覽，一寫小姐親拆。外邊護封上，只標個張老爺。書封緘停當，差人到府投遞。驛夫也自入城，遍報文武各衙門知道。

差人賫書到鎮府時，已是黃昏，轅門封閉。門役聞說是新任節度使的書啟，又在明日上任，事體緊急，火速傳鼓送進。一面傳知本衙門役從，出城迎接。原來張延賞加平章致仕之命，兩日前纔知，雖說後任節度姓韋名皐，也還未知是何處人。況且眼中認定女婿決不能夠發達，只道與他同名同姓，所以全不動念，也不曾在妻女面前說起。又因罷官，心緒不佳，連日不出理事，惟以酒遣悶。這一日多了幾杯酒，已先寢息。書入私衙，苗夫人接得，問道：「新任節度使可知姓甚名誰？」家人答言：「聞說姓韋，但不曉得何名。」夫人聽見一個「韋」字，便想道：「莫非是我家這個韋麼？」又嘆口氣道：「呸！我好癡也，他怎生得有這日。且看這書是甚名字。」即便拆開，內中卻有兩封，一封是與小姐的，驚怪道：「奇哉，新官的書為何達與小姐？」急忙走到女兒房中，說知其事。小姐也喫一驚，夫人放下第一封，先把寄小姐這封書，拆開看時，上寫道：

劣婿韋皐頓首，啟上賢德小姐夫人粧閣下：賢卿出自侯門，歸於寒素。僕不肖，以豪宕性情，不入時人耳目。幸岳母俯憐半子，曲賜提攜。而泰山翁之鄙皐，且不若池中物也。荷蒙聖主隆恩，甄錄微勞，命代尊大人節鉞。誠恐當年冰炭，不堪此日寒暄。相見厚顏，彼此無二。姑暫秘之，勿先穢聽。別後情悰，容當面罄，不便多瀆。

夫人看罷，不勝歡喜，說：「謝天地，韋郎今日纔與我爭得這口氣也。」將書遞與女兒，小姐看了，說：「韋郎書中意思，還不忘父親當年怠慢之情。倘相見時，翁婿話不投機，卻怎生好？」夫人搖一搖手，笑道：「這倒不必愁，你爹是肯在熱竈裡燒火、不肯在冷竈裡添柴的人，見韋郎今日富貴，又是接代的官，自然以大做小，但憑女婿裝模作樣，自會忍耐。且看韋郎與丈人的書上寫些甚麼來。」拆開觀看，其書云：

老公相威鎮全蜀，名播華夷，不肖翺欽仰久矣。翺憶舊游錦城，越今寒暑稍更，土風大變，將來者進，而成功者退。意者天道消長，時物適與之會耶？翺早歲明經，因進士未第，浪游湖海，勉就幕僚。偶當嘯沸之秋，少效涓埃⑬之報，乃荷聖明軫念，不次超擢，拔置崇階。此託庇老公相之餘陰，而鮿生過遇多矣。不揣老公相何以教我，使斗筲小器，不至覆餗，抑藉有榮施也。身遲郭外，先此代布不宣。通家眷晚生韓翺頓首拜。

⑬ 涓埃：比喻些微、細小。涓，細流。埃，塵埃。

夫人看到「通家眷晚生韓翊」這幾個字，又驚怪道：「小姐你看這書，又是怎的說？」小姐看了笑道：「筆跡原是韋郎的，他故意要如此唐突老丈人，也不見得忠厚，也不見得是不念舊惡。如今且只把這一封與爹爹，看看他怎的說。」

明早夫人對延賞道：「新官昨夜書到，因你睡熟，不好驚動。」延賞道：「書在何處？」夫人袖裡拿出第一封來，延賞看罷，呵呵大笑道：「只管說是韋臯，原來是韓翊。」夫人道：「甚麼韋臯、韓翊？」延賞道：「前日報事的說，新節度使姓韋名臯，我道怎的與我不成器沒下落的女婿同名同姓，卻原是韓翊，誤傳錯了。」夫人道：「莫非真是我家女婿？」延賞道：「好沒志氣！女婿可是亂認得的？見有書在此。」夫人道：「或者你的目力不濟，須再仔細看個真切。」延賞道：「我的目力儘不差，只是你的痴念頭倒該撇開了。若論我家不成器沒下落的韋臯，十百個也餓死在野田荒草中了。」夫人笑道：「且休只管鄙薄他，新節度使還有一封書在此，你且認認，是韓翊，還是韋臯？」袖中又取出第二封，遞與延賞。延賞看罷，道：「是是是！」將書一扯，扯得粉碎。即出私衙，升堂，討一乘煖轎，喚幾名心腹牙兵跟隨，也不用執事，徑從成都府西門出去。衙役飛奔大回驛，報說：「張爺已從西門去了，不肯交代，未知何意。」韋臯笑道：「軍民重務，如何不肯交代。但吉時已到，且先上任，再作道理。」

二十里程途，不多時便到。進了成都城，直至節度使府中，升堂公座。文武百官，各各恭謁已畢，徑自退堂。苗夫人與芳淑小姐，俱是鳳冠霞帔，在私衙門口迎接。衙門人都驚怪道：「舊官家小，怎的迎接新官？」那裡知得其中緣故。韋臯入進私宅，先參拜了丈母，後與芳淑小姐交拜。禮畢，說道：「丈人女婿，原無迴避之例。岳父雖不交代，然女婿參拜丈人，卻是正理，還請出拜見。」苗夫人道：「往事休提，只言今日，莫記前情。」須臾擺下筵宴，苗夫人一席向南，韋皐一席向西，芳淑小姐一席向東。衙中自有家樂迭應，直飲到月轉花梢，方纔席散。正是：

早知不入時人眼，多買臙脂畫牡丹。

次早，苗夫人對韋皐說道：「賢婿夫貴妻榮，老身已是心滿願足。但老相公單身獨往，我卻放心不下，只得也要回去。」韋皐道：「本念留岳母在此奉養，少盡半子之情才是。果然岳丈恝然而去，子婿心上也是不安，怎好強留，便當僉發夫馬相送。」老夫人也有主意，將資橐奴僕，各分一半帶歸，留一半與女婿，即日起程。韋皐夫婦直送至十里長亭方回。張延賞料道夫人必來，停住在百里外等候，一齊同行。朝中大臣奏言：「昔年車駕幸奉天時，延賞饋餉不絕，六軍得以無飢，其功不小。況年力尚壯，不宜擯棄。」德宗准奏，遂拜左僕射同平章事，入朝輔相。延賞行至半途，接了這道詔旨，喜從天降。歸家展墓後，即進京為相。芳淑小姐聞知，勸丈夫修書致候。韋皐羞過了丈人一番面皮，舊嫌冰釋，依言遣人候賀。張延賞也不開看，連封扯碎，驅出使人。老夫人過意不去，倒寫書覆謝了女婿。其時韋皐父母已至，一家團圓安樂，自不必言。

單說這節度使，鎮守一方，上管軍，下管民，文官三品以下，武官二品以下，皆聽節制。一應倉庫獄囚，事事俱要關白。新節度案臨，各局兵馬錢糧，都造冊送驗；獄中罪囚，也要解赴審錄。韋皐一日升堂理事，眉州差人投文，解到罪囚聽審。韋皐即教帶進，約有百餘人，齊齊跪在丹墀，內中一個少年，高聲喊將起來，叫道：「僕射僕射，你可想江夏姜使君兒子姜荊寶麼？」嚇得兩邊上下役從並解人，都手忙腳亂，齊聲止喝，不得喧嚷。那知恩人相見，分外眼明，韋臯在上聽見「姜荊寶」三字，也自駭然，即便喚至案前，問道：「你為何自江夏來到此地，因甚事犯著重罪？可細細說來。」荊寶道：「自僕射別後，老父陞任嶺南，官有八年，請告還家。正值天子討滅朱泚還京，開科取士，荊寶僥倖一第，得選青神縣令。到任未及半年，何期家僮漏火，延燒公廳廨宇，印章文卷，盡歸一燼。依律合問死罪，幸得本縣鄉紳士民憐我為官清正，到上司具保。去任張令公批令監禁本州，具奏朝廷，聽候發落。前在獄中聞說新節度使姓名，我道必是韋家哥哥了。今日得見，果然不謬，望乞拯救則個。」韋臯聽罷，說道：「原來為此緣故。此係家人過誤，情有可原。」即教左右除去刑具，引入客館，香湯沐浴，換了巾幘衣裳，送入私衙，吩咐整酒伺候。

堂事畢，退歸衙中，與荊寶重新敘禮。又請出父親，相見禮罷，入席飲酒。從容細詢姜使君夫婦起居，又問荊寶夫人何在。荊寶說：「老父老母，以衰邁不曾隨弟赴任，近日書來，頗是康健。敝房自遭變後，即打發還家。止留一僮，在此伏侍。」韋臯又問：「玉簫向來安否？」荊寶聞言，顏色愀然，說道：「僕射分別時，原約七年為期。那知逾時不至，玉簫短見，憤恨悲啼，不食七日而死。臨死泣告老母，說：『指上玉環，乃韋郎所贈，要留作幽冥後會之券。切戒殯殮者不可取去。』為此入殮時，弟親自簡視，不使遺失。其棺櫬寄鸚鵡洲毘羅觀土地廟傍，以待僕射到來葬埋，至今尚在。」韋臯聽罷，禁不住情淚交流，說道：「我當年止為落拓，見侮於內父，故歸家後銳志功名，家室不過，所以不能踐約。今幸得遂素願，少抒宿憤，已與山妻道知賢弟贈妾美情，正欲遣人迎取，不道此女已賚恨而亡。此真韋臯之薄倖也！」言訖，唏嘘不已，為此不歡而罷。明日即修奏章，替荊寶開罪。大略言：「家人誤犯失火，罪及家長，當在八議之例。況姜荊寶年少政清，聖明在上，不忍禁錮賢人。合宜宥其小過，策以後效。」一面奏聞朝廷，一面又作書通達執政大臣，並刑部官員。此時隴右未靖，德宗皇帝方將西川半壁依靠韋皋，作萬里長城，這些小事，安有不聽之理。真個朝上夕下，一一如議。聖旨批下，以過誤原釋，照舊供職。荊寶脫了死罪，又得復官，向韋皋叩頭，拜謝再生之恩。韋皋治酒餞行，差人護送，前至青神上任。分明是：

久滯幽魂仍復活，已寒灰燼又重燃。

再說韋皋思念玉簫，無可為情，乃於所屬州縣，選擇十七眾戒行名僧，於成都府昭應祠中，禮拜梁皇寶懺，薦度幽靈。每日早晚，韋皋親至焚香禮拜，意甚哀苦。這十七眾名僧，道行高強，韋皋也十分敬重。禮佛之暇，與眾僧茶話，分賓主而坐。眾僧啟口道：「因大居士哀苦虔誠，貧僧輩也莊誦法寶，尊寵必然早離地獄，超昇淨土。」韋皋道：「幽冥之事，不可盡求報應，也只我盡我心耳。」首座老僧大聲道：「擅越既不信佛法果報，連這禮懺也是多事了。」韋皋謝道：「弟子失言，有罪。」到第五日完滿回向，禮送諸僧去訖，韋皋還府。是夜朦朧睡中，見一金甲神，稱是護法尊天，說：「節度禮懺虔誠，特來傳你一信。」韋皋忙問何信，金甲神騰空而起，拋下一玉柬，上有十二個字，寫道：

姓甚麼，父的父。
名甚麼，仙分破。

韋皋得此一夢，即時驚醒。夢中意思，全然不解。想著玉簫，愈生慘惻。一連三日，不出衙理事。芳淑夫人見他幽愁溢面，問其緣故。韋皋將姜荊寶相待始終，玉簫死生顛末說出。夫人勸道：「死者不可復生，若思念過情，反生疾病。何不吩咐官媒，各處簡選一美貌女子，依舊取名玉簫。這便是孔融思想蔡伯喈，以虎賁賤人相代。」此乃夫人真意，韋皋只道是戲謔，也無言相對。

軍府事體多端，第四日勉強升堂，可知三日不曾開門，投下文書，堆積如山。方在分剖間，忽聽得門外喧嚷，問是何故，中軍官飛奔出去看了，進來稟覆道：「轅門口有一老翁，手執空白名帖，自稱為祖山人，要入來相見。門上人不容，所以喧嚷。」韋皋聽了，恍然有悟，想起：「前夜夢中十二字啞謎，姓甚麼，父的父，這不是『祖』字？仙分破，這不是『山人』二字？此夢正應其人，必有緣故。」即便請入賓館相見。韋皋下階禮迎，祖山人長揖不拜。賓主坐下，韋皋問道：「老翁下顧，有何見教？」祖山人道：「野人知尊寵思感而歿，幽靈不昧，睠念無忘。幽冥憐其至情，已許轉生再合。但去期尚遠，昨聞節度亦悼亡哀痛，禮懺虔誠，牽動野人婆心，願效微力，令尊寵返魂現形，先與節度相會頃刻，何如？」韋皋連忙作揖道：「若得如此，終身感佩大德。但不知何時可至？」山人道：「節度暫停公務，於昭應祠齋戒七日，自有應驗。」言罷，又長揖相別。韋皋再欲問時，山人搖手道：「不用多言。」竟飄然而去。

韋皋此時半信半疑，退入私衙，與夫人說其緣故。夫人道：「鬼神之事，雖則渺茫，寧可信其有。」韋皋點頭稱是。午後出堂，吩咐一應公事，俱於第八日理行。當晚即往昭應祠齋宿，夜間不用鳴鑼擊板，恐驚阻了神魂來路。到了第七夜，大小役從盡都遣開，獨自秉燭而坐。約莫二更之後，果然有人輕輕敲門。韋皋急開門看時，只見玉簫飄飄而來，如騰雲駕霧一般。見了韋皋，行個小禮，說道：「蒙僕射禮懺精虔，感動閻羅天子，十日之內，便往託生。十二年後，再為侍妾，以續前緣。」韋皋此時明知是鬼，全無畏懼，說道：「我止為功名羈滯，有爽前約，致卿長往，懊悔無及。不道今宵復得相會。」一頭說，一頭將手去拽他衣袖。倏見祖山人從外走來，說道：「幽明異路，但可相見，不可相近。」舉袖一揮，玉簫就飄飄而去，微聞笑語道：「丈夫薄倖，致令有死生之隔。」須臾影滅，連祖山人也不見了。韋皋歎道：「李少翁返魂之術，果不謬也。」正是：

香魄已隨春夢杳，芳魂空向月明過。

韋皋在鎮，屢破吐蕃，建立大功。瀘僰歸心，西南嚮附，天子大加褒賞，累遷中書令，久鎮蜀地。他自德宗貞元之年蒞任，至貞元十三年八月十六，適當五十初度。各鎮遣人賀壽，送下金珠異物，不計其數。獨東川盧八座送一歌女，方年一十三歲，亦以玉簫為名。韋皋見了書帖，大以為異，即便喚進。仔細一視，與當年姜荊寶所贈玉簫，面龐舉動，分毫不差。其左手中指上，有肉環隱出，分明與玉簫留別帶在指上的玉環相似。韋皋看了，歎道：「存歿兩分，一來一往，十二年後再續前緣之言，確然無爽，誰謂影響之事，無足憑哉！」為此各鎮所餽一概返還，只單收這一個美人。送入衙內，拜見太翁老夫婦，並芳淑夫人，言其緣故，無不駭異。夫人念其年幼，大是憐惜。韋皋相愛，也與昔日姜氏園中一般。

正當歡樂之際，天子降下一封詔書，說淮西彰義節度使吳少誠，背叛為逆，掠臨穎，圍許州，十分猖獗。詔使四鎮兵征討，俱為所敗。特命韋皋帥領川兵，繇荊楚進攻蔡州，擣其巢穴。韋皋遵奉敕書，即便部署兵馬，擇吉起程。以軍中寂寞，攜帶玉簫同往。正欲出兵，苗夫人差人賫書前來報訃，說老相公已故。韋皐歎道：「岳父雖則炎涼，何至死生不能相見。」為之流淚。芳淑夫人傷心痛哭，自不必說。韋皐即便遣得力家人前去，代苗夫人治喪。安葬事畢，就迎苗夫人到任所奉養。打發使人去後，親提精兵一萬，出巴峽，直抵荊襄。此時姜荊寶已陞任太守，因姜使君夫婦雙亡，丁憂在家。韋皐以去路不遠，方待遣人弔唁，忽然又有一道詔書到來，說吳少誠因聞調發各鎮大兵會勦，心中畏懼，悔過歸誠，上表納貢謝罪。朝廷赦宥，復其官爵，令諸道罷兵還鎮。韋皐暗想：「昔年姜使君相待之厚，此去水路甚近，今以罷兵，何不親往一拜？況玉簫停櫬未葬，就便又完此心事。一舉兩得，甚是有理。」即遣心腹將官率兵先回，止帶玉簫並親隨人等，與地方官討了一隻大船，順流而下。

到了江夏，差人報知荊寶。原來荊寶感韋皐救死復官之恩，沉檀雕塑生像，隨身供養，朝夕禮拜。此番聽得特來祭弔，飛奔到船頭迎接。韋皐請進船中，禮畢，隨喚過玉簫相見，笑道：「賢弟，你看這女子與向日玉簫何如？」荊寶仔細一覷，但見形容笑貌，宛然無二，心中駭異，請問此女來歷。韋皐將祖山人返魂相見，及盧八座生辰送禮的事，細述一遍，不繇人不嘖嘖稱奇。其時韋皐已備下祭文、香帛、牲禮，拜奠了姜使君夫婦。帶著玉簫，同到鸚鵡洲毘羅觀停櫬之處，也備有牲酒，向棺前燒奠一番。因見在玉簫即是其後身，所以全無哀楚。又想埋葬在此，後來無人看管，反沒結果，不如焚化，倒得乾淨。及至開棺，只見一陣清風，從空飛散，衣裳環珮，件件鮮明。骸骨全無，止有一玉環在內。眾人看了，搖頭吐舌，齊稱奇怪。韋皐拈起這玉環，與玉簫指上玉環痕一比，可煞作怪，那指上見出肉環即時隱下，便將環套在指上，不寬不緊，剛剛正好。韋皐猛然想起，對荊寶說道：「當年夢東獄帝君說此環有兩重姻眷，我只道先贅張府，後得玉簫，已是應矣，那知卻在他一人身上。前生後世，做兩重姻眷，方知玉環會合，生死靈通，真正今古奇聞。」當下韋臯辭別荊寶，登舟回歸成都。不久苗夫人喪葬事畢，也迎請來到。

韋臯在鎮，共二十一年，進爵為南康王。父母俱登耄耋，誥封如其官。芳淑夫人與玉簫俱生有兒子，克紹家聲。川中人感其恩惠，家家畫像，奉祀為香火。看官，須曉得韋臯是孔明後身，當時有功蜀地，未享而卒，所以轉生食報。至於姜荊寶，施恩未遇，後得救生。玉簫鍾情深至，再世續緣。此正種花得花，種果得果，花報果報，皆見在實事，不是說話的打誑語也。詩云：

舉世何人識俊髦，眼前冷煖算分毫。
施恩得報惟荊寶，再世奇緣只玉簫。
蜀鎮令公真葛亮，張家女婿假韓翺。
往事略略胸襟廣，莫把文章笑爾曹。

第十卷　王孺人離合團魚夢

門外山青水綠，道路茫茫馳逐。行路不知難，頃刻夫妻南北。莫哭莫哭，不斷姻緣終續。

這闋如夢令詞，單說世人夫婦，似漆如膠，原指望百年相守。其中命運不齊，或是男子命硬，剋了妻子，或是女子命剛，剋了丈夫。命書上說，男逢羊刃必傷妻，女犯傷官須再嫁。既是命中犯定，自逃不過。其間還有丈夫也不是剋妻的，女人也不是傷夫的，驀地裡遭著變故，將好端端一對和同水密、半步不廝離的夫妻，一朝拆散。這何常是夫妻本是同林鳥，大限來時各自飛？還有一說，或者分離之後，恩斷義絕，再無完聚日子，倒也是個平常之事，不足為奇。惟有那姻緣未斷，後來依舊成雙的，可不是個新聞？

在下如今先將一個比方說起，昔日唐朝有個寧王，乃玄宗皇帝之弟，恃著親王勢頭，驕縱橫行，貪淫好色。那王府門首有個賣餅人的妻子，生得不長不短，又嬌又嫩，修眉細眼，粉面朱唇；兩手滑似柔荑，一雙小腳，卻似潘妃行步，處處生蓮。寧王一見著魂，即差人喚進府中。那婦人雖則割捨不得丈夫，無奈迫於威勢，勉強從命。這一樁事，若是平民犯了，重則論做強姦，輕則只算拐占，定然問大大一個罪名。他本是親王，誰人敢問？若論王子王孫犯法與庶民同罪，這句話看起來不過是設而不行的虛套子，有甚相干。寧王自得此婦，朝夕淫樂，專寵無比。回頭一看，滿府中妖妖嬈嬈嬌嬌媚媚的，盡成灰土。這方是情人眼裡西施，別個事他不過。如此春花秋月，不覺過了年餘，歡愛既到極處，滋味漸覺平常。

一日，遇著三月天氣，海棠花盛開，寧王對花飲酒。餅婦在傍，看著海棠，暗暗流淚。寧王瞧著，便問道：「你在我府中，這般受用，比著隨了賣餅的，朝巴暮結，難道不勝千倍？有甚牽掛在心，還自背地流淚？」餅婦便跪下去說道：「若賤妾生長在大王府中，便沒牽掛。既先為賣餅之妻，這便是牽掛之根了，故不免墮淚。」寧王將手扶起道：「你為何一向不牽掛，今日卻牽掛起來？」餅婦道：「這也有個緣故：賤妾生長田舍之家，只曉得桃花、李花、杏花、梅花，並不曉得有甚麼海棠花。昔年同丈夫在門前賣餅，見府中親隨人擔這海棠花過來，妾生平不曾看見此花，教丈夫去採一朵來戴。丈夫方走上去採這海棠，被府中人將紅棍攔肩一棍，說道：『普天下海棠花俱有色無香，惟有昌州海棠有色有香，奉大王命，直到昌州取來的。你卻這樣大膽，擅敢來採？』賤妾此時就怨自己不是，害丈夫被打這一棍。今日在大王府中見此海棠，所以想起丈夫，不繇人不下淚。」

寧王聽此說話，也不覺酸心起來，說道：「你今還想丈夫，也是好處。我就傳令，著你丈夫進府，與你相見，何如？」餅婦即跪下道：「若得丈夫再見一面，死亦瞑目。」寧王聽了，點點頭兒，仍扶了起來，即傳令旨，出去呼喚。不須臾喚到，直至花前跪下。賣餅的雖俯伏在地，冷眼卻瞧著妻子，又不敢哭，又不敢仰視。誰知妻子見了丈夫，放聲號哭起來，也不怕寧王嗔怪。寧王雖則情性風流，心卻慈善，見此光景，暗想道：「我為何貪了美色，拆散他人的夫妻？也是罪過。」即時賞賜百金，與婦人遮羞，就著賣餅的領將出去，復為夫婦。當時王維❶曾賦一詩，以紀此事。詩云：

莫以今時寵，難忘舊日恩。
看花滿眼淚，不共楚王言。

這段離而復合之事，一則是賣餅妻子貌美，又近了王府，終日在門前賣俏。謾藏誨盜，冶容誨淫，合該有此變故。如今單說一個赴選的官人，驀地裡失了妻子，比寧王強奪的尤慘；後來無意中仍復會合，比餅婦重圓的更奇。

這事出在那個朝代？出在南宋高宗年間。這官人姓王名從事，汴梁人氏，幼年做了秀才，就貢入太學❷。娘子喬氏，舊家兒女，讀書知禮。夫妻二人，一雙兩好。只是家道貧寒，單單惟有夫妻，並無婢僕，也未生兒女。其時高宗初在臨安建都，四方寇盜正盛。王從事捱著年資，合當受職，與喬氏商議道：「我今年紀止得二十四五，論來還該科舉，博個上進功名，纔是正理。但只家事不足，更兼之盜賊又狠，這汴梁一帶，原是他口裡食。倘或復來，你我縱然不死，萬一被他驅歸捉去，終身淪為異域之人了。意欲收拾資裝，與你同至臨安，且就個小小前程，暫圖安樂。等待官滿，干戈寧靜，仍歸故鄉。如若兵火未息，就入籍臨安，未為不可。你道何如？」喬氏道：「我是女流，曉得甚麼，但憑官人自家主張。」王從事道：「我的主意已定，更無疑惑。」即便打疊行裝，擇日上道，把房屋家伙托與親戚照管。一路水程，毫不費力，直至臨安。看那臨安地方，真個好景致。但見：

❶ 王維：唐代詩人。下文所作的詩和整個這件事見本事詩。

❷ 貢入太學：貢入，成為貢生。太學，國子監。

鳳凰聳漢，秦望連雲。慧日如屏多怪石，孤山幽僻遍梅花。天竺峰，飛來峰，峰峰相對，誰云靈鷲移來；萬松嶺，風篁嶺，嶺嶺分排，總是仙源發出。湖開瀲灩，六橋桃柳盡知春；城拱崔巍，百雉樓臺應入畫。數不盡過溪亭，放鶴亭，翠微亭，夢兒亭，步到賞心知勝覽；看不迭夫差墓，許遠墓，杜牧墓，林逋墓，行來弔古見名賢。須知十搭九無頭，不信清官留不住。

王從事到了臨安，倉卒間要尋下處。臨安地方廣闊，踏地不知高低，下處正做在抱劍營前。那抱劍營前後左右都是妓家，每日間，穿紅著綠，站立門首接客。有了妓家，便有這班閒游浪蕩子弟，著了大袖闊帶的華服往來搖擺。可怪這班子弟，若是嫖的，不消說要到此地，就是沒有錢鈔不去嫖的，也要到此闖寡門，喫空茶。所以這抱劍營前，十分熱鬧。既有了這些妓家，又有了這些閒游子弟，男女混雜，便有賣酒、賣肉，賣詩畫、賣古董、賣玉石，賣綾羅手帕、荷包香袋，賣春藥，賣梳頭油，賣胭脂搽面粉的。有了這班做買賣的，便有偷雞、剪綹、撮空、撇白、托袖、拐帶有夫婦女，一班小人，叢聚其地。王從事一時不知，賃在此處，僱著轎子，擡喬氏到下處。原來臨安風俗，無論民家宦家，都用涼轎。就是布幃轎子，也不用簾兒遮掩。就有簾兒，也要揭起，憑人觀看，並不介意。今番王從事娘子，少不得也是一乘沒簾兒的涼轎。那喬氏生得十分美貌，坐在轎上，擡到下處，人人看見，誰不喝采道：「這是那裡來的女娘，生得這般標致！」怎知為了這十分顏色，反惹出天樣的一場大禍事來。正是：

兔死因毛貴，龜亡為殼靈。

卻說王從事夫妻，到了下處，一見地方落得不好，心上已是不樂。到著晚來，各妓家接了客時，你家飲酒，我家唱曲，東邊猜拳，西邊擲骰。那邊樓上提琴絃子，這邊廊下吹笛弄簫。嘈嘈雜雜，喧喧攘攘，直至夜深，方纔歇息。從事夫婦，住在其間，又不安穩，又不雅相，商議要搬下處。又可怪臨安人家房屋，只要門面好看，裡面只用蘆葦隔斷，塗些爛泥，刷些石灰白水，就當做裝摺。所以間壁緊鄰，不要說說一句話便聽得，就是撒屁小解，也無有不知。王從事的下處，緊夾壁也是個妓家，那妓家姓劉名賽。那劉賽與一個屠戶趙成往來，這人有氣力，有賊智，久慣幫打官司，賭場中捉頭放囊，衙門裡買差造訪。又結交一班無賴，一呼百應，打搶紮詐，拐騙掠販，養賊窩贓，告春狀，做硬證，陷人為盜，無所不為。這劉賽也是畏其聲勢，不敢不與他往來，並非真心情願。

喬氏到下處時，趙成已是看見，便起下欺心念頭。為此，連日只在劉賽家飲酒歇宿，打聽他家的舉動。那知王從事與妻子商量搬移下處，說話雖低，趙成卻聽得十之二三，心上想道：「這蠻子，你是別處人，便在這裡住住何妨？卻分甚麼皂白，又要搬向他處，好生可惡！我且看他搬到那一個所在，再作區處。」及至王從事去尋房子，趙成暗地跟隨。

王從事因起初倉卒，尋錯了地方，此番要覓個僻靜之處。直尋到錢塘門裡邊，看中了一所房子。又仔細體問鄰家，都是做生意的，遂租賃下了。與妻子說知，擇好日搬去。這些事體，趙成一一盡知。

王從事又無僕從，每事俱要親身。到了是日，喬氏收拾起箱籠，王從事道：「我先同扛夫擡去，即便喚轎子來接你。」道罷，竟護送箱籠去了。

喬氏在寓所等候，不上半個時辰，只見兩個漢子走入來，說：「王官人著小的來接娘子到錢塘門新下處去，轎子已在門首。」喬氏聽了，即步出來。上轎看時，卻是一乘布幃轎子。喬氏上了轎，轎夫即放下簾兒，擡起就走。也不知走了多少路，到一個門首，轎夫停下轎子，揭起簾兒。喬氏出轎，走入門去，卻不見丈夫，只見站著一夥面生歹人。原來趙成在間壁，聽見王從事吩咐妻子先押箱籠去的話，將機就計，如飛教兩個人擡乘轎子來，將喬氏騙去。臨安自來風俗，不下轎簾，趙成恐王從事一時轉來遇著，事體敗露，為此把簾兒下了，直擡至家中。

喬氏見了這一班人，情知有變，諕得面如土色，即回身叫轎夫道：「你說是我官人教你來接我到新下處，如何擡到這個所在？還不快送我去！」那轎夫也不答應，竟自走開。趙成又招一個後生，趄近前來，左右各挾著一隻胳膊，扶他入去，說：「你官人央我們在此看下處，即刻就來。」喬氏嬌怯怯的身子，如何強得過這兩個後生，被他直攙至內室。喬氏喝道：「你們這班是何等人？如此無理！我官人須不是以下之人，他是河南貢士，到此選官的。快送我去，萬事皆罷。若還遲延，他決不與你干休。」趙成笑道：「娘子弗要性急，權住兩日，就送去便了。」喬氏道：「胡說！我是良人妻子，怎住在你家裡？」趙成帶著笑，側著頭，直湊到臉上去說道：「娘子，你家河南，我住臨安，天遣良緣，怎說此話。」喬氏大怒，劈面一個巴掌，罵道：「你這斫頭賊！如此清平世界，敢設計誆騙良家婦女在家，該得何罪！」趙成被打了這一下，也大怒道：「你這賊婦，好不受人擡舉！不是我誇口說，任你夫人小姐，落到我手，不怕飛上天去，那希罕你這酸丁的婆娘。要你死就死，活就活，看那一個敢來與我講話！」

喬氏聽了，想道：「既落賊人之手，丈夫又不知道，如何脫得虎口？罷罷，不如死休！」乃道：「原來你是殺人強盜，索性殺了我罷！」趙成道：「你若要死，偏不容你死。」眾人道：「實對你說，已到這裡，料然脫不得白。好好順從，自有好處。」喬氏此時要投河奔井沒個去處，欲待懸梁自刎，又被這班人看守，真個求生不能生，求死不得死。無可奈何，放聲大哭。哭了又罵，罵了又哭，搥胸跌足，磕頭撞腦，弄得個頭鬢蓬鬆。就是三寸三分的紅繡鞋，也跳落了。趙成被他打了一掌，又如此罵，如此哭，難道行不得兇？只因貪他貌美，姦他的心腸有十分，賣他的心腸更有十二分，所以不放出虎勢，只得緩緩計較。乃道：「眾兄弟莫理他，等再放肆時，少不得與他一頓好皮鞭，自然妥當。」一會兒，搬出些酒食，眾人便喫，喬氏便哭。眾人喫完，趙成打發去了，叫妻子花氏與婢妾都來作伴防備。

原來趙成有一妻兩妾，三四個丫頭，走過來輪流相勸。將銅盆盛了熱水，與他洗臉。喬氏哭猶未止，花氏道：「鐵怕落爐，人怕落囤。你如今生不出兩翅，飛不到天上，到不如從了我老爹罷。」喬氏嚷道：「從甚麼？從甚麼！」那婆娘道：「陪老爹睡幾夜，若服事得中意，收你做個小娘子，也叫做從。或把與別人做偏房，或是賣與門戶人家做小娘，站門接客，這也叫做從，但憑你心上從那一件。」喬氏聽了，一發亂跌亂哭。頭髻跌散，有一隻金簪子掉將下來，喬氏急忙拾在手中。原來這隻金簪是王從事初年行聘禮物，上有「王喬百年」四字，喬氏所以極其愛惜。當此受辱受虧之際，不忍棄捨。此時趙成又添了幾杯酒，慾火愈熾。喬氏雖則淚容慘淡，他看了轉加嬌媚，按納不住，趕近前雙手抱住，便要親嘴。喬氏憤怒，拈起手中簪子，望著趙成面上便刺，正中右眼，刺入約有一寸多深。趙成疼痛難忍，急將手搭住喬氏手腕，向外一扯，這簪子隨手而出，鮮血直冒，昏倒在地。可惜一團高興，弄做冰消瓦解。連這一妻兩妾三四個丫頭，把香灰糝的，把帕子扎的，把喬氏罵的、揪打的，亂得六缸水渾。趙成昏去了一大回，方纔忍痛開言，說：「好好，不從我也罷了，反槊壞我一目。你這潑賤歪貨，還不曉得損人一目、家私平分的律法哩。」叫丫頭扶入內室睡下，去請眼科先生醫治。又吩咐妻妾們輪流防守喬氏，不容他自尋死路。詩云：

> 雙雙鶼鳥泛河洲，矰繳遙驚兩地投。
> 自繫樊籠難解脫，霜天叫徹不成儔。

且說王從事押箱籠到了新居，覆身轉來，叫下轎子，到舊寓時，只見內外門戶洞開，妻子不知那裡去了。問及鄰家，都說不曉得，惟有劉賽家說：「方纔有一乘轎子接了去，這不是官人是那個？」王從事聽了這話，沒了主意。一則是異鄉人，初到臨安，無有相識；二是孤身獨自，何處去找尋？走了兩三日，沒些蹤影。心中憤恨，無處發洩，卻到臨安府中，去告起一張狀詞，連緊壁兩鄰都告在狀上。這兩鄰一邊是劉賽，一邊是做豆腐的，南潯人，姓藍，年紀約莫六十七八歲，人都叫他藍老兒，又叫藍豆腐。臨安府尹拘喚劉賽及藍豆腐到官審問，俱無蹤跡。一面出廣捕查訪，一面將劉賽、藍豆腐招保。趙成在家養眼，知得劉賽被告，暗暗使同伴保了劉賽，又因劉賽保了藍豆腐。王從事告了這張狀詞，指望有個著落，那知反用了好些錢鈔，依舊是捕風捉影。自此無聊無賴，只得退了錢塘門下處，權時僑寓客店，守候選期，且好打探妻子消息。分明是：

> 石沉海底無從見，浪打浮漚那得圓。

再說趙成，雖損了一目，心性只是照舊。又想：「這婆娘烈性，料然與我無緣的了，不如早早尋個好主顧賣去吧。」恰有一新進士，也姓王，名從古，平江府吳縣人，新選衢州府西安縣知縣，年及五旬，尚未有子，因在臨安帝都中，要買一妾，不論室女❸、再嫁，只要容貌出眾，德性純良，就是身價高，也不計較。那趙成慣做這掠販的買賣，便有慣做掠販的中媒，打聽著了，飛風來報與他知。趙成便要賣與此人，心上躊躇，怕喬氏又不肯從，教妻子去探問他口氣。這婆娘扯個謊只說：「新任西安知縣，結髮已故，名雖娶妾，實同正室。你既不肯從我老爹，若嫁得此人，依舊去做奶奶，可不是好？」喬氏聽了，細想道：「此話倒有三分可聽。我今在此，死又不得死，丈夫又不得見面，何日是了？況我好端端的夫妻，被這強賊活拆生分，受他這般毒辱，此等冤讐，若不能報，雖死亦不瞑目。」又想道：「到此地位，只得忍恥偷生，將幾就機，嫁這官人，先脫離了此處，方好作報讐的地步。聞得西安與臨安相去不遠，我丈夫少不得做一官半職，天若可憐無辜受難，日後有個機會，知些蹤跡，那時把被掠真情告訴。或者讀書人念著斯文一脈，夫婦重逢也不可知，報得冤讐也不可知。但此身圈留在此，不知是甚地方，又不曉得這賊姓張姓李，全沒把柄。」

想了一回，又怕羞，不好應承，汪汪眼淚掉將下來，就靠在桌兒上，嗚嗚咽咽的悲泣。花氏因他不應，垂頭而哭，一眼覷見他頭上露出金簪子，就伸手輕輕去拔他的。喬氏知覺，擡起頭來，簪子已在那婆娘手中。喬氏急忙搶時，那婆娘掣身飛奔去了。喬氏失了此簪，放聲大哭，暗思道：「這是我丈夫行聘之物、刺賊救身之寶，今落在他人之手，眼見得要夫妻重會不能夠了。」自此尋死的念頭多，嫁人的念頭少，哭得個天昏地暗。朦朧睡去，夢見一個大團魚爬到身邊。喬氏平昔善會烹治團魚，見了這個大

❸ 室女：未出嫁的女子。

團魚，便拿把刀，將手去捉他來殺。這團魚擡頭直伸起來，喬氏畏怕，又縮了手。喬氏心記頭上金簪，不知怎地，這簪子卻已在手，就向團魚身上一丟，捨不得，連忙去拾，這簪子卻又不見。四面尋覓，只見那團魚伸長了頸，說起話來，叫道：「喬大娘，喬大娘，你不要愛惜我，殺我也早，燒我也早；你不要懷念著金簪子，尋得著也好，尋不著也好；你不要想著丈夫，這個王也不了，那個王也不了。」喬氏見團魚說話，連叫奇怪，就手把刀去斫他。卻被團魚一口囓住手腕，疼痛難忍，霎然驚醒。想道：「我丈夫平時喜喫團魚，我常常為他烹煮。莫非殺生害命，至有今日夫妻拆散之報？」

正想之間，花氏又來問：「願與不願，蚤些說出來，莫要擔誤他人。」喬氏無可奈何，勉強應允。趙成又想：「這婆娘利害，倘到那邊，一五一十說出這些緣故，他們官官相護，一時翻轉臉皮來，尋我不是，可不老大利害。莫把家裡與他認得。」又吩咐媒人，只說姓胡。這一班通是會中人，俱各會意。到王知縣船上去說，期定明日親自來相看。趙成另向隱僻處借下一個所在，把喬氏擡到那邊住下，趙成妻子一同齊去。到午牌前後，王從古同媒人來，將喬氏仔細一看，姿容美麗，體態妖嬈，十分中意，即便去了。不多時，媒人領了十來人，行下三十萬錢聘禮。喬氏事到其間，只得梳粧，含羞上轎。雖非守一而終，還喜明媒正娶，強如埋沒在趙成家裡。要知喬氏嫁人，原是失節，但趙成家緊緊防守，尋死不得。至此又還想要報讐，假若果然尋了死路，後來那得夫婦重逢，報讐雪恥？當時有人作絕句一首，單道喬氏被掠從權，未為不是。詩云：

草草臨安住幾時，無端風雨喚離居。

東天不養西天養，及到東天月又西。

喬氏上了轎，出了臨安城，王從古泊船江口，即舟中成其夫婦。王從古本來要娶妾養子，因見喬氏美艷，枕席之間，未免過度。那喬氏從來知詩知禮，一時被掠，做下出乖露醜，每有所問，勉強支吾，心實不樂。王從古只道是初婚怕羞，那知有事關心，各不相照。王從古既已娶妾，即便開船。過了富陽、桐廬，望三衢進發。為甚叫做三衢？因洪水暴出，分為三道，故名三衢。這衢州地方，上屬牛女分野，春秋為越西鄙姑蔑地，秦時名太末，東漢名新安，隋時名三衢，唐時名衢州，至宋朝相因為衢州府，負郭的便是西安首縣。王從古到了西安上任，參謁各上司之後，親理民事。無非是兵刑錢穀，戶婚田土，務在伸屈鋤強，除奸剔蠹。為此萬民感仰，有神明之稱。又一清如水，秋毫不取，西安縣中寂然無事。真個：

雨後有人耕綠野，月明無犬吠花村。

這王從古是中年發達的人，在蘇州起身時，欲同結髮夫人安氏赴任，夫人道：「你我俱是五旬上邊的人，沒有兒女。醫家說：女人家至四十九歲，絕了天癸，便沒有養育之事。你的日子還長，不如娶了偏房，養個兒子，接代香火。你自去做官，我情願在家喫齋念佛。」故此王從古到臨安娶妾。至任，衙中隨身伴當、夫妻兩人，親丁只有喬氏。誰知喬氏懷念前夫，心中只是怏怏。

光陰迅速，早又二年。一日，正值中秋，一輪明月當空，清光皎潔。王從古在衙齋對月焚香啜茗，喬氏在傍侍坐。但見高梧疏影，正照在太湖石畔，清清冷冷，光景甚是蕭瑟。兼之鶴唳一聲，蟋蟀絡緯，間為相應。雖然是個官衙，恰是僧房道院，也沒有這般寂寞。王從古乘閒問著喬氏道：「你相從我，不覺又是兩年，從不見你一日眉開，畢竟為甚？」喬氏道：「大凡人悲喜各有緣故。若本來快活，做不出憂愁；若本來悲苦的，要做出喜歡，一發不能夠。」王從古見他說話含糊，又道：「我見你德性又好，才調又好，並不曾把偏房體面待你，為何不向我說句實話？」喬氏道：「失節婦人，有甚好處，多煩官人這般看待。」王從古道：「你是汴梁人，重婚再嫁，不消說起。畢竟你前夫是死是活？為甚的到了臨安，住在胡家？」喬氏道：「原來這販賣人家姓胡麼？」王從古聽說，一發驚異道：「你住在他家，為何還不曉得他姓胡？然則你丈夫是甚麼樣人？」喬氏道：「妻子既被人販賣，說出來一發把他玷辱，不如不說。況今離別二年有餘，死也沒用，活也沒用。」言罷，雙淚交流，唏噓歎息。王從古聽他說話又苦，光景又慘，連自家討個販賣來的做偏房，也沒意思，悶悶不樂而睡。喬氏見他已睡，乃題一詩於書房壁上，詩云：

蝸角蠅頭有甚堪，無端造次說臨安。
因知不是親兄弟，名姓憑君次第看。

題罷就寢。明早，王從古到書房中，見了此詩，知道是喬氏所作，把詩中之意一想：「蝸角蠅頭，他丈夫定是求名求利的。到臨安失散，不消說起。後邊兩句，想是將丈夫姓名，做個謎話，教我詳察。我一時如何便省得其意。」王從古方在此自言自語，只見喬氏送進茶來，王從古道：「你詩中之意，我都曉得。若後來訪得你前夫消息，定然使你缺月重圓。」喬氏聽見此話，雙膝就跪下，拜道：「願官人百年富貴，子孫滿堂。」此時笑容可掬，真個是兩年間只有這個時辰笑得一笑，眉頭開得一開。王從古看了，點頭嗟嘆其不忘前夫。

自此又過年餘。一日，正當理事，陰陽生報道：「府學新到教授來拜。」王知縣先看他腳色，乃是汴梁人，年二十八歲，繇貢士出身，初授湖州訓導，轉陞今職，姓王名從事。王從古見名姓與己相去不遠，就想著喬氏詩中有「因知不是親兄弟」之句，沈吟半晌：「莫非正是此君？且從容看是如何。」遂出至賓館中相見。答拜已畢，從此往來。也有公事，也有私事，日漸親密。一來彼此主賓，原無拘礙，二來是讀書人遇讀書人，說話投機。杯酒留連，習為常事，倏忽便是二年。

那衢州府城之南，有一爛柯山，相傳是青霞第八洞天。晉時樵夫王質入山斫柴，見二童子相對下棋，王質停了斧柯觀看。一局棋還未完，王質的斧柯盡已朽爛，故名為爛柯山。有此仙山聖蹟，所以官民士宦，都要到此山觀玩。一日，早春天氣，王從事治下肴榼，差馳夫持一柬到縣，請王知縣至爛柯山看梅花。王從古即時散衙，乘小轎前來。王從事又請訓導葉先生同來陪酒。這葉先生雙名林春，就是樂清縣人。三位官人，都是角巾便服，素鞋淨襪，攜手相扶，緩步登山。籍地而坐，飲酒觀花。是日天氣晴和，微風披拂，每遇風過，這些花瓣，如魚鱗般飛將下來，也有點在衣上，也有飛入酒杯。王知縣道：「這般良辰美景，不可辜負。我三人各分一韻，即景題詩，以志一時逸興。」王教授道：「如此最妙。」就將詩韻遞與王知縣。知縣接韻在手，隨手揭出一韻，乃是「壺」字。知縣又遞與王教授，教授又送葉訓導。那葉訓導揭得「仙」字。然後王教授揭著一韻，卻是一個「妻」字，不覺愀然起來。況且遊山看花的題目，用不著「妻」字，難道不是個險韻？又因他是無妻子的人，驀地感懷，自思自歎，知縣、訓導那裡曉得。王知縣把酒在手，咿咿唔唔的吟將出來。詩云：

梅發春山興莫孤，枝頭好鳥喚提壺。
若無佳句酬金谷，卻是高陽舊酒徒。

葉訓導詩云：

買得山光不用錢，梅花清瘦自嫣然。
折來不寄江南客，贈與孤山病裡仙。

王教授拈韻在手，詩到未成，兩淚垂垂欲滴。王知縣道：「老先生見招，為何先自沒興，對酒不樂，是甚意思？」王教授道：「偶感寒疾，腹痛如刺，故此詩興不湊，例當罰遲。」自把巨杯斟上。這杯酒卻有十來兩，王教授平昔酒量原是平常，卻要強進此杯，咽下千千萬萬的苦情。不覺一飲而盡，紅著兩眼，吟詩云：

景物相將興不齊，斷腸行路各東西。
誰教夢逐沙吒利，漫學斑鳩喚舊妻。

吟罷，大歎一聲。王知縣道：「老先生興致不高，詩情散亂，又該罰一杯。」王教授只是垂頭不語。葉訓導喚從人，將過雲母箋一幅，遞與王知縣，錄出所題詩句。知縣寫詩已畢，後題「姑蘇王從古」五字。因知縣留名，葉訓導後邊也寫「樂清葉林春漫錄」七字。兩人既已留名，王教授也寫個「汴人王從事書」，只是詩柄上增「春日邀王令公、葉廣文同遊爛柯山看梅，限韻得『妻』字」，書罷，遞與王知縣。知縣反覆再看，猛然心動，就將雲母箋一卷，藏入袖裡，說道：「待學生仔細玩味一番，容日奉到。」是日天色已晚，各自回衙。

王從古故意將這詩箋，就放在案頭。喬氏一日走入書房，見了這卷雲母箋，就展開觀看。看到後邊這詩，認得筆跡是丈夫的，又寫著汴人王從事，「這不是我丈夫是誰？難道汴梁城有兩個王從事不成？」又想道：「我丈夫出身貢士，今已五年，就做衢州教授也不甚差。難道一緣一會，真正是他在此做官？」又想道：「他既做了官，應該重娶了。今看詩中情況，又怨又苦，還不像有家小。假若他還不曾娶有家小，我卻已嫁了王知縣，可不羞死！縱然後來有相會日子，我有甚顏面見他？」心裡想，口裡恨，手裡將胸前亂搥。恰好王從古早堂退衙，走入書房。見喬氏那番光景，問道：「為甚如此模樣？」喬氏道：「我見王教授名姓與我前夫相同，又是汴梁人，故此煩惱。」王從古情知事有七八分，反說道：「你莫認差了，王教授說祖籍汴梁，其實三代住在潤州。」喬氏道：「這筆跡是我前夫的，那個假得？」王從古道：「這是他書手代寫的，休認錯了。」喬氏道：「他是教授，倒有書手代寫；你是一縣之主，難道反沒有個書手，卻又是自家親筆。」王從古見他說話來得快捷，又笑道：「這又有一個緣故，王教授右手害瘡，寫不得字，故此教書手代寫。我手上又不害瘡，何妨自家動筆。」喬氏見說，沒了主意，半疑半信。王從古外面如此淡話，心上卻見他一念不忘前夫，倒有十分敬愛，又說道：「事且從容，我再與你尋訪。」

又過了幾日，縣治後堂工字廳兩邊庭中，千葉桃花盛開，一邊紅一邊白，十分爛熳，王從古要請王教授、葉訓導玩賞桃花。先差人投下請帖，吩咐廚下整治肴饌，對喬氏道：「今日請王教授，他是斯文清趣的人，酒饌須是精潔些。」喬氏聽說請王教授，反覺愕然，忙應道：「不知可用團魚？」王從古道：「你平日不煮團魚，今日少了這一味也罷。」喬氏道：「恐怕王教授或者喜喫團魚，故此相問。」王從古笑道：「這也但憑你罷了。」原來王從古舊有腸風下血之病，到西安又患了痔瘡，曾請官醫調治，官醫又寫一海上丹方，云：團魚滋陰降火涼血，每日烹調下飯，將其元煮白汁薰洗，無不神效。王從古自得此方，日常著買辦差役買團魚進衙。喬氏本為王從事好食團魚，見了團魚就思想前夫，又向在趙成家得此一夢，所以不喫團魚，也不去烹調。今番聽說請王教授，因前日詩箋上，姓名字跡，疑懷未釋，故欲整治此味，探其是否。王從古冷眼旁觀，先已窺破他的底蘊，故意把話來挑引。此乃各人心事，是說不出的話。

當下王從古正與喬氏說長話短，外邊傳梆道：「學裡兩位師爺，都已請到。」王從古即出衙迎接，引入後堂。茶罷清談，又分韻詠紅白二種桃花詩。卻好詩也做完，酒席已備。那日是知縣做主人，少不得王教授是第一位，葉訓導是第二位。席間賓主歡洽，杯觥交錯。大抵官府晏飲，不擲色，不猜拳，只是行令。這三位官人，因是莫逆相知，行令猜拳，放懷大酌。王教授也甚快活，並不比爛柯山賞梅花的光景。

正當歡樂之際，門子供上一品肴饌，不是別味，卻是一品好團魚。各請舉筯，王知縣一連數口，便道：「今日團魚，為何異常有味？」那葉訓導自來戒食此品，教門子送到知縣席上。惟王教授，一見供上團魚，忽然不樂。再一眼看覷，又有驚疑之意。及舉筯細細一箇，俯首沈吟，出了神去，兩隻牙筯在碗中撥上撥下。看一看，想一想，汪汪的兩行珠淚掉將下來，比適纔猜拳擲色光景，大不相同。王知縣看了，情知有故，便道：「一人向隅，滿座不樂。王老先生每次悲哭敗興，大殺風景，收了筵席罷。」葉訓導聽見此語，早已起身，打恭作謝，王教授也要告辭。王知縣道：「葉老先生先請回衙，王老先生暫留，還有說話。」遂送葉訓導出堂，上轎去後，覆身轉來，屏退左右，兩人接席而坐。王知縣低聲問王教授道：「老先生適纔不喫團魚，反增悽愴，此是何故？小弟當為老先生解悶。」王教授道：「晚生一向抱此心事，只因言之污耳，所以不敢告訴。晚生原配荊妻喬氏，平生善烹治團魚，先把團魚裙子刮去黑皮，切臠必定方正。今見貴衙中整治此品，與先妻一般。觸物感懷，所以墮淚。」王知縣道：「原來尊閫早已去世，小弟久失動問。」王教授道：「何曾是死別，卻是生離。」王知縣道：「為甚乃至於此？」王教授將臨安僦居一段情繇，說了一遍。

王知縣聽了此話，即令開了私宅門，請王教授進衙，便教喬氏出房相認。喬氏一見了王從事，王從事一見了妻子，彼此並無一言，惟有相抱大哭。連王知縣也悽慘垂淚。直待兩人哭罷，方對王教授道：「我與老先生同在地方做官，就把尊閫送到貴衙，體面不好。小弟以同官妻為妾，其過大矣，然實陷於不知。今幸未育兒女，甚為乾淨。小弟如今宦情已淡，即日告病歸田，待小弟出衙之後，離了府城，老先生將一小船相候，彼此不覺，方為美算。」王教授道：「然則當年老先生買妾，用多少身價，自當補還。」王知縣道：「開口便俗，莫題莫題。」說罷，王教授別了知縣、喬氏，自還衙齋。王從古即日申文上司告病，各衙門俱已批允，收拾行裝，離任出城，登舟望北而行，打發護送人役轉去。王教授泊船冷靜去處，將喬氏過載，復為夫婦。一床錦被遮羞，萬物盡勾一筆。只將臨安被人劫掠始終，並團魚一夢，從頭至尾，上床時說到天明，還是不了。正是：

今宵賸把銀釭照，猶恐相逢是夢中。

喬氏說道：「我今夫妻重合，雖是天意，實出王知縣大德，自不消說起。但大讐未報，死不甘心。怎生訪獲得這強賊，把他粉骨碎身，方纔雪此讐恥。」王從事道：「我雖則做官，卻是寒氈冷局，且又不知這賊姓名居處，又在隔府別縣，急切裡如何就訪得著。」喬氏道：「此賊姓胡，已是曉得，但不知其住處。」王從事道：「此事只索放下，再作區處。」

話休煩絮，王從事又官一年，任滿當遷，各上司俱薦他學行優長，才猷宏茂，堪任煩劇，遂陞任臨安府錢塘縣知縣。喬氏聞報大喜，對丈夫道：「今任錢塘，便是當年拆散之地。縣令一邑之長，當與百姓申冤理枉，何況自己身負奇冤，不為報雪？到彼首當留心此事。」王從事道：「不消叮嚀，但事不可定，事不可知。且待到任之後，自有道理。」隨擇日起程，從金華一路到錢塘上任。三朝行香之後，參謁上司。京縣與外縣不同，自中書政府以及兩臺各衙門，那一處不要去參見。通謁之後，刊布規條，投文放告，徵比錢糧。新知縣第一日放告，那告狀的也無算，王從事只揀情重的方准。中有一詞，上寫道：

告狀人周紹，告為劫賭殺命事。紹係經商生理，段鋪揚州。有子周玄，在家讀書，禍遭嘉興三犯鹽徒丁奇，遁居臨安開賭，誘子宿娼，劉賽朋扛賭博，刦去血資五十餘兩、金簪一隻。紹歸往理，觸兇毒打垂斃。趙成救證。誘賭刦財，逞兇殺命。告。

原告：周紹
被犯：丁奇　劉賽　周玄
干證：趙成

王從事看這詞，事體雖小，誘引人家子弟鬬賭，情實可惡，也就准了，仰本圖里老拘審。原來這張狀詞，卻是趙成陰唆周紹告兒子的。趙成便貪淫作惡，妻子婢妾卻肯捨身延壽，凡在他家走動的，無有不是相知，好似鬍鬍頭上拍蒼蠅，來一個著一個，總來只瞞著趙成一人。有曉得的，在背後顛脣簸嘴說道：「趙瞎子做盡人，那得無此現世報。」趙成近時忽地道女人滋味平常，要尋小官人味道嚐嚐，正刮著周紹的兒子周玄。這周玄排行第一，人都叫他是周一官，年紀十七八歲，一向原是附名讀書，被趙成設計哄誘，做了男風朋友，引到家中，穿房入戶。老婆婢妾看見年紀小，又標致，個個把他當是性命活寶。趙成大老婆花氏，已是三十四五，年紀是他長，名分是他大，風騷又是他為最。周玄單單供應這婆娘，還嫌弗夠。所以一心倒在周玄身上，平日積下的私房，盡數與他，連向日搶喬氏這隻金簪，也送與他做表記。兩個小老婆，也要學樣，手中卻少東西，只有幾件衣服，將來表情。丫頭們止送得汗巾香袋。周玄分明是瞎倉官收糧，無有不納。趙成一生占盡便宜，只有這場交易，喫了暗虧。

周玄跟著趙成，到處酒樓妓館、賭博場中，無不串熟。小官家生性，著處生根，那時嫖也來賭也來，把趙成老婆所贈，著實撒漫。那抱劍營前劉賽，手內積趲得東西，買起粉頭接客，自己做鴇兒管家。又開賭場，嫖客到來，乘便就除紅捉綠。周玄常在他家走動。這丁奇是嘉興販綿綢客人，到劉賽家來嫖，與周玄相遇，劉賽牽頭賭錢。丁奇卻是久擲藥骰❹的，周玄初出小夥子，那消幾擲，身邊所有盡都折倒，連趙成老婆與他這隻金簪也輸了。是時五月天氣，不戴巾帽，丁奇接來就插在角兒上。賭罷，周玄敗興，先自去了，丁奇就與粉頭飲酒。卻好趙成撞至，劉賽就邀來與丁奇同坐喫酒。趙成見丁奇頭上金簪卻像妻子戴的一般，借來一看，喫了一驚。劉賽道：「方纔周一官將來做稍❺，輸與丁客人的。」趙成情知妻子與周玄必有私情事了，心裡想了一想：「自己引誘周玄的不是，不如隱了家醜，借景擺佈周玄罷。」

算計已定，即便去尋周玄。他本意原只要尋周紹，不想恰好遇著在家。那周紹原是清客，又是好動不好靜的，衙門人認得的也多，各樣道路中人，略略曉得幾個。見了趙成，兩下扳談，趙成即把他兒子與丁奇賭錢，輸下金簪子的事說出。周紹道：「可知家中一向失去幾多物件，原來都是不長進的東西，偷出去輸與別人。」又說道：「只是我兒子卻沒有金簪，這又是那裡來的？」趙成道：「賭博場中，稍挽稍，管他來歷怎的。如今錢塘縣新太爺到任，何不告他一狀。一則追這丁蠻的東西，二則也警戒令郎下次。」周紹聽信了他，因此告這張狀詞。也是趙成惡貫滿盈，幾百張狀詞，偏偏這一張卻在准數之中，又批個親提，差本圖里老拘審。新下馬的官府，誰敢怠慢？不過數日，將人犯拘齊，投文解到。王從事令午衙聽審。

❹ 藥骰：以焊藥特製，暗藏機關的骰子。
❺ 稍：賭本。

到未牌時分，王從事出衙升堂，喚進諸犯，跪於月臺之上。王從事先叫原告周紹上去，問道：「你有幾個兒子？」周紹道：「只有一個兒子。」知縣道：「你既在揚州開段鋪，是個有身家的了，又且只一子，何不在家教訓他，卻出外做客，致使學出不好？」周紹道：「業在其中，一時如何改得。」知縣又叫周玄上來，看了一看，問道：「你小小年紀，怎不學好，卻去宿娼賭錢，花費父親資本？」周玄道：「小人實不曾花費父親東西。」知縣道：「胡說！既不曾花費，你父親豈肯告你在我面前？尚這般抵賴，可知在外所為了。」喝叫：「拿下去打！」皂隸一聲答應，鷹拿燕雀，扯將下去，把這小夥子魂多唬掉。趙成本意借題發揮，要打周玄，報雪姦他妻子這口怨氣。今番知縣責治，好不快活，伸頭望頸的，對皂隸打暗號，教下毒手打他。早又被知縣瞧見，卻錯認是教皂隸賣法用情，心裡已明白這人是衙門情熟的了。又見周玄哀哀哭泣，心裡又憐他年紀小，喝教：「且住了！」周玄得免，分明死去還魂。

知縣叫丁奇問道：「你引誘周玄嫖賭，又劫了他財物，又打壞周紹，況又是個鹽徒，若依律該問個徒罪。」丁奇道：「老爺，小人到此販賣綿紬，並非賣鹽之人。與周玄止會得一次，怎說是引誘他嫖賭、劫他財物？通是虛情誣告，希圖紮詐。」知縣道：「周紹也是有家業的人，你沒有引誘之情，怎捨得愛子到官？」周紹叩頭道：「爺爺是青天。」丁奇道：「周玄嫖賭，或者自有別人引誘，其實與小人無干。」周紹道：「兒子正是他引誘的，更無別人。劫去的財物，有細帳在此。」袖裡摸出一紙呈上，趙成隨接口直叫道：「還有金簪子一隻。」知縣大怒道：「你是干證，又不問你，為何要你搶嘴？」教左右掌嘴。皂隸執起竹掌，一連打上二十，纔教住了。趙成臉上打得紅腫不堪。

知縣問：「金簪今在何處？」丁奇不敢隱瞞，說：「金簪在小人處。」知縣道：「既有金簪，這引誘劫賭的情是真了。」丁奇道：「小人在客邊，到劉賽家宿歇，與周玄偶然相遇，一時作耍賭東道，周玄輸了，將這金簪當稍是實。其餘銀兩，都是假的，只問娼婦、劉賽，便見明白。」一頭說，一頭在袖裡摸出金簪。皂隸接簪，遞與門子，呈到案上。知縣拿起簪子一看，看見上有「王喬百年」四字，正是當年行聘東西。故物重逢，不覺大驚，暗道：「此簪周玄所輸，定是其婦之物。看起來，昔日掠販的是周紹了。但奶奶說姓胡，右眼已被刺瞎，今卻姓周，雙目不損，此是為何？」沉吟一回，心中惑突，吩咐：「且帶出去，明日再審。」即便退堂。衙門上下人，都道這樣小事，重則枷責，輕則扯開，有甚難處，恁樣沒決斷，又要進去問後司。眾人只認做知縣才短，那裡曉得他心中緣故。

王從事袖了簪子，進衙遞與喬氏道：「我正欲訪拿讐人，不想事有湊巧，卻有一件賭博詞訟，審出這根簪子。」喬氏道：「這人可是姓胡？右眼可是瞎的？」知縣道：「只因其人不姓胡，又非瞎眼，所以狐疑，進來問你。」喬氏也驚異道：「這又怎麼說？」知縣又問道：「他可有兒子、弟兄？」喬氏道：「俱沒有。」知縣委決不下，想來想去，乃道：「我有道理了，只把周紹盤問，他從何得來，便有著落。」次日早堂，也不投文，也不理別事，就喚來審問。當下知縣即叫周紹問道：「這簪子可是你家的麼？」周紹應道：「是。」又問：「還是自己打造的，兌換別人的，有多少重？」周紹支吾不過。知縣喝教：「夾起來！」皂隸連忙討夾棍。周紹著了忙，叫道：「其實不是小人的，不知兒子從何處得來。」知縣便叫周玄：「你從那裡得來的？」這小夥子昨日喫了一嚇，目今又見動夾棍，心驚膽戰，只得實說：「是趙成妻子與我的。」知縣道：「想必你與他妻子有姦麼？」周玄不敢應答。

知縣即叫趙成來問。趙成跪到案前，知縣仔細一看，右眼卻是瞎的，忽然大悟道：「當日掠販的定是此人了。他說姓胡，亦恐有後患，假托鬼名耳。」遂問道：「可是你恨周玄與妻子有姦，借丁奇賭錢事，陰唆周紹告狀，結果周玄麼？」趙成被道著心事，老大驚駭，硬賴道：「其實周玄在劉賽家賭錢，小人看見了，報與他父親，所以周玄懷恨，故意污衊，說是小人妻子與他簪子。」知縣道：「這也或者有之。你可曉得這簪子是那裡來的？」趙成道：「這卻小人不曉得。」知縣又問道：「你妻子之外，可還有婢妾麼？」趙成道：「還有二妾四婢。」知縣暗想：「此話與喬氏所言相合，一發不消說起，是了。」又道：「你是何等樣人，乃有二妾四婢，想必都是強占人的麼？」趙成道：「小人是極守法度的，怎敢做這樣沒天理的事。」知縣道：「我細看你，定是個惡人。」又道：「你這眼睛，為甚瞎了？」

趙成聽了這話，正是青天裡打下一個霹靂，答應不來。知縣情知正是此人，更無疑惑，乃道：「你這奴才，不知做下多少惡事了！快些招來，饒你的死。」趙成道：「小人實不曾做甚歹事。」知縣喝教：「夾起來！」三四個皂隸趕向前，扯去鞋襪，套上夾棍。趙成殺豬一般喊叫，只是不肯招承。知縣即寫一硃票，喚過兩個能事的皂隸，低低吩咐如此如此。皂隸領命，飛也似去了。不多時，將趙成一妻二妾四個老丫頭，一串兒都縛來，跪在丹墀，皂隸回覆：「趙成妻子通拿到了。」此時趙成已是三夾棍，半個字也不吐出實情，正在昏迷之際。這班婆娘見了，一個個唬得魂飛魄散。

知縣單喚花氏近前，將簪子與他看，問道：「這可是你與周玄的麼？」那婆娘見老公夾得是死人一般，又見知縣這個威勢，分明是一尊活神道，怎敢不認，忙應道：「正是小婦人與他的。」知縣道：「你與周玄通姦幾時了？」花氏道：「將及一年了。家中大小，皆與周玄有奸，不獨小婦人一個。」又問：「怎樣起的？」花氏道：「原是丈夫引誘周玄，到家宿歇，因而成姦。」知縣道：「原來如此。」又問道：「你這簪子，從何得來？丈夫眼睛為何瞎了？他平日怎生為惡，須一一實招，饒你的刑罰。」那婆娘惟恐夾棍也到腳上，從頭至尾，將他平日所為惡端，並劫喬氏販賣等情，一一說出。知縣道：「我已曉得，不消說了。」就教放了趙成夾棍，選頭號大板，打上一百。兩腿血肉，片片飛起，眼見趙成性命在霎時間了。知縣又喚花氏道：「你這賤婦，助夫為惡，又明犯姦情，亦打四十。眾婦人又次一等，各打二十。」即援筆判道：

審得趙成豺狼成性，蛇虺為心。拐人妻，掠人婦，奸謀奚止百出；攫人物，劫人財，兇惡不啻萬端。誘孌童以入幕，迺惡貫之將盈。啟妻妾以朋淫，何天道之好還。花氏奪簪而轉贈所歡，趙成搆訟而欲申私恥。丁奇適遭其釁，周紹偶受其唆。雖頭緒各有所自，而造孽獨出趙成。案其惡款，誠罄竹之難書；據其罪蹟，豈擢髮所能數。加以寸磔，庶盡厥罪。第往事難稽，陰謀無證，坐之城旦，實有餘辜。劉賽煙花而復作囊家，杖以示儆。丁奇商販而肆行嫖賭，懲之使戒。周玄被誘生情，薄懲擬杖，律照和姦。花氏妻妾聚淫，重笞示辱，法當官賣。金簪附庫，周紹免供。

判罷，諸犯俱押出召保。趙成發下獄中，當晚即討了病狀。可憐做了一世惡人，到此身死牢獄，妻妾盡歸他人。這纔是：

善惡到頭終有報，只爭來早與來遲。

且說王從事退入私衙，將前項事說與喬氏。喬氏得報了宿昔冤讐，心滿意足，合掌謝天。這隻金簪教庫上繳進，另造一隻存庫。臨安百姓只道斷明了一樁公事，怎知其中緣故，知縣原為著自己。那時無不稱頌。錢塘王知縣，因賭博小事，審出教唆之人，除了個積惡，名聲大振。三年滿任，陞紹興府通判。又以卓異，陞嘉興府太守。到任年餘，喬氏夫人力勸致仕，歸汴梁祖業。王從事依允，即日申文上司，引病乞休。各衙門批詳准允，收拾起程。

船到蘇州，想起王知縣恩德，泊船閶門，訪問王知縣居處，住在靈岩山剪香涇。王從事備下禮物，放船到瀆村停泊，同喬氏各乘一肩小轎，直到剪香涇來。先差人投遞名帖，王知縣即時出門迎接。原來王知縣因還妾一事，陰德感天，夫人年已五十以外，卻生下一子，取名德興。此時已有七歲，讀書甚是聰明。當下在門首迎迓王從事，見有兩乘小轎，便問：「為何有兩乘轎子？」跟隨的答道：「太守夫人一同在此。」王知縣心上不安，傳話道：「我與太守公是故人，方好相接。夫人那有相見之理。」跟隨的只道王知縣不肯與太守夫人相見，實不知其中卻有一個緣故。為此喬氏隨轉轎歸船，王從事與王知縣留連兩日而別。

一路無話，直至汴梁。是時天下平靜，從事在汴梁城中，覓了一所小小居第，一座花園，與喬氏日夕徜徉其間。喬氏終身無子，從事乃立從堂兄弟之子為嗣，取名靈復，暗藏螟蛉之義。王從事居家數年而故，喬氏又守寡十五年纔終。臨終之時，吩咐靈復道：「我少年得罪你父親，我死之後，不得與父親合葬。父親之柩，該葬祖墓。我的棺木，另埋一處。」靈復暗道：「我父親生前與母親極為恩愛，何故說得罪兩字？」欲待再問，喬氏早已瞑目而去。靈復只道一時亂命，那裡曉得從前這些緣故。

喬氏當日在趙成家，夢見團魚說話，後來若不煮團魚與王教授喫，怎得教授見鞍思馬，吐真情與王知縣？所謂「殺我也早，燒我也早」，其夢驗矣。若當時這金簪子不被趙成妻子搶去，後來怎報得趙成劫掠之讐？所謂「尋得著也好，尋不著也好」，其夢又驗。當時嫁了王從事，卻被趙成拐去，所謂「這個王也不了」，後來又得王知縣送還從事，所謂「那個王也不了」。團魚一夢，無不奇驗。後人單作一詩，贊王知縣不好色忘義，成就了王從事夫妻重合，編出古今一段美談。其詩云：

見色如何不動情，可憐美少遇強人。
五年月色西安縣，滿樹桃花客館春。
墨跡可知新翰墨，虀羹乃信舊調烹。
若非仗義王從古，完璧如何返趙君。

後人又因王知縣夫人五旬外生下德興兒子，後日得中進士，接紹書香，方見王知縣陰德之報，作一絕句贊之。詩云：

當年娶妾為寧馨❻，妾去桃花又幾春。
不是廣文❼緣不斷，為教陰德顯王君。

---

❻ 寧馨：寧馨兒，本是晉宋間口語，指這樣的孩子，後用為佳兒的代詞。
❼ 廣文：指教授。見書言故事。

第十一卷　江都市孝婦屠身

百行先尊孝道，閨闈尤重貞恭。古來今往事無窮，謾把新詞翻弄。　青史日星並耀，芳名宇宙同終。堪誇孝婦格蒼穹，留與人間傳誦。

這闋俚詞，單說人生百行，以孝為先。這句話分明是秀才家一塊打門磚，道學家一宗大公案，師長傳授弟子，弟子佩服先生，直教治國平天下，總來脫不得這個大題目，自不消說起。就是平常不讀書的人，略略明白三分道理，少不得也要學個好樣子。惟有那女人家，性子又偏，見識又小，騃騃的坐在家中。平日間，只與姊妹姑嫂妯娌們，說些你家做甚衣服，我家置甚首飾，你家到那裡去扳親，那裡去望眷，我家到何處去燒香，何處去還願。便是極賢慧的，也不過說些柴米油鹽醬醋茶的家常話，何曾曉得甚麼緹縈女救親❶、趙五娘行孝❷。所以說「三尺布抹了胸，不知西與東」。

---

❶ 緹縈女救親：緹縈，即「淳于緹縈」，西漢文帝時人，淳于意之女。年幼時，其父被人誣告下獄，她上書朝廷，願作官婢以贖父罪，請求免去父親的肉刑，因此被作為孝女的典型。

❷ 趙五娘行孝：趙五娘又稱趙貞女，據說是東漢蔡伯喈之妻。蔡伯喈上京趕考，招贅牛相府，一去不返。趙五娘在家代夫行孝，贍養二老。時逢災荒，趙五娘甚至於自己喫糠，省下米給公婆，事跡頗為感人。見高明琵

說便是這等說，儘有幾個能行孝道的。昔日漢時，越中上虞縣有個曹盱，性子輕滑，慣會弄潮。原來錢塘江上風俗，每年端午，輕薄弟子都去習水弄潮，迎伍子胥神道。那曹盱乘興跳入江心，一時潮湧身沒，將曹盱的屍骸，不知飄到那一個龍宮藏府去了。所以當年官府張出榜文，戒人弄潮，上寫道：

斗牛之分，吳越之中，惟江濤之最雄，乘秋風而益怒。乃其習俗，於此觀游。厥有善泅之徒，競作弄潮之戲。以父母所生之遺體，投魚龍不測之深淵。自為矜誇，時或沉溺。精魄永淪於泉下，妻孥望哭於水濱。生也有涯，盍終於天命？死而不弔，重棄於人倫。推予不忍之心，伸爾無窮之戒。如有無知，違怙不悛，仍蹈前轍，必行科罰。

當時曹盱有女，年方一十四歲，聞父親溺死，趕到江邊來覓屍首。哭泣了三日三夜，不得其屍。直哭得喉嚨已啞，肝腸要斷，卻去尋了一個大西瓜，拜告江神道：「我父親屍首，若是沉在何處，只願此瓜永沉到底。」祝罷，將瓜投江中。只見瓜兒一滾兩滾，直沉下去。曹娥便隨著瓜，向江心一跳，也喪於波濤之內，沉了七日，卻抱著父親屍首而出。你道這個瓜緣何便沉？只因孝女報父心堅，拚著性命哀求，所以感動天地。至今立廟曹溪，春秋二祭，這乃是一個真孝閨女。

然女人家孝父母的還有，孝公姑的卻是難得。常言道：「隔重肚皮隔重山。」做公姑的，不肯把媳婦當做親生兒女；做媳婦的，也不肯把公姑當做生身父母。只有當初崔家的娘子，因阿婆落盡牙齒，喫不得飯，嚼不得肉，單單飲得些湯水，如何得性命存活？崔娘子想一想，孩兒家喫了乳便長大，老人家

琵琶記傳奇。

難道便喫不得乳？直想到一個慈烏反哺的地位，日逐將那眼睛又瞎，耳朵又聾，牙齒又落，頭髮又禿，一個七死八活的老娘，坐在懷中喫乳，看看一月又是一月，一年又是一年，那老婆得了乳食，漸漸精神復生，眼睛也開，耳朵也聽得，口裡也生出盤牙，頭上又長幾莖絨毛出來。活到一百來歲，感激媳婦這般孝心，便雙膝跪下，向天連拜幾拜，祝告道：「我年紀又老，料今生報不得媳婦深恩，只願子子孫孫，都像他孝順便了。」後來崔家男女個個孝順，十代登科，三朝拜相。這是古來第一個孝婦。

然畢竟崔家的孝婦，還是留了自己身子，方好去乳養婆婆，這也還不希罕。在下如今只把一個為了婆婆，反將自己身子，賣與屠戶人家，換些錢鈔，教丈夫歸養母親，然後粉骨碎身於肉臺盤上，此方是千古奇聞。這樁故事，若說出來呵：

石人聽見應流淚，鐵漢聞知也斷腸。

話說唐僖宗時，洪州府有一人，姓周名迪，表字元吉，早年喪父，止有母親樂氏在堂。到十八歲上，娶得妻子宗氏。這宗氏是儒家之女，自幼讀書知禮，比元吉只小一歲。因排行第二，遂喚做宗二娘。夫妻兩人，十分和睦。事奉老娘，無不盡心竭力。當年樂氏生周迪時，已是三旬之上。到圓親時，又是二十年光景，樂氏已早五旬的人了。周迪父親原在湖廣荊襄生理，自從成婚之後，依舊習了父業，也在湖廣荊襄地方走水❸。身子在外日多，在家日少，全虧宗二娘在家供養母親，故此放心得下。

不意經商數載，把本錢都消折了。卻是為何？原來唐自玄宗時，安祿山、史思明叛亂，後來藩鎮跋

❸ 走水：指經營水路販運。

扈，兵火相尋，干戈不息。到僖宗時，一發盜賊叢起。更兼連年荒歉，只苦得百姓們父子分離，夫妻拆散，好生苦楚。這周迪因是四方三荒四亂，折盡了本錢，止留得些微殘帳目，在襄陽府中經紀人家。奔回家來，等待天下太平，再作道理。此時年將四十，不曾生下一男半女。夫妻兩口兒，承奉一個老娘，雖只家中尷尬，卻情願苦守。無奈中戶人家，久無生理，日漸消耗。常言道：「開了大門七件事，柴米油鹽醬醋茶。」那一件少得？卻又要行人情禮數，又要當官私門戶，弄得像雪落裡挑鹽包，一步重一步。

一日，樂氏對兒子、媳婦說道：「我家從來沒有甚田庄生長利息，只靠著在外經商營運。如若呆守在家，坐喫箱空，終非常法。目今雖則有些兵荒撩亂，卻還有安靜的地方。你一向在荊襄生理，還有些帳目在人頭上，也該去清討。我老人家還藏下五十兩銀子，指望備些衣衾棺槨送終。我想家道艱難，日苦一日，難道丟下了飲食茶飯，只照管衣衾棺槨不成？依我起來，還是將此五十兩送終本錢。急急收拾行李，再往襄陽走走。刮些帳目，相時度勢。這方是腰間有貨不愁窮，東天不養西天養。」

周迪聽了還猶豫未決。那宗二娘聽了婆婆這番說話，便對丈夫道：「婆婆所見極是。但這五十兩銀子，是婆婆送終的老本錢，今做了我三口養命的根本。你須是做家的，量不花費一兩二兩，卻要仔細著眼力買貨，務求利錢八分九分。也須要記得：只為今日這般窮苦，沒奈何將七十歲邊老娘撇下。雖不要你蚤去蚤回，實指望你緊關緊閉。留下婆婆在家，且自放心；萬一家道艱難，我情願粉骨碎身奉養他，決不使你老娘飢餓。」

周迪手裡接了銀子，眼兒裡汪汪的掉下淚來，說道：「我自有道理，不須吩咐。只是我此番一去，生意不知何如，道路不知何如。但好定出去的日子，定不得歸來日子。只是母親年紀高大，我又不在家裡，你又不曾生有得一男半女。且要在你身上，替我做兒子，照管他寒寒冷冷；又要在你身上代做孫孫兒女，早晚與老人家打夥作樂。」

那知這兩句話，又打動老娘心上事來，便開口道：「阿喲！正是……你年近四十，還沒有兒女。此番出去，定不知幾時歸來，那裡得接代香火的種子？我如今有個算計，莫若你夫妻二人，同去經商，卻當夥伴一般。一來好看管行李貨物，二來天可憐見，生下個兒子，接續後嗣，也未可知。」周迪聽了，答道：「母親，這卻使不得。我今出去，留下媳婦奉侍，也還可放心。若我夫妻同去，撇下你老人家，孤單獨自，卻靠傍著那一個？」老婆婆道：「你若愁我單身在家，你的舅母馮氏媽媽，他也是孀居，年將六十，並無男女，你可接他來同我作伴。」又道：「我也原不捨得你夫婦同去，只愁你做生意的日子長，養兒子的日子短。千算萬算，方算到此。」

宗二娘卻格格的笑道：「婆婆你好沒見識。你若愁家計日漸凋零，少不得營生過活，還有道理。若愁你兒子年紀長大，沒有孫子，卻教我同伴出去，我想你兒子媳婦都是四十邊年紀的人，尚不曾奉承你喫一碗安樂茶飯。我們連夜生育，今日三朝，明朝滿月，巴到他十歲五歲，好一口氣哩！縱然巴到成房立戶，怕如你兒子媳婦一般樣子，依舊養不著父母，卻不是空帳？若如今依了婆婆說話，同了丈夫出去，他鄉外府，音信不通，老人家看不見兒子、媳婦，兒子、媳婦看不見老人家，可不是橄欖核落地，兩頭不著實？不如叫兒子獨自出去，倘或生意活動，就在別處地方，尋一偏房家小，就是生得成兒子，生不成兒子，聽之天命。這方是兩頭著實的計較。」

老婆婆聽罷，說道：「不要愁我，我死也死得著了。你夫妻兩口從來有恩有愛，況自從成婚到今，只因年時荒亂，生意淡薄，累你挨了多少風霜，受了多少磨折。假若留下媳婦在家，兒子反在他州外府娶下偏房家小，卻不是後邊的受用，結髮的倒去過一邊？這個斷然成不得。常言道：『恭敬不如從命。』你若再三不聽我老人家說話，我便尋個死路，也免得兒子牽掛娘，媳婦牽掛婆婆。」說也還說不了，急趕到廚房，拿把菜刀在手。若不是宗二娘眼快手快，急趕去抱住，周迪奪下菜刀，險些把一個老人家蕩了三魂，走了六魄。當時周迪夫妻勸住了老婆婆，便說道：「兒子便同媳婦出去。」鬧吵吵的嚷了兩個時辰。那知道，因這老人家捨不得兒子、媳婦分離，卻教端端正正巴家做活，撇得下老公、放不開婆婆的一個周大娘子，走到江都絕命之處，賣身殺身，受屠受割。正是：

只因一著不到處，致使滿盤都是空。

這還是後話，不提。卻說宗二娘，雖則愛婆婆這般好意，卻也不忍。又見婆婆這般執性❹，只得收拾行李，與丈夫行路。口兒裡嗚嗚咽咽，暗暗啼哭。又自言自語道：「我的婆婆，你為著兒子，割捨了媳婦。恐怕你媳婦為著婆婆，又割捨了丈夫。」拭了眼淚，又歡歡喜喜對婆婆道：「我媳婦如今只得同丈夫前去。」周迪即到馮媽媽家，搬他一家一伙來同住。等得馮媽媽來到，兩人作別。宗二娘又對周母拜了兩拜，說道：「只願你百年長壽，子媳同歸。」又轉身拜馮媽媽兩拜，說道：「可憐老人家年老無依，全仗舅母照管。從此去，或者時運不通，道路有變，丈夫帶不及妻子，妻子趕不上丈夫，雙雙出去，單單一個回來，也是天命。」周迪聽到此地，淚如雨下。老母也自覺慘傷。宗二娘不忍看著婆婆，反抽

❹ 執性：固執、任性。

身先走，背地流淚。正是：

世上萬般哀苦事，無非死別與生離。

周迪夫婦離了洪州，取路望襄陽而去。免不得飢餐渴飲，夜宿曉行。非止一日，來至襄陽。周迪將了行李，夫婦雙雙徑到舊日主人家裡。不道主人已是死了，主人妻子卻認得是舊主顧，招留歇下。周迪取出些土儀❺相送，兩下敘了幾句久闊的說話。周迪問：「主人死幾時了？」答道：「死有五年了。」周迪又問：「有位令郎，如何不見？」那老嫗便告訴兒子終日賭錢不學好，把門頭都弄壞了的話。周迪問舊日放下的帳目，卻說一毫不曉得。及至他兒子歸來問時，也只推不知。周迪心裡煩惱，瞞著主人家，獨自到處走一遍。那知死的死了，窮的窮了，走的走了；有好些說主人收去用了，可不又是死無對證。

轉了兩日，並討不得分文。對著妻子，只叫得苦。夫婦正當納悶❻，只見那老嫗，一盤兒托著幾色嗄飯、一大壺酒送來，說道：「老客到了，因手中乾燥，還不曾洗塵。胡亂沽一壺水酒，在此當茶，老身不敢相陪了。」宗二娘道：「我們在此攪擾，已是不當；怎又勞媽媽費錢？」那老嫗道：「不成禮數，休要笑話。」道罷自去。夫妻二人，把這酒肴喫了。周迪向妻子道：「如今帳目又沒處討，不如作速買了貨去罷。還是買甚貨便好？」正說間，那老嫗又走過來。夫妻作謝了。老嫗開言道：「周客人，連日出去，想必是討帳，可曾討得些？」周迪道：「說起也羞殺人，並沒處討得一文。」老嫗道：「如今的

❺ 土儀：地方特產。
❻ 納悶：煩惱；發悶。

世道，不比當初了。現在該還的，尚有許多推托。那遠年冷帳，只好罷休。如今買回頭貨去，多趁❼些罷。」周迪道：「媽媽說得是，方在此商議，還是買甚貨好。」宗二娘聽了，便剪上一句道：「媽媽休聽他說渾話，我們特來討帳，那裡有東西收貨。」那老嫗道：「若說討帳，只管蚤回。如今盤纏又貴，莫要兩相擔閣。」宗二娘道：「多謝媽媽指教。」講了一回，老嫗收了酒壺、碗碟出去。宗二娘埋怨丈夫，低低道：「如何恁不謹慎，可見他說兒子是個不長俊的？只管直說要買貨，倘被他聽見，暗地算計，那時卻怎處？」周迪道：「娘子見得是，我卻想不到此。」

何期他們說話時，主人兒子果然在外悄地竊聽。曉得身邊有物，到夜半時候，乘他夫妻熟睡，掘個壁洞鑽進去，把這五十兩命根，並著兩件衣服，一包兒撈去。他夫妻次早起身，方纔曉得。那老嫗明知是兒子所為，也假意說失了若干東西，背地卻捏著兩把汗，只愁弄出事來。氣得他夫妻面面相覷，跌足叫屈。雖猜模是主人家兒子，有些蹊蹺，但是賊難冤，不好說得，只得忍氣吞聲，自家怨命。周迪對妻子道：「我兩人若還苦守在家，也可將就過活。如今弄到此地，帳目已都落空，本錢又被偷去，眼見得夫妻餓死他鄉，這分明是我老娘造下的冤債。」宗二娘聽了，便變著臉說道：「這是自不小心，怎埋怨得母親？此就是忤逆不孝的心地了。常言道，天無絕人之祿。且得一日度一日，再尋出一個什麼道理，收拾回去，這便萬幸了。萬一時勢窮蹙，你死了還存得我，我死了還存得你。好歹留一人歸去奉養婆婆，這纔不枉叫做親生兒子、親媳婦。今日卻愁他怎的？」這一班話，說得個周迪無言可答。沉吟一晌，眼中流下淚道：「罷罷，事已至此，只索聽之天命。我且出去走走看，或者尋得個生路也好。」宗二娘道：

❼趁：掙；賺。

「這纔是正經道理。」

周迪在襄陽府中，鬬了幾日，並不曾遇見一個熟人。正當氣悶，那老嫗因兒子做了這事，誠恐敗露，只管催逼他夫妻起身。兩下鬥口起來，在門首爭嚷，宗二娘在旁勸解。不想絕處逢生，有個徽州富商汪朝奉，也在襄陽收討帳目。這日正從門首經過，見周迪與這老婆子爭論，立住了觀看。聽得是江右聲音，問其緣故。周迪心中苦楚，正沒處出豁，一把扯汪朝奉坐下，將母親逼迫出門，及被偷去銀子，前後事情，細細告訴一遍。說道：「如今又沒盤纏歸去，又遇不得一個好人搭救，卻只管催逼起身，教我進退無門，可不是個死路？」說到傷心之處，淚珠兒亂落，痛哭起來。

那汪朝奉一般做客，看了這個光景，正是兔死狐悲，物傷其類，也不覺慘然，說道：「莫要哭。且問你可曉得寫算麼？」周迪道：「我從幼讀書，曾摹過法帖。書札之類，儘可寫得。那算法一掌金，九九數，無不精熟。憑你准萬准千，也不差一絲一忽。」汪朝奉道：「既曉得寫算，就易處了。小弟原是徽州，姓汪，在揚州開店做鹽，四方多有行帳，也因取討帳目到此。如今將次完了，兩三日間便要起身，正要尋一個能寫能算的管帳。老哥若不嫌淡泊，同到揚州，權與我照管數目，胡亂住一二年，然後送歸洪州，何如？」周迪聽了，連忙作揖道：「多謝朝奉提攜，便是恩星相照了。請坐著，待我與山妻❽商議則個。」隨向妻子說道：「承這朝奉一片好心，可該去麼？」宗二娘道：「我看這人是個忠厚長者，且將機就機，隨到揚州，再作區處。」周迪道：「我意正欲如此。」夫妻算計定了，宗二娘即走出來相見，說道：「蒙朝奉矜憐貧難，愚夫婦感戴不盡。但不知貴寓何處，何日起程？好來相候。」汪朝奉道：

❽ 山妻：稱自己妻子的謙詞。

「起程只在目前。尊處在此既不相安，不如就移到小寓住下。早晚動身，更覺便易。」周迪依言，即收拾起行李，夫妻同到他寓所。住了三四日，方纔起身，取路徑到揚州。汪朝奉留住在店，好生管待。他本是見周迪異鄉落難，起這點矜憐之念，那寫算原不過是個名色，這也不在話下。

且說那揚州，枕江臂淮，濱海跨徐，乃南北要區，東南都會，真好景致。但見：

蜀崗綿亙，崑崙插雲。九曲池，淵淵春水，養成就聳壑蛟龍；鑿邗溝，滴滴清波，容不得棲塵螻蟻。芍藥欄前四美女，瓊花臺下八仙人。凋殘隋苑，知他是那一朝那一代遺下的碎瓦頹垣？選勝迷樓，都不許千年調萬年存沒用的朱甍畫棟。盤古塚，煬帝墳，聖主昏君，總在土饅頭一堆包裹；玉鈎斜，孔融墓，佳人才子，無非草鋪蓋十里蒙茸。說不到木蘭寺裡鐘聲，何人乞食；但只看二十四橋月影，那個銷魂。正是：何遜梅花知在否？仲舒禮樂竟安歸。

是時鎮守揚州的節度使，姓高名駢。先為四川節度，頗有威名，為此移鎮廣陵，御筆親除為諸道行營都統，征勦黃巢。這高駢因位高權重，志氣驕盈，功業漸不如前。卻又酷好神仙，信用呂用之、諸葛殷一班小人，逢迎蠱惑，偽刻青石為奇字，曰「玉皇授白雲先生高駢」，暗置道院香案。高駢得之大喜。呂用之說上帝即日當降，鸞鶴迎接，證位仙班。弄得個高駢如醉如夢，深居道院，不出理事。軍府一應兵馬錢糧，盡聽呂用之處分。用之廣樹牙爪，招權納賄，顛倒是非。若不附他的，便尋事故，置於死地。高駢又累假軍功奏薦，呂用之也加封嶺南東道節度使職銜。這賊子心猶未足，欲圖謀高駢的職位。因畏忌一個將官，未敢動手。

這將官是誰？姓畢名師鐸，原是黃巢手下一員猛將，後來歸附高駢，收在部下，十分倚任，委他統兵駐扎高郵，以為犄角之勢。呂用之欲殺高駢，恐怕畢師鐸興師問罪。乃假令旨，遣心腹賫兵符召畢師鐸輕身到揚州議事，先除後患，然後舉事。那知畢師鐸平昔也恨呂用之假妖術蠱惑，讒害忠良。幾遍要起兵翦除奸黨，因礙著高駢，卻又中止。今番見傳令旨，召去議事，明知是呂用之使計謀害，齊集謀士將校商議：「去則定遭毒手，不去必發兵問抗違之罪。兵法云：先發制人。不如起兵，直抵揚州，索取妖黨，明正其罪。」計議已定，將使人斬了，榜列呂用之罪惡，布告四方。又傳檄各部，請兵共討有罪。畢師鐸親自統兵十萬，望揚州殺來。早有呂用之所差使者的僕從，連夜逃回報知。呂用之驚得手足無措，只得告知高駢。假說畢師鐸賊性不改，仍復背叛。高駢久已昏憒，全無張主，但教傳令齊集將士應敵。一面發帑藏備辦軍需。出入指麾，一聽呂用之便宜行事。城中百姓一聞高郵兵來，料道呂用之決敵他不過，恐怕打破城池，玉石俱焚，各想出城躲避。

那汪朝奉也連忙收拾回家，向周迪說道：「本意留賢夫婦權住幾時，從容送歸。誰料變生不測，滿城百姓，都各逃生。我也只得歸鄉，勢不能相顧了。白金二十兩，聊作路費。即今一同出城，速還洪州。後日太平，再圖相會。」可憐周迪夫婦，纔住得兩月有餘，又遭此變。接了銀兩，一齊拜謝道：「深蒙恩人救濟，真同天地。今生若不能補報，來生定當結草銜環，以報大德。」汪朝奉雙手扯起道：「莫要謝，速走為上。若稍遲延，恐不能出城了。」宗二娘依言，即去收拾行李。汪朝奉止將細軟打疊，粗重的便棄下了，家裡原有兩頭生口，牽來馱上，餘下的家人伴當們分開背負，把大門鎖上。周迪夫妻隨著他主僕，一齊行走。他們都慣走長路的，腳步快，便飛也似向前出城去了。宗二娘是個女流，如何趕得上？更兼街坊上攜男挈女，推車騎馬的，挨挨擠擠，都要搶前，把他夫妻直擠在後。

行夠多時，方得到城門口。只聽得鑾鈴震響，一騎飛馬跑來，行人都閃過半邊，讓他過去。馬上人中軍官打扮，手執令箭，高叫：「把門官，軍門有令！」把門官迎住，馬前聲喏。中軍官傳了令旨，仍回馬跑去了。原來呂用之聞得百姓俱遷移出城，恐城中空虛，為此傳下將令把門官，不許容放百姓出城，進城的須要嚴加盤詰。如或私放輕納，定行梟斬。先出城的不必追究，遣下房屋家私，盡行入官。把門得了令旨，吩咐門卒，閉上城門，後來的一個也不容走動。當時周迪夫妻若快行了一刻，可不出去了？恰恰裡剛至門邊，這令箭也到，不肯放行。正是：

總饒走盡天邊路，運不通時到底難。

當下無可奈何，只得隨著眾人，依舊回轉。一路上，但見搬去的空房，呂用之發下封皮，著里甲封鎖。及走到汪朝奉居處，門上蚤已兩條封皮，十字花封好了。周迪見了，叫苦不迭，向妻子說道：「我兩人來此揚州，並沒一個親識，單靠得汪朝奉是個重生父母。何期遭此大變，不能相顧。如今歸又歸不成，轉來又無住處，可不是該死的了？」不覺兩眼掉下淚來。宗二娘正色說道：「凡事有經有權，須要隨機生變，死中求活，這纔是個男子漢大丈夫。假如目前事起倉卒，若得奔歸故里，脫離虎口，這便萬幸了。今既不得去，須生出個主意，不拘菴院客店，只揀穩便處借來住下。身邊已有汪朝奉所贈之物，胡亂省儉度去。若守得個太平無事，那時即作歸計。設或兵來城破，難道滿城人都是死數？少不得也存下些，焉知你我不在生數之中？萬一有甚不測，這也是命中所招，你就哭上幾年也沒用。」周迪聽了，答道：「娘子說得是。僧道菴院，終不穩便，況也未必肯留，還是客店中罷。」當下夫妻去尋旅店，鬧市上又不敢住，恐防兵火到來，必然不免，卻向冷落處賃了半間房屋住下。詩云：

遭時不幸厄干戈，遙望家鄉淚眼枯。
回首那禁腸斷處，殘霞落日共啼烏。

且說呂用之差人打聽，畢師鐸兵馬已離高郵，傳令將城門緊閉，分遣將士守城。又驅百姓搬運磚石，上城協守。料想敵兵勢大，急切難退，行文所部，徵兵救援。各路將官都恨呂用之平日索求賄賂，一個個擁兵觀望。呂用之無計可施，想起廬州刺史楊行密，兵強將勇，若得這枝兵來，便可退得畢師鐸。即假著高駢牒文，召他星夜前來救援。那楊行密原是高駢部將，久知高駢昏悖信讒，不親政事，因此亦懷著異心，日夜繕治兵甲。不想湊巧有此機會，即許起兵赴援，遣來使先賚文還報。那知畢師鐸的兵馬已抵揚州城下，使人正遇著遊兵，生擒活捉，綁入中軍，問了備細，即時斬首。畢師鐸恐怕楊行密兵來，內外夾攻，反受其困，親冒矢石，指麾三軍，併力攻破羅城。呂用之越城奔楊行密去了。

畢師鐸縱兵大掠。高駢開門出見，與師鐸交拜如賓主。師鐸搜捕呂用之黨與，剮於市曹。有宣州觀察使秦彥，率兵來助畢師鐸，亦入揚州。師鐸尊為主帥，將高駢軟監在道院。不過數日，楊行密親領軍馬已到，兩軍大戰一場。秦彥、畢師鐸大敗，損兵折將，收拾殘兵，退入城中守禦。楊行密中軍屯於甘泉山七斗峰下，分遣諸軍，把揚州城圍得如鐵桶一般。遊兵四散擄掠，百姓各自逃生，幾十里沒有人煙，城中糧草又少，圍困既久，漸至缺乏，民間斗米千錢。高郵發兵來救援，被楊兵扼住要道，不能前進。

總有糧草，也飛不得進城。

困了八個餘月，軍中殺馬來食，死下的人也就喫了。到後馬喫盡了，便殺傷殘沒用的士卒來喫。城外圍急，秦彥等恐怕高駢為合應，合門殺死。楊行密聞得，令三軍掛孝，向城大哭三日。秦彥、畢師鐸料守不住，領著殘兵出城，負命血戰，殺透重圍，自回宣州。城中百姓開門迎接。楊行密入城，下令撫諭，遠近開通行旅，士農工商，照舊生業。一時兵戈雖則寧戢，爭奈田土拋荒，粒米不登，人民依然乏食。莫說羅雀掘鼠的方法做盡，便是草根樹皮也剝個乾淨。那些窮人，餓得慌了，沒奈何，收拾那道路上棄下的兒女，煮熟了救命，有的便盜人子女來食。富人曉得了，悄地轉又買來充飢。

初時猶以為怪，不過幾日，就公然殺食。也論不得父子兄弟夫妻，互相鬻賣，更無人道個不字。就是楊行密軍中，糧餉不繼，也常殺人來當飯，為此禁止不得。那時就有人開起行市，凡要賣的都去上行。又有開店的，販去殺了，零星發賣，分明與豬羊無異。老少肥瘦，價錢不等，各有名色，老人家叫做「饒把火」，孩子家叫做「和骨爛」，男女白瘦的道是味苦，名為「淡菜」，黑壯的以為味甜，號曰「羔羊」。上好的可值三貫四貫，下等的不過千文。滿城人，十分中足去了五分。那被殺的，止忍得一刀，任你煮蒸煎炒，總是無知無覺。這未賣的，只恐早晚輪到身上，那種憂愁悽慘，反覺難過難熬。把一個花錦般的揚州城，弄得個愁雲凝結，慘霧迷空。生長此地的，或者這一方合該有此災難。只可憐周迪夫妻是洪州人，平白地走來，湊在數中。

還虧宗二娘有些見識，畢師鐸初圍城時，料道兵連禍結，必非半月十日可定，米糧必至缺乏，把汪朝奉所贈銀兩，預備五六個月的口糧藏著。所以後來城中米糧盡絕，他夫妻還可有一餐沒一餐的度過。

到平靜時，藏下的糧食也喫完了，存下的銀兩也用完了，單單剩得兩個光身子。腹中飢餒，手內空虛，欲待還家，怎能走動？周迪說道：「母親只指望我夫妻，在外經營一年兩載，掙得些利息，生一個兒子。那知今日到死在這個地方，可不是老娘陷害了我兩口兒性命。」說罷大哭。宗二娘卻冷笑道：「隨你今日哭到明日，明日哭到後日，也不能夠夫婦雙還了。我想古人左伯桃、羊角哀❾，到凍餓極處，畢竟死了一個，救了一個。如今市上殺人賣肉，好歹也值兩串錢。或是你賣了我，將錢作路費，歸養母親；或是我賣了你，將錢作路費，歸養婆婆。只此便是從長計較，但憑你自家主張。」

周迪見說要殺身賣錢，滿身肉都跳起來，搖手道：「這個使不得。」宗二娘笑道：「你若不情願，只怕雙雙餓死，白白送與人飽了肚皮。不如賣了一個，落了兩串錢，還留了一個歸去。」周迪沉吟不答。宗二娘見他貪生怕死，催促道：「或長或短，快定出個主意麼！」周迪道：「我、我也沒奈何。」宗二娘道：「既如此，留我在此，你自歸去，何如？」周迪喫一驚道：「你怎生便住得？」宗二娘道：「你怎生便去得？」周迪會了此意，歎一聲道：「我便死，我便死。」說罷，身子要走不走，終是捨不得性命。宗二娘看了這個模樣，將手一把扯住他袖子，道：「你自在這裡收拾行李，待我到市上去講價。」說罷，往外便走。

看官你看，周迪說到死地，便有許多恐怖；宗二娘說到殺身，恬不介意。可見烈性女人，反勝似柔弱男子。當下宗二娘走出店門首，向店主人說道：「我夫妻家本洪州，今欲歸鄉，手中沒有分文。我情

---

❾ 左伯桃羊角哀：二人皆戰國時燕人，聞楚王賢，同去投奔。道遇雨雪，饑寒交迫，估計不可能兩全，伯桃乃將衣糧併給羊角哀，自己入樹中而死。事見烈士傳。

願賣身市上換錢，與丈夫盤纏回去；二來把你房錢清理。相煩主人同去，講一講價錢。」此時賣人殺食，習為常套，全不為異。店主人就應道：「這個當得效勞。」隨引宗二娘到江都市上，走到一個相熟的屠家。這店中此日剛賣完了，正當缺貨，看宗二娘雖不甚肥，卻也不瘦，一口就許三貫錢。宗二娘嫌少，爭了四貫。屠戶將出錢來，遞與主人家，便教宗二娘到裡邊去。宗二娘道：「實不相瞞，我丈夫不忍同我到此，住在下處，我把這錢去交付與他就來。你若不托，可教人押我同去。」屠戶心裡不願，那主人家一力擔當，方纔許允。

宗二娘將了這四貫錢，回到下處，放在桌上，指著說道：「這是你老娘賣兒子的錢。好歹你到市上走一遭，我便將此做了盤纏，歸去探望婆婆。」周迪此時魂不附體，臉色就如紙灰一般。欲待應答一句，怎奈喉間氣結住了，把頸伸了三四伸，吐不得一個字，黃豆大的淚珠，流水灢出來。宗二娘看一看，又笑一笑說：「這樁買賣做不成，待我去回覆了他罷。」轉身急走。到屠家，對屠戶道：「我殺身只在須臾，但要借些水來淨一淨身子，拜謝了父母養育、公姑婚配之恩，然後死於刀下未遲。」屠戶見他說得迂闊，好笑起來道：「倒好個愛潔淨的行貨子。」隨引入裡面，打起一缸清水，淨了浴，穿起衣服。走出店中，討了一幅白紙，取過櫃上寫帳的禿筆，寫下一篇自祭的祝文。寫罷，走出當街，望著洪州，拜了四拜。跪在地上，展開這幅紙，讀那祭文。屠戶左右鄰家，及過往行人，都叢住了觀看。宗二娘不慌不忙，高聲朗誦道：

惟天不弔，生我孤辰。蚤事夫婿，歸於周門。翁既先逝，惟姑是承。婦道孔愧，勉爾晨昏。不期世亂，干戈日尋。外苦國壞，內苦家傾。姑命商販，利之蝸蠅。僑寓維揚，寇兵圍城。兵火相繼，禾黍弗登。羅雀掘鼠，玉粒桂薪。殘命頃刻，何惜捐生。得資路費，千里尋親。子既見母，媳死可瞑。惟祈天祐，赫赫照臨。姑壽無算，夫祿永臻。重諸伉儷，克生寧馨。嗚呼哀哉！吾命如斯，何怨何憎！天惟鑑此，干戈戢寧。凡遭亂死，同超迴輪。

讀罷，又拜了四拜，方纔走起。他念的是江右土音，人都聽他不出，全不知為甚緣故。宗二娘步入店中，把這幅紙遞與屠戶道：「我丈夫必然到此來問，相煩交與，教他作速歸家，莫把我為念。」屠戶道：「這個當得。」接來放過一邊。眾人聽了方道：「原來是丈夫賣來殺的。」遂各自散去。

宗二娘即脫衣就戮，面不改色。屠戶心中雖然不忍，只是出了這四貫錢，那裡顧得甚麼。忍住念頭，硬著手，將來殺倒。劃開胸膛，刳出臟腑，拖過來，如斫豬羊一般。須臾間，將一個孝烈的宗二娘，剁碎在肉臺盤上。後人有詩云：

夫婦行商只為姑，時逢陽九待如何。
可憐玉碎江都市，魂到洪州去也無。

原來楊行密兵馬未到揚州，先有神仙題詩於利津門上道：

劫火飛灰本姓楊，屠人作膾亦堪傷。
杯羹若染洪州婦，赤縣神州草盡荒。

及至宗二娘鬻身宰殺之後，天地震雷掣電，狂風怒號，江海嘯沸。凡買宗二娘肉喫者，皆七竅流血而死。揚州城內城外，草木盡都枯死。到此地位，只見：

長江水涸不清，崑崙山掩無色。芍藥欄前紅葉墮，瓊花觀裡草痕欹。芳華隋苑，一霎離披。選勝迷樓，須臾灰燼。古墓都教山鬼嘯，畫橋空有月華明。

這也不在話下。且說周迪在下處，不見妻子回來，將房門鎖了，走出店門首張望，口裡自言自語道：「如何只管不來了？」店主人看見，問道：「你望那個？」周迪道：「是我娘子。」店主人道：「阿呀！你娘子方纔說，情願賣身市上換錢，與你盤纏歸家，央我同到屠戶家，講了價錢，將錢回來，交付與你，便去受殺了。難道你不曾收這四貫錢麼？」周迪聽了這話，嚇得面如土色，身子不動自搖，說道：「不、不、不、不信有這事。」店主人說：「難道哄你不成？若不信時，你走到市上第幾家屠戶去問就是了。」

周迪真個一步一跌的趕去，挨門數到這個屠家，睜眼仔細一望，果然宗二娘已剁斷在肉臺盤上，目睜口張，面色不改。周迪叫聲：「好苦也！」一交跌翻在地，口兒裡是老鸛彈牙，身兒上是寒鴉抖雪，放聲慟哭道：「我那妻呀！你怎生不與我說個明白，卻葫蘆提做出這個事來！」屠戶聽了，便取出這幅祭文付與，道：「這是令正⑩留付與你的，教道作速歸去，莫把他為念。」周迪接來看了，一發痛哭不止。行路的人見哭得慘切，都立住了腳，問其緣故。周迪帶著哭，將前情告訴。眾人又討這幅祭文來看。內中有通文理的，贊歎道：「好個孝烈女娘，真個是殺身成仁。」有的對屠戶道：「既見是這樣一個烈

⑩ 令正：對對方妻子的敬稱。

婦，你就不該下手了。」眾人又勸周迪道：「你娘子殺身，成就你母子，自然升天去了。你也不消哭得，可依他遺言，急急歸去，休辜負他這片好念。」周迪依言，謝了眾人，把這紙祭文藏好，走轉下處。見了店主人，一句話也說不出，只管哭。主人勸住了。走入房中，和衣臥倒，這一夜，眼也不合，尋思歸計，只是怎的好把實情告訴母親。

次日，將房錢算還主人。主人說道：「你娘子殺身的東西，是苦惱錢，我若要你的，也不是個人了。」周迪謝了他美意，胡亂買些點心喫了，打個包裹，作別主人。離了揚州城，取路前去。怎奈腹中又飢，腳步又懶，行了一日，只行得五六十里。看看天色已晚，路上行人漸漸稀少，前不著村，後不著店，心裡好生慌張。那時只得掙扎精神，不顧高低，向前急走。遠遠望見一簇房屋，只道是個村落。及至走近，卻是一所敗落古廟，門窗牆壁俱無。心裏躊躇道：「前去不知還有多少路方有人家？倘或遇著個歹人，這性命定然斷送。不如且躲在廟中，過了這宵，再作區處。」走過山門，直到大殿，放下包裹，跪在地上，磕頭道：「尊神不知是何神道，我周迪逃難歸家，錯了宿處，權借廟中安歇，望神道陰空庇祐則個。」祝罷，又磕個頭兒。走起來，四面打一望，只見一張破供桌在神櫃旁邊，暗道：「這上面倒好睡臥。」走出殿外，扯些亂草，將來抹個乾淨。爬上去，把包裹枕著頭兒。因昨晚不曾睡得，又忍著餓走了這一日，神思困倦，放倒頭就熟睡了。一覺醒來，卻有二更天氣。那時翻來覆去，只想著妻子殺身的苦楚，眼中流淚，暗道：「我夫妻當日雙雙的出門，那知弄出這場把戲⓫，撇下我孤身回去。盤纏又少，道路又難行，不知幾時纔到。又不知母親在家，安否何如。生死存亡，還未可必；萬一有甚山高水低，單單

⓫ 把戲：花樣；結果。

留我一身，有何著落？終須也是死數。」愈想愈慘，不覺放聲大哭。

正哭之間，忽聽得殿後有人叫將出來。周迪喫了一驚，暗道：「半夜三更，荒村破廟，那得人來？此必是個劫財謀命的，我這番決然是個死了。」心裡便想，坐起身來，暗中張看。只見一個人，身長面瘦，角巾野服，隱士打扮，從殿後走出，也說：「半夜三更，這荒村破廟，什麼人在此哭啼啼？」周迪不敢答應。那人道：「想必是個歹人了，叫小廝們快來綁去送官。」周迪著了急，說道：「我是過往客人，因貪走路，錯了宿處，權在此歇息。並非歹人，方便則個。」那人道：「既是行客，為甚號哭？」周迪道：「實不相瞞，有極不堪的慘事在心，因此悲傷。不想驚動閣下，望乞恕罪。」那人道：「你有甚傷心之事，可實實說來，或者可以效得力的，當助一臂。」

周迪聽了這些話，料想不是歹人了，把前後事細訴一遍。說罷，又痛哭起來。那人道：「原來有這些緣故。難得你妻子這般孝義，肯殺身周全你母子，只是目今盜賊遍地，道塗梗阻，甚是難行。你子身獨行，性命難保。我看孝婦分上，家中有一頭生口⓬，遇水可涉，逢險可登，日行數百里。借你乘坐，送到洪州，使你母子早早相見，何如？」周迪聽了，連忙跳下供桌，拜謝道：「若得如此，你就是我的恩人了。但不知恩人高姓大名，住於何處，為甚深夜到此？」那人道：「這個廟乃三閭大夫屈原之祠，我就是他的後裔，世居於此，奉侍香火。適來聞得哭聲，所以到此看覷。你住著，待我去帶馬來。」道罷，向殿外去了。不一時，只聽見那人在外邊叫道：「生口已在此，快來上路。」隨聞得馬嘶之聲。周迪拏起包裹，奔至山門，見一騎高頭白馬，橫立門口。周迪不勝歡喜道：「多承厚情，自不消說起，只

⓬ 生口：即牲口。

是沒有人隨去，這馬如何得回？」那人道：「這馬自能回轉，不勞掛懷。」周迪跳上馬，將包裹掛在鞍轎，接過絲韁。那人把馬一拍，喝聲：「走！」那馬縱身就跑，四隻蹄分明撒鈸相似。

周迪回頭看時，離廟已遠，那人也不見了。耳根前如狂風驟雨之聲，心中害怕，伏在鞍上，合眼假寐。也不知行了多少路，只聞得曉鐘聲震，雞犬吠鳴。擡頭看時，約莫五更天氣。遠望去，見一座城池，如在馬足之下。暗想道：「前面不知是何州縣？」霎眼間已至城下，舉目觀看，彷彿是洪州風景。心中奇怪。此時城門未啟，把馬帶住，等候開門。須臾間，要入城做買賣的漸漸來至，人聲嘈雜。仔細聽時，正是家鄉聲口。驚訝道：「原來已到家了，這馬真乃龍駒也！」一回兒城門開了，那馬望內便走，轉灣抹角，這路徑分明走熟的一般。行到一個所在，忽地立住了。此時天色將明，周迪仔細一覷，卻便是自家門首。心中歡喜，跳下馬來敲門。只見母親樂氏，同著舅母馮氏，一齊開門出來，看見，說道：「呀！兒子你回來了。」再舉眼看了一看，問道：「媳婦在那裡，如何不見？」周迪聽說「媳婦」二字，心中苦楚，勉強忍住，拿著包裹，說道：「且到裡邊去細說。」走到中堂，放下行李，先拜了馮氏，然後來拜母親。周母又問：「媳婦怎不同歸？」周迪一頭拜，一頭應道：「你媳婦已去世了。」

這句話還未完，已忍不住放聲慟哭。周母道：「且莫哭，且說媳婦為甚死了？」周迪把從前事訴與母親，又取出錢來道：「這就是媳婦賣命之物。」周母哭倒在地，馮氏也不覺涕淚交流。周迪扶起母親。周母跌足哭道：「我那孝順的媳婦兒，原來你為著我送了性命，卻來報我知道。」周迪驚訝道：「他怎地來報母親？」周氏停了哭，說道：「昨日午間，因身子疲倦，靠在桌上。恍恍惚惚，似夢非夢的，見媳婦走來，對我拜了兩拜，說：『婆婆，媳婦歸來了。你兒子娶了一個不長不短、不粗不細、粉骨碎身的偏房，只是原來的子舍。你兒子生了一個孩子，又大又小，又真又假，蓬頭垢面，更不異去日的周郎。』說罷，霎時間清風一陣，有影無形。要認道是夢，我卻不曾睡著；要不認是夢，難道白日裡見了鬼？心中疑惑，一夜不曾合眼。不想卻是他陰靈來報我。」周迪道：「原來娘子這般顯靈。」馮氏道：「常言生前正直，死後為神。現在雖受了苦惱，死後自然往好處去了。」周母又懊悔昔日逼他出去，弄做一場沒結果，將頭在壁上亂撞，把拳在胸前亂搥，哭道：「媳婦的兒，通是我害了你也！」周迪抱住道：「母親，你就死也報不得媳婦，可憐媳婦死又救不得母親，卻不辜負了媳婦屠身報姑一片苦心？」馮氏也再三苦勸。

此時天已大明，裡邊只顧啼啼哭哭，竟忘了門外騎來的馬匹。只聽門前人聲鼎沸，嚷道：「這是何處廟堂中的泥馬，卻在這裡？還是人去擡來的，還是年久成精走來的？」驚動周迪出來觀看，嚇得伸出了舌頭縮不入。這泥馬，原來昨日乘的是個神馬，可知道三個時辰，揚州忽然到洪州。那說話的，正是三閭大夫顯聖了。即向空拜道：「多謝神明憐憫我妻孝烈，現身面諭，送我還家奉母。後日干戈寧靜，世道昌明，當赴殿庭叩謝呵護之恩。」拜罷起來。眾人問其緣故，周迪先說宗二娘殺身，後說三閭大夫顯聖，將神馬送歸的事，細述一遍。眾人齊稱奇異。有的道：「只是這個泥馬如何得去？」周迪道：「不打緊，待我擡入家中供養。等後日道路太平時，親送到廟便了。」即央了幾個有力後生來扛擡。這馬恰像似生下根的，動搖不得。又添了若干人，依然不動。內中一人說道：「此必神明要把孝婦的奇蹟昭報世人，所以不肯把這馬到家裡去。如今只該先尋蓆篷暫蔽日色，然後建個小亭供養，可不好麼？」眾人齊聲稱是。有好善的，連忙將蓆篷送來遮蓋。

這件事，頃刻就傳遍了洪州城。不想過了一夜，到次早，周迪起來看時，這騎泥馬已不見了。那蓆篷旁邊，遺下一幅黃紙。急取來看，上面寫著兩行字道：

孝婦精誠貫日月，糜軀碎首羽鴻輕。
神騎送子承甘旨，千古應留不朽名。

看罷，向空又拜了兩拜，即忙裝塑起三閭大夫神像，並著神馬，供養在家，朝夕祀拜。盡心奉侍母親，亦不復娶後妻。

常言道：「至誠可以感格天地。」這宗二娘立心行孝，感動天庭。上帝以為為姑殺身，古今特見，敕封為上善金仙，專察人間男婦孝順忤逆之事。那孝順的，幢幡寶蓋迎來，生於中華善地；忤逆的，罰他沉埋在黑暗刀山、無間地獄。這一派公案，都是上善金仙掌管。上善金仙追念婆婆恩深義大，護佑他年到一百三十歲。周迪亦活至一百十歲。母子兩人，無疾而逝。臨終之時，五星燦爛，祥雲滿室，異香遍城。合洪州的人，無不稱道這是宗二娘至孝格天之報，詩云：

孝道曾聞百行先，孝姑千古更名傳。
若還看到周家婦，瀉倒黃河淚未乾。

第十二卷　侯官縣烈女殲讎

梁山感杞妻❶，痛哭為之傾。金石忽暫開，都緣激深情。東海有勇婦，何慚蘇子卿❷。學劍越處子，超然若流星。捐軀報夫讎，萬死不顧生。白刃耀素雪，蒼天感精誠。十步兩躩躍，三呼一交兵。斬首掉國門，蹴踏五藏行。豁然伉儷憤，粲然大義明。北海李使君，飛章奏天庭。捨罪警風俗，流芳播滄瀛。名在列女籍，竹帛已光榮。淳于免詔獄，漢王為緹縈。津妾一棹歌，脫父於嚴刑。十子若不肖，不如一女英。豫讓❸斬空衣，有心竟無成。要離❹殺慶忌，壯夫所素輕：妻子亦何辜，焚之買虛聲。豈如東海婦，事立獨揚名！

❶ 杞妻：指孟姜，春秋時齊國大夫杞梁之妻，姓姜字孟。杞梁隨齊莊公攻莒，被俘而死，孟姜痛哭十日，城為之傾。後演變為秦朝時范喜良與孟姜女的故事。

❷ 蘇子卿：指蘇武，字子卿，漢武帝時人。

❸ 豫讓：戰國晉人，智伯瑤家臣。智氏被滅後，豫讓多次謀殺趙襄子，以求為主報讎。事不成而被捕，求得趙襄子衣服後，以劍擊衣後自殺。

❹ 要離：春秋末年吳國人，曾為吳王闔閭刺殺逃在衛國的公子慶忌。為達到親近慶忌的目的，他不惜殺妻斷臂，最終成功。

這首詩，乃李太白學士因當時東海有婦人為夫報讐，白晝殺人都市，羨其勇烈而作。其間引著緹縈、豫讓等幾個古人的事蹟，分明說男子不如婦女的意思。此言雖非定論，然形容此婦「十步兩躩躍，三呼一交兵」之句，無異楚霸王喑啞叱吒、千人自廢時景狀，令人毛骨竦然；比著斬空衣的豫讓，真不可同日而語。但稱「東海有勇婦」，又說「學劍越處子」，可見此婦素有勇力，又會武藝，故敢與男子格鬥。大凡人有了勇力武藝，膽氣先壯；若又逞著忿怒，這殺人的事，當要做出來，所以還未足為奇。如今在下說一個嬌嬌怯怯香閨弱質，平日只會讀書寫字、刺繡描花，手無縛雞之力，一般也與丈夫報讐，連殺十數餘人，比東海勇婦豈不更勝一籌？這樁故事說出來時，直教：

貞娘添正氣，淫漢退邪心！

話說宋朝靖康年間，威武州侯官縣，有個士人，姓董名昌，表字文樞，生得風姿美好，才學超群。早年喪母，其父董梁秀才復娶繼母徐氏。董昌到十四歲上，父親又一病去世。本來沒甚大家事，薄薄有幾畝田產，止堪供饘粥膏火。爭奈徐氏貪食性懶，不肯勤苦作家。因此董昌外貌雖以繼母看待，心中卻不和睦。徐氏只倚著晚娘名分，做出許多惡狀。董昌無可奈何，遠而敬之，一味苦功讀書。卻好服滿，遇著歲考，去應童子試，便得領案入泮。那時豪家富室，爭來要他為婿。董昌自想是個窮儒，繼母又不賢慧，富家女子習成驕傲，倘或兩不相下，爭論是非，反為不美，為此都不肯就，只情願覓詩禮人家為婚，方是門當戶對。這也不在話下。

大凡初進學的秀才，廣文先生每月要月考，課其文藝，申報宗師。這也是個舊例。其時侯官教諭姓彭名祖壽，號古朋，就是仙遊人。雖則貢士出身，為人卻是大雅。新生贄儀，聽其厚薄，不肯分別超上上等戶，如錢糧一般徵索，因此人人敬愛。其年彭教諭六十八歲，眾新生道已近古稀，各湊小分奉賀。彭教諭乘著月考之期，治具一酌，答其雅情。

到晚文完，方要入席，恰好有個故人來相訪。此人是誰？複姓申屠，名虔，別號退翁，長樂人氏。原是個有意思的秀才，指望上進，因累試不第，又見六賊亂政，百姓受苦，四方盜賊叢生，且金兵侵擾無虛日，知得時事不可為，遂絕意取進，寄情山水，做個散人。與彭教諭通家相好，特來訪問。相見已畢，就請登筵。申屠虔年紀又長，又是遠客，遂坐了首席。佳賓賢主，杯觥酬酢，十分歡洽。

飲酒中間，申屠虔遍將少年秀才來看，看到董昌一貌非凡，便向彭教諭取他月考文字來看。你道他緣何要看董昌文字？原來申屠虔當年結髮生下一兒一女，兒名希尹，女名希光。中年妻喪，也不續娶，自己撫育這兩個子女。此時女兒年已一十六歲，天生得柳葉眉，櫻桃口，粉捏就兩頰桃花，雲結成半灣新月。縷金裙下，步步生蓮；紅羅袖中，絲絲帶藕。且自幼聰明伶俐，真正書富五車、才通二酉。若是應試文場、答策便殿，穩穩的一舉登科，狀元及第。只可惜戴不得巾幘，穿不得道袍，埋沒在粉黛叢中、胭脂隊裡。希尹一般也有才學，只是穎悟反不及妹子。這希光名字，本取希孟光❺之意，然孟光雖有德行，卻生得又黑又肥，怎比得此女才色兼全，世上無雙，人間絕少。申屠虔酷愛女兒才學，所以親朋中來求婚的，一概不許，直要親眼選個好對頭，方許議婚。不道來訪彭教諭，湊巧遇著款待眾秀才，從中看中了董昌，為此討他文字來看。他本來原是高才，眼中識寶，看見董昌才稱其貌，便欲將希光許嫁與

❺ 孟光：東漢梁鴻妻，以賢惠著稱，成語「舉案齊眉」即出自她的故事。

他。

當晚，剪燈再酌，忽然明倫堂上一聲鵲噪，一聲鴉鳴。彭教諭道：「這黃昏時候，那有鴉鳴鵲噪之事？甚是可怪。」申屠虔笑道：「從來鵲噪非喜，鴉鳴不凶。凶吉事大，這禽鳥聲音何足計較！不揣口吟一對聯，若這新秀才中接口對出者，決定他年聯中三元。」彭教諭點頭應道：「如此極妙。」申屠虔即出一聯道：

鵲噪鴉鳴，凶非凶，吉非吉，總不若岐山威鳳，鳳舞鸞翔。

眾秀才一個也對不出，獨有董昌對道：

牛神蛇鬼，瑞非瑞，妖非妖，卻何如雒水靈龜，龜登龍擾。

眾秀才一齊稱快。彭教諭也道他才調高捷，他人莫及。申屠虔雖則稱賞，細味其中意思，言神言鬼，其實不祥；龜至於登，龍至於擾，俱不是佳兆。但喜此子有才有貌，與希光果是一對。不信陰陽，不取讖語，便也不妨。若錯過此姻緣，縱然門當戶對，龜鶴夫妻，決非雙璧。便於席上倩彭教諭作伐，成就兩家之好。董昌聽見教諭稱其女才貌兼全，又是詩禮之家，滿口應允。申屠虔性子古怪，但要得個好婿，並不要納聘下禮，只教選定吉日良時，竟來迎娶便了。董秀才一錢不費，白白裡就定了一房親事。這場喜事，豈非從天降下。正是：

只憑一對作良媒，不用千金為厚聘。

當夜席散，明早申屠虔即歸長樂，整備嫁女粧奩。那知兒子希尹，年紀纔得二十來歲，志念比乃翁更是古怪恬淡，他料天下必要大亂，不思讀書求進，情願出居海上捕魚活計，做個煙波主人。申屠虔正要了卻向平之願，自去效司馬遨遊，為此一憑兒子主意，毫不阻當。希尹置辦了漁家器具、船隻，擇日遷移。希光乃作一詩，與哥哥送行。詩云：

生計持竿二十年，茫茫此去水連天。
往來洒灑臨江廟，晝夜燈明過海船。
霧裡鳴螺分港釣，浪中抛纜枕霜眠。
莫辭一棹風波險，平地風浪更可憐。

希尹看了，贊道：「好詩，好詩！但我已棄去筆硯，不敢奉和了。」他也不管妹子嫁與不嫁，竟攜妻子遷居海上去了。

看看希光佳期已近，申屠虔有個姪女，年紀止長希光兩歲，嫁與古田醫士劉成為繼室，平日與希光兩相親愛，勝如同胞，聞知出嫁，特來相送。至期董秀才準備花花轎子，高燈鼓吹，喚起江船，至長樂迎娶。他家原臨江而居，舟船直至河下。那申屠虔家傳有口寶劍，掛在床頭，希光平日時時把玩拂拭。及至娶親人已到，尚是取來觀看，戀戀不捨。申屠虔見女兒心愛，即解來與他佩在腰間，說道：「你從來未出閨門，此去有百里之遙，可佩此壓邪。」希光喜之不勝，即拜別登轎下舟。申屠虔親自送女上門。希光下了船，作留別詩一首，云：

女伴門前望，風帆不可留。
岸鳴楸葉雨，江醉蓼花秋。
百歲身為累，孤雲世共浮。
淚隨流水去，一夜到閩州。

雖吟了此詩，舟中卻無紙筆，不曾寫出。

到了郡中，離舟登轎，一路鼓樂喧天，迎至董家。教諭彭先生是大媒，紗帽圓領，來赴喜筵。新人進門，迎龍接寶，交拜天地。祖宗三黨諸親，一一見禮。獨有繼母徐氏，是個孤身，不好出來受禮。董秀才理合先行道達一聲，因懷了個次日少不得拜見的見識，竟不去致意，自成禮數。徐氏心中大是不悅，也不管外邊事體，閉著房門，先自睡了。堂中大吹大擂，直飲至夜闌方散。申屠虔又入內房，與女兒說道：「今晚我借宿彭廣文齋中，明日即歸，收拾行裝，去遊天台雁宕。有興時，直至泰山而返。或遇可止之處，便留在彼，也未可知。為婦之道，你自曉得，諒不消我吩咐。但須勸官人讀書為上。」希光見父親說要棄家遠去，不覺楸然說道：「他鄉雖好，終不如故里，爹爹還宜早回。」申屠虔笑道：「此非你兒女子所知。」道罷相別。董昌送客之後，進入洞房。一個女貌兼了郎才，一個郎才又兼女貌。董官人弱冠之年，初曉得撩雲撥雨；申屠姐及笄之後，還未諳蝶浪蜂狂。這起頭一宵之樂，真正：

占盡天下風流，抹倒人間夫婦。

到次早，請徐氏拜見，便託身子有病，不肯出來。大抵嫡親父母，自無嫌鄙，徐氏既係晚娘，心多性刻，雖則託病，也該再三去請。那董昌是個落拓人，說了有病，便就罷了，卻像全然不作准他一般。徐氏心中一發痛恨。自此日逐尋事聒噪，捉雞罵狗。申屠娘子一來是新媳婦，二來是知書達禮的人，隨他鬧亂，只是和顏悅色，好言勸解，不與他一般見識。

這徐氏初年原不甚老成，結拜幾個十姊妹，花朝月夕，女伴們一般也開筵設席，遇著三月上巳、四月初八浴佛、七夕穿針、重九登高，粧飾打扮，到處去搖擺。當日董梁在日，諸事憑他手中活動，所以行人情、趁分子，及時及景的尋快活。輪到董昌當了家，件件自己主張，銀錢不經他手，便沒得使費，只得省縮。十姊妹中，請了幾遍不去，他又做不起主人，日遠日疏，漸漸冷淡。過了幾年，卻不相往來，間或有個把極相厚的，隔幾時走來望望。及至董昌畢婚之後，看見他夫妻有商有量，他卻單單獨自沒瞅沒睬，想著昔年熱鬧光景，便號天號地的大哭一場。董昌頗是厭惡，只不好說得。

時光迅速，董昌成親，早又年餘，申屠娘子已是身懷六甲。到得十月滿足，產下一兒。少年夫婦頭胎便生個孩子，勝如珍寶。惟徐氏轉加不喜。一日清早，便尋事與董昌嚷鬧。董昌避了出去。沒對頭相罵，氣忿忿的坐在房中。只見一個女人走將入來，舉眼看時，不是別個，乃是結拜姐姐姚二媽。嘗言恩人相見，分外眼青。徐氏一見知心人，回嗔作喜，起身迎迓道：「姐姐，虧你撇得下，足足裡兩個年頭不來看我了。今日甚麼好風吹得到此？」姚二媽道：「你還不知道，我好苦哩！害腳痛了年餘，纔醫得好。因勉強走動了，還常常發作，近時方始痊癒。為此不能夠來看你，莫怪莫怪。」徐氏道：「原來如此，這卻錯怪你了。」取過杌兒，請他坐下。

姚二媽袖中摸出兩個餅餌遞與道：「昨日我孫兒周歲，特地送拿雞團與你嘗嘗。」徐氏接來放過，說道：「好造化，又有孫兒周歲了。」又嘆口氣道：「你與我差不多年紀，卻是兒孫滿堂，夫妻安樂。像我這鰥寡孤獨，冰清水冷，真是天懸地隔。」說還未了，兩淚雙垂。姚二媽道：「阿呀，我聞得董官人已娶了娘子，你現成做婆，正好自在受用。巴得董官人一朝發達，怕繼母不封贈做老夫人、老奶奶？還有甚不足意，自討煩惱？」徐氏道：「不說不知，當初我進董家門來，昌官還只得三四歲，也虧我撫養成人。如今成人長大，不看我在眼裡。就是做親大禮，也不請我拜見。每日間夫妻打夥作樂，丟我在半邊，全然不睬。不要說別樣，就是飲食小事，他夫妻兩口大魚大肉，我做娘的只是一碗莧菜湯，勉強嗄飯。間或事忙，連這粗茶淡飯，嘗至缺少。真個是前人田地，後生世界，孤孀寡婦，好不苦惱！」言罷，拍檯拍凳，放聲大哭。驚得申屠娘子走將出來勸解，卻也不知緣故。見姚二媽在座，又偷忙敘話，問姓張姓李，與董官人家何親何眷。姚二媽一頭答應，兩眼私瞧，骨碌碌看上看下，私忖道：「世間怎有這般女子，若非天仙織女轉世，定是月裡嫦娥降生。不知董秀才前世裡怎生樣修得，到今世受用如此絕色。只怕他沒福消受，到要折了壽算。」

這婆子方在驚訝，那知冤家湊巧，適當董昌從外直走進來，見姚二媽與徐氏及申屠娘子三人攢做一堆，哭的哭，笑的笑。因早間這場悶氣在肚，正沒處消豁，又見如此模樣，不覺大怒，罵道：「好人好家，三婆不入門。你是何人，在我家說長道短，惹得不和睦？可知有你這歪老貨搬弄，致使我家娘一向使心弩氣，如今一發啼啼哭哭，成甚規距！」姚二媽也變色說道：「你做秀才的，好不達道理！凡事也要問個來歷，如何便破口罵人？我好意來此望望，他因平日受苦不過，故此啼哭，與我甚麼相干？你不說自己輕慢晚娘，反說別人搬弄不睦。」董秀才聽了，激得怒從心上起，罵道：「老賤人！這個話難道不是挑鬥我家不和？」劈臉兩個漏風巴掌。徐氏連忙來勸。董昌失手一推，跌倒在地。申屠娘子急向前扶起徐氏，勸解姚二媽出門，又勸解丈夫，在徐氏面前陪個不是，方得息了一場鬧吵。這一番口舌不打緊，正是：

飽學書生垂命日，紅顏俠女斷頭時。

這姚二媽原是走千門、踏萬戶、慣做寶山的喜蟲兒，乘便賣些花朵，兌些金珠首飾，忙裡偷閒，又捱身與人做馬百六❻，是個極不端正的老潑賤。被董秀才打了兩個巴掌，一來疼痛，二來沒趣，心中惱道：「無端受這酸丁一場打罵，須尋個花頭擺佈他，方銷得此恨。」一頭走，一頭想。正行之間，遠遠望見一個熟人走來。這婆子心裡忽撥動一個惡念，說：「若把那人奉承了這人，定然與我出這一口氣。」打定主意，走上一步去迎這人。

你道此人是何等樣人物？原來此人喚做方六一，家私鉅萬，謀幹如神，專一交結上下衙門人役，線索相通。又糾連閩浙兩廣亡命及海洋大盜，出沒彭湖，殺人劫財，不知壞了多少人的性命。卻又販買違禁貨物，泛海通番。凡犯法事體，無一不為。更兼還有一樁可恨之處，若見了一個美貌婦女，不論高門

❻ 馬百六：當作「馬泊六」或「馬伯六」，舊時指幫助男女從事不正當關係的人。

富室，千方百計去謀來姦宿。至於小家小戶，略施微計，便占奪來家。姦淫得厭煩了，又賣與他人。也不知破壞了多少良人妻女的行止。因是爪牙四布，一呼百應，遠近聞名，人人畏懼，是一個公行大盜、通天神棍。姚二媽平日常在他家走動，也曾做過幾遍牽頭，賺了好些錢財，把他奉做家堂香火。這時受了董秀才的氣，正想要尋事害他，不期恰遇了方六一這個煞星，可不是董昌的晦氣到了。

當下方六一見了姚二媽，滿面撮起笑來，問道：「二媽，何故兩日不到我家來走走？今日為何紅了半邊面皮，氣忿忿骨篤了嘴，不言不語。莫非與那個合口嘴麼？」這婆子正要與他計較，卻好被他道著經脈，便扯到一個僻靜處，把適來被董秀才毆辱緣故，細細告訴一遍。方六一帶著笑道：「如此說來，你卻喫了虧哩！」姚二媽道：「便是無端受了這酸丁一場嘔氣，又還幸得他娘子極力解勸，不曾十分吃虧。」方六一道：「這樣不通道理的秀才，卻有恁般賢慧老婆。」姚二媽道：「賢慧還是小事，只這標致人物，卻是天下少的。」方六一驚問道：「你且說他如何模樣。」姚二媽道：「那顏色美麗，令人一見銷魂，自不消說，只這一種娉婷風韻，教我也形容他不出。六一官，你雖在風月場中走動，只怕眼睛裡從不曾見這樣絕色的少年婦人。」方六一道：「不道我侯官縣有恁般絕色，可惜埋沒在酸丁手裡。二媽，可有甚法兒，教我見他一面，也叫做眼見希奇物，壽年一千歲。」姚二媽笑道：「見他也沒用，空自動了虛火。你若有本事弄倒了這酸丁，收拾這娘子，供養在家，親親熱熱的受用，這便纔為好漢。」方六一聽罷，合掌念一聲：「阿彌陀佛！謀人性命，奪人妻子，豈是我良善人做的。你也不消氣得，且到我家吃杯紅酒，散一散懷抱罷。」姚二媽道：「原來六一官如今吃齋念佛了，老身卻失言也。」六一笑道：「你這婆子，也忒性急。大凡作事，自有次序，又要秘密，怎便恁般亂叫？況他又是個秀才，須尋個大題目，方能扳得他倒。」遂附耳低言道：「這樁事，除非先如此如此，種下根基，等待他落了我套中，再與你商量後事。做得成時，不要說出了你的氣，少不得我還要重重相酬。」這婆子聽了，連聲喝采道：「如此妙計，管情一箭上垛。」方六一道：「我今要去完一小事，歸時即便布置起來。明日你早到我家來，再細細商議。」姚二媽應諾，各自分手。正是：

繼母生猜恨禮疏，虔婆懷怨搆風波。
陰謀欲攘紅顏婦，斷送書生入網羅。

且說董秀才，一日方要出門到學中會文，只見一人捧著拜匣走入來，取出兩個柬帖遞上。董昌看時，卻是一個拜帖，一個禮帖，中寫著「通家眷弟方春頓首拜」，禮帖開具四羹四菓，縐紗二端，白金五兩，金扇四柄，玉章二方，松蘿茶二瓶，金華酒四罈。董昌不認得這個名字，只道是送錯了，方以為訝，外面三四個人，擔禮捧盒，一齊送入。隨後一人，頭頂萬字頭巾，身穿寬袖道袍，乾鞋淨襪，擴而充之，踱將進來。董昌不免降階相迎，施禮看坐。這人不是別個，便是方六一這廝。可知六一原是排行，他平生欣羨睦州豪傑方臘以妖術誘眾，反於幫源洞，僭號建元。既與同姓，妄意認為一宗，取名方春，見臘後逢春之意。欲待相時行事，大有不軌不念。

當下坐定，董昌開言道：「小弟從不曾與台丈有交親，為甚將此厚禮見賜？莫非有誤？」方六一道：「春雖不才，同與先生土著三山城中，何謂不見交親？弟此來，一為敬仰高才絕學，庠序聞名，定然高攀仙桂，聯捷龍門，是今相拜，以後即為故交，日後便好提拔。二則前日姚二媽鬧宅，唐突先生，實為有罪。姚二媽乃不肖姨娘，瓜葛相聯。方春代為負荊，敢具此薄禮請罪，萬祈海涵。」說未了，跪將下去。董昌慌忙扶起，道：「一時小言，何足介意。這厚禮斷不敢受。」方六一道：「先生不受，是見棄小弟了。」董昌推讓再四，方六一堅意不肯收回，叫小廝連盒放下，起身作辭竟去。

董昌年少智淺，見他這般殷懃，只道是好意，更兼寒儒家絕少盤盒進門，見此羹菓銀紗等物，件件適用，想來受之亦無害於理，即喚轉使人，也寫個通家眷弟的謝帖，打發去了。申屠娘子問道：「適來何人，是何相知，卻送如此厚禮？」董昌將名帖遞與觀看，說道：「此人從無一面。據他說，姚二媽是其姨娘，因前日費口一番，特來代他請罪。二則慕我文才，要結織做個相知。為此送這些禮物。」申屠娘子聽了，搖首道：「此事來得蹊蹺，不可不察。」董昌道：「娘子何以見之？」申屠娘子道：「當今世情，何人不趨炎附勢？見兔放鷹，誰肯結交窮秀才？且又素不識面，驟致厚禮，可疑者一；前日姚二媽，不過小言，又無深怨，此人即係兩姨之子，也何消他來代為請罪？可疑者二。況君子不飲盜泉之水，豈可輕易受人之物。」董昌笑道：「娘子忒過慮了。自來有意思的人，嘗物色英雄於塵埃中，豈可以世情起見，一概抹殺好人。我看此人，情辭誠篤，料無他意，不必疑心。」申屠娘子道：「我雖過慮，官人也休過信。」董昌道：「這個我自理會得。」到次日，也備幾件禮物去答拜。秀才人情，少不得是書、文、手卷、詩扇之類。方六一盡都收了，留住便飯。董昌力辭，那裡肯放，只得領情。名雖便飯，實則酒筵。方六一慇懃相勸，盡醉方散。至明日，姚二媽又到董家，備小心，稱不是，一笑釋然。

自來讀書人最好奉承，董昌見方六一恁般小心克己，認定是個好人，並無猜慮，日親日近，竟為莫逆之交。方六一不時餽禮請酒，自己也常來尋問董昌。他的念頭，希冀撞見申屠娘子一面，看其姿色果是如何。那知這娘子無事不出中堂，再無繇遇見。那姚二媽既捱身入門，也不嘗來攀談閒話，賣些花朵，趨奉申屠娘子，博他歡喜。及至背後向著徐氏，卻又冷言冷語的挑唆。徐氏一發痛恨兒子，巴不得間刻死了，方纔快活。

方六一與董秀才往還數月，卻沒個機會下手害他。一日，聞得泉州獲了大夥海盜，那為頭的渾名扳倒天，與方六一原是一黨。六一知得這個消息，帶了若干銀兩，星夜趕到泉州，尋相知衙役，到監門上用了些錢鈔，進去探問。那班強盜見方六一來看覷，喜出意外，求他挽回搭救。六一道：「我專為此而來，但不知招稿可曾定否？」眾盜道：「初解到時，太爺因事忙，即下了獄。隨後又為有病，至今不出堂，所以尚未審問。」六一道：「如此就有生路了。」向扳倒天附耳低言道：「侯官學中有個董秀才，久有異心，也結交四方豪傑，乘時欲圖大事。官府漸漸也多曉得了。到審問時，眾口一辭，竟招稱董昌是謀主，糾結閩浙兩廣亡命，陰謀不軌，我等皆其庄佃，威逼為非。拚些銀兩，買上害下，求當案孔目將董昌裝了頭，眾兄弟只做脅從。招中字眼放活了，待我再到京師，營謀個恤刑御史前來，開招釋放，可不好麼？」扳倒天道：「若得如此，便是再生父母了。」方六一又留銀兩與他們使費，急回威武來布置。

扳倒天把這話通知眾盜，及至審問，一口咬定董昌主謀，陰圖叛逆。泉州府尹大是明察，思想：做秀才的決無此事，定是讐口陷害。但既係眾盜招扳，須拿來面質，纔見真偽。又恐差捕役前去，必先破家，乃行文至威武州關提，州中轉行侯官縣拘解。這知縣相公是蔡京門下，人又貪又酷又昏，耳又是棉花做的。方六一自泉州歸時，先使人吹風到大尹耳內，說董昌秀才素行不端，結納匪人。又假揑地方鄰里人具個公呈，說董昌日與異言異服外方人往來，行蹤詭秘，舉動叵測。大尹見此呈與前言暗合，大是驚駭。方待拘問，恰好州中帖文又下。三處相符，更無疑惑，即差人密拿董昌。不道這差役正是方六一的心腹，飛來報知。六一吩咐：「連婦女都要到官，待我來解勸，方纔釋放。」差人受了囑托，竟奔董昌家來，分一半人將前後門把住，其餘盡趕入去，將夫妻子母並兩個童僕，俱是一條索子扣住。

這場大禍，分明青天打下一個霹靂，不知從何而起。問著差人所犯何事，卻又不肯說，只言到縣便知。扯扯拽拽，推出門去。申屠娘子雖有智識，一時迅雷不及掩耳，也生不出甚計較，無可奈何，抱著兒子，只得隨行。徐氏大哭大罵道：「這個逆賊！平日不把做娘的看在眼裡，如今不知做下甚麼犯法事體，連累我出乖露醜，引動鄰里間都來觀看。」

差人方待帶著董昌等要行，只見遠遠一個人走來。董昌望去，認得是方六一，即高叫道：「六一兄！快來救我！」方六一趕近前看了，假意失驚道：「為甚事體，恁般模樣？」董昌道：「連我也不知是甚緣故。叩問公差，又不肯說。」方六一道：「是甚事，如此秘密？真個奇怪。」董昌道：「六一兄，你怎地救得我，決不忘恩。」六一道：「莫忙，待我作了揖，從容商議。」遂向徐氏、申屠娘子深深施禮，偷眼覷看，果然天姿國色。暗想便拚用幾萬兩銀子，與他同睡一宿，就死也甘心。禮罷，對差人道：「列位差公，且入家裡來，在下有一言相懇。」差人嚷道：「去罷了！有甚話說。」方六一道：「列位何消性急。我若說得有理，你便聽了；說得沒理，去也未遲。」眾人依言，復帶入家中。方六一道：「董相公是讀書人，總有詞訟，不過是戶婚田土，料必不是甚麼謀叛大逆，連家屬都要到官。我代送個薄東，與列位買杯酒吃，求做個方便，且慢帶家屬同去，全了斯文體面。」遂向袖中摸出一錠銀子，約有三四兩重。差人俱亂嚷道：「這使不得！知縣相公吩咐來的，我們難道到擔個得錢賣放的罪名？況且事體重大，你若從中打幹，恐怕也不得乾淨。」方六一又道：「誰無患難，誰無朋友？便累及我，也說不得了。」又向袖中將出二兩多銀子，併做一包送與，說：「我曉得東道少，所以列位不肯，但我身邊只有這些，胡亂收了，後日再補。」差人還假意不肯。方六一道：「我有個道理在此：如今先帶董相公去見，若不提起要家屬，大家混過；如或必要，再來帶去，也未為遲。」眾人方纔做好做歹，將他姑媳家人放了。只索著董昌到縣裡去。

看官，你道方六一為甚教差人又做出這番局面？他因不曾看見申屠娘子果是怎樣姿色，乘著這個機會，逼迫來相見一面；二則假意於中出力周全，顯見他好處，使人不疑，以為後日圖娶地步。此乃最深最險的奸計。在方六一自道神機妙算，鬼神莫測。正不知上面這空空洞洞、不言不語的，卻瞞不過。所以俗語說：

湛湛青天不可欺，未曾舉意早先知。
善惡到頭終有報，只爭來早與來遲。

當下差人解至當堂，縣尹說道：「好秀才，不去讀書，卻想做恁般大事！」董昌道：「生員從來自愛，並不曾做甚非為之事。」縣尹道：「你的所行所為，誰不知道，還要抵賴！我也不與你計較，且暫到獄中坐坐，備文申解。」董昌聞說下監，不服道：「生員得何罪，卻要下獄？老父母莫誤信風聞之言，妄害無辜。」秀才家不會語話，只這一言，觸惱了縣尹性子，大怒道：「自己做下大逆之事，反說我妄害無辜！這樣可惡，拏下去打！」董昌亂嚷道：「秀才無罪，如何打得？」縣尹怒道：「你道是秀才打不得，我偏要打！」喝教：「還不拏下！」眾皂隸如狼虎般趕近前，拖翻在地，三十個大毛板，打得皮開肉綻，鮮血迸流。縣尹尚兀是氣忿忿的，教發下去監禁。許多差役簇擁做一堆，推入牢中。董昌家人那裡能夠近身，急忙歸報。把申屠娘子驚呆半晌，自想這樁事沒頭沒腦，若不得個真實緣繇，也無處尋覓對頭，出詞辨雪。一面教家人央挽親族中人去查問，一面又教到獄中看覷丈夫。惟有徐氏合掌向天道：「阿彌陀佛，這逆賊今日天報了。」心中大是歡喜，這也不在話下。

且說董昌本是個文弱書生，如何禁得這般捶扑，入到牢中，暈去幾遍。睜眼見方六一在傍，兩淚交垂，一句話也說不出。方六一將好言安慰，監中使費飲食之類，都一力擔承，暗地卻叮嚀禁子莫放董昌家人出入，通遞消息。又使差人持假票，揚言訪緝董昌黨與，嚇得親族中個個潛蹤匿影。兩個僕人，也驚走了一個。方六一托著董昌名頭，傳言送語，假效殷勤。姚二媽又不時來偎伴，說話中便稱方六一家資巨富，做人仁厚，又有義氣，欲待打動申屠娘子。怎知申屠娘子一心只想要救丈夫，這樣話分明似飄風過耳，那在他心上。但也不猜料六一下這個毒計。

申屠娘子想起董門宗族已沒個著力人肯出來打聽謀幹，自己父親又遠遊他處，哥哥僻居海上，急切不能通他知道，且自來不歷世故，縱然知得，也沒相干，自己卻又不好出頭露面。左思右想，猛然想著：「古田劉家姐夫，素聞他任俠好義，胸中極有謀略，我今寫書一封寄與，教劉姐夫打探誰人陷害，何人主謀，也好尋個機會辨頭或者再生有路，也不可知。」又想：「向年留別詩，尚未寫出，一併也錄示姐姐。」遂取過紙筆，寫書云：

憶出閣判袂，忽焉兩易風霜。老父阿兄，遠遊漁海，鱗鴻杳絕。吾姊復限此襟帶，不得一敘首，以申間闊，積懷徒勞夢寐耳。良人佳士，韞匵未售，滿圖奮翮秋風，問月中仙索桂子。何期惡海風波，陡從天降；陷身坑阱，肢體摧傷；死生未保，九閽遠隔，天日無光。豈曾參果殺人耶？董門宗族寥落，更鮮血氣人，無敢向圜扉通問者。想風鶴魂驚，皆鼠潛龜伏矣。熟知姊婿熱腸俠骨，有古烈士風，敢乞奮被髮纓冠之誼，飛舸入郡，密察誰氏張羅，所坐何辜。倘神力可挽，使覆盆回照，死灰更燃，從此再生之年，皆賢夫婦所賜也。願望旌懸，好音祈慰。外有出閣別言，久未請政，並錄呈覽。

書罷，又錄了留別詩，後書「難婦女弟希光斂衽拜寄」，封緘固密，差僕人星夜前往古田。不道那一人途中遇了個親戚，問起董家事體，說道：「一個秀才，官府就用刑監禁，又要訪拿黨與，必然做下沒天理的事情。你是他家人，恐怕也不能脫白。」那僕人害怕，也不往古田，覆身轉來，一溜煙竟是逃了。申屠娘子眼巴巴望著回音，那裡見個蹤影。正是：

時來風送滕王閣，運退雷轟薦福碑。

話分兩頭，卻說彭教諭，因有公事，他出歸來，聞得董昌被告下獄，喫了一驚，卻不知為甚事故。即來見縣尹，詢問詳細，力言董生少年新進，文弱書生，必無此事。這縣尹那裡肯聽，反將他奚落了幾句。氣得彭教諭拂衣而出，遂掛冠歸去。同袍中出來具公呈，與他辨白，縣尹說：「上司已知董生黨眾為逆，尚要連治。諸兄若有此呈，倘究詰起來，恐也要涉在其中。」眾秀才被這話一嚇，唯唯而退，誰個再敢出頭。方六一見學官、秀才都出來分辨，怕有變故，又向當案處用了錢鈔，急急申解本州，轉送泉州。文中備言鄰里先行舉首，把造謀之事證實。方六一布置停當，然後來通知申屠娘子，安慰道：「董官人之事，已探討的實，是被泉州一夥強盜招扳在案，行文在本縣緝獲，即今解往彼處審問。聞得泉州太爺極是廉明，定然審豁。我親自陪他同去，一應盤費使用，俱已準備，不必掛念。」申屠娘子一時被惑，也甚感其情。

不想董昌命數合休，解到泉州時，府尹已丁母憂。署印判官看來文與眾盜所扳暗合，也信以為實，乃調出扳倒天一干人犯，當堂面質。董昌極口稱冤，說：「生平讀書知禮，與諸人從不識面，不知何人讐恨，指使霹空扳害。」再三苦苦析辨。怎當得眾盜一口咬定，不肯放鬆。判官聽了一面之詞，喝教夾起來。這一個瘦怯怯書生，嫩森森皮骨，如何經得這般刑罰，只得屈招。又是一頓板子，送下死囚牢裡。方六一隨人看視，假意呼天呼屈。董昌奄奄一息，向六一嗚嗚的哭道：「我家世代習儒，從不曾作一惡事，就是我少年落拓，也未嘗交一匪人。不知得罪那個，下此毒手，陷我於死地。這是前生冤孽，自不消說起。但承吾兄患難相扶，始終週旋，此恩此德，何時能報！」方六一道：「怎說這話。你我雖非同氣，實則異姓骨肉，恨不能以身相代。區區微勞，何足言德。」董昌又哭道：「我的性命，斷然不保。但我死後，妻少子幼，家私貧薄，恐不能存活，望乞吾兄照拂一二。」六一道：「吉人自有天相，量不至於喪身。萬一有甚不測，後事俱在我身上，決不有負所托。」董昌道：「若得如此，來世定當作犬馬相報。」道罷，又借過紙筆，掙起來寫書與申屠娘子訣別。怎奈頭暈手顫，一筆也畫不動，只得把筆撇下，叮囑方六一寄語說：「今生夫妻，料不能聚首了。須是好好撫育兒子，倘得長大成立，也接紹了董氏宗祀。」一頭說，一頭哭，好生慘悽。方六一又假意寬慰一番，相別出獄，要回威武。臨行，又至當案孔目處，囑咐早早申文定案。當案孔目已受了六一大注錢財，一一如其所囑，以董昌為首謀，眾盜為脅從，疊成文卷，申報上司，轉詳刑部。這判官道是謀逆大事，又教行文到侯官縣，拘禁其妻孥親屬，候旨定奪。這件事，豈非烏天黑地的冤獄！正是：

鬼蜮瀰天障網羅，書生薄命足風波。
可憐負屈無門控，千古令人恨不磨。

再說方六一歸家後，即來回覆申屠娘子，單言被強盜咬實，已問成罪名的話，其餘董昌叮嚀之言，一字不題。申屠娘子初時還想有昭雪之日，聞知此信，已是絕望，思量也顧不得甚麼體面，須親自見丈夫一面，討個真實緣繇。但從未出門，不識道路，怎生是好。方在躊躕，那知泉州拘禁家屬的文書已到，侯官縣差人拘拿。方六一曉得風聲，恐怕難為了申屠娘子，央人與知縣相公說方便，免其到官，止責令地鄰具結看守。那時前後門都有人守定，分明似軟監一般，如何肯容申屠娘子出外。方六一叫姚二媽不時來走動，自不消說。

六一一面向各上司衙門打點，勿行駁勘，一面又差人到京師，重賄刑部司房，求速速轉詳，要於秋決期中結案。果然錢可通神，無不效驗。刑部據了招文，遂上箚子，奏聞朝廷。其略云：

董昌以少年文學，妄結匪人，潛有異圖。雖反形未顯，而盜證可徵。況今海內多事，聖帝蒙塵，亂世法應從重。爰服上刑，用警反側。妻孥族屬，從坐為苛，相應矜宥。群盜劫殺拒捕，歷有確據，豈得借口脅從，寬其文法？流配曷盡所辜，駢斬庶當其罪。未敢擅便，伏候聖裁。

奏上，奉聖旨是，董昌等秋後處決，族屬免坐。刑部詳轉，泉州府移文侯官縣，釋放董昌妻孥寧家。地鄰方纔脫了干係。

這一宗招詳纔下，恰已時迫冬至，決囚御史案臨威武各郡縣。處決罪犯，一齊解至。方六一又廣用錢財，將董昌一案也列在應決數內。申屠娘子知得這個消息，將衣飾變賣，要買歸屍首埋葬。正無人可托，湊巧古田劉家姐姐聞知董郎喫了屈官司，夫婦同來探問。申屠娘子就留住在家，央劉姐夫備辦衣棺，預先買囑劊子人等。徐氏聽說兒子受刑，也不覺慘然。到冬至前二日，處決眾囚，將一個無辜的董秀才，也斷送於刀下。其時乃靖康二年十一月初三日也。正是：

可憐廊廟經綸手，化作飛燐草木冤。

董昌被刑之後，申屠娘子買得屍首，親自設祭盛殮，卻沒有一滴眼淚，但祝道：「董郎董郎，如此黑冤，不知何時何日方能報雪！」正當祭殮之際，只見方六一使人賫紙錢來弔慰。劉成暗自驚訝道：「方六一是此中神棍大盜，如何卻與他交往？」欲待問其來歷，又想或者也是親戚，遂撇過不題。殮畢，將靈柩送到烏澤山祖塋墳堂中停置，擇日築壙埋葬。安厝之後，劉成夫婦辭歸。申屠娘子留下姐姐，暫住為伴。此時姚二媽往來愈勤。

一日，姊妹正在房說起父兄遠游僻處、音信不通的話，只見姚二媽走將入來。申屠娘子請他坐下，那婆子笑嘻嘻的道：「老身有一句不知進退的話相勸，大娘子休要見怪。」申屠娘子道：「媽媽有甚話，但說無妨，怎好怪你。」姚二媽道：「董官人無端遭此橫禍，撇下你孤兒寡婦，上邊還有婆婆，家事又淡薄，如何過活？」申屠娘子道：「多謝您老人家記念，只是教我也無可奈何。」姚二媽道：「我倒與大娘子躊躕個道理在此。」申屠娘子道：「媽媽若有甚道理教我，可知好麼。」那婆子道：「目今有個財主，要娶繼室。娘子若肯依著老身，趁此青春年少，不如轉嫁此人，管教豐衣足食，受用一世。」

申屠娘子聞言，心中大怒，暗道：「這老乞婆，不知把我當做甚樣人，敢來胡言亂語。」便要搶白幾聲，又想：「這婆子日常頗是小心，今忽發此議端，莫非婆婆有甚異念，故意教他奚落我麼？且莫與他計較，看還有甚話。」遂按住忿氣，說道：「媽媽所見甚好，但官人方纔去世，即使嫁人，心裡覺得不安，須過一二年纔好。」那婆子道：「阿呀！一年二年，日子好不長遠哩！這冰清水冷的苦楚，如何捱得過。況且錯過這好頭腦，後日那能夠如此湊巧。」申屠娘子道：「你且說那個財主要娶繼室？」婆子笑道：「不瞞娘子說，這財主不是別個，便是我外甥方六一官。他的結髮身故，要覓一個才貌兼全的娘子掌家，托老身尋覓。急切裡沒個像得他意的，因此蹉跎過兩年了。我想娘子這個美貌，又值寡居，可不是天湊良緣？今日是結姻上吉日，所以特來說合。」

申屠娘子聽了，猛然打上心來道：「原來就是方六一。他一向與我家殷勤效力，今官人死後便來說親，此事大有可疑。莫非倒是他設計謀害我官人麼？且探他口氣，便知端的。」乃道：「方六一官是大財主，怕沒有名門閨女為配，卻要娶我這二婚人？」也是天理合該發現，這婆子說出兩句真話道：「熱油苦菜，各隨心愛。我外甥想慕花容月貌多時了，若得娘子共枕同衾，便心滿意足，怎說二婚的話。」申屠娘子細味其言，多分是其奸謀，暗道：「方六一！我一向只道你是好人，原來是獸心人面！我只教你闔門受戮，方申得我官人這口怨氣。」心中定了主意，笑道：「我是窮秀才妻子，有甚好處，卻勞他恁般錯愛。但我不好自家主張，須請問我婆婆纔是。」婆子道：「你婆婆已先說知了。」

言還未畢，布帘起處，徐氏早步入房，說道：「娘子，二媽與我說過幾遍了。一來不知你心裡若何，二則我是個晚婆，怕得多嘴取厭。為此教二媽與你面講。論起來，你年紀又小，又沒甚大家事，其實難守。這方六一官，做人又好，一向在我家面上，大有恩惠。莫說別的，只當日差人要你我到官，若不是他將出銀兩，買求解脫，還不知怎地出乖露醜。這一件上，我至今時刻感念。你嫁了他，連我後日也有些靠傍。」姚二媽道：「我外甥已曾說來，成了這親，便有晚兒子之分，定來看顧。」徐氏又道：「還有一件，我的孫兒，須要帶去撫養的。」姚二媽道：「這個何消說得。況他至親，只有一子，今方八歲，娘子過去，天大家資，都是他掌管，家中偏房婢僕，那個不聽使喚？哥兒帶去，怕沒有人服事？」申屠娘子道：「果然我家道窮乏，難過日子，便重新嫁人，也說不得了。只是要依我三件事。」姚二媽：「莫說三件事，就是三十件，也當得奉命。」申屠娘子道：「第一件，要與我官人築砌墳壙，待安葬後，方纔過門；第二件，房戶要鋪設整齊潔淨，止用使女二人守管房門；三來，家人老小，房戶各要遠隔，不許逼近上房。依得這三件，也不消行財下聘，我便嫁他。」姚二媽笑道：「這三件，都是小事，待老身去說，定然遵依，不消慮得。」即便起身別去，徐氏隨後相送出房。詩云：

狂且❼漁色謀何毒，孤嫠懷讐志不移。
奮勇捐軀伸大義，剛腸端的勝男兒。

不題姚二媽去覆方六一，且說劉家姐姐，當下見妹子慨然願嫁方六一，暗自驚訝道：「妹子自來讀書知禮，素負志節，不道一日改變至此。」心下大是不樂。姚婆去後，即就作辭，要歸古田。申屠娘子已解其意，笑道：「為何這般忙迫？向日妹子出嫁董門，姐姐特來送我出閣。如今妹子再嫁方家，也該在此送我上轎。」劉氏姐聽了，忍耐不住，說道：「妹子，你說的是甚麼話！嘗言一夜夫妻百夜恩，董郎與你相處三年，諒來恩情也不薄。今不幸受此慘禍，只宜苦守這點嫡血成人，與董郎爭氣，纔是正理。今骨肉未寒，一旦為邪言所惑，頓欲改適，莫說被外人談議，只自己肉心上也過不去。」

申屠娘子聽了，也不答言，揭起房帘，向外一望，見徐氏不在，方低低說道：「姐姐，你道妹子果然為此狗彘之行麼？我為董郎受冤，日夜痛心，無處尋覓冤家債主。今日天教這老虔婆一口供出，為此將機就機，前去報讐雪怨，豈是真心改嫁耶？」劉氏姐姐駭異道：「他講的是甚麼話？我卻不省得。」申屠娘子道：「姐姐，你不聽見說『慕娘子花容月貌，若得同衾共枕，便心滿意足』，這話便是供狀。」劉氏姐道：「不可造次。嘗言媒婆口，沒量斗。他止要說合親事，隨口胡言，何足為據。」

申屠娘子見此話說得有理，心中復又躊躇。只聽耳根邊豁刺刺一聲響，分明似裂帛之聲。姊妹急回頭觀看，並無別物，其聲卻從床頭所掛寶劍鞘中而出。劉氏姐大驚，連稱奇怪。申屠娘子道：「寶劍長

❼狂且：舉止輕狂的人。且，音ㄐㄩ。

嘯，欲報不平耳。此事更無疑惑矣。」即向前將劍拔出，敲作兩段，下半截連靶只好一尺五寸。劉氏姐道：「可惜好寶劍如何將來壞了？」申屠娘子道：「姐姐有所不知，大凡刀長便於遠斫，刀短便於近刺，且有力，又便於收藏。我今去殺方六一，只消這下半截足矣。」劉氏姐道：「殺人非女子家事，賢妹還宜三思，勿可逞一時之忿。」申屠娘子道：「吾志已決，姐姐不須相勸。」隨取水石，磨得這劍鋒利如雪，光芒射人，緊藏在身畔。又寫下一書，和這上半截斷劍交付姐姐，說：「待父親歸時，為我致與他。」又道：「妹子已拚此軀下報董郎，遺下孤兒，望乞姐夫、姐姐替我撫育。倘得長大，可名嗣興，以延董門一脈。我夫婦來世定當銜結相報。」

正言之際，劉成自古田來到。妻子把這些緣故說與他知。劉成道：「方六一是當今大盜，奸詭百出，造惡萬端，董姨丈被他謀害，確然無疑。但小姨要去報讎，恐力氣怯弱，不能了事，反成話柄。」申屠娘子笑道：「我視殺此賊子如几上肉耳，不消慮得。」

不題申屠姊妹籌畫，且說姚二媽回覆了方六一，次日即來傳話，說：「娘子所言之事，一一如命，明日就教工匠到墳上開金井砌壙，聽憑娘子選日安葬。葬後，即來迎娶。」申屠娘子道：「入土為安，但壙完即葬，不必選日。」方六一做親性急，多喚匠人，並力趲工，那消數日俱已完備。申屠娘子姑嫂姊妹並劉成，俱到墳頭送董昌入土。方六一又備下祭筵，到墓前展拜。葬畢回家，申屠娘子往還路徑，一一牢記在心。又博訪了方六一住居前後巷陌街道之路，將所有衣飾盡付劉成，撫養兒子，其餘田房產業，都留與徐氏供膳。諸事料理停當，等候方六一來娶。

方六一機謀成就，歡喜不勝，果然將家中收拾得內外各不相關，銀屏錦帳，別成洞天。擇定十二月廿四竈神歸天之日，娶個竈王娘子。免不得花花轎子，樂人鼓手，高燈火把，流星爆杖，到董家娶親。姚二媽本是大媒，又做伴娘，一刻不離。當夜迎親，樂人在門吹打幾通，掌禮邀請三遍。申屠娘子抱著孩子，請劉家姐夫、姐姐及徐氏晚婆告別。對姐姐道：「我指望同你原歸長樂，只是終身不了。今到方家，是重婚再嫁的人了，此後也無顏再與姐姐相見，只索從今相別。」隨將孩子遞與道：「可憐這無爹娘的孩子，煩姐姐好好看管。待三朝後，即便來取。」又對徐氏道：「不道婆婆命犯孤辰寡宿，一個晚子也招不起，媳婦總之外人，今又別嫁，一發沒帳了。你須索自家保重。」徐氏聽了這話，想起後日無倚靠的苦楚，不覺放聲大慟。劉氏姐已知此番是永別了，也不繇不傷心痛哭。更兼這孩子，要娘懷抱，死命的啼號。這悽慘光景，便是鐵石心腸也要下淚。惟有申屠娘子並無一點眼淚，毅然上轎，略不回顧。

一路笙簫鼓樂，迎到方家，依樣拜堂行禮。方六一張眼再看，魂飛天外。只道是到口饅頭，誰知是衝天霹靂。拜堂已畢，方六一喚過八歲的兒子，拜見晚娘，又喚家中上下，俱來磕頭。申屠娘子說：「且待明日見罷。」方六一得了這話，分明是奉著聖旨，即便止住。鼓樂前導，迎入洞房。花燭已畢，擺筵席款待新人。原來方六一生性貪淫，不論宗族親眷婦女，略有幾分顏色，便要圖謀姦宿。因此人人切齒，俱不相往來，所以今日喜筵，並無一個女親，單只有姚二媽相陪。堂中自有一班狐朋狗黨，叫喜稱賀。方六一吩咐姚婆好生陪侍，自向外邊飲酒去了。申屠娘子且不入席，攜著姚二媽，將房中前後左右，細細一看，笑道：「果然鋪設得整齊，比讀書人家大是不同。」又教丫鬟執燭向房外四面觀看，見傍邊有一小房，開門入看，中間箱籠什物甚多，側邊一張床榻，帳幃被褥，色色完備。問說此是何人臥所，丫鬟答言是小官人睡處。姚二媽便道：「六一官教我今晚就相伴小官人，睡在這裡。」申屠娘子道：「這也甚好。」遂走出門，仍復閉上，回到房中與姚婆飲酒。

三杯已後，申屠娘子道：「多謝媽媽作成這頭好親事，後日定當厚報。如今先奉一杯，權表微意。」將過一隻大茶甌，斟得滿滿的，親自送至面前。婆子道：「承娘子美意，只是量窄，飲不得這一大甌。」申屠娘子道：「天氣寒冷，喫一杯也無妨。」婆子不好推托，只得接來飲了。申屠娘子又斟過一甌，道：「媽媽，再請一杯。」婆子道：「這卻來不得。」申屠娘子笑道：「媽媽，你做媒的，豈不曉得喜筵是不飲單杯的，須要成雙纔好。」婆子又只得飲了。申屠娘子又笑道：「媽媽，常言三杯和萬事，再奉一甌。」婆子道：「奶奶饒了我罷！」申屠娘子道：「你若不喫，我就惱殺你。」婆子沒奈何，攢眉皺臉，一口氣吸下。他的酒量原不濟，三甌落肚，漸覺頭重腳輕，天旋地轉，存坐不住。申屠娘子又道：「媽媽，還吃個四方平穩。」那婆子聽說，起身要躲，兩腳寫字，只管望後要倒。申屠娘子笑道：「不像做大媒的，三四杯酒，就是這個模樣。」教丫鬟扶到小房睡臥，吩咐收過酒席，只留兩個丫鬟伺候，其餘女使都教出去，然後自己上床先睡。

時及三鼓，堂中客散，方六一打發了各色人等，諸事停當，將兒子送入小房中，同姚婆睡。一走進房來，教兩個丫鬟先睡，須要小心火燭。口中便說，走至床前，揭開紅綾帳子，低低調戲兩聲。將手一摸，見申屠娘子衣裳未脫，笑道：「不是頭缸湯，只要添把火。待我熱烘烘的，打個觔斗兒。」申屠娘子道：「便是二缸湯，難道你不赤膊好打觔斗麼？」方六一忙解衣裳，挺身撲上來。申屠娘子右手把緊劍靶，正對小腹上直掤。六一大痛難忍，只叫得一聲：「不好了！」身子一閃，向著外床跌翻。申屠娘子隨勢用力向上一透，直至心窩，須與五臟崩流，血污枕席。

兩個丫鬟初聽見主人忽地大叫，不知何故。側耳再聽，分明氣喘一般，心中疑惑，急忙近前去看。申屠娘子已抽身坐起在帳中，望見丫頭走來，怕走漏了消息，便叫道：「這樣酒徒，嘔得髒巴巴的，還不快來收拾。」丫頭不知是計，一個趲上一步，方纔揭開帳子，申屠娘子道：「沒用的東西，火也不將些來照看。」口內便說，探左手一把揪住，挺刀向咽喉就搠，即時了帳。那一個丫頭，只道真個要火，方轉身去攜燈，申屠娘子跳出帳來，從背後劈頭揪翻，按倒在地。那丫頭口中一叫：「阿呀！」刀已到喉下，眼見也不能夠活了。申屠娘子即點燈去殺姚婆。那房門緊緊拴住，急切推搖不動。方六一兒子還未睡著，聽見門上聲響，問道：「那個？」申屠娘子應道：「你爹要一件東西，可起來開門。」這小廝那知就裡，披衣而起。門開處，申屠娘子劈面便搠。這小廝應手而倒。再復一刀，送歸泉下。跨過屍首，挺刀竟奔床前。那婆子爛醉如泥，打齁如雷，一發不知甚麼丁冬，一連搠下十數個透明血孔，末後向咽下一勒，直挺挺的浸在血泊裡了。申屠娘子本意欲屠戮他一門，一來連殺了五人，氣力用盡，氣喘吁吁。二來忽轉一念，想此事大半釁繇姚婆，毒謀出於方賊，今已父子並誅，斬草除根，大讐已報。餘人無罪，不可妄及。遂復身回房，將門閉上，梟下方六一首級，盛在囊中。收了短劍，秉燭而坐，等候人靜方行。這一場報讐，分明是：

狹巷短兵相會處，殺人如草不聞聲。

看官，你想世上三絡梳頭、兩截穿衣，叫院君、稱娘子的，也不計其數，誰似申屠娘子，與夫報讐，立殺五命，如同摧枯拉朽。便是鬚眉男子，也沒如此剛勇。真乃世間罕有。坐下靜聽樵樓鼓打四更，料得合家奴婢此時睡熟，乘著天色未明，背了方六一首級，點燈尋著後門出去。這些路徑久已訪問在心，更兼殺神正旺，勇往直前，若有神助。挨出城門，徑奔到烏澤山祖墳下，將方六一首級排在董昌墓前，叫聲：「董郎董郎！虧你陰靈扶助，報你深讎，保我節操。從來不曾下淚，今日萬事俱完，正好為君一哭。」於是放聲一號，淚如泉湧。萬木錚錚，眾山環響。哭罷，解下紅羅，即懸掛於墳前大榮木之上。待得三魂既去，七魄無依，腰間短劍，一聲吼響，如虎嘯龍吟，飛入空中，不知所向。

方家婢僕，次日起身，已見後門洞開，滿地血污，都是女人腳跡。合家驚駭，聲張起來。循看血跡，直至上房，方知家主父子，並姚婆等俱被新人殺死。斫下首級，不知去向。喚起地方鄰里，呈報到官。縣尹親自相驗，差人捕獲申屠氏。其時劉成放心不下，清早便在方六一門首打聽。得了這個消息，飛忙報知妻子。徐氏聽見媳婦殺了許多人，只怕禍事連及，嚇得一交跌去，即便氣絕。劉成夫婦正當忙亂，烏澤山墳丁來報：「申屠娘子縊死在榮木之上，墓前有人頭一顆。」劉成教墳丁呈報縣中。大尹以地方人命重情，一面申報上司，一面拘申屠氏家屬，審問情繇。那衙門人役，並方六一黨羽，曉得從前謀害董昌這些緣故的，互相傳說開去。郡中衿紳耆老，鄰里公書公呈，一齊並進，公道大明。各上司以申屠氏殺讎報夫，文武全才，智勇蓋世，命侯官縣備衣棺葬於董昌墓下。具奏朝廷，封為俠烈夫人，立廟祭享。方六一、姚婆等，責令家屬收殮。劉成夫妻殯葬了徐氏，將房產托付董氏族人，等待遺孤長大交還。料理停妥，引著此子，自回古田。

又過半年，申屠虔方從天台山採藥歸來，聞知女婿家許多變故，到古田來問侄女。申屠氏將董、方兩家生死，希光殺人報讎始末，朝廷封贈，從頭至尾說了一遍。又將希光封固書箋及半截寶劍遞與。申屠虔將劍在手，展書細看。其書云：

不肖女希光，斂衽百拜父親大人尊前：兒嫁董郎，忽遭飛禍。夫禁囹圄，女錮私室。九閽誰控，五辟奚覓。冤哉董郎，奄逝刀鋸。東海三年之旱，應當後威武矣。未亡人蜉蝣餘息，去鬼無幾。所以不即死者，讐人未獲，大冤未白耳。何意圖耦奸謀，一朝顯露。始悟此日乞婚之方六一，即當時造計之兇賊。彼以委禽相說，女以完璧自堅。再嫁之時，即是斷頭之夕。幸昆吾劍氣有靈，量么麼殘魄，無能潛匿。於此下報董郎，庶亦無愧。董郎「龜登龍擾」，雅稱「鵲噪鴉鳴」。兆見於前，事亦非偶。所餘殘劍半截，留報父恩。父守其頭，兒守其尾。申屠家之古玩，頭尾有光，延平津之臥龍，雌雄絕望。生平不解愁眉，今始為之泣血。

申屠虔看罷，大笑道：「非申屠虔不能生此女，非申屠虔不能生此女！」說猶未罷，只聽得割刺一聲，手中半截斷劍，飛入雲霄。那申屠娘子下半截劍，從南飛來，方合為一，蜿蜒成龍，漸漸而去。見者皆以為奇。劉成夫婦撫養董嗣興到十八歲上，登了進士。官至侍郎，封贈父母，接了一脈書香。後人有詩云：

從來間氣有奇人，合浦珠還更陸沉。
片玉董昌埋碧草，閭門方六斷殘魂。

第十三卷　唐玄宗恩賜纊衣❶緣

長安回望繡城堆，山頂千門次第開。
一騎紅塵妃子笑，無人知是荔枝來。

這首絕句，是唐朝紫薇舍人杜牧所作。單說著大唐第七帝玄宗，謂之明皇，在位四十四年，又做了太上皇四年。前三十年，用著兩個賢相姚崇、宋璟，治得天下五穀豐登，斗米三錢，夜不閉戶，路不拾遺。後來到開元末年，二相俱亡，換上兩個奸臣，一個是李林甫，一個是楊國忠，便弄壞了天下。搬調得天子不理朝綱，每日聽音玩樂，賞花飲酒。寵幸的是貴妃楊太真，信用的是胡人安祿山，身邊又寵著幾個小人。那小人是誰？乃是：

高力士，李龜年，朱念奴，黃番綽。

這朝官家，最是聰明伶俐，知音曉律。每日教這幾個奏樂，天子自家按節。把祖宗辛苦創來的基業，一旦翻成昇平之禍。後來祿山與楊妃亂政，直教：

❶ 纊衣：棉衣。纊，音ㄎㄨㄤˋ，絲棉絮。

哥舒翰失守潼關，唐天子翠華西幸。

卻說玄宗天寶年間，時遇三月下旬，春光明媚，宿雨初晴。玄宗同楊妃於興慶池賞玩牡丹。果然開得好，有幾般顏色。是那幾般？乃是：

大紅，淺紅，魏紫，姚黃，一捻紅。

緣何叫做一捻紅？原來，昔年也是玄宗賞玩牡丹時，楊妃偶於花瓣上掐了一個指甲痕，後來每年花瓣上都有指甲痕，因此就喚做「楊妃一捻紅」。詩云：

御愛雕闌寶檻春，粉香一捻暗銷魂。
東君也愛吾皇意，每歲花容應指紋。

是日天氣暴暄❷，玄宗覺得熱渴。近侍進上金盆水浸櫻桃勸酒。玄宗視之，連稱妙哉，問筵前李白學士，何不作詩。李白口占道：

靈山會上涅盤空，費盡如來九轉功。
八萬四千紅舍利，龍王收入水晶宮。

❷ 暴暄：很熱。暄，春暖。

玄宗看前二句，不見得好處；看後二句，大喜道：「真天才也！」不想一個宮娥，把這盤櫻桃，盡打翻在金階之上。眾宮娥都向前拾取。楊妃看了，帶笑說道：「學士何不也作一詩？」李白隨口應道：

玉仙慌獻紅瑪瑙，金階亂撒紫珊瑚。
崑崙頂上猿猴戲，攀倒神仙煉藥爐。

玄宗龍情大喜，盡醉方休。

是年，時入深冬，雨雪不降。玄宗偶思先年武后於臘月游玩御苑，恰遇明日立春，傳旨道：

明朝游上苑，火急報春知：
花須連夜發，莫待曉風吹。

到次日，果然百花盡開，惟有槿樹花不開。武后大怒，將槿樹杖了二十，罰編管為籬。玄宗想：「武后是個女主，能使百花借春而開。今朕欲求些瑞雪，未知天意從否？」遂命近侍，取過一幅龍文箋來，磨得墨濃，蘸得筆飽，寫下四句道：

雪兆豐年瑞，三冬信尚遙。
天公如有意，頃刻降瓊瑤。

寫罷，教焚起一爐好香，向天祝禱，拜了四拜，將詩化於金爐之內。可煞作怪，初時旭日曈曈，晴光澹澹，須臾間朔風陡發，凍雲圍合，變作一天寒氣。這纔是：

聖天子百靈相助，大將軍八面威風。

近侍宮娥來報：「天將下雪了！」玄宗大喜，即傳旨百司，各賦瑞雪詩詞以獻。又命近侍去宣八姨虢國夫人來，與貴妃三人於御園便殿筵宴候雪。當時杜甫曾有詩云：

虢國夫人承主恩，平明騎馬入金門。
恐將脂粉污顏色，淡掃蛾眉見至尊。

筵前有黃番綽祗應，會汝陽王花奴打羯鼓一曲纔終，戲向八姨道：「今日樂籍有幸，供應夫人，何不當頭賞賜？」八姨笑道：「豈有唐天子富貴，阿姨無錢賞賜乎？」命賞三千貫，教官庫內支領。黃番綽見說，遂作口號道：

君王動羯鼓，國姨喝賞賜。
天子庫內支，恰是自苦自。

滿殿之人聽了，無不大笑。那時朔風甚急，彤雲密布，只是不見六花飄動。黃番綽又作一首雪詞呈上，詞云：

凜洌嚴風起四幄，彤雲密布江天，空中待下又留連。有心通客路，無意濕茶煙。　不敢旗亭增酒價，儘教梅發早春前。偏令凝望眼兒穿。謾擎宮女袖，空纜子猷船。

酒至半酣，還不見雪下。玄宗乃行一令，各做催雪詩一首。做得好，飲酒；做得不好，罰水一甌。玄宗先吟道：

寶殿花常在，金杯酒不乾。
六花飛也未，時揭繡簾看。

玄宗題罷，八姨吟道：

宮娥齊捲袖，金鈴絲素宜。
等他祥瑞下，爭塑雪獅猊。

八姨題畢，楊妃吟道：

羯鼓頻頻擊，銀箏款款調。
御前齊整備，只待雪花飄。

楊妃題畢，黃番綽奏道：「臣作一詩，必然雪下。」口中吟道：

催雪詩題遲，六花飛太晚。
傳語六丁神，今年忘煞懶。

黃番綽吟罷，三官皆大笑。只見內侍宮女爭先來報道：「這滿天瑞雪，滾滾飛下也！」玄宗喜之不勝，命捲起珠簾觀看。但見空中：

一片蜂兒，二片蛾兒，三是攢三，四是聚四，五是梅花，六是六出。團團似滾珠，粒粒似散鹽。紛紛似墜綿，簇簇似飛絮。似瓊花片，似梅花瑩，似梨花白，似玉花潤，似楊花舞。

當下龍情大喜，命宮娥斟酒，暢飲一回。黃番綽奏道：「臣有慶雪口號，伏望吾王聽聞。」其詩云：

瑤天雲下滿長安，獸炭金爐不覺寒。
鳳閣龍樓催雪下，沙場戰士怯衣單。

玄宗聽了，龍顏愴然道：「軍士臥雪眠霜，熬寒忍凍，為朕戍守禦賊。朕每日宮中飲宴，那知邊塞之苦。今日若非卿言，何繇知之。」遂問高力士：「即今何處緊要？」力士回奏：「潼關最為緊要。」玄宗問：「是那個守把？有多少軍士？」力士奏道：「是哥舒翰守把，共有三千軍士。」玄宗就令高力士：「於官庫中關取絲綿絹線，造三千領戰袍。休要科擾民間，宮中有宮女三千，食厭珍饈，衣嫌羅綺，端坐深宮，豈知邊塞之苦。每人著他做戰襖一領，限十日內完備。須要針線精工，不許苟且塞責。每領各標姓名於上，做得好有賞，做得不好有罰。」力士領旨，關支衣料，於宮中分散。著令星夜做造，不可遲延。

分到第三十六閣，乃是會樂器宮女，專吹象管的桃夫人。接了綿絹，取過剪刀、尺來裁剪。因旨意嚴急，到晚來未免在燈下勤趲。一邊縫紉，一邊思想道：「官家好沒來繇。邊關軍士，自有妻子置辦衣服，如何卻教宮中製造？這軍漢怎生消受得起。」又想起詩人所作軍婦寄征衣詩來，詩云：

夫戍蕭關妾在吳，西風吹妾妾憂夫。
一封書寄千行淚，寒到君邊衣到無。

「我想那軍婦，因夫妻之情，故寄此征衣，有許多愁情遠思。我又無丈夫在邊，也去做這征衣，可不扯淡？」卻又想道：「我自幼入宮，指望遭際，怎知正當楊妃專寵，冷落宮門，不沾雨露。曾聞有長門怨云：

學掃蛾眉獨出群，宮中指望便承恩。
一生不識君王面，花落黃昏空掩門。

「就我今日看來，此言信非虛也。假如我在民間，若嫁著個文人才士，巴得一朝發跡，博個夫妻榮耀。或者無此福分，只嫁個村郎田漢，也得夫耕妻耨，白頭相守。縱使如寄征衣的軍婦，少不得相別幾年，還有團圓之日。像我今日，埋沒深宮，永無出頭日子。如花容貌，恰與衰草同腐，豈不痛哉！」思想至此，不覺簌簌兩淚交流，欷歔而泣。正是：

幾多懷恨含情淚，盡在停針不語中。

在燈前轉思轉怨，愈想愈恨。無心去做這征衣，對燈脈脈自語。

忽然，高力士奔入宮來，說道：「天子駕幸翠微閣，召夫人承御。」桃夫人即便起身隨去。須臾已到閣前，眾嬪娥迎著，齊聲道：「官家特宣夫人，好且喜也。」桃夫人微笑不答。又有個內侍出來，催道：「官家專等夫人同宴，快些去承恩。」桃夫人暗道：「不想今日卻有恁般僥倖也。」急到閣中朝見。玄宗用手扶起道：「朕知卿深宮寂寞，故瞞著貴妃娘娘，特來此地，與卿一會。明日當冊卿為才人。」桃夫人謝恩道：「賤妾蒲柳陋姿，列在下陳，今蒙陛下垂憐，實出三生之幸。」玄宗命近侍取錦墩，賜坐於傍，桃夫人又謝了恩，方欲就坐，忽報貴妃娘娘駕到。桃夫人聽見楊妃到來，驚得沒做理會，連玄宗天子也頓然變色道：「卿且往閣後暫避，待朕哄他去了，然後與卿開懷宴敘。」桃夫人依言，踉踉蹌蹌，奔向閣後躲避。側耳聽著外面，只聽得楊妃亂嚷道：「陛下如何瞞著我，私與宮人宴樂？」玄宗說道：「獨自閒游到此，並無宮人隨侍，卿家莫要疑心。」楊妃道：「陛下還要瞞我，待我還你個證據。」吩咐宮女道：「這賤人料必躲在閣後，快與我去搜尋。」桃夫人聽了這話，暗地叫苦道：「如今躲到何處去好？」心忙意急的，欲待走動，兩隻腳恰像被釘釘住一般，那裡移得半步。只見一群宮娥趕將進來，喊道：「原來你躲在此。」扯扯拽拽，擁至前邊。楊貴妃喝道：「你這賤人！如何違我法度，私自在此引誘官家？」教宮娥取過白練，推去勒死了。諕得桃夫人魂不附體，叫道：「陛下救命。」玄宗答道：「娘娘發怒，教我也沒奈何。是朕害了你也！」眾宮娥道：「適來好快活，如今且喫些苦去。」推至閣外，將白練向項下便扣。桃夫人叫聲：「我好苦也！」將身一閃，一個腳錯，跌翻在地，霎然驚覺，卻是一夢。滿身冷汗，心頭還跳一個不止。

原來思怨之極，隱几而臥，遂做了這個癡夢。及至醒來，但見燈燭熒煌，淚痕滿袖。卻又恨道：「楊妃你好狠心也！便是夢中這點恩愛，尚不容人沾染，怎教人不恨著你。」此時愁情萬種，無聊無賴，只得收拾安息。及就枕衾，反不成眠，正合著古人宮怨詩云：

日暮裁縫歇，深嫌力氣微。
纔能收篋笥，懶起下簾帷。
怨坐空燃燭，愁眠不解衣。
昨來頻夢見，天子莫應知。

到次日，尚兀自癡癡呆坐，有心尋夢，無意拈針，連茶飯也都荒廢了。

過了幾日，高力士傳旨催索，勉強趲完。卻又思量：「我便千針萬線做這征衣，知道付與誰人？」又道：「我今深居內宮，這軍士遠戍邊庭，相去懸絕，有甚相干。我卻做這衣服與他穿著，豈不也是緣分？」又轉一念道：「我好癡也，見今官家日逐相隨，也無緣親傍，卻想要見千里外不知姓名的軍士，可不是個春夢？」又想道：「我今閒思閒悶，總是徒然。不若題詩一首，藏於衣內，使那人見之，與他結個後世姻緣，有何不可？」遂取過一幅彩鸞牋，拈起筆來寫道：

沙場征戍客，寒苦若為眠？
戰袍經手製，知落阿誰邊？
留意多添線，含情更著綿。
今生已過也，願結後生緣。

題罷，把來摺做一個方勝，又向頭上拔下一股金釵，取出一方小蜀錦，包做一處，對天禱告道：「天，天！可憐我桃氏，今世孤單，老死掖庭。但願後世得嫁這受衣軍士，也便趁心足意了。」祝罷，向空插燭也似拜了幾拜，將來縫在衣領之內。

整頓停當，恰好高力士來取，把筆標下「第三十六閣象管桃夫人造」，教小內官捧著去了。自此，桃夫人在宮朝思暮怨，短歎長吁，日漸懨懨瘦損，害下個不明不白、沒影相思症疾。各宮女伴都來相問，夫人心事，怎好說得，惟默默吁氣而已。詩云：

冷落長門思悄然，羊車無望意如燃。
心頭有恨難相訴，搔首長吁但恨天。

不道桃夫人在宮害病，且說高力士催趲完了這三千纊衣，奏呈玄宗。玄宗遣金吾左衛上將軍陳元禮，起夫監送。迤邐直至潼關，鎮守節度使哥舒翰遠遠來迎。至帥府開讀詔書。各軍俱望闕謝恩。哥舒翰令軍政司給散戰袍，就請天使在後堂筵宴。

且說有個軍人，名喚王好勇，領了戰襖，回到營中，把來穿起，只覺脖項上有些刺搠。連忙脫下看時，並不見些甚的。重復穿起，那頸項上又連搠幾下。王好勇叫道：「好作怪！這衣服上有鬼，我沒福受用他。」脫下來，撇在半邊，驚動行伍中，走來相問。王好勇說出這個緣故，有的不信，把來穿著一過，一般如此。有的疑是遺下針線在內，將手去捻，卻捻不著甚的，也不刺搠著手掌。內中有一人說：「待我試穿著，看道何如。」

這人姓甚名誰？這人姓李，名光普；聞喜人氏，年紀二十四、五，向投在哥舒翰帳下，戍守潼關。生得人材出眾，相貌魁偉，弓馬熟嫻，武藝精通。是一個未侵女色的兒郎，能征善戰的壯士。當下取過這件衣服，且不就穿，仔細把衣服覷，見上面寫著「第三十六閣象管桃夫人造」，那針線做得十分精細，綿也分外加厚。心裡先有三分歡喜，遂卸下身上襖子，將來穿起，恰像量著他身子做的，也不長，也不短，頸項又不刺搠。眾人都稱奇異道：「這件衣服，莫非合該是你穿的麼？」王好勇便道：「李家哥，我和你兌換了罷。」李光普因愛這件襖子趁身，已是情願，故意說道：「須貼我些東西，纔與你兌換。」王好勇道：「一般的衣服，怎要我喫虧？」李光普道：「你的因穿得不穩，已是棄下了。如今換我這件不刺搠的，就貼了我，還是你便宜。」眾人道：「果然王家哥貼東西換了還有便宜。」王好勇只是不肯。李光普又戲言道：「也罷，我也不要入己，就沽一壺，請眾位哥喫個合事酒，何如？」眾人道：「作成我眾弟兄吃三杯，一發妙。王家哥快取出鈔來。」王好勇被眾人打渾，料脫白不得，摸出錢把銀子道：「我只出得這些，但憑入己也得，買酒喫也得。」眾人嫌少，還要他增些。李光普道：「我不過取笑，難道真個獨教王家哥壞鈔？待我出些，打個平壺罷！」也遂取出錢方銀子，眾人都來喫他公道。隨把襖子換了，沽下兩角酒，並些案酒之物，大家喫了一回，各歸本營。

原來李光普酒量不濟，喫了幾杯，覺得面紅耳熱。回到營中，存坐不住，倒頭去睡。不想勢頭猛了些，那脖項上著實的錐了一下，驚得光普直跳起來。心裡奇怪，靜坐思想。一則是他性靈機巧，二則是緣分到來。料道領中必然有物，即卸下來，細細簡看。只見衣領上絲縷中，露出針頭大一點金腳。光普取過一把小刀，拆開看時，原來綿中裹著一個蜀錦包兒，裡面包著一股鳳穿牡丹的金釵，一個方勝。看那釵子，造得好生精巧，暗暗喝采道：「我李光普生長貧賤，何曾看見這樣好東西！」相了一回，纔把方勝展開，乃是一幅彩鸞牋，上邊有一首詩句。光普原精通文理，看了詩中之意，笑道：「這女子好癡心也！你雖有心題這詩句，如何便能結得後世姻緣。」仍將襖子穿好，又把牋釵來細細展玩。看那字跡，端楷可愛，卻又歎口氣道：「可惜這女子有此妙才，卻幽閉深宮。我李光普有一身武藝，埋沒風塵。若朝廷肯布曠蕩之恩，將這女子賜與我為妻，成就了怨女曠夫，也是聖朝一樁仁政。我李光普在邊塞，也情願赤心報效。」又想道：「這事關宮闈，後日倘或露出來，須連累我。不如先去稟知主帥。」又想道：「這女子自家心事，量無他人知得。我若把來發覺，不但負他這點美情，卻又害了他性命。不如藏好了，倒也泯然無跡。」

方欲藏過，忽地背後有人將肩膀一攀，叫道：「李大哥，看甚麼？」李光普急切收藏不迭，回頭看時，卻是同伍的軍人。那人道：「不要著忙，我已見之久矣，可借我看個仔細。」光普被他說破，只得遞與。那人把釵子看了又看，不忍釋手，只叫：「好東西，好造化！」光普恐更有人撞見，討過來仍舊包好，藏在身邊，叮囑那人道：「此事關係不小，只可你知我知，莫要洩漏。」那人滿口應承，說：「不消囑咐，我自理會得。」誰知是個烏鴉嘴，耐不住口，隨地去報新聞，頃刻就嚷遍了滿營。有那癡心的，悄地也拆開衣領來看，可不是癩蝦蟆想天鵝肉喫。王好勇聽見有一股金釵，動了火，懊悔道：「好晦氣！口內食到讓與別人受用。如今與他歪廝纏，仍要換還。就憑眾人酌中處，好道也各分一半。」

算計停當，走來對李光普道：「李家哥，我想這襖子是軍政司分給的，必定摘著字號。倘後日查點，號數不對，只道有甚情弊，你我都不乾淨，不如依舊換轉罷。」光普知其來意，笑了一笑，答道：「這也使得。」王好勇道：「不要笑，那衣領內東西，也要還我的。」李光普道：「可是你藏在裡邊的麼？」王好勇道：「雖非咱所藏，原是這襖子內之物。如今換轉，自然一並歸還。」李光普指著說道：「你這歪人，好不欺心。你既曉得有東西在內，就不該與我換了。」兩下你一言，我一句，爭論不止。眾人齊說王好勇不是道：「王家哥，一言既出，駟馬難追。起初是你要與他換，總有東西，也是李家哥的造化，怎好要得他的？」把李光普推過一邊道：「你莫與他一般見識。」王好勇釵子的要不得，倒受了一場沒趣，發起喉急道：「磚兒能厚，瓦兒能薄，一般都是弟兄，怎的先前兌換時，幫著他強要我喫虧。如今又假公道，搶白我。我拼做個大家羞，只去報知主帥，追來入官。看道可幫得他不將出來。」一頭說，一頭走，竟奔轅門。李光普同眾人隨後跟上。

此時天色將晚，哥舒翰與天使筵宴未完，不敢驚動，仍各回營。至次日，哥舒翰升帳，將士參謁已畢，李光普不等王好勇出首，先向前稟明就裡，雙手將戰襖、牋、釵獻上。王好勇見他已先自首，便不敢攙越多事。哥舒翰看了牋上這詩，暗暗稱奇。又想事干宮禁，搖惑軍心，非通小可，必須奏聞，請旨定奪。遂吩咐光普在營聽候發落，一面來與天使陳元禮說知，欲待連李光普解進。元禮道：「事出內宮，與本軍無與。且又先行出首，自可無責。令公可將纊襖給還本人，修一道表文，連這牋釵，待下官帶回進上，聽憑朝廷主張便了。」哥舒翰依其所議，即便修起表文。

次日，長亭送別，元禮登程。不則一日，來到長安。入朝復命後，將繡衣詩句之事奏知，把哥舒翰表文並牋釵一齊獻上。玄宗看了大怒道：「朕宮中焉有此事！」遂問這征衣是誰所製，陳元禮回奏：「上有第三十六閣象管桃夫人姓名。」玄宗將牋釵付與高力士，教喚桃氏來親自審問。力士領旨自去。朝事已畢，聖駕還宮，與楊妃同臨翠微閣游玩不題。

且說桃夫人在宮，正害著那不尷不尬、或癢或疼的病症。方倚欄長歎，忽見高力士步入宮門，說道：「夫人，你做得好事也！」桃夫人答道：「奴家不曾做甚事來。」高力士笑道：「你把心上事來想一想便有了。」桃夫人道：「奴家也沒有心上事，也不消想得。」高力士道：「夫人雖沒有心上事，只不知結後世緣的詩句，可是夫人題的？」遂向袖中取出鸞牋釵子，把與他看。桃夫人一見，驚得啞口無言，臉上一回紅，一回白，沒做理會，暗想戰襖聞已解向邊塞去矣，如何這牋釵卻落在他手？高力士見他沉吟不語，乃道：「夫人不消思索，此事邊帥已奏知，官家特命我來喚你去親問，請即便走動。」桃夫人聽了此言，方明就裡。又想道：「受衣那人好無情也。奴家贈你一股釵子，有甚不美？卻教邊帥奏聞天子，害奴受苦。紅顏命薄，一至於此！」心中苦楚，眼中淚珠亂下。正是：

自是桃花貪結子，錯教人恨五更風。

桃夫人無可奈何，只得隨著高力士前去。出了閣門，行過幾處宮巷，遇見穿宮內使。力士問：「天子駕在何處？」答言：「萬歲爺同貴妃娘娘，已臨翠微閣游玩宴飲。」桃夫人聽了這話，一發驚得魂魄俱飛，想道：「今日性命定然休矣！」你道為何？他想起向日夢中，高力士召往翠微閣見駕，楊妃賜死，今番力士來喚，駕已在翠微閣，正與夢兆相符，必然凶多吉少。

須臾已到閣中，玄宗方共楊妃宴樂。桃夫人俯伏階前，不敢仰視。高力士近前奏道：「桃氏喚到。」玄宗聞言，勃然色變。楊妃問道：「陛下適來正當喜悅，因何聞喚至桃氏，聖情頓爾不樂？」玄宗遂將纊衣詩句之事說出。楊妃道：「原來為此緣故。如今這詩句何在？」高力士即忙獻上。楊妃看了這詩句，忽生個可憐之念。又見這字體寫得嫵媚，便有心周全他。乃道：「陛下今將如何？」玄宗道：「這賤人無心向主，有意尋私。朕欲審問明白，賜之自盡。」楊妃道：「陛下息怒，待梓童問其詳細，然後明正其罪。」遂喚桃夫人上前問道：「你這婢子，身居宮禁，承受天家衣祿，如何不遵法度，做出恁般勾當？」桃夫人泣訴道：「賤妾一念癡迷，有犯王章。乞賜紙筆，少申一言，萬死無辭。」楊妃令宮娥將文房四寶與之。桃夫人在階前舉筆寫下一張供狀，呈上貴妃。貴妃看那供狀寫道：

> 孤念臣妾，幼入深宮，身居密禁。長門夜月，獨照愁人；幽閣春花，每縈離夢。怨懷無托，閨思難禁。敕令裁製征衣，致妾頓生狂念。豈期上瀆天主，實乃自干朝典。哀哉曠女，甘膺斧鉞之誅；敢冀明君，少息雷霆之怒。事今已矣，死亦何辭。

貴妃看了，愈覺可憐，令高力士送上玄宗。玄宗本是風流天子，看見情辭悽婉，不覺亦有矜憐之意，向貴妃問道：「此事卿家還是如何處之？」楊妃道：「妾聞先朝曾有宮人韓氏，題詩紅葉，流出御溝，被文人于祐所得。後來事聞朝廷，即以韓氏賜祐為妻。陛下何不倣此故事，成就怨女曠夫，以作千秋佳話。使邊庭將士，知陛下輕色好賢，必為效力。」玄宗聞言，大喜道：「愛卿既肯曲成其美，朕自當廣大其恩。」即傳旨，將鸞牋釵子還了桃氏，仍賜香車一輛，遣內官賫詔，領羽林軍五十名，護送潼關，賜軍士李光普，配為夫婦。宮中所有，賜作粧奩之資。後人不得援例。楊妃又賜花粉錢三千貫。桃夫人再拜謝恩，回宮收拾，擇日就道。這事就傳遍了長安，無不稱頌天子仁德。詩云：

癡情欲結未來緣，幾度臨風淚不乾。
幸賴聖明憐檻鳳，天風遙送配青鸞。

桃夫人登程去後，不想哥舒翰飛章奏捷，言吐蕃侵犯潼關，得健卒李光普衝鋒破敵，馘斬酋首，番兵大敗遠遁，奪獲牛畜器械無算。玄宗大喜，即加哥舒翰司空職銜，超擢李光普為兵馬司使，遣使臣賫官誥，馳驛賜之成婚。那時潼關已傳聞天子送題詩纊衣的宮女，與軍士為妻。哥舒翰初時不信，以為訛傳。那李光普認做軍中戲謔他，一發道是亂話。看看詔使已至，哥舒翰出郭迎接。果然見簇擁著一輪車輛，連稱奇異。迎入城中，請問內使，始知就裡。李光普做夢也不想有這段奇緣，恰好賫官誥的使臣也到，一齊開讀。李光普一時冠帶加身，桃夫人鳳冠霞帔，雙雙望闕謝恩。三軍盡呼萬歲。只有王好勇，饞眼空熱，氣得個頭昏眼暗，自恨到手姻緣，白白送與他人，這纔是：

有緣千里能相會，無緣對面不相親。

當下哥舒翰將一公署，與李光普做個私宅。旌旗鼓樂送入，夫妻交拜成親。

一個是天上神仙，遠離貝闕降瑤階；一個是下界凡夫，平步青雲登碧漢。鴛鴦牒注就意外姻緣，氤氳使撮合無心夫婦。藍橋驛不用乞漿，天台路何須採藥。只疑誤入武陵溪，不道親臨巫峽夢。

花燭之後，桃夫人向李光普說道：「妾幼處深宮，自分永老長門，無望于飛。故因製征衣，感恨題句，欲冀後緣。何君獨無情，致聞天子，使妾幾有性命之憂。若非貴妃娘娘曲為斡全，安得與君為配？」光普遂將王好勇先領戰襖，後來交換出首始末，細細陳說一遍。又道：「卑人少歷戎行，荷戈邊塞，本欲少立功名，然後徐圖家室。不道朝廷恩賚纊衣，得獲貴人佳什，情雖懷感，忱悃❸奚通。初意後緣尚屬虛渺，不圖今世即諧連理。雖或天緣有在，亦繇天子仁德。光普何能，值此異數，雖竭盡犬馬，不足以報聖恩。」桃夫人聽了這些言語，方釋了一段疑惑，乃取出鸞牋釵子遞與光普道：「賴此為媒，得有今日。君勿忘之。」光普雙手接過看時，釵子已成一對，愈加歡喜。將來供在桌上，請夫人同拜了四拜，珍藏篋中。次日拜謝主帥哥舒翰。又安排筵席，款待天使，與哥舒翰各修表文謝恩。桃夫人也修牋申謝楊妃。自此，光普感激朝廷，每有邊警，奮身殺賊，屢立功勳。後來安祿山作亂，玄宗幸蜀，楊妃縊死馬嵬。桃夫人念其恩義，招魂遙祭。又延高僧，建水陸道場薦度。光普夫妻諧好，盡老百年。生有二子，俱建節封侯。後人有詩云：

---

❸ 忱悃：內心的誠懇之意。悃，音ㄎㄨㄣˇ，真心實意。

九重軫念征夫苦，敕造征衣送軍伍。
長門怨女摛情悰，絕塞愁長懷莫吐。
君心憐憫賜成婚，鳳闕遙辭下西土。
恰同連理共稱奇，史冊垂傳話千古。

第十四卷　潘文子契合鴛鴦塚

紅葉紅絲說有緣，朱顏綠鬢好相憐。
情癡似亦三生債，色種從教兩地牽。
入內不疑真治葛，聯交先為小潘安。
留將浪蕩風流話，輸與旁人作笑端。

話說自有天地，便有陰陽配合，夫婦五倫之始。此乃正經道理，自不必說。就是納妾置婢，也還古禮所有，亦是常事。至若愛風月的，秦樓楚館，買笑追歡；壞行止的，桑間濮上，暗約私期，雖然是個邪淫，畢竟還是男女情欲，也未足為怪。獨好笑有一等人，偏好後庭花的滋味，將男作女，一般樣交歡淫樂，意亂心迷，豈非是件異事？說便是這般說，那男色一道，從來原有這事。讀書人的總題，叫做翰林風月。若各處鄉語，又是不同：北邊人叫炒茹茹，南方人叫打蓬蓬，徽州人叫塌豆腐，江西人叫鑄火盆，寧波人叫善善，龍游人叫弄苦蔥，慈谿人叫戲蝦蟆，蘇州人叫竭先生，大明律上喚做以陽物插入他人糞門淫戲。話雖不同，光景則一。至若福建有幾處，民家孩子若生得清秀，十二三上便有人下聘。漳州詞訟，十件事倒有九件是為雞奸事，可不是個大笑話。

如今且說兩個好男色的頭兒，做個入話。當年有個楚共王，酷好男色。有安陵君，第一專寵。安陵君顏色雖美，年紀卻已大了，恐怕共王愛衰，請教於江乙。江乙對安陵道：「你可曉得，嬖色不敝席，寵臣不敝軒麼？」這兩句文話，安陵怎麼曉得。江乙解說道：「嬖色就是宮女一般，睡臥的席也未破，皇帝就不喜歡了。寵臣就是你一般人，皇帝賜你的車子不曾壞，也就疏失了。甚言光景不多時也。」安陵君從此愈做出百般醜媚之態，楚共王越加寵愛，至老不衰。還有一個龍陽君，也有美色。魏王也專好著男色，三宮六院，比不得龍陽君的下乘。一日，魏王與龍陽共坐一隻小舟，名曰青鳧，在宮中海子裡遊戲。見水中金魚，紅的紅似火，白的白似玉。龍陽討過一根釣竿，粘上香噴噴的魚餌，漾下水去，一釣一個，一連釣了十來個。最後來得了一個大魚，龍陽汪汪的哭將起來。魏王大駭，問其緣故。龍陽道：「小臣得了大魚，便要棄卻前邊小魚。大王不日得一個勝是小臣的，自然把小臣遺落。觸物比類，不由得不哭。」魏王笑道：「只要你顏色常存，不愁後人奪你門的。」這正是：

重遠豈能慚治鵠，棄前方見泣船魚。

如此說來，方見安陵、龍陽是男色行中魁首，楚王、魏王乃男風隊裡都頭。雖然如此，畢竟楚魏二王，把安陵、龍陽做個弄臣，並不是有老婆的不要老婆，反去討一房不剃眉、不扎腳、不穿耳、有陽道的家小；那一個卻又戴巾幘穿道袍，將一個五穀輸送的關頭，膀胱洩氣的隘口，當了瀉火受胎的門戶。在當時叫做風流，到後來總成笑話。

這人畢竟是誰？原來姓潘名章，字文子，晉陵❶人氏。其父潘度結髮身喪，娶妾蕙娘。蕙娘生得容貌端秀，嫁潘度時，年方十九歲。潘度晚年娶他，本為生男育女。不一年間，有了身孕，生下潘章。潘章九分像母，一分像父。所以他的美貌，是娘胎上帶來的。鄰里鄉黨，見潘章這樣標致，都說道：「潘老兒若養得這樣一個女兒，不要說選妃子點宮女，他日便是正宮皇后，一定司天臺上也照著他。」

潘章到五六歲就上學讀書，至十二三歲，通曉書義，便會作文。到十七歲上，在晉陵也算做是有名的童生。更兼龐兒越發長得白裡放出紅來，真正吹彈得破。蕙娘且喜兒子讀書，又把他打扮得嬌模嬌樣，梳的頭如光似漆，便是蒼蠅停上去，也打腳錯。身上常穿青蓮色直身，裡邊銀紅袄子，白綾背心，大紅褲子，腳上大紅綢紗時樣履鞋，白綾襪子。走到街上，風風流流，分明是善財轉世，金童降凡。

那些讀書人，都是老渴子，看見潘文子這個標致人物，個個眼裡火，聞香嗅氣。年紀大些的，要招他拜從門下；中年些的，拉去入社會；若富貴的，又要請來相資。還有一等中年婦人，有女兒的，巴不得招他做個女婿。有一等少年女子未嫁人的，巴不得招他做個老公。還有和尚道士，巴不得他做個徒弟。還有一等老白賞，要勾搭去奉承好男風的大老官。所以人人都道他生得好，便是潘安出世一般，就起一綽號，叫他是小潘安。當時有人做一隻掛枝兒，誇獎他道：

少年郎，真個千金難換。這等樣，生得好，不枉他姓了潘。小潘安，委實的堪欽羨。褪下了紅褲子，露出他白漫漫。雖不是當面的丟番，也好教他背心兒上去照管。

那知潘文子雖則生得標致風流，卻是不走邪路，也不輕易與人交往。因此朋友們縱然愛慕，急切不能納

❶ 晉陵：地名，今江蘇常州一帶。

交。及至聽見這隻曲兒，心中大恨，立志上進，以雪此恥。為這上，父母要與他完親，執意不肯。

原來潘度從幼聘定甥女，與他為配。這時因妹夫身故，不曾生得兒子，單單止有此女。妹子又沒人照管，要倚傍到哥子身邊，反來催促，擇日成親，兩得其便。怎奈潘文子只是不要。其母蕙娘又再三勸道：「男大須婚，女大須嫁，古之常禮。看你父親當年無子，不知求了多少神，拜了許多佛，許了多少香願，積了多少陰德，方纔生得你這寃家。如今十六七歲，正好及早婚配，生育兒女，接紹香煙。你若執性不要，且莫說絕了潘門後代，萬一你父親三長兩短，枉積下整萬家私，不曾討下一房媳婦，可不被人談笑！」

潘文子聽母親說了這話，便對道：「古人三十而娶，我今年方十七，一娶了妻子，便分亂讀書功夫。況今學問未成，不是成房立戶的日子。近日聞得龍丘先生設教杭州湖南淨寺，教下生徒有二三百人。兒子也欲去拜從。母親可對父親說知，發些盤費，往杭州讀書一兩年，等才學充足，遇著大比之年，僥倖得中，那時歸來娶妻未遲。今日斷不要題這話。」蕙娘見潘老是晚年愛子，自小嬌養，諸事隨其心性，並不曾違拗，只得把婚事閣起，反將兒子要遊學的話，說與老兒。那潘度本不捨得兒子出門，怎當他啼啼哭哭，要死要活。老兒沒奈何，將出五十兩銀子，與他做盤費。文子嫌少，爭了一百二十兩，又有許多禮物。蕙娘又打疊四季衣服鋪程，並著書箱，教家僮勤學跟隨，買舟往杭州遊學。那些輕薄子弟，恨文子不肯與人相交，都顛唇簸嘴的說道：「不是去拜師父講道學，多半是尋孤老竭先生。」又編下一隻掛枝兒道：

小潘安，你便到杭州地面，想彌子瑕還不如董賢。後庭花，少不得擂槌楦。你痛的原不是假，他抽的也不道是寬。直弄到力盡筋疲，也少不得把陳公公兒展一展。

看官，你道「陳公公」是甚麼物件？大凡女人家合歡拭抹的汗巾兒，叫做「陳媽媽」，若是男風用著汗巾，可不是「陳公公」？這也是笑話，不想當時把來戲謔潘章。潘文子從來付之不聞。下了船，那消五日，已到杭州。泊船松毛場下，打發船家，喚乘小轎。著兩個腳夫，挑了行李，一徑到西湖上尋訪湖南淨寺。

那龍丘先生設帳在大雄殿西首一個淨室裡，屋宇寬綽，竹木交映。牆門上有個匾額，翠書彩地，寫著「巢雲館」三字。潘文子已備下門生拜帖，傳將進去。龍丘先生令人請進。文子請先生居中坐下，拜了四拜，送上贄見禮物。龍丘先生就留小飯。當晚權榻一宵，明日另覓僧房寓下。寫起帖子，去拜同門朋友。年長的，寫個晚弟；年齒相彷的，稱個小弟；長不多年的，稱侍教弟。那龍丘先生學徒眾多，四散各僧房作寓，約有幾十處。文子教勤學捧了帖子，一處處拜到。次日眾朋友都來答拜。先後俱到。把文子書房中，擠得氣不通風，好像關王糧的，一進一出。

這些朋友，都是少年，又在外遊學，久曠女色。其中還有掛名讀書，專意拐小夥子，不三不四的。一見了小潘安這般美貌，個個搖唇吐舌，你張我看，暗暗裡道：「莫非善才童子出現麼？」又有說：「莫非梓童帝君降臨凡世？」又有說：「多分是觀世音菩薩化身。」又有說：「當年祝英臺女扮男裝，也曾到杭州講學，莫非就是此人？」也有說：「我們在此，若得這樣朋友同床合被，不要說暫時應急，就是一世不討老婆，也自甘心。」這班朋友答拜，雖則正經道理，其實個個都懷了一個契兄契弟念頭。也有問：「潘兄所治何經？」也有問：「長兄仙鄉何處？」也有問：「曾娶令正夫人？」也有問：「尊翁尊堂俱在否？」也有問：「賢昆仲幾人？」也有問：「排行是第一第二？」也有問：「見教尊表尊號，下次卻好稱呼。」也有沒得開口的，把手來一拱，說道：「久仰久仰！」也有張鬼熟插相知的，道：「我輩幸與老兄同學，有緣有緣。」你一聲，我一句，把潘文子接待得一個不耐煩。就是勤學在旁邊送茶，卻似酒店上貨賣，擔送不來。還好笑這些朋友，兩隻眼谷碌碌都看著他面龐，並不轉睛。混了半日，方纔別去，文子依了先生學規，三六九作文，二五八講書，每夜讀到三鼓方睡。果然是：

朝耕二典，夜耨三謨。堯舜禹湯文共武，總不出一卷尚書；冠婚喪祭與威儀，盡載在百篇禮記。亂臣賊子，從天王記月以下，只定春秋；才子佳人，自關雎好逑以來，莫非鄭衛。先天開一畫，分了元亨利貞；隨樂定音聲，不亂宮商角徵。方知有益須開卷，不信消閒是讀書。

按下潘文子在龍丘先生門下讀書不題，卻說長沙府湘潭縣，有一秀士，姓王名仲先。其父王善聞，原是鄉里人家，有田有地。生有二子，長子名喚伯遠，完婚之後，即替父親掌管田事。仲先卻生得清秀聰明，自小會讀書。王善聞對媽媽朱氏道：「兩個兒子，大的教他管家，第二個體貌生得好，抑且又資質聰明，可以讀書。我家世代雖是種田，卻世代是個善門積陰德的。若仲先兒子讀得書成，改換門閭，榮親耀祖，不枉了我祖宗的行善。教湘潭人曉得，田戶庄家也出個兒子做官，可不是教學好人的做個榜樣？」朱氏道：「大的種田，小的讀書，這方是耕讀之家。」從此王善聞決意教仲先讀書，雖聘下前村張三老的女兒為配，卻不肯與他做親；要兒子登了科甲，紗帽圓領親迎。為此仲先年已一十九歲，尚未曾洞房花燭。這老兒又道家中冗雜，向山中尋幽靜處做個書室。仲先果然閉戶苦讀，手不釋卷。

從來讀書人，幹了正經功課，餘下功夫，或是摹臨法帖，或學畫些枯木竹石，或學做些詩詞，極不聰明的，也要看閒書雜劇。一日，仲先看到麗情集上，有四句說話云：

淇水上宮，不知有幾。
分桃斷袖，亦復云多。

那淇水上宮，乃男女野合故事，與桑間濮上文義相同。這分桃斷袖，卻是好男色的故事。當初有個國君，偏好男風。一日，倖臣正喫桃子，國君卻向他手內奪過這個咬殘的桃子來喫，覺得王母瑤池會上的蟠桃，也沒這樣滋味，故叫做分桃。又一日白晝裡淫樂了一番，雙雙同睡，國君先醒欲起，衣袖卻被倖臣壓住。恐怕驚醒了，低低喚內侍取過剪刀，剪斷衣袖而起。少頃，倖臣醒來知得，感國君寵愛，就留這袖做個表記，故叫做斷袖。

仲先看到此處，不覺春興勃然，心裡想道：「淇水上宮，乃是男女會合之詩。這偷婦人極損陰德，分桃斷袖卻不傷天理。況我年方十九，未知人道。父親要我成名之後，方許做親。從來前程如暗漆，巴到幾時成名長進，方有做親的日子？偷婦人既怕損了陰騭，闞小娘又鄉城遠隔，就闞一兩夜，也未得其趣。不若尋得一個親親熱熱的小朋友，做個契兄契弟，可以常久相處，也免得今日的寂寞。說便是這等說，卻那裡這般湊巧，就有個知音標致小官到手？」心上想了又想，這書也不用心讀了。其年湘潭縣考試，仲先空受了一日辛苦，不曾取得個名字，嘆口氣道：

不願文章中天下，只願文章中試官。

方在家中納悶，不想張三老卻來拜望他父親。仲先劈面撞見，躲避不及，只得迎住施禮。一來是新丈人，二來因考試無名，心上惶恐。三老再三寒溫，仲先漲得一個面皮通紅，口裡或吞或吐，不曾答應一句話。話猶未了，王善聞走出來相見，陪著笑說道：「張親家，今日來，還是看我，還是問小兒考試的事？」張三老道：「學生正有一句話，要對親家說。我湘潭縣雖則是上映星沙，卻古來熊繹❷之國，文教不通。親家苦苦要令郎讀書，又限他成名長進，方許成婚。功名固是大事，婚姻卻也不小。今小女年方二九，即已長成，若為了功名，遲誤了婚姻，為了婚姻，又怕擔閣了功名。親家高見，有何指教？」

王善聞想一想，對張三老道：「我本庄戶的人，並沒有讀書傳授。今看起來，兒子的文學一定不濟。不如收了書本，完了婚姻，省得親家把兒女事牽掛在心。」張三老道：「讀書是上等道路，怎好廢得？也不可辜負了親家盛心。我學生到有兩便之策：聞得龍丘先生設教在杭州湖南淨寺，四方學者多去相從。他的門人遇了考試，必有高中的，想真是有些來歷啟發。為今之計，莫若備辦盤纏，著令郎到杭州去相從讀書。待他學問成就，好歹去考試一番。成得名，不消說起，連小女也有光輝。若依舊沒效驗，親家也有了這念頭，完就兒女之事。卻不致兩下擔誤。」王善聞聽見此言，不勝之喜，當日送別了張三老，

❷熊繹：周代楚國的始祖，周成王時被封為楚子，建都丹陽（今湖北秭歸東南）。其時楚地尚未開化，被中原稱為荊蠻，故書中張三老稱湘潭為古來熊繹之國，以說明本地文教不通。

即打點盤費，收拾行裝，令家僮牛兒跟隨仲先，到杭州從學。只因張三老這一著算計，有分教：

少年郎在巢雲館，結了一對雄鴛。
青春女到浮羅山，配了一雙雌鳳。

王仲先帶了牛兒，從長沙搭了下水船隻，直到潤州換舡，來到杭州湖南淨寺。一般修贄禮，寫名帖，參拜了龍丘先生。遍邀同門諸友，尋覓書房作寓。原來龍丘先生名望高遠，四方來的生徒眾多，僧房甚少，房價增貴，因此一間房都有三四個朋友合住。惟有潘文子獨住一房，不肯與人作伴。王仲先到此，再沒有別個空處。眾朋友俱以潘文子一人一室，且平日清奇古怪，遂故意送仲先到他房裡來，說道：「王兄到此，諸友房中都滿，沒有空處，惟潘兄獨自一房，儘可相容。這卻推托不得。」說便如此說，只道他不肯。那知一緣一會，文子見了王仲先，一見如故，歡然相接。便道：「四海之內皆兄弟也，同住何妨。日用器皿，一應俱備，王兄不消買得，但只置一榻便了。」仲先初見文子這個人物，已自著魂，懷下欺心念頭，惟恐不肯應承。及見慨然允諾，喜之不勝，拱手道：「承兄高雅，只是吵擾不當。」即教牛兒去發行李來此。眾友不道文子一諾無辭，一發不忿。畢竟捨牛頭吃不得草，無可奈何。這纔是：

有緣千里來相會，無緣對面不相逢。

且說王潘兩人，日則同坐，夜則各寢，情孚意契，如同兄弟。然畢竟讀書君子，還有些體面。雖則王仲先有心要勾搭潘文子，見他文質彬彬，言笑不苟，無門可入。這段私情，口裡又說不出，只好心上空思空想，外邊依舊假道學，談些古今。

相處了半年，彼此恭恭敬敬，無處起個話頭。一日，同在館中會講。講到哀公問政一章，講完了，龍丘先生對眾學徒道：「中庸一部，惟有這章書中，有三達德、五達道，乃是教化根本，須要細心體會。」當下眾人散去，仲先、文子獨後，又向先生問了些疑義。返寓時，天色已暮。點起燈，又觀了一回書，方纔就寢。睡不多時，仲先叫道：「潘兄睡著了麼？」文子道：「還在此尋想中庸道理。」仲先道：「小弟也正在這裡尋想。」其實王仲先並不想甚麼書義，只因文子應了這句，便接口問道：「夫婦也，朋友之交也。這兩句是一個意思，是兩個意思？」文子道：「夫婦是夫唱婦隨，朋友是切磋琢磨，還是兩個意思。」仲先笑道：「這書旨，兄長看得還未透，畢竟是一個意思。」文子道：「夫婦朋友，迥然兩截，如何合得一個意思？」仲先道：「若夫婦箴規相勸，這就是好朋好友；朋友膠漆相投，這就是好夫好妻。豈非一個意思？」文子聽了，明知仲先有意來挑撥。正言道：「讀書當體會聖賢旨趣，如何發此邪說？」仲先道：「小弟一時狂言，兄勿見罪。」口裡便說，心中卻熱癢不過，準準痴想了兩個更次，方纔睡去。

一日，正遇深秋天氣，夜間衾枕生涼，王仲先睡不著，嘆了一口氣。文子問道：「老兄長嘆，必有所為。」仲先道：「實不相瞞，小弟聘室多年，因家父決要成名之後方得完婚。又嫌長沙地方從來無有文學的師父，所以令小弟到杭州遊學。到了此地雖則先生這般教訓，又蒙老兄這樣擡舉，那知心神散亂，學問反覺荒疏，料沒有出頭日子。成不得功名，可不枉擔誤妻子？所以愁嘆。」文子道：「一向未曾動問得，卻不知老兄也還未娶，正與小弟一般。」仲先道：「原來兄長也不曾畢姻。還是未有佳偶，還是聘過未婚？」文子道：「已有所聘。倒因小弟自家不肯婚配，恐怕有了妻子，不能專心讀書。若老兄令尊主意，怪不得有此愁嘆。」仲先道：「長兄有此志向，非小弟所能及也。然據小弟看起來，人生貴適意耳，何必功名能以為快？古人云，情之所鍾，正在吾輩。當此少年行樂之時，反為黑暗功名所扼。倘終身蹭蹬，豈不兩相擔誤？縱使成名，或當遲暮之年；然已錯過前半世這段樂境，也是可惜。假如當此深秋永夜，幸得與兄作伴閒談，還可消遣。若使孤館獨眠，寒衾寂寞，這樣淒涼情況，好不難過。」文子笑道：「我只道兄是悲秋，卻原來倒是傷春。既恁地，何不星夜回府成親，今冬儘好受用。」仲先道：「遠水救不得近火，須是目前得這樣一個可意種來慰我飢渴方好。」文子道：「若論目前，除非到妓家去暫時釋興。」仲先道：「小弟平生極重情之一字。那花柳中最是薄情，又小弟所不喜。」文子道：「青樓薄倖，自不必說，即夫婦但有恩義，而不可言情。若論情之一字，一發是難題目了。」仲先又嘆口氣道：「兄之此言，真可為深於情者也。」遂嘿然而睡。

到了次日，仲先心生一計，向文子道：「夜來被兄一言撥動歸思，只得要還家矣。但與兄相處數月，情如骨肉，不忍恝然相別。且兄銳志功名，必當大發。恐異日雲泥相隔，便不能今日情誼。意欲仰攀盟結，兄弟患難相扶，貴賤弗忘。未知吾兄肯俯從否？」文子欣然道：「此弟之至願，敢不如命。但弟至此處，同門雖眾，惟與兄情投意合。正欲相資教益，不道一旦言別，情何以堪。」仲先道：「弟暫歸兩三月便當復來。」當下兩人八拜為交，仲先年長為兄，文子年小為弟。仲先將出銀錢買辦酒肴，兩人對酌，直至夜深方止，彼此各已半醺。

仲先原多買下酒，賞這兩個家僮都吃個爛醉，先自去睡了。仲先對文子道：「向來止與賢弟聯床，從未抵足。今晚同榻何如？」文子酒醉忘懷，便道：「這也使得。」解衣就寢，文子欲要各被，仲先道：

「即同榻，如何又要各被？」文子也就聽了，遂合被而臥。文子靠著床裡，側身向外，放下頭就合眼打鼾。仲先留心，未便睡去，伸手到他腿上撫摩，直至肚腹。文子驚醒，說道：「二哥如何不睡，反來攪人？」仲先笑道：「因見賢弟肌膚柔膩潤澤，故此摸一摸，無非親愛之意。」文子道：「休笑話，睡罷。」仲先道：「還要與賢弟說句要緊話。」文子道：「有話明日講。」仲先道：「此話不是明日講的。」文子問：「甚話如此要緊？」仲先道：「實不相瞞，自會賢弟以來，日夕愛慕丰標，欲求締結肺腑之誼，誠恐唐突，未敢啟齒。前日膠漆朋友即是夫妻之語，實是有為而發。望賢弟矜憐愚兄一點愛慕至情，曲賜容納。」一頭說，一頭便坐起來摟抱文子。文子推住，也坐起道：「二哥，我與你道義之交，如何懷此邪念？莫說眾朋友知得在背後談議，就是兩個家僮並和尚們知覺，也做了話靶。這個決使不得。」仲先此時神魂狂蕩，那裡肯聽，說道：「你我日常親密，人都知道，那裡便疑惑到此。縱或談議，也做不聽見便了。」雙手亂來扯拽。文子將身一閃，跳下地來，將衣服穿起，說道：「我雖不才，尚要圖個出身。若今日和你做此無恥之事，後日倘有寸進，回想到此，可不羞死！」仲先也下床來，笑道：「讀書人果然一團腐氣。昔日彌子瑕見愛於衛靈公，董賢專寵於漢哀帝，這兩個通是戴紗帽的，全然不以為恥。何況你尚未成名，年紀纔得十五六七，只算做兒戲，有甚麼羞？你若再不從時，只得磕頭哀求了。」道罷，僕的雙膝跪下，如擣蒜一般磕一個不止。

文子又好笑，又好惱，說道：「二哥，怎地恁般沒正經，想是真個醉了，還不起來。」仲先道：「若不許，我就磕到來年也不起身。」文子道：「二哥你即日回去娶婚，自有于飛之樂，何苦要喪我的廉恥。」仲先道：「賢弟如肯俯就，終身不娶亦所甘心。」文子道：「這樣話只好哄三歲孩子，如何哄得我過。」

仲先道：「你若不信，我就設個誓願。」推開窗子，對天跪下，磕了兩個頭，祝道：「皇天在上，如王仲先與潘文子定交之後，若又婚配妻子，山行當為虎食，舟行定餵魚鼈。或遭天殛，身不能歸土；或遇兵戈，碎屍萬段。如王仲先立誓之後，潘文子仍復推阻，亦遭此惡報。」文子道：「呸！你自罰誓，與我何干，也牽扯在內。」仲先跳起來便去勾住文子，道：「我設了這般誓願，難道你還又推托不成？」

大凡事最當不過歪廝纏，一個極正氣的潘文子，卻被王仲先苦苦哀求，又做出許多醜態，把鐵一般硬的心腸，化作綿一般軟，說道：「人非鐵石，王兄既為我情願不娶，我若堅執不從，亦非人情也。慎厥終，惟其始，須擇個好日子，治些酒席，權當合歡筵宴，那時方諧繾綣。」仲先笑道：「不消賢弟費心，阿兄預先選定，今日是會親友結婚姻的大喜上吉期。日間與賢弟八拜為交，如今成就良緣。會親結姻，都已應驗，更沒有好是今日。適來小酌，原是合巹杯的筵席，但到後日做三朝便了。」文子笑道：「原來你使這般欺心遠計，我卻愚昧，落在套中。」仲先道：「我居楚，你居吳，會合於越，此皆天意，豈出人謀？」一頭說，一頭與文子解衣，擁到床上。文子尚兀假意佯羞，半推半就，被仲先緊緊抱住，肌肉相湊，透入重圍。文子初破天荒，攢眉忍楚，不勝嬌怯。仲先逞著狂興，恣肆送迎。正是：

權將學士風流孔，遂卻襄王雲雨心。

這一番淫樂，莫說王仲先渾身通暢，便是潘文子也神動魂銷，自家驚訝，不道有此妙境。可知女人都好淫樂。自此之後，把讀書上進之念盡灰。日則同坐，夜則同眠，比向日光景，大不相同。他兩個全不覺得，卻被人看出了破綻。這邊同窗朋友，俱懷妒意，編出一隻掛枝兒來，唱道：

王仲先，你真是天生的造化。這一個小朋友，似玉如花，沒來由被你牽纏下。他夜裡陪伴著你，
你日裡還饒不過他。好一對不生產的夫妻，也辨甚麼真和假。

王仲先、潘文子初時聽見，雖覺沒趣，還老著臉，只做不知。到後來眾友當面譏誚，做鬼臉。連兩個家僮也看不過許多肉麻，在背後議論沒體面。只落得本房和尚，眼紅心熱，乾咽涎唾。兩人看看存身不住。那知這隻掛枝兒吹入了龍丘先生耳中，訪問眾學徒此事是真是假。眾學生把這些影響光景，一五一十說知。先生大怒，喚過二人，大罵了一頓沒廉恥，逐他回去，不許潛住於此，玷辱門牆。王仲先還有是可，獨羞得潘文子沒處藏身，面上分明削脫了幾層皮肉。此時地上若有一個孔兒，便鑽了下去。正是：

饒君掬盡錢塘水，難洗今朝一面羞。

文子含著羞慚，辭了先生，與仲先同回寓所。這些朋友曉得先生逐退，故意來探問。文子叮嚀了和尚，只回說不在。文子跌足恨道：「通是這班嚼舌根的弄嘴弄舌，挑鬥先生，將我們羞辱這場。如今還是怎地處？」仲先道：「此處斷然成不得了。我想賢弟家中離此不遠，不若同到府上，尋個幽僻所在相資讀書，倒也是一策。」文子道：「使不得，兩個家僮盡曉得這些光景，回去定然報與老父。或者再傳說於外，教小弟何顏見人。我想功名富貴總是浮雲，況且渺茫難必。今兄既為我不娶，我又羞歸故鄉，不若尋個深山窮谷，隱避塵囂，逍遙物外，以畢此生。設或飲食不繼，一同尋個自盡，做個生死之交何

如？」仲先大喜道：「若得如此，生平志願足矣。只是往何處去好？」文子道：「向日有個羅浮山老僧至此，說永嘉山水絕妙，羅浮山隔絕東甌江外，是個神仙世界，海外丹臺。我曾與老僧說，異日或至永嘉，當來相訪。老僧欣然領諾，說來時但問般若廟，無礙和尚，人都曉得。當時原是戲言，如今想起這所在，儘好避世。且有此熟人，可以倚傍。」

計議已定，將平日所穿華麗衣服、鋪程之類，盡都變賣。製辦了兩套布衣，並著粗布鋪蓋。整備停當，仲先、文子先打發勤學、牛兒各賫書回家，辭絕父母，教妻子自去轉嫁。然後打疊行裝，別了主僧，渡過錢塘江，從富陽、永康，一路先到處州，後至永嘉。出了雙門，繇江心寺口渡船，徑往羅浮山，訪問般若庵無礙和尚。原來這老和尚兩月前已回首❸去了。師弟無障見說是老和尚相知，便留寓庵中。文子就央他尋覓個住處。湊巧山下有三間房屋，連著十數畝田，許多山地，一齊要賣。文子與仲先商議：「田畝可以膳生，山地可做墳墓，餘下砍柴供用，一舉兩得。」遂將五十金買了。這三間房屋，正中做個客座，左一間為臥室，右一間是廚灶，不用僕人，兩個自家炊爨。終日吟風弄月，遣興調情。隨又造起墳墓，打下兩個生壙，就教佃戶兼做墳丁。不兩月間，事事完備。可惜一對少年子弟，為著後庭花的恩愛，棄了父母，退了妻子，卻到空山中，做這收成結果的勾當。豈非天地間大非人，人類中大異事，古今來大笑話，詩云：

從來兒女說深情，幾見雙雄訂死盟。

❸ 回首：死亡的委婉說法。

忍滅天倫同草腐，倚閭人尚望歸旌。

話分兩頭，且說勤學、牛兒兩個僕人，奉了主人之命，各賚書回家。牛兒本是村庄蠢人，連夜搭船去了。勤學卻是乖巧精細，曉得被龍丘先生斥逐這段情繇，卻又不想歸家，顛倒將衣服變賣，製辦布衣，像要遠去的模樣，正不知要往何處，心裡躊躕道：「須暗隨他去，看個著落，方好歸家。」因此悄地叮嚀了和尚，別了牛兒，潛住在寺裡。又想起身邊雖平日尅剝得些銀錢，往來盤纏不夠，也把幾件衣服，賣與香公湊用。等到文子、仲先起身過江，勤學遠遠隨在後面，下在別隻渡船。一路不論水陸，緊緊跟定；直至羅浮山下，打聽兩人買下住處，方纔轉身，星夜趕到家中。

不想半月前，潘度與文子丈母都是疫病身亡，其母蕙娘因媳婦年紀已長，又無弟兄親族，孤身獨自，急急收拾來家，使人到杭州喚兒子回來，支持喪事，要乘凶做親。僕人往還十來日，回報一月以前，和著同讀書襄陽姓王的，不知去向。急得個蕙娘分外悲傷，終日在家啼啼哭哭。正沒做理會，恰好勤學到家，只道喜從天降，及至拆書一看，卻是辭絕父母、棄家學道、教妻子轉嫁的說話。蕙娘又氣又苦，叫地呼天的號哭了一回，方纔細問勤學的緣故。勤學在主母面前，不好說得小官人許多醜態，只說起初幾個月著實用功讀書，後來都被襄陽姓王這個天殺的引誘壞了，被先生一場發作，然後生起這個念頭，徑到羅浮山居住。並說自己暗地隨去看了下落，方纔回轉許多話，一一盡言。蕙娘聽罷，咬牙切齒，把王仲先千刀萬剮的咒罵一場。心裡沒個主意，請過幾個親戚商議，要去尋他歸來。又說：「這樣不成器的東西，便依他，教媳婦轉嫁人去，我也削髮為尼，倒得乾淨。」內中有老成的說道：「不消性急。學生子家，吃飯還不知飢飽，修甚麼道。再過幾時，手內東西用完了，口內沒有飯吃，少不得望著家裡一溜煙跑來。如今正在高興之時，便去接他，也未必肯來，干自折了盤纏。」蕙娘見說得有理，倒安心等他自歸，不題。

且說牛兒一路水宿風食，不辭辛苦，非止一日，到湘潭家裡，取出書來，遞與家主。王善聞未及開看，先問牛兒：「二哥這一向好麼？」牛兒道：「不但二哥好，連別人也著實快活。」善聞道：「這怎地說？」牛兒將勾搭文子的事，絮絮叨叨，學一個不止。善聞嘆口氣道：「都是張三老送了二兒子也。」拆開書來看時，上寫道：

學道男仲先頓首百拜

男仲先百拜：自別父母大人，前至杭州，無奈天性庸愚，學業終無成就。今已結拜窗友潘文子，遍訪名山勝景，學道修仙。父母年老，自有長兄奉侍，男不肖是可放心。父母亦不必以男為念，所聘張氏，聽憑早早改嫁，勿得錯過青春。外書一封，奉達張三老，乞即致之。

善聞看罷，頓足叫苦。驚動媽媽，問了這個消息，哭倒在地，說道：「好端端住在家裡，通是張三老說甚麼龍丘先生，弄出這個話靶。如今不知在那個天涯海角。好歹這幾根嫩骨頭，斷送在他州外府了。」善聞即叫牛兒去請張三老來，把書與他看了。你怨我，我怨你，哭哭啼啼，沒個主意。

長子伯遠走過來勸道：「自是兄弟不長進，勿得歸怨張三老。倘張親家令愛肯轉嫁，不消說起；若還立志不從，父親只得同著張親家，載了媳婦，尋到潘家，要在他們身上尋還這不肖子。那時把媳婦交付與他，竟走到那裡去。」張三老連聲稱是。作別歸家，與女兒相商量，問肯嫁不肯嫁的口語。女兒害羞，背轉身不來答應。張三老道：「這事關係你終身，肯與不肯，明白說出，莫要愛口識羞，兩相擔誤。」女兒被逼不過，方纔開口低說道：「我女子家，也不曉得甚麼大道理。嘗聞說忠臣不事二君，烈女不嫁二夫。女兒這守著這個話，此外都不願聞。」張三老道：「恁樣不消說起，明日即去與王親家商議，同往尋王二哥便了。」女兒又道：「王郎不歸，孩兒情願苦守。若說遠去跟尋，萬無此理。恐傳說出去，被人恥笑。」張三老道：「守不守繇得你，去不去卻要繇我。倘然王郎不歸，你的終身，父母養不了，公姑養不了，將如之何？縱然有人恥笑，也說不得了。」女兒便不敢言，垂淚而已。

到次日，張三老來與王善聞說知，即日準備盤纏行李，央埠頭擇便船寫❹了一個穩便艙口。張三老叫女兒收拾下船，這女子無可奈何，只得從著父命。王善聞原帶著牛兒同去，翁媳反在舟中見禮，又是一件新聞。

從襄陽開船，一路下水，那消二十日，已至京口換船，一日便到晉陵。王善聞同牛兒先上岸，訪問了潘文子家裡，然後同張三老引著媳婦並行李，一齊到他家裡。蕙娘驀地見三個別處人領個女子進來，正不知甚麼緣故，喫這一驚不小。及至問時，襄陽鄉里人聲口，一句也聽不出。恰好勤學從外邊入來，認得牛兒。方纔明白是王仲先父親、丈人、妻小，與他家要兒子。鬧攘攘亂做一屋。文子媳婦在裡邊聽得，奔出來觀看。見了張三老女兒，兩下各道個萬福，問道：「你們是那裡，為甚事到此喧鬧？」張三老上前作個揖，打起官話，說出許多緣故。蕙娘對王善聞道：「你我總是陌路相逢，水米無交。你兒子

❹寫：租賃。

同我不肖子流落在外，說起來，你兒子年長，明白是引誘我不肖子為非。我不埋怨你就夠了，你反來與我要人，可有這理麼？如今現住在甚麼永嘉羅浮山，你們何不到彼處去尋覓？若併我這不肖子領得歸來，情願拜你兩拜。」張三老只管點頭道：「說得是。既有著落所在，便易處了。」又問道：「潘大嫂，此位小娘子是甚人？」蕙娘道：「這便是不肖子的媳婦，尚未成婚。」張三老道：「原來令郎也還不曾完姻。據老夫愚見，令郎既同小婿在羅浮山中，潘大嫂又無第二位令郎，何不領著令子舍，同我們一齊到那裡，好歹交還他兩個媳婦，完了我們父母之情。他兩個存住不得，自然只得回家了。此計可好麼？」蕙娘聽了說道：「這也有理。」遂留住在家。王善聞、張三老於外廂管待，三老女兒款留於內室。一個是待婚的媳婦，一個是未嫁的女兒，年紀彷彿，情境又同，因此兩下甚是相得。當晚同房各榻，說了一夜說話。只是鄉音各別，彼此不能盡懂。

次日，蕙娘收拾上路，自己有個嫡親哥嫂，央來看管家裡。姑媳兩人，又帶一個服事的婆娘，連勤學也是四人。喚了兩個船隻，男女分開，各坐一船，直至杭州過江。水陸勞苦，自不消說起。非止一日，來到羅浮山。不道王仲先與潘文子樂極悲生，自從打了生壙之後，一齊隨得異症，或歌或唱，或笑或啼，有時登山狂嘯，有時入般若庵，與無障和尚講說佛法，論摩登迦的因果。似痴非痴，似顛非顛。絕了十數日飲食，一日忽地請過無障和尚，將田房都送與庵中，所有衣資亦盡交與，央他照管身後墳墓之事。老和尚只道他痴顛亂語，暫時應允，那知是晚雙雙同逝。正是：

不願同年同月同日同時生，

但願同年同月同日同時死。

明日無障和尚來看時，果然並故，卻是面目如生。即叫道人買辦香燭紙馬蔬菜之類，各靜室去請了幾眾僧人，擇於次日誦經盛殮。

這裡正做送終功果，恰好勤學引著蕙娘、王善聞一干人來到。見滿堂僧眾，燈燭輝煌，問說是二子前夜已死，那時哭倒了王善聞，號殺了蕙娘。張三老從旁也哭著女婿。只有兩個未婚的媳婦，背著暗暗流淚。盛殮已畢，即便埋葬。

且說張氏女子，暗自思想：「迫於父命，來此尋夫，已非正理。若還一齊歸去，也還罷了。如今一場虛話，豈不笑破人口。況且去後日長，父親所言，父母養不了，公姑養不了。到後沒有結局，不如今日一死，倒得乾淨，也省得人談議。」定了主意，等至夜深，人盡熟睡，悄地起來，懸梁高掛。直至天明，方才曉得。把個張三老哭得個天暗地昏，道是自己起這議頭，害了女兒，懊悔不盡。王善聞、蕙娘俱覺慘然，勉強勸住了。收拾買棺殯殮。誰知文子的媳婦也動了個念頭，想道：「一樣至此尋夫，他卻有志氣，情願相從於地下。我若靦顏❺苟活，一生一死，豈不被人議論？紅顏命薄，自古皆然。與其碌碌偷生，何若烈烈一死。」到夜半時候，尋條繩子，也自縊而死。蕙娘知覺了，急起救時，已是氣斷。這番哭泣，更自慘切。引動張三老、王善聞一齊悲慟。哭兒、哭媳、哭婿，振天振地，也辨別不清。驚動羅浮山下幾處村落人家，並著山中各靜室的和尚，都來探問，無不稱嘆是件異事。又買具棺木，一齊

❺ 靦顏：厚著臉皮。靦，音ㄊㄧㄢˇ，不知羞恥。

盛殮。又請無障和尚為主，做個水陸道場超度，付葬於王仲先、潘文子墓下。又送數十金與無障，托他挑土增泥，栽松種樹。諸事停當，收拾起身。又向墓前大哭一場，辭別還鄉。

後人見二女墓上，各挺孤松，亭亭峙立。那仲先、文子墓中，生出連理大木，勢若合抱，常有比翼鳥棲於樹上。那比翼鳥同聲相應而歌，歌道：

比翼鳥，各有妻，有妻不相識，墓傍青草徒離離。比翼鳥，各父母，父母不能顧，墓傍青草如行路。比翼鳥，各有家，有家不復返，墓傍青草空年華。

至今羅浮山中相傳有個鴛鴦塚、比翼鳥，乃王仲先、潘文子故事也。詩云：

比翼何堪一對雄，朝朝暮暮泣西風。
可知烈女無他伎，輸卻雙雄合墓中。

拍案驚奇

凌濛初／撰　劉本棟／校注

繆天華／校閱

《拍案驚奇》是十七世紀初葉第一本中國文人獨自創作的短篇小說專集。它承續宋元話本的風格，故事趣味，情節動人；除寓有勸善懲惡的作用外，還可看出明代社會生活的概況。本書根據明崇禎元年尚友堂原刊本，詳為校訂，難詞難字酌加注釋，各卷並有明刻插圖，期望對於讀者閱讀欣賞有所幫助。